북리스 사가

3

북리스 사가 3

ⓒ 마라 울프 2016

초판1쇄 인쇄	2016년 7월 20일
초판1쇄 발행	2016년 7월 26일

지은이	마라 울프
옮긴이	채민정

펴낸이	박대일
편집	이문영 · 임유리 · 신지연 · 전보라
교정	김필균
마케팅	송재진 · 임유미
디자인	박현주
일러스트레이션	이지선

펴낸곳	파란썸(파란미디어)
출판등록	2004년 9월 14일 제313-2004-00214호

주소	121-897 서울시 마포구 성지1길 32-36(합정동)
전화	02.3141.5589(영업부) 070.4616.2012(편집부)
팩스	02.3141.5590
전자우편	paranbook@gmail.com
카페	http://cafe.naver.com/paranmedia
페이스북	http://www.facebook.com/paranbook

ISBN	978-89-6371-328-1(04850)
	978-89-6371-325-0(전3권)

북리스 사가

3

영원히 잊히지 않는

파란

BOOKLESS: Ewiglich unvergessen (BookLessSaga Vol. 3)
by Marah Woolf

언제나 내 이야기를 사랑해 주고, 최선을 다해 밤낮으로

나를 도와주면서도 내 책 한 권을 헌정받는 것조차 원하지 않는

나의 사랑하는 자매에게 이 책을 헌정한다.

그리고 이다음에 그가 죽으면

그를 천상에 작은 별로 흩어 놓아 주십시오.

그는 그렇게 천상을 아름답게 수놓을 것이고

온 세상이 밤하늘의 그를 바라보며 사랑에 빠지겠지요.

그리고 아무도 저 거만한 태양을 숭배하지 않을 것입니다.

셰익스피어, 《로미오와 줄리엣》

프롤로그

동화는 진실 이상의 의미를 지닌다. 동화 속에 용이 등장해서가 아니라
우리가 용을 무찌를 수 있다고 말해 주기 때문이다.

— 닐 게이먼

"과연 얼마나 걸리겠소?"

보퍼트가 그의 건너편에 무표정하게 앉아 있는 늙은 남자에게 몸을 숙이며 속삭였다.

"그리 오래 걸리진 않을 거요."

"이틀 전에도 그렇게 말했잖소."

"오래 걸릴수록 좋소. 내 약속하리다. 그 계집애는 우리의 완벽한 추종자가 될 거요."

보퍼트가 담뱃진에 노랗게 물든 손가락을 비볐다.

"완벽하군요. 아주 훌륭하오. 저 들고양이 같은 여자를 이렇게 간단하게 길들일 수 있는 방법이 있다는 건 상상도 못 했소. 어찌 생각하면 너무 쉬워서 좀 섭섭할 정도요."

"걱정 마시오. 경이라면 어떻게든 저 여자가 경을 싫어하게

끔 만드실 수 있을 거요."

바티스트가 고개를 돌리며 경멸적인 웃음을 감췄다.

"도서관으로 갑시다. 위스키 한 모금 정도는 마실 수 있을 것 같소."

"원하시는 대로. 물론 우리 페르펙티에게는 금기긴 하지만 말이오."

보퍼트가 껄껄 웃으며 문 쪽으로 고개를 돌렸다.

"손자분의 일은 어떻게 됐소? 좀 진정은 된 거요? 여자를 잊는 게 모두에게 좋은 거라고 납득시키셨소?"

"그건 귀하가 깊이 관여하실 문제는 아닌 것 같소만."

바티스트가 대꾸했다.

"하지만 내가 알아서 신경 쓰고 있으니 걱정하실 필요는 없소. 늦든 빠르든 언젠가는 내 말을 듣게 될 겁니다."

"혼사 날짜는 잡힌 거요?"

"3개월 후요."

"그럼 신부도 제 신랑이 다른 여자에게 마음을 빼앗긴 걸 알고 있는 거요?"

"아니, 알 필요도 없고 알게 될 일도 없을 거요!"

그가 보퍼트에게 버럭 소리를 질렀다. 그가 어찌나 크게 소리를 질렀던지, 보퍼트가 움찔 뒤로 물러섰다.

"신부의 아버지인 피츠앨런 경과 나는 그 편이 나을 거라고 생각하오. 그리고 네이선도 거기 동의할 겁니다. 어쨌든 여자의 목숨이 거기 달려 있으니 말이오."

"경께선 그런 식으로 원하는 걸 손에 넣는 모양이구려. 언제나."

보퍼트가 시기 어린 목소리로 중얼거렸다.

"그렇소."

바티스트가 승리의 미소를 지어 보였다.

1장

책과 함께하지 않는 사람은 장님이나 마찬가지다.

— 아일랜드 속담

그녀의 머릿속에 슬그머니 들어오는 형상이 있었다. 그녀는 그게 무엇인지 알고 있었다. 하지만 그게 도대체 어디서 나타난 건지는 알 수 없었다. 그리고 이게 악몽일 뿐이라는 것도 알았다. 그럼에도 불구하고 눈앞에 펼쳐지는 광경은 너무 리얼했다. 그녀는 붙잡혀 있었고 방 안은 어두웠는데, 희미하게 책장 같은 게 보였다. 더 자세히 보니 방 안이 책장으로 가득했다. 조심스럽게 비좁은 복도를 따라 걸으면서, 자기 뒤를 따라오는 희미한 회색 그림자들을 무시하려고 했다. 하지만 그럴 수가 없었다. 그들은 더 가까이 다가오진 않았지만, 그녀의 일거수일투족을 감시하고 있었다. 마치 그녀에게 뭔가를 요구하는 것 같았다. 회색 그림자 중 하나가 그녀를 향해 다가왔다. 그녀가 뒤로 물러섰고, 벽에 부딪혔다. 도망칠 곳은 어디에도 없었다. 그림자가 점점 더 가까이 다가왔다. 그녀의 호흡이 거칠어졌다. 차가운 땀이 흘러내렸다. 공포로 얼어붙은 채, 회색 그림자의 중앙에 뻥 뚫린 검은 입을 바라보았다.

"도망칠 곳은 어디에도 없다."

괴물이 말했다.

"넌 진짜가 아니야."

루시가 대꾸했다. 괴물이 루시에게 손을 뻗었다. 얼음같이 차가운 냉기가 피부에 전해지며, 마치 불타는 것 같은 통증이 느껴졌다. 괴물이 그녀를 덮쳤다. 금방이라도 얼어버릴 것 같은 숨이 루시의 얼굴에 닿았다.

"난 실재한다. 네가 생각하는 것보다는."

괴물이 그녀의 귓가에 속삭였다. 그런 다음, 작은 종잇조각으로 이루어진 몸을 회색의 연기로 바꾸어 루시를 죄어들기 시작했다.

눈을 떠야 했다. 하지만 아무리 눈을 떠 보려고 해도 눈꺼풀을 들어 올릴 수가 없었다. 악몽에서 벗어나고 싶다는 생각이 너무도 간절했다.

그녀의 옆에 누군가 있었다. 두 개의 목소리가 들렸는데, 도대체 무슨 말을 하고 있는지는 이해할 수가 없었다. 누군가가 웃는 소리가 들렸다. 마치 개가 짖는 소리처럼 짧고 거친 웃음소리였다. 등줄기에 소름이 돋았다. 문이 닫혔다. 그녀는 숨을 몰아쉬었다.

"루시 양, 눈을 떠 봐요."

누군가가 그녀의 귀에 대고 속삭였다. 놀란 나머지 몸을 움찔했다.

차가운 손이 그녀의 뺨을 쓰다듬었다. 기분이 나빴다.

"루시 양, 눈을 떠 봐요. 할 수 있다는 거 알아요. 그만하면 충분히 잤으니 이제 일어나 봅시다. 상처는 거의 나았으니 말입니다."

루시? 나를 말하는 건가? 그 이름을 머릿속에 굴려 보았지만 낯설기만 했다. 저 사람은 왜 나에게 말을 걸고 있지? 다쳤다니?

그녀는 조금씩 눈꺼풀을 들어 올렸다. 그리고 눈을 가늘게 떠 보았다. 눈앞에 깡마르고 엄격해 보이는 남자가 서 있었다.

"루시 양! 해냈군요. 눈을 뜰 수 있을 거라고 생각했어요!"

끔찍한 입 냄새가 훅 끼쳤다. 그녀는 비위가 상한 나머지 고개를 돌렸다.

"루시가 누구죠?"

그녀가 물었다.

그가 루시에게서 물러서며 말했다.

"아가씨 이름이지요. 기억이 안 나는 겁니까? 걱정하지 말아요. 아마 며칠 안에 기억이 돌아올 겁니다. 아가씨는 아주 끔찍한 사고를 당했지요. 거의 생사의 기로에 서 있을 정도였습니다. 우리는 정말 걱정이 컸죠."

"우리라뇨?"

"네. 우리 ─ 그러니까 아가씨의 약혼자께서도 죽을 만큼 걱정하셨지요. 당장 아가씨께서 깨어나셨다는 사실을 알려야겠군요. 오늘은 시간이 좀 늦었지만 내일은 몸을 좀 움직여 보셔도 될 겁니다. 다시 일상생활로 돌아가려면 몸을 움직여야 하니까요. 물론 완전히 건강을 되찾으려면 시간이 좀 걸릴 겁니다."

남자는 의사인 것 같았다. 그가 낡은 왕진 가방에 의료 기구를 챙겨 넣은 다음 방을 나갔다.

루시는 혼란에 빠진 채 방 안을 둘러보았다. 모든 게 너무 낯설었다. 기억을 떠올리려 애써 보았지만, 어떤 것도—아니, 아무것도 떠오르지 않았다. 마치 머릿속에 검은 구멍이 뻥 뚫려 있는 기분이었다.

루시는 머리를 손으로 만져 보았다. 만약 기억을 다 잃어버릴 정도로 끔찍한 사고를 당했다면, 분명 머리에도 심한 상처가 있을 터였다. 어라?

아무것도 만져지지 않았다. 붕대는커녕 일회용 밴드조차 붙어 있지 않았다.

"루시……?"

제 이름을 소리 내어 불러 보았다. 하지만 그 이름은 마치 낯선 외국어처럼 조용한 방 안에 메아리쳤다.

누군가 노크하는 소리에 정신이 들었다. 눈을 떠 보니, 방안 가득 밝은 빛이 쏟아져 들어오고 있었다.

노크 소리가 재차 들렸다.

"들어오세요."

루시가 이불을 코까지만 내린 채 말했다.

문이 열리자 검은 옷을 입은 소녀가 들어왔다. 소녀가 문가에서 몸을 굽혀 인사해 보였다. 지금 저게 뭐하는 짓이람? 그제야 방 안의 사물이 눈에 들어왔다. 영화에서나 나올 것같이 호화로운 집기와 가구 들이 보였다. 소녀의 행동도 어쩐지 이런 집에는 어울렸다. 벽에는 벽지 대신 번쩍거리는 밝은 초록색의 비단이 발라져 있었고, 방 안에는 침대 외에 두 개의 밝은 색서랍장과 화장대, 안락의자가 보였다. 바닥에는 두꺼운 오리엔탈 스타일의 카펫이 깔려 있었다. 이게 과연 자신이 평소에 생활하는 환경인지 기억을 더듬어 보았지만, 루시의 머릿속은 텅비어 있을 뿐이었다.

"목욕을 준비해 드리겠습니다."

숱이 많은 금발에 주근깨투성이의 소녀가 침대로 다가서며 말했다. 왠지 신뢰가 가는 인상이었다.

"의사 선생님께서 이제는 몸을 움직이셔야 한다고 말씀하셨습니다."

"제가 얼마나 오랫동안 누워 있었나요?"

"거의 2주 정도요. 아가씨께서는 아주 아프셨습니다. 보퍼트 경께서는 아가씨께서 깨어나셨다는 소식을 듣고 기뻐서 어쩔 줄 몰라 하고 계십니다. 아주 많이 걱정하고 계셨거든요."

"보퍼트 경이라뇨? 그게 누구죠?"

소녀가 깜짝 놀란 듯 눈을 둥그렇게 떴다.

"루시 양! 보퍼트 경은 아가씨의 약혼자시잖아요. 기억 안 나세요?"

루시가 고개를 저었다.

"만약 의사가 내 이름이 루시라고 말해 주지 않았다면 그마저도 모를 뻔했는걸요."

소녀가 손으로 입을 가리며 놀란 표정을 지었다.

"세상에! 의사 선생님은 뭐라시던가요?"

"모르겠어요. 며칠 안에 기억이 다시 돌아올 거라는 말뿐이었어요."

말을 하니, 마치 목이 타들어 가는 것 같았다.

"혹시 물 한 잔만 주실 수 있나요?"

"물론이지요."

소녀가 얼른 작은 탁자를 꾸리더니 물 한 컵을 내밀었다.

"지금 욕조에 물을 받아 놓겠습니다."

그런 다음 방 한쪽에 있는 폭이 좁은 문을 열었다.

이윽고 물소리와 꽃향기가 방 안으로 흘러 들어왔다.

루시는 몸을 일으켜 보려 했지만 꼼짝도 할 수 없었다. 몸이 너무 쇠약해져 있었다.

"기다려 보세요, 루시 아가씨. 당장은 걷는 게 불편하실 거예요."

"왜죠?"

"다리를 다쳤으니까요. 승마를 하다가 말에서 떨어졌어요. 거의 다리를 절단할 뻔했대요."

"말에서 떨어졌다고요?"

루시가 이불을 들춰 보았다. 순간 숨이 턱 막히는 것 같았다. 허벅지 위쪽에 검붉은 색의 흉터가 져 있었다.

소녀가 루시를 안타까운 눈으로 바라보며 위로했다.

"너무 걱정하진 마세요. 어쨌든 다리를 잃은 건 아니니까요. 상처는 시간이 지나면 옅어지겠지요."

루시는 다시 한 번 몸을 일으켜 보려 했다. 하지만 누군가의 도움 없이는 불가능했다. 다친 쪽 다리를 움직일 수가 없었기 때문이다. 게다가 온몸에 전혀 힘이 들어가지 않았다. 루시는 소녀의 도움을 받아서 천천히 절뚝이며 욕실로 들어갔다. 욕실 안은 대리석과 유리로 꾸며져 있었는데, 영화에나 나올 것같이 아름다웠다.

소녀가 루시를 의자에 앉힌 다음, 비단 소재의 나이트가운을 벗는 걸 도와주었다.

"이름이 뭐예요?"

속살을 보여야 한다는 당혹감을 감추기 위해 루시가 물었다.

"클라라라고 합니다. 마을에 살고 있어요. 보퍼트 경께서 저를 일주일 전에 고용하셨지요. 아가씨를 돌보게 되어서 너무 기뻤답니다. 아가씨의 병환 때문에 보퍼트 경께서 걱정을 많이 하시더군요."

"제가 여기서 얼마나 오래 살았는지 알고 있어요?"

클라라가 수도꼭지를 돌리며 어깨를 으쓱해 보였다.

"저도 몰라요. 보퍼트 경의 생활에 대해서는 잘 알려져 있지 않거든요. 마을은 거의 방문하시지 않으세요."

루시가 고개를 끄덕였다.

"자, 이제 들어가셔도 됩니다."

클라라가 루시를 욕실 중간에 있는 거대한 황동 욕조로 이끌었다. 욕조는 사자의 얼굴과 앞발 모양으로 장식되어 있었다. 향기로운 거품이 몸을 감싸자, 저도 모르게 눈이 스르르 감겼다. 다시 눈을 떠 보니 창을 통해 정원이 한눈에 들어왔다.

"아름답지요? 전에 이 저택 여주인이셨던 어떤 귀부인께서 목욕을 할 때 성 안의 정원이 한눈에 들어오도록 이 욕실을 지으셨다고 해요. 아마 앞으로 목욕을 하실 때마다 더없이 즐거우실 거예요."

클라라가 말했다.

"앞으로도 여기에 머물 수 있나요?"

클라라가 놀란 눈으로 쳐다보았다.

"당연하죠! 아가씨께서는 머잖아 보퍼트 부인이 되실 테니까요. 모든 여성들의 선망의 대상이 되실 거예요."

"그러니까……. 그 약혼자라는 분은 어떤 분이죠?"

약혼자라는 단어를 입에 올리기가 낯설고 거북했다.

"그건……."

클라라가 목욕 타월을 손안에서 굴리면서 머뭇거렸다.

"물론 아주 젊지는 않으시지만, 매우 상냥하신 분이세요."

마치 좋은 표현을 찾았다는 듯, 클라라가 황급히 말했다.

갈수록 태산이군. 루시는 뜨거운 물속에 있음에도 불구하고 몸이 차가워지는 걸 느꼈다.

"잠시 혼자 있어도 되나요?"

"죄송하지만 안 됩니다. 아직은 너무 병약하시기 때문에요. 보퍼트 경께서 엄격히 금하셨어요."

클라라의 눈빛에 곤란함이 스쳤다.

"그럼 침실을 좀 정돈해 줘요. 환기를 시킨다든가 침대보를 간다든가……. 욕실 문은 열어 둬요. 어차피 아무 데도 도망가지 못하니까."

루시가 클라라에게 미소 지어 보였다.

"그건 그렇네요."

클라라가 웃으며 말했다.

"그럼 5분만이에요."

드디어 혼자만의 시간이 생긴 셈이었다. 도대체 방금 들은 내용을 믿을 수가 없었다. 지금 자신이 나이 많은 남자와 약혼을 했단 말인가? 어떻게 그렇게 중요한 사실을 잊을 수가 있지? 분명 낙상을 당했다고는 하지만, 단 한 번이라도 말 위에 올라탔던 것조차 기억나지 않았다. 루시는 다시 침대로 돌아가고 싶은 마음만 간절했다. 어째서 눈을 뜨고 만 걸까? 차라리 계속 잠을 자고 있었다면……. 그 순간, 루시는 얼어붙고 말았다.

뭔가가 기억나는 것 같았다. 그러자 악몽이 떠올랐다. 두려움이 그녀에게 엄습했다. 무언가가 자신을 추적했고, 계속 따라왔던 게 기억났다. 끔찍하게 생긴 회색 유령이었다. 유령은 루시에게 무언가를 요구하는 것 같았다. 하지만 그게 뭔지 알 수가 없었다. 도망치고 싶었지만, 벗어날 수가 없었다. 그들은 루시의 판단력까지 갉아먹는 것 같았다. 그들에게서 도망치는 방법은 눈을 뜨는 것뿐이었다. 도대체 그 괴물들은 루시에게서 뭘 원했던 걸까? 어쩌면 기억을 잃은 것도 그것 때문일까? 눈물이 볼을 타고 흘러내리자, 루시가 성난 듯 눈물을 닦아 냈다. 정신을 똑바로 차려야 했다. 제대로 삶을 살아 내야만 했다. 분명히 도와줄 사람이 있을 터였다. 루시는 혼자가 아니었고, 어쩌면 단기간 또는 장기간에 걸쳐 기억을 잃었을 뿐일지도 몰랐다. 기억은 분명히 다시 되돌아올 터다. 머릿속 어딘가에 흩어져 있을 뿐이리라.

"클라라, 좀 도와줄래요?"

루시가 외쳤다.

잠시 후, 클라라가 거대하고 부드러운 수건을 가져다주었다.

"몇 가지 옷가지를 준비해 두었습니다."

클라라가 말했다.

"30분 후에 식사가 준비되어 있거든요. 보퍼트 경께서는 식사에 늦는 걸 싫어하십니다."

가지가지 하는군! 루시는 한숨을 쉬었다. 거의 반신불수 상태의 약혼녀가 좀 늦는 것 정도는 봐주지 않을까 싶었다.

클라라의 도움으로 속옷과 통이 좁은 회색 바지, 짙은 녹색의 캐시미어 스웨터를 입었다. 하지만 옷차림이 마음에 들지 않았다. 사고 전에 이런 옷을 입었단 말인가? 도대체 이런 옷은 어디서……. 그나저나 자신이 몇 살인지조차 기억나지 않았다.

"클라라."

"네?"

클라라가 루시의 곱슬거리는 붉은 머리칼을 단정히 빗으려 노력하면서 대답했다.

"내가 몇 살인지 혹시 알고 있어요?"

"아니오. 전 스물셋이에요. 주무실 때는 저보다 젊으실 거라고 생각은 했지만, 지금 그 옷차림을 보면…….."

분명 나이 들어 보인다는 의미인 것 같았다.

루시가 먼저 웃음을 터뜨렸고, 잠시 후 클라라도 따라 웃었다.

"뭐, 별로 상관없어요. 언젠가는 알게 되겠죠. 제 나이 많은 약혼자에게 맞추려면 이런 노티 나는 옷도 당분간은 걸치고 다녀야겠네요."

"유머 감각이 있으셔서 다행이에요."

"부탁 좀 들어줄 수 있나요? 우리끼리는 말 놓으면 안 될까요?"

"하지만……. 보퍼트 경께서 명령하신 거라서요."

루시가 눈을 뒤집어 보였다.

"하지만 저도 제 마음대로 할 수 있는 게 한 가지는 있을 거 아닌가요? 안 그래요?"

"잘 모르겠어요."

클라라가 솔직하게 털어놓았다.

"물론 보퍼트 경께서는 매우 친절하신 분이시지만……. 그건 어디까지나 그분의 명령을 잘 지킬 때에 한해서거든요."

클라라의 말에는 여운이 있었다. 만약 그의 명령을 어기면 어떻게 되는 거지? 루시는 인상을 찌푸렸다.

"준비가 끝났습니다."

클라라가 말했다. 거울을 보니, 머리카락은 단단히 땋아서 고정해 놓았고 연한 메이크업까지 마쳐 놓은 상태였다. 하지만 거울 속의 여자는 낯설었다. 20대 초반으로는 절대 보이지 않았다. 마음 같아서는 화장을 싹 지운 다음 머리도 풀어 헤치고 싶었지만, 그러면 클라라가 야단을 맞을 것 같았고, 그건 안 된다는 생각이 들었다. 그때 어렴풋이 뭔가 떠오르는 것 같기도 했다. 아니, 기억이라기보다는 단지 저택의 고용인들을 곤란하게 해선 안 된다는 마음이 드는 것일 뿐이었다.

루시가 조심스럽게 몸을 일으켰다.

"그럼 가 보죠."

무릎이 덜덜 떨렸다.

클라라가 루시를 부축했다.

"모든 게 잘될 거예요. 걱정하지 마세요."

"말이야 쉽죠."

그들은 천천히 계단을 내려가기 시작했다. 하지만 한 걸음 한 걸음 내디딜 때마다 알 수 없는 두려움이 커져 갔다. 과연 무엇이 저 아래에서 루시를 기다리고 있는 것일까?

계단 아래쪽에는 굉장히 넓은 공간이 있었다. 그걸 대체 뭐라고 불러야 할지 — 입구? 현관? 응접실? 아니, 일반적인 집에

저런 공간이 있다는 것 자체가 놀라웠다. 아무튼 그곳에 휠체어 한 대가 서 있었다. 저게 누구 건지 물어보기도 전에 클라라가 루시를 거기에 태웠다. 하지만 지금으로선 거기에 타길 거부할 힘도 시간도 없었다. 계단 몇 개만 내려왔을 뿐인데 이미 완전히 지쳐 있었다.

"의사 선생님께서 아가씨가 움직이셔야 한다고는 하셨지만, 처음부터 너무 많이 움직이는 것도 좋진 않을 것 같아서요."

클라라가 루시의 쇠약함을 눈치채고 말했다.

조금 전의 거대한 현관을 지나는 동안 문이 몇 개나 보였다. 어느 게 바깥으로 나갈 수 있는 문일까? 몸만 성하다면 당장이라도 바깥으로 뛰쳐나가고 싶었다. 정말이지 신선한 공기가 필요했다. 이 집 안의 모든 것에서 불쾌하게 낡은 냄새가 났다. 냄새가 그녀의 폐로 침입해 들어왔지만 호흡만 가빠질 뿐, 거부할 수가 없었다.

"루시, 진정해. 다 잘될 거야."

클라라가 잠시 기도문을 외웠다.

"두려움을 버리고 숨을 깊이 들이마신 다음 내쉬어 봐."

루시는 클라라의 말에 귀를 기울이면서 숨을 쉬어 보았다. 그녀가 얼마나 자신을 걱정하면, 저 바보 같은 존댓말까지 버리겠나 싶었다.

루시가 다시 제대로 생각하기까지는 상당한 시간이 걸렸다.

"나아졌나요?"

루시가 고개를 끄덕였다.

"아무도 아가씨를 해치지 않을 거예요."

클라라가 다시 존칭을 사용하며 말했다.

"알아요."

루시가 대답했다.

클라라가 휠체어를 밀면서 어떤 문 앞에 섰다. 문은 매우 높았고, 짙은 색의 나무에 여러 가지 화려한 문양이 장식되어 있었다. 그녀가 문에 노크했다.

그러자 곧바로 문이 열렸다. 루시는 사실 문 뒤에 엄청나게 거대한 방이 있을 거라고 상상했다. 왠지 그럴 것 같았기 때문이다. 하지만 그 안은 예상 외로 아담했다. 물론 좁지는 않았지만 안락함을 느낄 수 있게 적당한 넓이였다. 위로 높이 솟은 창문을 통해 희미한 겨울 햇빛이 들어오고 있었다. 천장에는 샹들리에가, 벽에는 벽난로가 설치되어 있어서 빛과 열기를 추가적으로 더해 주었다. 방 중간에는 긴 식탁에 점심 식사가 차려져 있었다. 거기에 두 명의 늙은 남자가 앉아 있었다. 클라라의 부축을 받은 루시가 방 안으로 들어오자, 두 남자가 고개를 들고 미소로 그녀를 맞이했다.

"오, 내 사랑!"

두 남자 중 그나마 나이가 좀 덜 들어 보이는 남자가 말했다. 물론 그도 이미 청춘을 뒤로하고 황혼기에 접어든 나이라는 건 다르지 않았지만 말이다.

"그대 때문에 얼마나 걱정했는지 아시오? 하마터면 결혼식을 올리기 싫어서 잠에서 깨어나지 않는다고 생각할 뻔했지 뭐요."

그가 웃음을 터뜨리며 루시의 손을 어루만졌다.

"너는 이제 가 보거라."

그가 클라라에게 명령했다.

하지만 루시는 클라라라도 곁에 있었으면 했다.

결혼식 ― 루시의 머릿속에 결혼식이라는 단어가 마치 사형 선고처럼 들렸다. 지금 눈앞에 서 있는 저 남자가 설마 신랑은 아니겠지? 남자는 거의 흰색에 가까운 금발, 아니, 백발로 변해 가고 있는 금발이었다. 키는 그리 크지 않았고, 마른 편이었는데 배만 볼록했다. 그가 웃어 보이면 누런 치아가 드러났다. 루시는 고개를 흔들었다. 설마 저게 내 약혼자라고?

"제 약혼자는 어디 있죠?"

남자가 웃기 시작했다.

"그대 앞에 이렇게 서 있잖소."

"설마요!"

루시가 저도 모르게 외쳤다.

"사실을 받아들여야 할 거요. 결혼식은 이미 오래전에 정해졌고, 그대도 거기에 동의했잖소!"

루시는 침을 꿀꺽 삼킨 다음, 다시 한 번 약혼자라는 남자를 바라보았다. 그는 단호한 표정이었다.

"아무것도 기억나지 않아요. 죄송합니다."

루시가 솔직하게 털어놓았다.

보퍼트 경이 그녀를 식탁으로 이끌었다.

"괜찮소, 내 사랑! 의사 선생님께 미리 들었소. 당신의 기억이 머잖아 돌아올 거라더군요. 그럼 왜 그대가 나와 혼인의 맹세를 올리고 싶어 했는지도 기억날 거요."

루시는 제 접시만 들여다보고 있었지만, 두 남자가 모종의 시선을 교환하는 장면을 놓치지 않았다. 두 사람은 무언가를 걱정하는 것 같아 보였다.

젊은 시종 하나가 음식을 가지고 들어왔다. 루시는 일단 골치 아픈 대화에서 잠시 숨을 돌리게 된 걸 감사했다.

"내 사랑, 정말 아무것도 기억이 안 나는 거요?"

수프 그릇이 서빙 된 후, 보퍼트가 물었다.

루시는 고개를 저었다.

"아무것도요. 당신이 제게 말씀 좀 해 주실 수 있나요? 무슨 일이 있었던 건지, 또 제가…… 누구인지……."

루시가 말끝을 흐렸다.

그가 헛기침을 했다.

"글쎄요. 어디부터 시작해야 할지 모르겠군요."

"제 가족들은요? 지금 어디에 있죠?"

"이런 말 해서 안됐소만, 그대는 고아요. 아주 어렸을 때 부모님을 잃고 여기에 앉아 있는 내 친한 친구인 바티스트 드 트레메인 경 아래에서 자랐소. 그는 당신의 대부라오."

루시 맞은편에 앉아 있던 늙은 남자가 미소 지어 보였다.

"네가 아기였을 때부터 내가 맡아 키워 왔단다."

루시가 그를 바라보았다. 그러니까 자신의 가족은 지금 눈앞에서 할아버지 같은 미소를 짓고 있는 저 남자뿐이라고? 자신이 그를 좋아했을까? 저 남자가 자신과 놀아 주고 책을 읽어 줬을까? 상상이 되지 않았다.

"우리는 당신이 자란 바티스트 경의 저택에서 만났고, 서로에게 호감을 키워 왔소. 우리 두 가문은 이전부터 매우 긴밀한 관계였지요."

호감을 키웠다—왠지 그게 사랑에 빠졌다는 말로는 들리지 않았다. 어쩌면 자신이 자라 온 환경에서 이런 일은 통상적인 관례일지도 몰랐다. 하지만 중세 시대도 아니고, 아무것도 기억이 나지 않았다. 호감을 가질 만한 젊은 남자는 만나 보지 못했던 걸까? 어쩌면 성숙한, 좀 많이 성숙한 남자가 취향이었을지도 모르지만 말이다. 물론 믿기지는 않았다.

"말에서 떨어졌던 사고에 대해 말해 주세요. 제가 원래 승마를 좋아하고 또 자주 했나요? 어째서 상처가 그렇게 깊었던 거죠? 말에서 떨어졌을 때 머리를 다쳤나요? 제 생각에, 말에서 떨어진 사람이 기억을 잃는 경우가 흔치는 않을 것 같은데, 아닌가요?"

대부라고 들었던 남자가 어깨를 으쓱해 보였다.

"첫 번째 질문은 쉽게 대답해 줄 수 있을 것 같군. 루시 넌 어렸을 때부터 승마를 좋아했고, 재능도 있었지. 다른 질문은 안타깝게도 대답할 수가 없어. 왜냐하면 그날 무슨 일이 있었는지 아무도 모르기 때문이야. 네가 타고 나갔던 말이 혼자 마구간으로 돌아왔지. 우리는 네가 길을 잃었거나 말에서 떨어진 거라고 생각했지. 보퍼트 경의 하인들이 몇 시간 동안 널 찾아

헤맸다. 넌 예전부터 오후만 되면 말을 타고 나갔고, 정해진 경로도 없었어. 수색을 하기에는 반경이 너무 넓었지. 널 찾아냈을 땐, 이미 의식을 잃은 상태였고 또 피도 많이 흘렸단다. 병원에 일주일간 입원해야 했지. 수술도 두 번이나 했다. 다행히 상태가 안정되고 위험한 상황에서 벗어났을 때 저택으로 데려온 거야. 저택에 있으면 좀 더 안정을 취할 수 있을 거라고 생각했다. 주치의이신 헤이즈 박사님은 유능한 분이니 잘 돌봐주실 거야."

루시가 고개를 끄덕인 다음, 접시 위의 감자를 깨작거렸다. 그리 배가 고프지는 않았다. 포크를 내려놓고 무릎 위에 펼쳐 둔 냅킨을 쥐었다 폈다 하다가 마침내 결심한 듯 물었다.

"혹시 지금 다시 방으로 돌아가 보면 많이 예의에 어긋날까요? 아직 몸에 힘이 없는 것 같아서요."

루시는 말을 마친 후, 억지로 미소를 지어 보였다.

"물론이지요. 절대로 무리하지 않는 게 좋아요. 다른 모든 건 나중에 해도 되니까요."

"다른 모든 거라뇨?"

루시가 약혼자에게 물었다.

보퍼트가 눈짓을 했고, 바티스트가 마침 생각났다는 듯 인상을 썼다.

"거기에 대해서는 다음번에 의논하도록 하자꾸나. 네가 하던 일에 대한 거란다."

루시가 입술을 깨물었다. 아마 두 사람 다 더는 말해 줄 의

향이 없는 것 같았다. 하지만 어쩐지 전보다 더 궁금증만 커진 기분이었다. 과거의 자신에게는 직업이 있었던 모양이었다. 뭔가 대단한 건 아닐 터였다. 두 집안의 부로 미루어 보건대, 밥값을 벌기 위한 일은 아니었을 것이다. 게다가 어떤 여자가 일을 하면서 오후마다 승마를 즐기겠는가? 아마 십자군 깃발이나 수놓는 정도의 일이겠지 싶었다. 루시는 냉소적인 미소를 지으려다가 간신히 참았다. 그때 클라라가 방 안으로 들어왔다. 한 명이라도 낯익은 얼굴을 보니 마음이 좀 놓이는 것 같았다.

"클라라, 아가씨를 다시 방으로 모셔다 드리거라. 그리고 무리하시지 않도록 각별히 조심하고. 아가씨가 잘못되면 네 책임이다. 그걸 잊지 말아라."

"예, 알겠습니다."

클라라가 그의 말에 고개를 숙여 인사해 보였다.

루시는 두 사람이 보지 못하는 각도에서 눈을 뒤집었다. 혹시 지금 중세 시대로 날아온 건가? 그러지 않고서야 지금 이 상황을 어떻게 받아들이라는 거지? 하지만 천장에 달린 램프를 보면 중세 시대는 아닌 게 확실했다. 물론 그것도 너무 쉬운 전개였으리라. 만약 지금이 정말 중세 시대였다면, 잠시 시간의 틀에서 튕겨져 나온 것일 뿐이니 제시간으로 돌아가길 기다리기만 하면 되는 것 아닌가. 기억이 돌아와서 이 모든 어처구니없는 상황에 대한 해답을 얻는 것보다는 그게 쉬운 방법인 것 같았다.

2장

나는 고서를 정말 좋아한다. 그런 책에는 전 소유자가 많이 읽어서
저절로 펼쳐지는 페이지가 있다.

— 헬렌 한프

콜린의 전화벨이 울렸다. 그는 디스플레이에 표시되는 번호를 확인하지 않은 채 전화를 받았다. 전화를 받을 때 팔이 아팠다. 얼굴의 부기는 많이 가라앉아 있었고, 입술 터진 데도 며칠 전에 비하면 그리 아프진 않았지만 팔에는 아직도 통증이 남아 있었다.

마리와 줄스가 마치 그가 전신 마비 환자라도 되는 양 돌봐주고 있었다. 그건 썩 괜찮았다. 마음에 들지 않았던 건, 지난 며칠간 루시에게서 연락을 받지 못한 것이었다. 만약 조만간 루시와 네이선이 잘 지내고 있다는 연락을 받지 못한다면, 뭔가 방법을 찾아봐야 할 것 같았다.

"여보세요."

그가 전화를 받았다.

"콜린 테일러 씨 되십니까?"

수화기 저편에서 낮은 톤의 남자 목소리가 들렸다.

"네……. 그런데요?"

콜린이 머뭇거렸다.

"내 이름은 조나단 드 트레메인입니다."

드 트레메인이라는 말에, 콜린이 잠시 숨을 들이마셨다.

"겁먹지 말아요. 전 네이선의 아버집니다."

"혹시 루시와 네이선이 거기 있나요?"

콜린이 벌떡 일어나 전화기를 움켜쥐며 소리쳤다.

"여기 왔었죠. 하지만 예상치 못했던 일이 일어났습니다. 내 아들이 당신에게 전화를 걸어 달라고 부탁하더군요. 당신이라 면 루시를 도와줄 거라면서 말입니다."

콜린의 몸에 통증이 느껴졌다. 그가 몸을 굽힌 뒤, 이를 악 물면서 물었다.

"루시는 지금 어디 있죠?"

"전화로 말하기는 곤란합니다. 혹시 만날 수 있을까요?"

"언제, 어디서요?"

"전 지금 런던에 있습니다. 한 시간 후에 런던 아이에서 만 날 수 있겠습니까?"

"좋아요."

콜린이 전화를 끊었다. 그런 다음 샤워를 하기 위해 절뚝거 리며 욕실로 향했다. 루시에게 뭔가 끔찍한 일이 일어난 게 분 명했다. 콜린은 분명히 느낄 수 있었다.

"뭐하는 거야?"

샤워를 마친 후 욕실에서 나오는데, 줄스가 넋 나간 얼굴로 물었다.

그의 벗은 상체에는 여기저기 피멍 자국이 남아 있었다. 줄스가 상처들을 바라보며 단호하게 말했다.

"아직은 일어나면 안 돼!"

"네이선의 아버지가 전화했었어."

그가 말했다.

"나에게 만나자고 했어. 무슨 일이 일어난 모양이야."

"거기 가면 안 돼! 그게 네이선의 아버지가 아닐지 누가 알아? 왜 이렇게 갑자기 나타났대? 그게 만약 함정이라면 어떻게 하려고 그래?"

"진실을 말하는 것 같았어. 정말 걱정하고 있었다고."

줄스가 어이없다는 듯 말했다.

"너 정말 그렇게 순진해? 아니면 순진한 척하는 거야?"

"네가 무슨 말을 하고 싶은 건지 모르겠군."

그가 쏘아붙인 다음 몸을 돌려 자기 방으로 들어갔다.

줄스가 그의 뒤를 따라 달려가서 방문을 열며 소리 질렀다.

"지금까지 일어난 일로 충분하지 않아? 아니면 한 번 더 죽어라 맞고 싶은 거야?"

"줄스! 네이선의 아버지는 루시에게 무슨 일이 일어난 건지 말해 주겠다고 했어. 며칠 동안 그 두 사람이 어떻게 된 건지 궁금해하지 않았어? 그런데 이제 와서 겁에 질린 토끼처럼 집에만 앉아 있을 수는 없다고!"

하지만 줄스도 질 생각은 없었다.

"네이선이 루시에게 말해 줬대. 자기 부모님은 자기가 아주 어릴 때 자길 떠났다고. 그분들은 네이선을 할아버지에게 맡겨 둔 채 떠났어. 무슨 이유에선지는 모르지만, 그렇게 한 번도 그를 찾아오지 않았다고. 이제 루시와 네이선이 사라진 시점에서 갑자기 네이선의 아버지가 나타나서 너에게 전화를 걸었다는 게 말이 돼?"

"아들과 아버지가 연락이 닿았을 가능성도 있지, 안 그래?"

"글쎄. 바티스트가 친자식을 어떻게 했을 것 같아? 지금 전화를 건 사람이 그의 아들이 아니라 바티스트의 명령에 복종하고 있는 하수인일 가능성이 더 큰 것 같아. 네이선과 루시가 사라져서 자기들도 그들을 찾으려고 모든 사람들을 찔러 보는 중일 수도 있잖아. 어쩌면 우리가 뭔가 알고 있다고 생각하고 있는지도 모르지."

"틀린 말은 아닌 것 같군."

콜린이 어쩔 수 없이 동의했다.

"정말 그런 의심조차 안 해 봤단 말야?"

줄스가 팔짱을 끼면서 물었다.

"당연하지. 뭐, 언제나 네 그 예리한 판단력이 옳았으니까."

"네 입에서 그런 말을 들으니까 좋네."

"그래서, 넌 어떻게 하고 싶은 건데?"

콜린이 그녀에게 단도직입적으로 물었다.

"일단은 뭐라도 좀 걸쳐."

콜린은 여태 사각팬티 차림이었다. 그의 머리카락에서 물이 뚝뚝 떨어져서 그의 가슴 위로 흘러내렸다.

"왜, 날 보니까 흥분되나 보지?"

그가 흐뭇한 듯 미소 지었다.

"실망시킬 생각은 없지만, 지금 네 꼴은 그리 멋져 보이지 않거든? 루시를 위한 사투의 흔적이 너무 많아서 말야!"

줄스가 내뱉은 다음 방문을 쾅 닫으며 나가 버렸다.

"야! 너한테 질투는 안 어울려!"

콜린이 그녀의 뒤통수에 대고 외쳤다.

줄스는 씩씩대며 부엌으로 가서 가스레인지에 물주전자를 올렸다. 아주 진한 커피 한 잔이 필요했다. 당연히 루시를 질투하는 건 아니었다. 콜린의 상상은 어처구니없었다.

하지만 가끔 콜린의 기사도 정신 때문에 인내심의 한계를 느끼곤 했다. 물론 그가 루시를 걱정하는 건 이해가 되었지만, 루시가 선택한 일이 아닌가. 또 루시 본인도 콜린이 자기 때문에 위험해지는 건 원치 않을 터였다. 게다가 네이선의 아버지 대신 바티스트가 보낸 자객이 기다리고 있을지도 모르는 일이었다. 만약 그가 정말 네이선의 아버지라고 해도, 믿을 수 없는 데다 잘 모르는 사람을 직접 만나러 나가겠다는 건 어리석었다.

콜린도 부엌으로 왔다. 다행히 티셔츠에 청바지 차림이었다. 그가 수건으로 젖은 머리를 닦아 내며, 멋쩍게 웃었다.

"그래서 계획이 뭔데?"

줄스가 그에게 커피 한 잔을 내밀며 그의 맞은편에 앉았다.

"전화를 건 사람이 정말 네이선의 아버지일 가능성도 있어. 그러니까 그 경우를 생각해서 움직이는 게 좋을 것 같아."

그녀가 한 발짝 양보하며 말했다.

콜린이 줄스를 바라보며 미소 지었다. 하지만 지금은 아무 말도 안 하는 게 영리한 행동이라는 걸 알고 있었다.

"일단 만나기로 한 장소로 다 같이 가서 주위를 살피자. 만약 조금이라도 수상한 게 보이면 도망쳐야 해."

"뭘 보고 위험하다고 느껴야 하지? 검은 외투에 무전기를 든 사람? 아니면 폭탄이 장착된 무인 드론기?"

줄스가 고개를 저었다.

"넌 바보야."

그러고는 몸을 일으켰다.

"미안."

콜린이 즉시 사과한 후 그녀의 손을 잡았다. 줄스가 머뭇거리다 다시 자리에 앉았다.

"사실은 나도 좀 두려워. 그래서 자꾸 멍청한 농담으로 웃어 넘기려는 거야."

줄스가 고개를 들자 콜린이 그녀의 눈을 바라보았다. 손에서 콜린의 온기가 느껴졌다.

"물론 루시를 곤경에 놔둘 생각은 없지만, 다시 곤죽이 되도록 얻어맞고 싶은 생각도 없어."

그가 짓궂게 웃었다.

"물론 너희들한테 보살핌 받는 건 기쁘지만 말야."

"이렇게 하자. 사람을 더 불러 모으는 거야."

줄스가 제안했다.

"네 친구들을 몇 명 끌고 와. 네 친구 딘이 대학에서 럭비 팀이라고 하지 않았어? 럭비 선수가 몇 명 있으면 지난번처럼 실컷 얻어맞을 일은 없겠지. 한번 물어보고 거기서 만나자고 해. 안전이 최우선이니까."

"자존심이 좀 상하긴 하는데."

줄스가 눈을 치켜떴다.

"이제 허세 부리는 건 그만해. 솔직히 말해서 싸움도 잘 못하잖아. 다른 사람에게 도움을 청하는 게 뭐가 어때서? 게다가 너 다쳤을 때 딘이 엄청 걱정했었어. 만약 내가 누가 한 짓인지 딘에게 말했다면 정말이지 당장 바티스트한테 뛰어가서 때려눕힐 기세였다고. 아마 네가 도움을 청하면 오히려 기뻐할 거야."

"뭐, 네가 그렇게 말한다면야."

콜린이 휴대 전화를 집어 들며 중얼거렸다.

30분 뒤, 콜린과 줄스는 집을 나섰다.

한겨울의 런던 아이는 여름만큼 북적대지는 않았지만 아주 한산하지도 않았다. 콜린은 친구인 딘에게 사람들 눈에 띄지 않게 주변을 좀 살펴 달라고 부탁해 두었다. 만약 누군가 수상한 사람이 눈에 띄면 즉시 자신과 줄스가 있는 쪽으로 달려와 달라고 말이다.

하지만 콜린과 줄스는 통화했던 남자가 네이선의 아버지라는 걸 단박에 알 수 있었다. 두 사람이 너무도 닮아 있었기 때문이다. 그래서 의심은 대번에 사라졌다. 이번에 만난 드 트레메인은 지난번 만났던 드 트레메인과 달리 평온해 보였다. 오만함이라고는 눈곱만큼도 없었다. 네이선조차 그 오만함은 가문의 꼬리표처럼 달려 있었는데 말이다. 조나단 드 트레메인은 런던 시내 한복판에 살 것 같은 사람으로는 보이지 않았다. 차라리 풀밭에서 개나 산책시킬 것 같은 늙은 시골 귀족 분위기였다. 그는 트위드 소재의 코트와 거기에 어울리는 모자를 쓰고 있었다. 콜린은 그가 파이프 담배 하나만 물고 있으면 정말 완벽할 거라고 생각했다.

"드 트레메인 씨죠?"

그가 말을 붙였다.

"제가 콜린 테일럽니다. 이쪽은 친구인 줄스라고 하고요. 저희와 만나고 싶어 하셨죠?"

그가 두 사람을 유심히 뜯어보았다.

"네이선이 내게 설명해 준 대로군요. 아버지가 보낸 가짜 단역 배우일까 봐 걱정했거든요."

줄스가 웃었다.

"그건 우리도 마찬가지였어요."

"그래서 럭비 팀 한 부대를 끌고 온 겁니까?"

"눈치채고 있었던 거예요?"

줄스가 당황한 나머지 얼굴을 붉혔다.

"하도 오랫동안 쫓기는 생활을 하다 보니 저절로 터득하게 된 거지요. 언젠가부터 내 주변에 있는 사람을 아주 상세히 관찰할 수 있게 됐습니다. 언제나 아버지가 저나 제 가족한테 무슨 짓을 벌이기 위해 사람을 보낼 위험이 있었으니까요. 물론 절 믿지 않은 건 아주 올바른 행동이었습니다."

"드 트레메인 씨, 그럼 어디 들어가서 차라도 한잔하시죠."

콜린이 휴대 전화로 '경보 해제' 문자를 보내며 말했다.

"오늘 바깥 날씨 한번 춥네요."

"조나단이라고 불러요."

그가 고개를 끄덕이며 말했다.

"대체 무슨 일이 있었던 거죠?"

콜린이 카페 의자에 앉으며 물었다.

"마지막으로 들은 건 루시가 네이선을 풀어 줬다는 거였어요. 하지만 그 후로는 연락이 끊겼고, 그게 벌써 일주일 전이에요. 사실 다들 엄청나게 걱정하고 있어요."

"하지만 루시가 우리를 더 이상 위험한 일에 끌어들이고 싶어 하지 않을 거라는 생각도 들었어요. 그날, 콜린이 바티스트가 보낸 사람들에게 엄청나게 두드려 맞았거든요."

줄스가 덧붙였다.

"걱정한 게 당연해요."

조나단이 말했다.

"두 사람이 도망치고 난 뒤에 무슨 일이 있었는지 설명해 줄게요. 바티스트의 개들 중 하나가 루시를 물었던 걸 알고 있었나요?"

콜린과 줄스가 놀란 얼굴로 고개를 저었다.

"네이선이 찾아온 건 한밤중이었어요. 그 애를 못 본 지 오랜 시간이 지나 있었지만, 한눈에 네이선이라는 걸 알 수 있었죠."

그의 얼굴에 슬픈 미소가 떠올랐다.

"나와 아내, 그리고 네이선의 여동생 두 명은 설마 우리가 그런 식으로 재회하게 될 거라고는 생각하지 못했습니다. 상황이 너무 긴박했기 때문에 재회의 기쁨은커녕 말 한마디 나눌 시간조차 없었어요. 루시는 이미 우리 집으로 오는 길에 정신을 잃은 상태였습니다. 좀 더 일찍 왔더라면 도와줄 수 있었을 거예요. 아버지가 만든 개들은 일반 개들과는 달라요. 침 속에 맹독이 들어 있지요. 그 독이 혈관 속에 침투하면, 아버지가 만든 해독제 외에 다른 방법이 없습니다. 전 의사기 때문에 할 수 있는 방법은 총동원해 보았지만, 방법이 없더군요. 만약 개에게 물린 다음에 에든버러에 가지만 않았어도 좀 더 시간을 벌 수는 있었을 겁니다……."

콜린의 얼굴이 창백해졌다.

"설마……."

줄스가 그의 손을 꽉 잡았지만, 콜린은 더 이상 말을 잇지 못했다.

"아뇨, 다행히 생명은 건졌습니다. 하지만 차라리 죽기를 원하게 될 날이 머잖아 올 거라는 생각이 드는군요."

"그게 무슨 말씀이죠?"

"아마 그대로 놔뒀다면 독 때문에 목숨을 잃었을 겁니다. 이미 개의 독이 전신에 퍼진 상태였습니다. 끔찍한 고통과 깨어날 수 없는 악몽에 시달리면서 비명을 질러대더군요. 네이선으로서도 선택의 여지가 없었습니다. 그가 그런 결단을 내리기까지는 많은 심리적 고통이 있었다는 걸 이해해 주기 바랍니다."

조나단이 잠시 말을 멈췄다.

"네이선은 어쩔 수 없이 바티스트에게 연락했습니다. 안 그랬다면 루시는 죽었을 테니까요. 그에게 전화를 걸어서 루시를 살려 달라고 부탁한 겁니다."

"안 돼!!"

콜린이 벌떡 일어서며 괴성을 질렀다. 그 바람에 의자가 바닥에 나가 떨어졌다.

"제발 그게 사실이 아니라고 말해 주세요. 지금 네이선이 루시를 저 괴물에게 공손히 갖다 바쳤다는 말씀이에요? 전 루시를 구하기 위해 바보처럼 곤죽이 되도록 얻어맞기까지 했는데! 어떻게 그럴 수가……."

"콜린, 진정해. 일단 조나단이 계속 설명할 수 있도록 하자."

줄스가 주변을 둘러보며 눈치를 줬다. 다른 테이블에 앉아 있던 사람들이 모두 쳐다보고 있었다.

"제발 다시 앉아!"

줄스가 다그쳤다. 콜린이 그녀를 못마땅한 듯 쏘아봤다. 그리고 마지못해 넘어진 의자를 세우고 자리에 앉았다.

"좋아요. 계속 말해 주세요. 어쩌다가 에든버러에 간 거래요? 우리는 그 둘이 바티스트의 눈이 닿지 못하는 곳으로 당장 도망치길 바랐다고요."

"루시가 올리브라는 여성을 만나려고 했다는군요.《수호자의 책》에 대한 정보를 얻기 위해서였죠. 그 책에 대해 알고 있습니까?"

"루시가 책들을 해방시킬 수 있는 방법이 쓰여 있다고 했어요."

줄스가 대답했다.

"맞아요. 올리브 씨는 수십 년간 그 책의 행방을 찾아 왔다고 들었어요. 그리고 정보들을 모아 왔다는군요. 하지만 그들과 만나던 날, 그녀는 살해당했습니다. 루시와 네이선은 겨우 탈출할 수 있었지요."

"저희가 듣기로는 올리브 씨가 죽은 건 프랑스에서 사고를 당했기 때문이라던데요."

줄스가 말했다.

"그건 잘못된 정보일 겁니다. 아마 아버지가 사건을 조작하고 은폐했겠지요. 사건 전체를 덮어 버린 겁니다. 올리브 씨는 에든버러에 있는 홀리루드 궁전에서 살해당했습니다. 원래는 루시를 죽이려고 총을 쐈는데, 그걸 그녀가 대신 맞은 겁니다. 자신을 희생한 거였지요."

"그것 때문에 도서관에서 추모식도 열리고 난리가 아니었어요."

줄스가 중얼거렸다.

"저도 마리랑 장례식에 갔었어요. 만약 진실을 알았더라면…… 과연 이 끔찍한 연쇄 살인을 멈출 수는 있는 거예요?"

"모르겠습니다. 원래부터 연맹을 막을 수 있는 건 아무것도 없었으니까요. 게다가 이제는 루시까지 손에 넣은 셈이니, 걱정했던 것 중에서도 가장 끔찍한 일이 일어난 겁니다."

조나단이 떨리는 목소리로 말했다.

"도대체 무슨 일이 있었던 거예요?"

콜린이 물었다.

"루시와 네이선이 우리 집에 왔다는 건 말씀 드렸지요. 바티스트의 가정부로 일해 오던 소피아가 집 주소를 가지고 있었습니다. 그녀와 우리는 수년간 몰래 연락을 취하고 있었거든요. 소피아는 우리에게 네이선이 어떻게 자라나고 있는지 편지를 써 주었습니다. 당연히 아버지 몰래 벌인 일이었지요. 아버지는 오래전부터 우리 부부의 삶을 지옥으로 만들었습니다. 그래서 더더욱 네이선과 루시를 돕고 싶었지만, 루시의 상태는 너무 심각했어요. 네이선이 아버지에게 전화를 걸어서 도움을 요청하자, 그는 자기의 요구 조건을 내걸었습니다. 네이선이 그 조건에 동의해야만 루시의 목숨을 살려주겠다고 제안한 거지요. 우리는 네이선이 당연히 아버지의 조건을 받아들이지 않을 거라고 생각했습니다. 하지만 생과 사의 기로에서 루시는 정말이지 고통스러워하고 있었고, 그녀의 목숨은 아버지의 손에 달려 있었습니다."

조나단이 잠시 말을 멈추더니 커피 한 모금을 마셨다. 그런 다음 깊이 심호흡을 했다.

"네이선은 만 하루 동안 고민했습니다. 처음에는 루시와 함께 도망치려 했지만, 그녀는 움직일 수 있는 상태가 아니었어요. 만약 그랬다면 죽음만 앞당겼겠지요. 네이선은 많이 고뇌했습니다. 결국 모든 걸 체념했고, 아버지가 탄 헬기와 리무진 한 대가 왔습니다. 혹시라도 방해를 받을까 봐 무장한 남자들을 다섯 명이나 데려왔더군요. 우리는 다른 선택의 여지도, 아무런 힘도 없었는데 말입니다. 의사 한 명이 루시를 진찰하더니 약을 주사하더군요. 그런 다음에는 곧장 헬기에 태웠죠. 네이선도 같이 타려고 했지만 저지당했습니다. 아버지가 말하길, 루시는 보퍼트의 저택으로 곧장 가야 하니 네이선은 자기를 따라 영지로 돌아가야 한다더군요. 만약 그가 거부하면 루시는 죽은 목숨이었지요. 그래서 결국 아버지를 따라가는 수밖에 없었습니다. 저와 아내에겐 이 일에 한 번만 더 끼어들면 딸들에게 해를 입히겠다고 위협하더군요."

줄스가 마른침을 삼켰다.

"정말이지 막가파네요."

"아마 눈을 감는 날까지 자기의 목적을 위해 수단과 방법을 가리지 않을 겁니다."

"저희들은 왜 보자고 하신 건가요?"

콜린이 조나단의 얼굴을 바라보며 물었다.

"이 상황에서 우리가 뭘 더 할 수 있죠?"

"네이선 말로는, 당신들이 이걸 맡길 만한 유일한 사람들이라더군요. 그 애는 당신들을 믿고 있어요."

그가 외투 안주머니에서 검은색의 노트 한 권을 꺼냈다.

"이 노트에는 올리브 씨가 《수호자의 책》에 대해 알아낸 모든 게 들어 있어요. 네이선도 조금 읽기는 했지만, 시간이 너무 없었지요. 이 노트나 《수호자의 책》이 아버지의 손에 들어가선 안 돼요. 그 두 가지가 연맹을 막기 위한 유일한 수단이니까요. 네이선은 콜린 당신이 이 책을 가지고 있길 바랐어요. 그리고 당신이 루시를 보퍼트의 손아귀에서 벗어나게 해 줄 유일한 사람이라고 생각했던 것 같습니다. 일단은 아버지가 원하는 걸 모두 손에 넣었으니, 당신들에게 복수하지 않을 거라고 믿는 수밖에요. 게다가 당신들이 누군가를 위해 자기 목숨을 희생할 만한 사람이라고 생각하진 않을 겁니다. 아버지는 언제나 자신이 누구보다도 중요하고, 영리하고, 뛰어나며, 모든 사람이 자기처럼 이기적일 거라고 믿고 있으니까요. 하지만 네이선은 콜린 당신이 절대로 루시를 위험에 내버려 두지 않을 거라고 확신하고 있더군요."

그가 콜린을 간절한 눈으로 바라보았다.

"하지만 이번만큼은 절대로 가볍게 생각해선 안 될 겁니다. 모든 걸 철두철미하게 계획해서 실행에 옮겨야 합니다. 연맹은 냉혈한들의 소굴이니까요."

"전 절대로 루시를 위험에 내버려 두지 않을 겁니다."

그의 말에, 줄스가 잡고 있던 콜린의 손을 놓았다. 콜린이 그녀를 향해 고개를 돌린 다음 말했다.

"줄스, 그게 만약 너였어도 똑같이 행동했을 거야."

줄스가 소리를 질렀다.

"네가 방금 한 말을 증명할 만할 일이 일어나지 않길 바라!"

그런 다음, 카페를 뛰쳐나오고 말았다. 콜린이 그녀를 멈춰세우기 위해 벌떡 일어났다. 하지만 조나단이 그를 막았다.

"콜린, 지금은 이 일이 더 중요합니다."

콜린은 마지못해 다시 자리에 앉아야 했다. 그의 시선이 줄스를 좇았다. 줄스는 카페 앞에 멈춰 서 있었다. 카페에 들어오지는 않았지만, 그렇다고 아주 가 버린 것도 아니었다. 콜린은 다시 조나단을 향해 고개를 돌렸다.

"루시를 구하려면 뭘 해야 하죠? 다시 건강해졌다는 건 어떻게 알 수 있을까요? 어쩌면 네이선을 붙잡은 다음에 루시를 살해한 게 아닐지……."

"아마 그럴 일은 없을 겁니다. 이유는 분명합니다. 루시가 가진 능력을 절대로 사라지게 만들지는 않을 테니까요."

"하지만 루시는 절대로 연맹을 위해 책을 훔치려고 들지 않을 텐데요? 만약 루시의 능력을 마음대로 쓸 수 없다면 데리고 있어도 아무 소용이 없잖아요."

"아직 말하지 않은 게 있는데, 그 독은 몸을 마비시킬 뿐 아니라 정신까지 앗아가요. 그날도 끔찍한 악몽에 몸부림치더군요. 그 악몽은 사람을 망가뜨립니다. 게다가 루시는 깊은 코마 상태였어요. 우리는 그녀가 깨어날 수 없는 악몽에 사로잡힌 채 발버둥치는 걸 지켜보고만 있어야 했습니다. 정말 끔찍했습니다. 물론 정도의 차이는 있지만, 대부분의 경우에는 그 사람의 인격이나 정신을 완전히 바꿔 놓게 됩니다. 그러니 루시를 다시 만나더라도 예전의 그녀가 아닐 수도 있어요. 당신에 대해 전혀 기억하지 못하거나, 바티스트 대신 당신을 적으로 간주할 수도 있습니다. 모든 가능성을 열어 둬야 해요."

"어떻게 그런 일이……."

콜린이 고개를 흔들었다.

"정말이지 말도 안 돼요."

"바티스트 드 트레메인은 이 세상에 존재하면 안 되는 것들을 몇 개나 가지고 있지요. 그가 그런 사람이라는 걸 미리 염두에 두면, 놀랄 일은 좀 적어질 겁니다."

"그 보퍼트라는 인간은 어디 살고 있죠?"

"그의 영지는 튜크스베리 근처 글로우스터셔의 백작령에 있어요. 더 상세한 주소를 드리겠습니다."

"저희들을 도와주실 건가요?"

"그럼요."

조나단이 냅킨에 자신의 전화번호를 적어서 건네주었다.

"언제든 도울 일이 있으면 말해요. 전 지금 스코틀랜드로 돌아갈 겁니다. 만약 아버지가 절 감시하고 있을지도 모르니, 자리를 오래 비워 둘 수는 없어요."

"부인과 아이들은요?"

"안전한 곳에 있습니다. 프랑스에 보내 뒀습니다."

"좋아요. 그러면 책을 한번 들여다본 다음에 계획을 세워 볼 게요. 조만간 연락드리죠."

두 남자는 자리에서 일어나 악수를 했다. 콜린이 카페를 나와, 밖에서 기다리고 있는 줄스의 어깨에 손을 올렸다.

"어쨌든 네가 집까지 절뚝거리면서 가게 둘 수는 없었어."

그녀가 중얼거렸다.

"고마워."

콜린이 그녀의 뺨에 입을 맞추어 주었다.

"이러지 마!"

줄스가 그를 밀쳐 냈지만, 콜린은 그녀를 더욱 세게 끌어안았다.

"너와 나 사이에 벌써 뭔가가 싹트는 것 같은 기분이 드는데?"

"계속 그렇게 나불거릴래?"

두 사람은 말없이 걸었다.

"네가 날 기다려 준 거 고마워. 아마 널 따라 나갔어도 멈춰 세울 수는 없었을 거야."

잠시 침묵이 흐른 후, 콜린이 말했다.

"넌 정말 바보 같은 남자야."

"하지만 넌 그런 나를 좋아하잖아, 아냐?"

"상상력 한번 뛰어나셔."

콜린이 거부할 수 없는 미소를 지어 보였다.

"뭐? 무슨 말인지 모르겠는데?"

3장

책을 가진 사람은 행복하다. 필요한 게 없는 사람은 더 행복하다.

— 중국 속담

네이선은 텅 빈 집 안을 불안한 듯 거닐었다. 바티스트가 집을 비운 지 벌써 며칠이 지나 있었고, 네이선에게는 어디에 간다고 말해 주지 않았다. 물론 보퍼트에게 갔을 건 뻔했다. 루시를 치료한 의사는 그녀가 눈을 뜨기만 기다리고 있었고, 어쩌면 루시가 눈을 떴기 때문에 바티스트가 곧장 거기 간 걸지도 몰랐다. 그가 그런 중요한 순간을 놓칠 리 없었으니까. 하지만 언제 돌아올지는 불확실했다.

루시가 의식을 되찾은 것만은 확실했다. 바티스트에게 도움을 요청하기로 결정했던 건 그런 의미에서 완전히 잘못된 선택만은 아니었다. 물론 바티스트가 요구한 조건은 터무니없었지만, 선택의 여지는 없었다.

루시가 의식을 되찾으면 무슨 일이 벌어지게 될까? 어쩌면 이전보다 더 위험한 상황에 처하게 되는 셈이다. 만약 그녀가 건강해지면 바티스트와 보퍼트가 그녀에게 무슨 짓을 할 것인가? 이제는 그녀를 그들에게서 구출해 낼 계획을 세워야 했다. 하지만 당장은 손발이 묶여 있었다. 바티스트는 여러 명의 무장한 경비들로 집을 지키게 했다. 바티스트가 집을 비운 사이엔 소피아조차 저택에 들어올 수 없었고, 바깥과의 소통 수단은 완전히 차단당했다. 거의 미칠 지경이었다. 금으로 만들어진 새장에 갇혀서 조부의 화풀이 대상으로 전락해 있었다. 뭔가 방법을 찾아야만 했다. 조부가 저 스스로 파 놓은 함정에 빠지도록 만들어야 했다. 하지만 당장은 방법이 떠오르지 않았다. 지금까지는 조부가 우세했지만, 이제는 주도권을 빼앗아올 시간이었다.

조부가 집을 비운 사이, 그에게는 산더미 같은 과제가 쌓여 있었다. 조부는 다수의 책들을 읽어 들일 준비를 하라는 명령을 남기고 떠났던 것이다. 네이선은 일단 한 권을 집어 들기로 결심했다. 그러면 머릿속에 꽉 차 있는 잡념들—루시와 보퍼트에 대해 생각하면 떠오르는 끔찍한 장면들—을 떨쳐 버릴 수도 있을 것이었다. 여태껏 아무리 절망적으로 머리에서 쥐어짜내 보려고 해도 떠오르지 않았던 좋은 작전이 떠오를지도 모르는 일이었다.

그는 빠른 걸음으로 조부의 서재로 갔다. 서재에는 책들이 많이 있었기 때문에 다른 방들보다는 덜 외로움을 느꼈다. 그는 감옥에 갇혔을 때, 책들이 자신과 루시를 도와 지하 도서관의 문을 열어 줬던 일을 떠올렸다. 하지만 당분간 도서관 안은 출입할 수 없을 터였다. 조부가 네이선을 더 이상 신뢰하지 않았기 때문이다. 그들은 마치 원형 경기장 안에서 상대를 쓰러뜨릴 틈만 노리는 두 명의 전사 같았다. 하지만 바티스트는 연맹 안에서의 권력을 유지하기 위해 네이선을 필요로 하고 있었다.

네이선은 안락의자에 앉아 책 무더기의 맨 위에 놓여 있는 책을 집어 들었다. 제인 오스틴의 《오만과 편견》이었다. 그 책은 루시가 가장 좋아하는 책들 중 하나였다. 그 책을 읽어 들이는 것만큼은 가능한 한 미뤄 두고 싶었다. 조부는 그에게 책 표지를 스케치해서 보호책의 초안을 완성해 두라고 명령했다. 《보물섬》은 이미 스케치를 넘긴 상태였고, 조부가 표지 만드는 장인에게 보호책의 초안을 받아 둔 상태였다. 어쩌면 그가 저택으로 돌아오자마자 《보물섬》은 완성될 터다. 물론 언제까지고 책을 읽어 들이는 걸 거부할 수는 없을 터였다. 조부는 네이선이 루시를 보호하기 위해서라면 무엇이든 할 거라는 걸 정확히 알고 있었기 때문이다.

루시와 연락을 취할 수만 있다면 얼마나 좋겠는가. 설마 지금 버림받았다고 느끼고 있지는 않을까? 루시는 자신을 구하기 위해 모든 걸 바쳤는데, 그 대가로 자신은 그녀를 할아버지에게 곱게 바친 셈이다. 하지만 다른 방법이 없었다. 아버지의 제안을 따르지 않았다면 루시는 지금쯤 목숨을 잃었을 것이다.

"너희들이 좀 도와줄 수는 없어?"

그가 벌떡 일어서서 서재 안을 왔다 갔다 하며 책들에게 물었다.

"그녀가 어디에 있든지 책을 통해 너희들과 연결될 수 있잖아!"

하지만 책들은 침묵할 뿐이었고, 그도 책들이 대답할 거라고는 생각하지 않았다. 자기 생각을 크게 말한다는 것만으로도 머릿속을 정리하는 데는 도움이 되었다. 게다가 책들이 대답을 안 해 주더라도 자기 말을 듣고 있다는 건 알고 있었다.

"난 지금 여기에 갇혀 있어. 만약 루시가 자신이 혼자가 아니라는 걸 알 수만 있다면, 내가 그녀를 배신한 게 아니라는 걸 알아준다면 얼마나 좋을까. 만약 의식을 되찾았는데, 믿을 수 있을 만한 사람이 아무도 곁에 없다면 얼마나 외롭겠냐고……!"

그가 답답했던 나머지 자기 옆에 놓인 작은 탁자 위를 손바닥으로 세게 내리쳤다.

"우리도 루시와 연락할 수 없어."

갑자기 아주 부드러운 목소리 하나가 들려왔다. 네이선은 깜짝 놀라 주위를 둘러보았다. 하지만 방 안에는 네이선뿐이었다.

"보퍼트와 바티스트가 루시 주위에서 책을 모조리 치워 버렸어. 만약 루시가 책이 한 권도 없는 곳에 계속 있다면 우리도 너와 마찬가지로 아무런 힘을 쓸 수가 없어."

네이선이 자기 무릎 위에 있는 책을 멍하니 쳐다보았다. 그 목소리는 《오만과 편견》이었다.

"나와 이야기하는군."

그가 중얼거렸다.

"당연하지. 연맹의 아이들에게 우리가 신뢰하고 있다는 걸 알려 주는 게 우리들의 사명이니까."

"하지만 너희들의 신뢰를 받기에 우리 연맹의 남자아이들은 몇 세기 동안이나 나쁜 짓을 해 왔어."

"우리는 여자아이들과도 오랫동안 말하지 않았어. 우리가 신뢰할 수 있었던 건 루시뿐이야. 루시는 남자들과 여자들 사이의 전쟁과는 무관한 존재야. 너도 내 말이 무슨 뜻인지 이해하겠지?"

"알 것 같군."

"좋아. 넌 그녀가 우리의 형제자매들을 해방시켜 줄 존재라는 걸 알고 있지?"

"당연히 알고 있어. 이제 그녀에게 남은 건 몇 세기 동안 숨겨져 왔던 《수호자의 책》을 찾아내는 거야. 저 미치광이 광신자들의 억압에서 책들을 해방하려면 나를 믿어야 되었지. 그래, 다 알고 있어. 그중에서도 가장 끔찍한 부분은, 그녀가 믿고 있던 나라는 인간이 바로 그 미치광이 광신자들에게 그녀를 넘겨 버렸다는 거야."

네이선이 양손으로 얼굴을 감싸며 고개를 떨어뜨렸다.

"선택의 여지가 없었다는 거 알아."

책이 그를 위로해 주었다.

"만약 네가 그런 결정을 내리지 않았다면 루시는 죽었겠지. 날 믿어. 우리도 널 믿고 있어."

"너희들이 날 믿는다고?"

"당연하지."

"하지만……. 어째서?"

그가 눈썹을 찌푸렸다.

"넌 그녀를 사랑하잖아. 루시를 위해 무엇이든 할 테고."

"맞아."

네이선이 인정했다.

"루시는 날 사랑하지 않겠지만 말이야. 하지만 그런 건 아무래도 상관없어. 난 그녀가 다치는 걸 원하지 않아."

"어째서 넌 그녀가 너를 사랑하지 않는다고 생각하지?"

서재에 꽂혀 있던 책 하나가 흥미롭다는 목소리로 물었다.

네이선이 어깨를 으쓱해 보였다.

"루시는 너희들을 해방하기 위해 날 필요로 하는 것뿐이야. 그게 그녀에게 가장 중요하니까. 하지만 나는 그녀를 너무도 많이 실망시켰어. 내가 그녀라면, 정말이지 내가 밉겠지."

스스로 그 말을 내뱉으면서도 가슴이 찢어지는 것 같았다. 이렇게 깊은 속내를 털어놓아 본 건 처음이었다.

"네가 사랑에 대해 아는 게 뭐야?"

"글쎄, 너와 같은 책들이 묘사하고 있는 게 대부분이겠지."

여태껏 책장에 꽂혀서 침묵하던 책들이 그의 말을 듣고는 조용히 웃었다.

"사랑이라는 건 책에 쓰여 있는 말로는 표현할 수 없는 거야. 그러니 여태껏 읽었던 책에 쓰여 있던 건 잊어버려."

그 말에 네이선이 믿을 수 없다는 듯 고개를 흔들었다. 지금 책에 쓰여 있는 말을 잊어버리라고 말한 게 책 맞지?

"루시가 책들과 대화할 수 있다는 걸 할아버지에게 말해선 안 되었어. 어떻게 그렇게 멍청했을 수 있지? 당연히 할아버지는 그녀를 철저히 책으로부터 떼어 놓았겠지. 그는 언제나 나보다 한발 앞서 있어. 거의 미칠 지경이야. 지금 이 집도 보퍼트의 끄나풀들이 철저하게 감시하고 있어. 만약 너희들이 그녀와 연락할 수 없다면, 도대체 어떻게 해야 하지?"

"기다려."

"기다리라고?"

"우리는 그렇게 수백 년을 기다려 왔어. 루시는 방법을 찾아낼 거야. 언젠가는 말이야."

"이봐, 인간의 수명에는 한계가 있어. 모든 게 너무 늦어 버릴 거라고!"

"그렇게 오래 걸리지는 않을 거야."

"너희들에게는 상관없을지도 모르지만, 나에게는 상관있어! 게다가 저 보퍼트라는 놈이 루시와 결혼식을 올린 다음에 그녀에게 무슨 짓을 할지, 상상조차 하고 싶지 않아. 저들을 막아야만 돼!"

"네이선, 우리에겐 그럴 만한 힘이 없어."

네이선은 침묵했다. 막다른 골목이었다. 자기들도 뾰족한 방법이 없었는지, 책들이 침묵했다. 네이선은 머리를 싸쥐고 방법을 짜내 보았다. 분명 무슨 수가 있을 터였다. 그때 무언가가 떠올랐다.

"책의 유령은 어때? 책의 유령이라면 루시에게 접근할 수 있지 않나?"

"네이선, 우리는 거기에 대해 별로 말하고 싶지 않아."

"할아버지가 책의 유령을 조종하고 있는 거지? 아무리 보호책 없이 읽혔다고 해도 책의 유령처럼 끔찍한 존재가 되진 않을 거 아냐."

사실 그는 그 문제에 대해 오랜 시간 동안 생각해 왔던 것이다. 저 끔찍한 존재는 할아버지의 손에서 만들어진 게 분명했다.

"네 할아버지가 책의 유령에 대해 뭐라고 설명해 줬지?"

책들이 떨리는 목소리로 물었다.

"책의 유령은 보호책 없이 읽어 들여진 존재라고 말했어. 그렇게 시간이 지나면서 시공간을 떠돌면서 연맹의 아이들에 대한 증오와 분노만으로 가득 찬 존재라고."

"그랬군. 바티스트는 그 존재를 만들어 낸 다음 제 뜻대로 널 조종하려고 했던 거야. 너도 느꼈겠지만, 책의 유령 덕분에 넌 책들에 대한 공포심을 가지게 된 거지."

네이선은 책의 유령과 처음으로 조우했던 때를 떠올리곤 몸서리쳤다.

하지만 그는 멈추지 않고 계속 질문했다.

"하지만 할아버지가 조종할 수 있는 건 분노에 찬 유령들뿐이지, 안 그래?"

"맞아."

"그리고 몇 세기 동안은 보호책 없이 읽힌 책이 드물었을 것 같은데."

"맞아. 특히 너의 아버지와 너는 단 한 번도 그런 짓을 한 적이 없었지."

"만약 내가 지금, 책 한 권을 보호책 없이 읽는다면……."

그의 말에 책들이 웅성거리기 시작했다. 책꽂이에서 배신자! 도둑놈! 내 이럴 줄 알았어! 같은 말들이 튀어나왔다.

그가 큰 걸음으로 방의 한가운데에 섰다.

"잠깐 기다려 봐. 난 너희들을 해치려는 게 아니야. 단지 루시를 돕기 위해 너희들과 함께 머리를 짜내려는 것뿐이야. 너희도 루시를 돕길 원하잖아. 아니야?"

그러자 흥분했던 목소리가 점점 가라앉았다.

"맞아."

책들이 대꾸했다.

"좋아. 그럼 다시 한 번 물을게. 이건 가정일 뿐인데, 만약 어떤 책이 보호책 없이 읽히게 되면, 그 책의 영혼이 루시에게 다가가 말을 건넬 수 있게 될까? 책의 유령이 루시에게 메시지를 전달해 주는 역할을 할 수 있을까?"

책들이 오랜 시간 동안 침묵했다.

네이선은 안락의자에 앉아 기다렸다. 그런 다음, 제인 오스틴의 책을 손에 단단히 쥐었다.

그는 책들에게도 생각할 시간이 필요하다는 걸 알고 있었다. 그들 스스로 결정해야 했다. 만약 그의 추측이 맞다면, 책 한 권이 나서서 자신을 희생해 주기만 하면 되었다. 그건 말 그대로 '희생'이었다. 왜냐하면 그 책의 영혼은 두 번 다시 돌아오지 못할 것이기 때문이다. 저주받은 채 영원히 시공간 사이를 떠돌게 되는 것이다. 그런 운명이란 가혹하기 이를 데 없었고, 상상만으로도 마음이 아팠다. 적어도 루시는 자기 때문에 책한 권이 그런 운명에 처하는 걸 절대로 원치 않을 터였다.

"내가 할게."

그가 잡고 있던 책이 속삭였다.

처음에는 잘못 들은 줄 알았다. 잠시 후, 네이선이 고개를 저었다.

"미안해. 너에게 그런 희생을 요구할 수는 없어. 다들 그냥 잊어 줘. 바보 같은 생각이었을 뿐이야."

"아냐, 그렇지 않아."

책이 말했다.

"그게 루시에게 닿을 수 있는 유일한 방법이야."

"하지만 그럼 넌 영원히 돌아올 수 없게 돼."

"네이선, 우리도 루시가 책들을 해방할 때 정확히 무슨 일이 일어나게 될지는 몰라. 전에는 알고 있었지만, 몸을 옮기면서 알고 있던 것들도 잊어버리고 말았어. 어쩌면 책의 유령도 해방될 수 있을지 몰라. 물론 다시 돌아오지 못할 수도 있지만 —어쨌든 루시가 유일한 희망이야. 그리고 루시를 돕는 게 우리의 사명 아닌가? 난 준비됐어. 루시는 날 정말 사랑했고 자주

읽어 줬지. 그런 루시를 저렇게 고통 가운데 혼자 내버려 둘 수
는 없어."

"괜찮겠어?"

"응."

"다른 책들의 의견은?"

그가 주위를 둘러보며 물었다.

다들 동의하는 것 같았다. 안도의 한숨 소리도 들렸다.

네이선은 책들도 인간이나 다를 바 없다는 걸 느꼈다. 다들
자신을 희생하지 않아도 되는 걸 다행으로 여기는 모양이었다.

"좋아. 그럼 시작할게. 시간이 별로 없어. 행운을 빌게."

그가 책을 쓰다듬으며 말했다.

"혹시 이름 같은 거 있어?"

책이 인격이라고 생각하니 이름도 당연히 있을 것 같았다.

"당연하지."

책이 킥킥 웃었다.

"엘리자베스라고 불러."

"엘리자베스 베넷, 그럼 행운을 빌어. 루시에게 내가 그녀를
사랑한다고 전해 줘. 아니, 말하지 않는 게 낫겠어. 나중에 내
가 직접 말하도록 하지. 진작 그랬어야 했으니까."

책이 미소 짓는 게 느껴졌다.

"우리도 행운을 빌게."

다른 책들이 말했다.

"우린 언제나 너와 함께 있을 거야."

"그건 누구나 인정하는 진리다."

네이선이 책을 읽어 나가기 시작했다.

"재산깨나 있는 독신 남자에게 아내가 반드시 필요하다는 것 말이다."

단어들이 네이선의 입술을 벗어나자마자 그의 눈앞에서 책의 활자가 점점 옅어지더니 사라져 갔다. 책은 정말 자신을 희생한 것이다. 다른 책들은 네이선이 책을 읽어 나가면 글자를 붙잡고 책을 떠나지 않으려 저항하곤 했지만, 이 책은 모든 걸 내려놓고 먼지처럼 사라져 갔다. 마치 어차피 질 테니까 싸울 필요가 전혀 없다는 듯 말이다. 그는 계속 읽어 내려갔고, 그가 지쳐서 잠시 책 읽기를 중단하면 다른 책들이 그에게 계속 읽기를 종용했다. 하나의 책은 온전히 한 덩어리로 읽어내야 했다. 그래야 책의 영혼이 여러 갈래로 조각나는 일을 막을 수 있었다. 저 멀리 지평선에서 동이 터 오를 무렵쯤에야 네이선은 텅 빈 책을 덮고 자기 방으로 비틀비틀 걸어갔다. 그런 다음엔 옷을 벗지도 않고 침대 위로 쓰러져 잠이 들었다.

꿈속에서, 그는 책의 유령을 만났다. 놀랍게도 그 유령에게서는 사악한 것이 하나도 느껴지지 않았다. 빛나는 종잇조각들이 바람결에 부드럽게 흔들리듯 움직였고, 검은 구멍이 뚫려 있어야 할 자리에는 옅은 미소가 떠올라 있었다.

"지금 루시를 찾아갈 거야."

엘리자베스가 그에게 말했다.

"고마워, 네이선. 정말 잘해 줬어. 전혀 고통이 느껴지지 않앉으니까."

"너희들이 그 과정에서 아픔을 느끼는 줄도 몰랐군."

네이선의 말이 채 끝나기도 전에 책의 유령은 모습을 감췄다.

"우리가 너희들을 반드시 돌려받아 줄게. 약속해."

그가 중얼거렸다.

4장

정말 훌륭하고 좋은 책들은 금지될 필요가 있다. 그래야 더 많은
사람들이 그 책을 읽으려 하고 또 중요하게 생각할 테니 말이다.

— 알베르 카뮈

제발 저 늙은이들과의 식사 시간을 피할 방법이 없을까? 두
남자와의 식사는 나날이 불편해져만 갔다. 게다가 약혼자라는
남자가 자신을 쳐다볼 때마다 살갗에 소름이 돋았다. 그래도
과거에 대해 들으려면 꾹 참는 수밖에 없었다.

하지만 지금까지는 거의 어떤 정보도 얻을 수 없었다. 두 사
람은 루시가 질문을 던질 때마다 대답을 피했다. 어제는 저녁
식사가 끝나고 난 뒤, 보퍼트가 루시에게 살롱에 머물러 있어
주길 청했다. 루시는 왠지 그의 요구를 들어주어야 할 것 같은
압박을 받았다. 뭐라고 설명할 수는 없었지만, 그는 루시가 하
기 싫어하는 일들을 하도록 눈빛과 말로 유도했다. 마치 꼼짝
없이 그의 손바닥 위에 갇혀 있는 느낌이었다. 물론 그의 태도
는 오만하진 않았고, 오히려 지나칠 정도로 공손했다. 저택 안

에는 사고 전에 그들의 관계가 어땠는지 물어볼 만한 사람이 한 명도 없었다. 종종 허드렛일 하는 사람들과 마주치곤 했지만, 그럴 때마다 그들은 루시와 대화를 피했다. 철저하게 바닥만 쳐다보며 황급히 제 할 일만 하곤 했다.

클라라가 들어와 루시를 생각의 굴레에서 끄집어냈다.

"아침 식사할 시간이야, 루시. 남자분들은 기다리는 걸 별로 좋아하지 않는다고. 오늘은 뭘 조금이라도 배 속에 채울 생각을 해 봐. 계속 그렇게 힘없이 비실거릴 셈이야?"

루시가 아무런 생기 없는 눈으로 클라라를 바라보았다. 루시의 볼은 푹 꺼져 있었다. 어쩌면 너무 오랫동안 의식을 잃었던 게 몸에도 깊은 흔적을 남긴 게 분명했다. 어떻게든 기운을 차려야 했다.

루시는 클라라의 부축을 받아 천천히 계단을 내려갔다. 시간이 지나면서 다리의 상처는 점차 호전되고 있었다. 요즘에는 다리의 힘을 기르기 위해 매일 오후마다 클라라와 정원을 산책하고 있었다.

언젠가는 산책을 하는 동안 클라라에게 마구간을 좀 보고 싶다고 부탁했지만, 보퍼트 경이 마구간에 드나드는 걸 금지했다는 답변만 돌아왔다.

"오늘은 기분이 어떻소, 내 사랑?"

보퍼트가 루시를 맞으며 말했다.

"많이 나아졌어요. 고마워요."

루시가 그의 시선을 피했다.

"그럼 오늘은 바티스트 경과 예전에 하던 일에 대해 이야기할 수 있을 것 같소?"

루시가 깜짝 놀라 말을 더듬었다.

"무…… 물론이죠!"

전에 하던 일이 뭐든 간에 과거에 대한 실마리를 조금이라도 건질 수 있을 것 같았다.

루시는 조용히 음식을 먹었다. 접시를 다 비우기도 전에 바티스트가 벌떡 일어섰다.

"가 보자."

그가 명령했다.

루시는 그를 따라 걸었다. 홀을 지나 폭이 좁은 문으로 들어가니 서재가 있었다.

주변을 둘러보았다. 그 서재는 오랫동안 아무도 사용하지 않았던 것 같았다. 바티스트가 창가에 있는 안락의자로 루시를 이끌었다. 의자 옆 작은 탁자에는 책 한 권이 있었는데, 루시는 거의 자동적으로 책을 집어 들었다. 손가락 아래에서 가볍게 간질이는 것 같은 느낌이 들었다. 바티스트가 곧바로 루시의 손에서 책을 낚아채더니 맞은편에 앉았다.

"자, 이제 네 과거와 가족에 대해서 몇 가지를 말해 주마. 가능하면 기억이 되돌아올 때까지 기다리려고 했지만 더 이상은 기다릴 수가 없다. 이렇게 무의미하게 귀중한 시간을 흘려보낼 수는 없다."

루시는 기대에 부푼 마음으로 그의 다음 말을 기다렸다.

"루시, 너는 책의 지식을 보호하는 일족의 후예로 태어났다. 네 부모님은 어떤 사악한 집단의 뜻을 거슬렀기 때문에 살해당하고 말았지. 우리는 네가 부모님과 같은 운명에 처해지는 걸 막기 위해 널 보호해 왔다. 네 사고도 우리가 추측하기로는 그냥 말에서 떨어져 다친 게 아니라 누군가 널 살해하려고 했던 것 같다."

루시가 창백한 얼굴로 중얼거렸다.

"그럴 수가……."

바티스트가 루시를 확고한 눈으로 바라보았다. 그의 눈에는 깊은 근심이 서려 있었다.

"분명히 며칠 동안 왜 보퍼트 경 같은 남자와 결혼해야 하는지 의아했을 거라 생각한다."

"아뇨……. 네."

루시가 대꾸했다.

바티스트가 말했다.

"나만은 속일 수 없을 거다. 어릴 때부터 넌 그리 거짓말을 잘하진 못했지. 이 약혼을 진행한 이유는, 이게 널 지킬 수 있는 유일한 방법이기 때문에 그랬던 거다. 난 늙었고, 앞으로 널 얼마나 오랫동안 지켜 줄 수 있을지 확신할 수가 없다. 하지만 보퍼트 경은 내 대신 널 지켜 줄 거야. 그가 이런 무거운 짐을 기꺼이 져 주려는 걸 고맙게 생각해야 해."

"네, 그럴게요."

루시가 중얼거렸고, 바티스트가 그녀의 손을 어루만졌다.

"보퍼트 경에겐 네가 사명을 완수할 수 있게 도와줄 사람들이 많아. 그러니 넌 혼자가 아니다. 하지만 그런 만큼 그들을 실망시키면 안 돼. 알아듣겠니?"

루시가 고개를 끄덕였다.

"제가 뭘 해야 하는데요?"

"네 사명이 책의 지식을 보호하는 거라고 말한 거 기억나니? 네 부모님도 너와 같은 사명을 가지고 있었단다."

"어떻게 하는 건데요?"

루시가 바티스트를 멍하니 바라보며 물었다.

"내가 알려 주마. 넌 그냥 읽기만 하면 된단다."

"읽기만 하면 된다고요?"

바티스트가 고개를 끄덕였다.

"그럼 그 책은 어떻게 되는데요?"

"책에는 아무 일도 일어나지 않아. 걱정하진 말거라. 우리는 책의 복사본 같은 걸 만들어서 그걸 보호하고 있어. 그러면 이 세상에 있는 책을 모두 없애도 우리가 보호한 책만은 영원히 지켜 낼 수 있지. 너도 예전에 사람들이 책을 불태우거나 책 읽는 걸 금지했던 걸 알고 있지? 우리의 사명은 책들이 사람들에게서 망각되지 않게 지키는 거다."

루시가 고개를 끄덕였다.

"이상하게도 그런 말을 들었던 건 다 기억나요. 저와 관련된 기억만 떠오르지 않고요."

"지금 네가 겪고 있는 기억상실증의 병증일 뿐이야. 아주 정상적인 거라고 의사가 그러더구나. 조금만 인내심을 가지렴."

"그러면 제가 오랫동안 생활해 온 곳에 가면 기억이 더 잘 떠오르지 않을까요? 예를 들어 제가 자란 집에 있는 편이 나을 것 같아요."

"글쎄다."

바티스트가 생각에 잠겼다.

"당장은 힘들겠구나. 지금 내 집에서는 널 지킬 수가 없다. 일단은 네가 해야 하는 일에만 집중해 보거라. 처음에는 쉽지 않을 거다. 책을 읽어 나갈 때 통증을 느낄 수도 있지. 하지만 절대 포기해선 안 돼. 언젠가는 이겨 낼 수 있으니까. 알겠지?"

그가 루시를 가만히 바라보며 말했다.

"네."

루시가 대꾸했다. 왠지 모를 두려움이 차올랐다.

그가 루시에게 책을 내밀었다.

"《보물섬》, 로버트 스티븐슨."

루시가 책의 제목과 저자를 소리 내어 읽었다. 그런 다음 의아하다는 듯 물었다.

"이건 동화책이잖아요? 누가 이런 책을 해치려고 하겠어요?"

"이 책을 읽었던 게 기억나니?"

루시가 어깨를 으쓱해 보였다.

"잘은 모르겠지만 상당히 많은 책을 읽었던 것만 기억나요. 그게 무슨 책인지, 언제 어디서 읽었는지만 기억에 없어요."

"내가 이 책을 고른 이유는 처음부터 너무 어려운 과제를 주기 싫어서란다."

"이제 뭘 하면 되죠?"

바티스트가 루시의 뒤로 가서 섰다.

"책장을 열고 긴장을 풀거라. 나도 도와주마. 시간이 지나면 내 도움은 필요 없어질 거다. 그땐 저절로 네가 해야 할 일을 알 수 있단다. 너는 그렇게 몇 년 동안이나 많은 책들을 보호해 왔어."

루시가 그의 설명에 따라 긴장을 풀었다. 그의 말대로 이미 많이 해 봤다면, 그리 어렵지는 않을 것 같았다. 책을 보호한다니, 왠지 멋진 일이 아닌가. 자신이 책을 좋아하고 또 책이 자기 인생에 아주 중요한 부분을 차지한다는 건 어렴풋이 기억이 났다. 그러니 지금 하는 일도 옳은 일일 것 같았다. 그러니까, '책을 지켜 내는 일' 말이다. 나중에 여기에 대해 바티스트에게 더 자세히 물어보고 싶었지만, 지금은 그가 시키는 대로 이 일을 잘 해내고 싶었다.

바티스트가 자신의 손가락 끝을 루시의 관자놀이에 댔다. 그 순간, 차가운 통증이 루시의 몸을 스치고 지나갔다.

"두려워할 필요 없단다. 그게 네 힘이야. 이제 책을 '읽어 들일' 수 있게 된 거다."

"책을 읽어 들인다고요?"

루시가 불안한 듯 의자 위에서 몸을 비틀었다.

"그래. 우리는 그렇게 부르지. 책의 문장에 집중하거라. 네가 읽는 문장을 눈앞에 생생하게 떠올려 보는 거다. 그리고 책의 내용을 완전히 몸 안으로 받아들여라."

루시는 고개를 끄덕인 다음 책을 읽어 나갔다.

"대지주인 트렐로니 씨와 의사인 리브시 선생을 비롯한 많은 분들이 나에게 보물섬에 관한 이야기를 자세하게 써 보라고 권했다……."

그 순간, 눈앞에 놀랄 정도로 생생하게 책의 내용이 그림으로 떠오르는 것이었다. 네 개의 큰 돛대가 달린 거대한 배가 보였다. 돛을 바람에 한껏 부풀린 채 유유히 바다 위를 떠가고 있었다. 태양은 푸른 하늘 위로 높게 걸려 있었고, 뱃머리에는 햇볕에 그을린 소년이 반짝이는 눈으로 수평선을 바라보고 있었다.

"계속 읽거라."

바티스트가 루시의 관자놀이를 꽉 누르며 속삭였다.

"아직 파내지 않은 보물이 있으니 보물섬의 정확한 위치만 빼고 하나도 빠뜨리지 말고 처음부터 끝까지 한번 이야기를 써 보라는 것이었다. 그래서……."

마치 데인 것 같은 통증이 느껴졌다. 그에게 짓이겨지는 것 같았다. 루시가 눈을 꽉 감자, 눈앞에 펼쳐지던 책의 장면도 사라졌다. 그러자 통증도 멈췄다.

"이게…… 대체 뭐예요?"

루시가 거친 숨을 내쉬며 물었다.

"처음엔 원래 그렇단다."

그가 루시를 진정시키려 애쓰며 말했다.

"걱정 말거라. 곧 괜찮아질 거다."

"정말 제가 이걸 계속해 왔다는 말씀이시죠?"

"물론이지. 단지 기억을 못 할 뿐이다. 계속해 봐."

"……그래서 서기 17XX년에 나는 펜을 들고 우리 아버지가 '벤보 제독'이라는 이름의 여관을 운영하던 시절에 대해 적어 내려갔다. 그날, 구릿빛 얼굴에 칼자국이 난 그 늙은 뱃사람이 처음 우리 여관에 나타났던 것이다."

그러자 마치 실제처럼 해안가 절벽 위에 여관 하나가 보였다. 작은 소년 한 명이 열심히 나무 탁자를 닦아 내고 있었고, 그 옆에서는 그의 어머니가 맥주 밸브를 손질하고 있었다. 방 안에는 촛불 몇 개가 켜져 있을 뿐이었고, 마지막 손님이 나간 지도 오래였다. 그때 갑자기 문이 열리더니 선원 복장을 한 키 큰 남자가 들어왔다. 그는 상자 하나를 끌어안고 있었는데, 그 안에 뭐가 잔뜩 들어 있는 모양이었다.

루시가 한 페이지 한 페이지를 읽어 내려갈 때마다 고통은 점점 커져 갔다. 하지만 루시는 묵묵히 바티스트의 명령에 따랐다. 마치 그의 손끝에서 액체로 변한 불길이 루시의 관자놀이를 타고 몸 안으로 흘러 들어오는 것 같았다. 하지만 바티스트는 가차 없었다. 루시가 멈출 때마다 계속 읽기를 강요하고 또 강요했다. 결국 그렇게 두 시간이 지난 후에야 풀려날 수 있었다. 클라라가 루시를 부축해서 방으로 데려온 다음, 옷 벗는 걸 도와주었다.

"세상에, 몸을 덜덜 떨잖아! 도대체 그렇게 오랫동안 뭘 한 거야? 너무 무리한 것 같아. 그 일이라는 게 뭔지는 모르겠지만 절대 하면 안 되겠다! 아직은 몸이 완전히 낫지 않았다고 그래."

루시가 고개를 끄덕거린 다음, 침대에 누워 눈을 감았다.

잠이 들면 어김없이 나타나는 유령이 오늘은 평소보다도 더 일찍 나타났다. 루시는 거기에서 도망칠 수 없다는 걸 알고 있었다. 공포와 두려움이 모든 힘을 좀먹는 것 같았다. 대체 언제 쯤에야 마음 놓고 잠을 잘 수 있게 될까?

"아주 잘했다, 루시. 드디어 네 사명을 깨닫게 되었군. 거부하지 말거라……. 모든 게 잘될 테니! 네 사명을 감당해라. 만약 저항한다면 너에게 벌을 줄 거다. 루시, 우리를 두려워해라! 우리를 두려워 해!"

유령이 얼음장 같은 손가락으로 루시의 얼굴과 손을 만졌다. 루시는 온몸이 진땀으로 뒤덮인 채 악몽에서 깨어났다.

창에는 달빛이 들고 있었다. 몇 시간이나 잔 걸까? 하지만 계속 뛰어다닌 사람처럼 피곤했다. 목은 타들어 가는 것 같았고 배도 고팠다. 이 시간이면 클라라도 집에 돌아간 지 오래일 터였다. 그래서 혼자 부엌에 가 보기로 결심했다. 아마 무언가 먹을 걸 찾을 수 있을 것 같았다. 루시는 안락의자 위에 놓여 있는 가운을 대충 걸친 후 슬리퍼를 신었다. 그제야 그 물건들이 전에 써 오던 게 아니라 새것이라는 사실을 깨달았다. 전에 입던 옷이 한 벌도 없나? 예를 들어 즐겨 입은 나머지 다 해진 운동복이라든가 점퍼 같은 것 말이다. 클라라에게 한번 물어봐야겠다는 생각이 들었다.

조용히 문을 연 다음 계단을 내려갔다. 홀에는 작은 램프가 켜져 있었고, 보퍼트의 사무실에서 빛이 흘러나오고 있었다. 아마 누군가가 문 닫는 걸 잊어버린 모양이었다. 루시는 서둘러 계단을 내려갔다. 지금은 약혼자나 대부와 마주치고 싶지 않았다.

방 안에서 말소리가 들렸다. 루시는 복도를 따라 걷다가 부엌으로 향하는 계단을 내려갔다. 부엌은 건물 뒤쪽에 있었다. 커다란 냉장고를 열고 생수 한 통을 꺼내서 겨드랑이 밑에 낀 다음 샌드위치 접시를 움켜쥐었다. 마치 누군가가 발견해 주기만 기다렸다는 듯 맛있어 보이는 샌드위치가 곱게 차려져 있던 것이다. 이제 최대한 빨리 방으로 돌아갈 생각이었다. 어둠에 잠긴 저택 안은 어딘가 공포스러운 데가 있었다. 왠지 전에도 이 집에서 편안하지는 않았을 것 같았다. 모든 게 너무 웅장했고, 사치스러웠고, 과장되어 있었다. 루시가 입고 있는 나이트가운조차도 값비싸 보였다.

발꿈치를 들고 복도를 걷는 동안 사방은 고요했다. 복도에는 아직 불이 켜져 있었다. 루시가 막 계단을 오르려는 찰나, 두 남자가 대화하는 소리가 들렸다.

"그녀의 능력이 특별할 거라곤 짐작하고 있었지. 아니나 다를까, 연맹의 아이들 중 단연 최고요. 정말 특별한 능력을 가진 게 분명하오."

바티스트의 목소리였다.

"책 한 권이 보호책으로 스며들기까지는 며칠이나 걸리는 게 보통인데, 그게 지금 곧바로 들어간 거요. 심지어 책을 끝까지 읽어 들이지도 않았소."

"연맹이 더욱 부유해지겠군."

보퍼트가 대꾸했다. 승리감에 도취된 목소리였다. 루시는 멍한 얼굴로 발걸음을 멈췄다.

"이제는 네이선이 표지를 그려 내기만 하면 되겠군. 그가 계속 경의 말을 들을 것 같소?"

"당연하오. 루시에게 완전히 빠져 있으니까."

도대체 무슨 얘기지? 네이선은 누구지? 그 순간 루시가 들고 있던 물병이 팔에서 빠져 바닥에 떨어졌다. 다행히 플라스틱이어서 깨지지는 않았다. 루시는 얼른 물병을 집어 들었다.

누군가 황급히 다가오는 발소리가 들리자, 루시는 재빨리 자기 방으로 돌아왔다. 그런 다음 샌드위치와 물병을 탁자 위에 올려 두고 나이트가운은 의자 위로 던진 후 침대로 뛰어들었다.

잠시 후, 방문이 왈칵 열렸고 루시는 자는 척했다.

"루시?"

바티스트의 목소리가 들렸다. 하지만 루시는 꼼짝도 하지 않은 채 고른 숨을 내쉬었다. 그가 루시의 침대로 다가와 몇 분 동안이나 루시를 지켜보는 게 느껴졌다. 그가 몸을 돌려 방을 나간 후에야 숨을 돌릴 수 있었다.

심장이 거세게 요동쳤다. 물 한 모금도 마실 수 없을 정도로 공포로 몸이 마비되어 있었다. 순식간에 피곤이 몰려왔지만 또다시 악몽에 시달릴까 봐 잠을 잘 수가 없었다. 먼동이 터 올무렵에야 잠깐 잠이 든 모양이었다. 클라라가 와서 깨웠을 때에는 여기가 어딘지조차 분간할 수가 없었다. 그제야 간밤의일이 떠올랐다. 도대체 그들이 했던 말은 무슨 뜻이었을까?

"기분이 어떠니?"
아침 식사를 하러 내려온 루시에게 바티스트가 물었다.
"두통이 좀 있는 것 같아요."
루시가 대꾸했다. 제발 오늘만큼은《보물섬》을 읽는 일에서사면될 수 있기를 바랐다.
하지만 그런 일은 일어나지 않았다.
"루시, 이 일이 쉽지 않다는 건 안다. 하지만 조금씩 나아질거야. 절대 포기해선 안 된다. 그건 우리 모두에게 죄를 짓는거야. 아니, 가족 모두의 명예를 땅에 떨어뜨리는 일이다."
"가족에 대해 좀 더 설명해 주세요."
루시가 부탁했다.
"저처럼 제 조상들도 이런 능력을 가지고 있었나요? 어떻게가지게 된 거죠? 이런 능력을 가진 사람이 저 말고도 또 있나요? 또 책들은 어떻게 되는 건가요?"
지난밤에 바티스트가 했던 말들 중에 무언가가 루시의 머릿속에 있는 스위치를 누른 것 같았다. 그게 뭔지 알 수는 없었지만 이상한 기분이었다. 그래서 잠에서 깬 이후로 그게 뭐였는지 궁금해서 미칠 것 같았지만, 아무것도 기억나지 않았다.

"아마 네 손목에 있는 문신이 신경 쓰일 게다."

바티스트가 말했다. 루시는 스웨터를 걷고 손목을 내려다보았다. 그런 게 있다는 건 알고 있었다.

"그건 문신이 아니란다. 일종의 표식이고, 네가 연맹의 아이라는 증거다. 너는 네 임무를 이행해야 하는 의무를 가진 셈이야. 그리고 언제나 기쁜 마음으로 그 일에 매진해 왔다."

바티스트가 루시의 표정을 살피며 말을 이었다.

"그 표식을 지닌 건 너뿐만이 아니다. 내 손자인 네이선도 같은 표식을 가지고 있지. 너희 둘이 우리 세대에서 연맹의 아이들로 태어난 거다. 너희들의 임무는 가능한 한 많은 책들을 우리의 보호 아래 두는 거다. 아주 명예로운 일이지."

"그 네이선이라는 분과 만나 볼 수 있을까요?"

"시간이 되면 그렇게 하마."

바티스트가 루시의 손을 잡았다.

"하지만 지금 당장은 너무 무리한 일은 삼가는 게 좋아. 그럼에도 불구하고 어제 하던 작업은 계속해 보자꾸나. 우리의 의무를 등한시하면 안 된단다."

"이 능력은 어디에서 오는 거죠?"

루시가 다른 질문으로 그의 주의를 돌렸다. 진심으로 하는 말이야? 그 작업을 또 해야 한다니, 하지만 그들은 미친 것 같아 보이지는 않았다.

"한마디로 설명하긴 어렵지만 노력은 해 보마."

바티스트가 입을 열었다.

"이해하기 어려울 거다. 하지만 내 말을 믿어 다오. 넌 어렸을 때부터 능력에 대해 이해하고 있었지. 네 능력은 그냥 주어진 거다. 전설이 있단다. 거기에 따르면 책의 말을 지켜 내는 건 예수 그리스도의 명령이었다고 한다. 그가 제자 중 요한에게 부탁한 거지. 성경에서 인용하면 '태초에 말씀이 계시니라. 이 말씀이 하느님과 함께 계셨으니 이 말씀은 곧 하느님이시니라. 그가 태초에 하느님과 함께 계셨고 만물이 그로 말미암아 지은 바 되셨으니 지은 것이 하나도 그가 없이는 된 것이 없느니라.'"

좀 광신적인 거 아니야? 루시는 겁에 질렸다.

"전 하느님을 믿지 않아요. 제가 하느님의 도움이 필요할 때마다 하느님은 거기 없었어요."

도대체 자기 입에서 왜 그런 말이 나오는지 알 수 없었지만, 그게 자기가 전부터 가지고 있던 생각이라는 건 분명히 알 수 있었다.

보퍼트가 미소를 지었다.

"오, 루시! 그대는 하느님에 대해 오해하고 있군요. 하느님은 그런 분이 아니오."

"요한은 예수께서 가장 사랑하던 제자였지. 그는 예수께서 돌아가신 뒤에 마리아 막달레나를 안전한 곳에 데려다준 사람이기도 했고."

보퍼트의 말은 신경조차 쓰지 않는다는 듯 바티스트가 말했다.

루시는 그를 바라보면서 떠오르는 성경 구절이 있는지 기억을 더듬어 보았다.

"그렇게 우리의 사명이 시작된 거다. 요한은 하느님의 아들이신 예수님에게서 직접 그 사명을 받은 거야!"

바티스트가 뭔가에 도취된 목소리로 외쳤다.

하지만 루시는 그 모든 걸 믿기가 힘들었다. 너무 과대망상적이었다. 그런 극단주의자들에 대한 책을 읽은 적이 있었다. 그리고 그 당시에 마리아 막달레나가 불쌍하다는 생각을 했던 것까지 떠올랐다!

"요한은 마리아 막달레나를 어디로 데려간 건가요?"

책의 내용이 또렷이 기억났음에도, 루시는 어쩌면 그가 좀 더 논리적인 해답을 줄 수 있을지도 모른다고 기대했다. 성경에 무슨 말이 쓰여 있는지 기억이 하나도 안 나는 걸로 보면, 다행히 과거의 그녀가 광신자는 아니었던 모양이었다.

"프랑스로 데려갔다."

"그래서 어떻게 됐나요?"

"소문에 의하면, 예수 그리스도의 십자가 사건 직전에 임신했다고 한다."

"거기에 대해선 책에서 읽은 적이 있어요."

루시가 바티스트의 말을 가로막았다.

"하지만 그건 전부 꾸며 낸 말일 뿐이에요."

루시가 고개를 세차게 저었다.

"마리아 막달레나가 여자아이를 임신했고, 우리 조상의 핏줄이 거기부터 시작되었다는 그런 말도 안 되는 이야기죠. 그걸 쓴 사람이 누구였죠? 별로 기억하고 싶진 않지만요!"

어째서 지금 그런 게 다 기억나는 건지 알 수가 없었다. 어쩌면 그녀에게는 그 책이 중요했을 수도 있었다. 그리고 지금 바티스트가 하려는 말들과 그녀의 과제라는 게 그 허무맹랑한 이야기에서 비롯된 것은 아닌지 걱정이 되었다.

"이야기를 마저 듣거라!"

그가 루시의 질문은 무시한 채 엄한 목소리로 종용했다.

루시가 고개를 끄덕였다.

"마리아 막달레나는 딸만 낳은 게 아니었다. 쌍둥이였지. 남자아이와 여자아이였다."

"그럼 이 아이들이 손목에 문신을 가지고 태어났다는 건가요?"

예상외의 전개에 루시의 살갗에 소름이 돋았다.

바티스트가 고개를 끄덕였다.

"그때부터 항상 두 명이 태어난 건가요?"

"그래. 언제나 남자아이 한 명, 여자아이 한 명이었지."

"그럼 그 네이선이라는 분은 저의 친척인가요?"

"아니야. 그건 2천 년 전의 이야기지. 그 이후로 두 아이의 핏줄은 한 번도 섞인 적이 없었다.

"왜요?"

"금기였지. 두 피가 섞이면 그다음 세대가 능력을 가지고 태어날지 알 수가 없었으니까."

"그분도 저와 똑같은 표시가 있나요? 왠지 좀 징그럽네요."

"그의 것은 검은색이다."

바티스트가 무표정하게 말했다.

"그럼 그분도 저와 같은 일을 하는 건가요? 그 뭐라더라 ―
책을 읽어 들이는 거요."

"아니."

바티스트가 대답했다.

"그 애는 보호책의 표지를 담당하고 있지. 네가 읽어 들이는
문장들이 들어갈 새 집을 만드는 거다."

"보호책이라니요?"

"네가 읽어 들인 책은 단지 말일 뿐, 형태가 없어. 그걸 보관
하려면 보호책이 필요하지. 보호책은 원본과 똑같이 베껴 내야
만 한다."

"이해가 안 되는 게, 어떤 원리로 작동되는 거예요? 어째서
책들을 금고 속에 보관하는 대신 복사하는 거죠? 금고 속에 넣
어 버리는 게 훨씬 간단하잖아요."

바티스트가 한숨을 쉬었다.

"루시, 지금은 이 모든 걸 다 설명해 줄 시간이 없다. 언젠가
는 모든 걸 천천히 설명해 줄 날도 올 거다. 어쩌면 저절로 기
억이 돌아올지도 모르지."

그가 화가 난 것 같은 목소리로 내뱉었다.

루시가 차를 한 모금 삼켰다. 쓴맛이 너무 강했다. 설탕 종

지를 집어 들면서 그가 기분을 망치지 않을 만한 질문이 뭐가 있을지 생각해 보았다.

"얼른 먹고 서재로 오거라."

바티스트가 벌떡 일어나 그곳을 나가며 덧붙였다.

"죄송하지만 저도 제가 하는 일이 어떤 건지 일단 이해한 다음 시작하고 싶다고요!"

루시가 도움을 요청하듯 보퍼트를 바라보며 외쳤다.

"궁금한 게 당연하오. 하지만 며칠 안 있어서 모든 게 기억나면 다시 전과 같이 돌아갈 테니, 의문을 가지지 말고 그냥 바티스트 경의 말에 따르는 게 좋을 겁니다. 무뚝뚝해 보여도 그대를 걱정해서 저러는 거요."

보퍼트가 루시의 손을 잡았다. 루시는 그의 축축한 손이 역겨웠다.

"그에게 당신은 딸 같은 존재니 말이오."

보퍼트가 말을 이었다.

"바티스트는 그대가 사고를 당한 일로 큰 충격을 받았소. 그런 일이 다시 일어날까 봐 걱정하고 있지. 게다가 압박까지 받고 있소. 아직 구해야 할 책이 산더미같이 쌓여 있으니까. 이제 살날은 얼마 남지 않았는데 임무는 산더미같이 남아 있다고 생각해 보시구려. 그를 이해해 주어야 하오. 이제 노년의 남은 날을 편안히 살다 가게끔 해 줍시다. 그대가 비록 기억하지는 못할지라도, 그와 당신은 아주 친밀한 사이였소."

루시는 말없이 아침을 먹은 후 그가 기다리고 있는 서재로 향했다. 그 방으로 한 발짝 다가갈 때마다 마음이 더없이 무거워졌다. 과연 오늘은 무엇이 기다리고 있을지 몰라서 겁이 났다.

바티스트는 창가에 서서 정원을 바라보는 중이었다. 루시가 방에 들어오자, 그가 몸을 돌렸다.

"차는 마신 거냐?"

그가 걱정스럽게 묻자, 루시는 보퍼트의 말에 안 그래도 마음이 무겁던 차에 커다란 양심의 가책을 느꼈다. 그는 자신을 걱정하고 있다. 그러니 너무 까탈스럽게 굴어선 안 되었다.

루시가 고개를 끄덕였다.

"네. 신경 써 주셔서 감사해요."

"좋아. 그럼 앉거라."

그가 명령했다. 책은 안락의자 옆의 작은 탁자에 펼쳐져 있었다. 벌써 반은 읽어 낸 상태였다. 어쩌면 그의 말대로 오늘은 전보다 훨씬 더 쉬울지도 모르겠다는 생각이 들었다.

"왜 이 저택 안엔 책이 한 권도 없는 거죠?"

루시가 시간을 끌어 보기 위해 전혀 상관없는 질문을 던졌다.

"그건 네가 쓸데없이 에너지를 낭비하지 않도록 하기 위해서지. 네 힘은 연맹을 위해서만 사용해야 하니까."

그가 더 이상 시간 낭비는 용납하지 않겠다는 듯이 단호하게 대꾸했다.

결국 루시는 책을 집어 들고 무릎 위에 올려놓을 수밖에 없었다. 그리고 곧 닥쳐올 고통을 대비해 마음의 준비를 했다. 하지만 마음의 준비를 했음에도 어제보다 더 강한 고통이 그녀의 몸을 할퀴고 지나갔다. 바티스트의 손가락이 그녀의 관자놀이를 누르자 루시는 몸을 뒤틀며 괴로워했다. 그때, 루시가 들고 있던 책에서 비명 소리가 들렸다. 어찌나 또렷하게 들렸던지 도저히 잘못 들었다고 생각할 수 없을 정도였다.

"루시, 왜 나에게 이런 짓을 하는 거야?"

책이 울부짖었다. 루시는 숨이 턱 막히는 것 같은 두려움을 느꼈고, 그만 손에서 책을 떨어뜨리고 말았다. 바티스트가 서둘러 몸을 굽혀 책을 주워 들었다.

"죄…… 죄송해요."

그의 격노한 얼굴을 본 루시가 말을 더듬었다.

"루시, 이건 정말 귀중한 원본이다. 좀 더 조심히 다뤘어야지!"

바티스트가 꾸짖었다.

"그게……."

루시는 잠시 말끝을 흐렸다. 대부에게는 책이 비명을 질렀다는 말을 할 수가 없었다.

"갑자기 어지러워서요."

어떻게 이런 일이 가능하단 말인가? 아마 정신이 좀 이상해진 게 분명했다. 아무리 기억을 잃었어도, 책이 말을 하지 않는다는 것쯤은 알고 있었다.

"괜찮아."

바티스트가 다시 책을 펼쳐 주었다.

"자, 여기 있다. 이제 다시 읽어라!"

루시는 조용히 그의 명령을 따랐다.

"다음 날 아침 갑판에 나가 보니, 섬의 모습은 완전히 달라져 있었다. 이제 바람은 완전히 멎었지만 간밤에 꽤 먼 거리를 온 덕분에, 우리는 이제 아래쪽 동쪽 해안의 남동부에서 7, 8백 미터쯤 떨어진 곳에 멈추어 있었다."

저 멀리 섬이 보였다. 수평선 위로 모래사장이 마치 황금으로 만든 띠 같아 보였다. 짙은 초록색 숲이 섬의 반 이상을 뒤덮고 있었다. 숲 위로 벌거벗은 암벽이 높이 치솟아 올랐고, 모래사장 위로 하얀 파도가 부서지며 밀려들었다.

"히스파니올라 호는 부풀어 오른 바닷물에 갑판 배수구까지 잠긴 채 옆질을 하고 있었다. 돛 아래 활대들은 도르래와 마구 부딪쳤고, 키는 좌우로 요동치고 있었다. 배 전체가 무슨 공장이라도 된 것처럼 삐걱거리고 털털거리며 들썩거렸다. 나는 돛대의 버팀줄에 매달려 있었다. 눈앞에서 세상이 빙빙 돌았다. 배가 나아가고 있을 때는 나도 나름 뱃사람이라 할 만했지만 이렇게 배가 멈춘 상태에서 빈 병이 돌듯 옆질을 해 대는 건 듣도 보도 못한 일이었다. 나는 멀미가 났다. 게다가 아침에, 빈 속이었으니 더 메스꺼움이 느껴졌다."

루시는 갑자기 멀미가 나는 것 같았다. 위산이 거꾸로 치솟듯이 목으로 넘어왔다. 루시는 한 손으로는 책을 움켜잡았고 다른 한 손으로는 입을 틀어막았다. 하지만 바티스트는 루시를 놓아 주지 않았다.

"숨을 깊게 쉬어라!"

그가 명령했다.

루시의 눈앞에서 활자들이 춤을 추었다. 손은 땀으로 축축해졌다. 구역감과 싸우는 동안, 온몸에서 진땀이 줄줄 흘렀다. 마치 땅바닥이 춤을 추는 것 같았다.

"창밖으로 시선을 돌려라. 지평선에 집중해!"

바티스트가 말했다.

루시는 그의 명령대로 지평선을 바라보았다. 저 멀리 나무들의 우듬지에 시선을 고정하는 동안 울렁거림이 아주 천천히 가라앉는 게 느껴졌다.

"사고 후에 네 감각이 더 민감해진 모양이다."

바티스트가 말했다.

"오늘은 전보다 더 예민하게 책에 반응하는구나. 좋은 거니 걱정하진 말거라. 마실 걸 좀 갖다 주마. 잠시 휴식한 다음 계속해 보자."

그가 루시의 손에서 책을 가져가더니 방을 나갔다. 루시는 몸을 움직일 수조차 없었다. 일어서자마자 또다시 땅이 흔들릴 것 같았기 때문이다.

그 와중에도 수십 가지 의문이 머릿속을 스쳤다. 바티스트는 점점 나아질 거라고, 오늘은 어제보다 쉬울 거라고 했었다. 하지만 실상은 어제보다 훨씬 끔찍했다. 마음 같아선 당장이라도 방을 뛰쳐나가 어딘가에 숨고 싶었다. 하지만 바티스트가 용서하지 않을 거라는 예감이 들었다. 게다가 왜 책을 가져간 거지? 방금 책이 비명을 지르던 건 도대체 뭐였을까? 환청?

아마 점점 머리가 이상해지는 모양이었다. 아니면 아직 건강을 완전히 회복하지 못했거나.

바티스트가 들어와 루시에게 물 한잔을 건네줬다.

"물속에 두통약 시럽을 좀 넣었다. 아마 금방 나아질 테니 걱정하진 말거라. 우린 해낼 수 있어. 내가 시키는 대로 잘 따라와 주기만 하면 된다. 일단은 이걸 마셔라."

그가 종용했다.

루시는 힘없이 미소 지은 후에 컵에 담긴 물을 순순히 다 마셨다. 그러자 잠시 후에 정말 기분이 나아지는 것 같았다.

바티스트가 다시 책을 루시의 손에 쥐여 주었고, 작업은 계속되었다.

"뱃멀미 때문이었을까? 아니, 어쩌면 섬의 모습—울적한 느낌을 주는 잿빛 숲, 험준한 바위산과 바위 절벽에 거품을 일으키며 천둥소리를 내는 파도 때문이었는지도 모르겠다. 아무튼 햇살이 밝고 따스하게 비치고 바닷새들이 사방에서 지저귀고 있었으므로, 그렇게 오랫동안 바다에 있었으면 뭍에 닿는 게 기쁠 법도 한데, 내 마음은 흔히 하는 표현으로 물 먹은 솜 같았다. 이런 첫인상 후에는 보물섬을 떠올리기만 해도 진저리가 났다."

짐의 두려움이 루시를 덮쳤다. 하지만 이번에는 그리 고통이 심하지는 않았다. 책의 말들은 계속 루시의 머릿속으로 흘러 들어왔지만 어쩐지 편안하고 몽롱한 기분이었다. 루시는 책을 한 장 한 장 읽어 나가며 짐과 해적들을 따라 섬에 올랐다.

그들과 함께 섬을 탐사했고, 섬에 방벽을 쌓았고, 스몰렛 선장, 의사 선생, 트릴로니와 함께 통나무집 안에 앉아 무장한 해적들을 바라보며 덜덜 떨었다. 그런 다음엔 짐과 함께 히스파니올라에 몰래 잠입해 닻줄을 끊었다. 짐이 탈출에 성공했을 때는 그와 함께 기뻐 날뛰었고, 엄청난 보물을 싣고 집으로 돌아왔다. 존 실버가 도주했다는 소식에는 겁에 질리고 말았다. 하지만 그녀와 짐은 무사히 집으로 돌아올 수 있었다. 그리고 모든 게 갑자기 끝나 버렸다. 루시의 머릿속에 떠돌던 책의 말들이 순식간에 사라졌던 것이다.

한결 가벼운 기분으로 책을 덮으니, 벌써 먼동이 터 오고 있었다. 어느새 시간이 이렇게 흘렀지? 루시는 자신이 해냈다는 사실과, 고통을 잊을 정도로 책에 오롯이 집중해 있었다는 데 깜짝 놀라고 말았다. 바티스트의 말처럼 더는 고통이 느껴지지 않았다. 하지만 루시가 책 표지를 어루만지자 강한 두려움과 슬픔이 느껴졌다. 루시는 겁에 질려서 얼른 바티스트에게 책을 넘겼다. 어째서 그런 감정이 느껴지는 거지? 난 책을 구해 내는 데 성공한 거고, 그게 사명이라고 하니 당연히 해야 하는 일이 아닌가.

"아주 잘했다, 루시."

바티스트가 루시에게 찬사를 퍼부었다.

"이제 예전의 너로 돌아왔구나. 이젠 가서 쉬거라. 며칠 쉰 다음에 다른 책을 시작하자꾸나."

5장

어떤 책들은 모든 걸 경험하게 해 주지만, 다 읽고 난 후에는
오히려 아무것도 이해할 수 없도록 만들기도 한다.

— 요한 볼프강 폰 괴테

네이선은 책 더미를 바라보았다. 속이 텅 빈 《오만과 편견》
은 가장 아래쪽에 두었다. 책이 벌써 비어 있는 걸 조부가 눈치
채면 안 되었다. 모든 책들은 이 세상에 하나뿐인 원본이었고,
이제 며칠 안에 이 세상에서 사라질 운명이었다. 그리고 그걸
막을 방법이 없었다. 루시를 구하든지 또는 책을 구하든지, 선
택해야 했다.

그는 맨 위에 놓인 책을 집어서 책을 감싼 천을 벗겨 냈다.
레프 톨스토이의 《안나 카레니나》가 모습을 드러냈다. 슬픈 책
이라는 정도는 알고 있었다. 이 세상에는 슬픈 책도 필요했다.
다음 책은 파울로 코엘료의 대표작인 《연금술사》였다. 루시라
면 이 책을 사랑할 거다. 마치 한 편의 시 같은 책이니까. 그
다음 책은 《폭풍의 언덕》, 《모비딕》, 《로빈슨 크루소》, 《모모》,

《레베카》, 《바람의 그림자》였다. 네이선은 책들을 한 권 한 권 책상 위에 올려놓았다.

총 여덟 권이었다. 이 중에 하나를 골라야만 했다. 며칠 안에 한 권을 희생한 다음 차례차례 그 뒤를 따르게 될 터였다. 《바람의 그림자》는 최대한 나중으로 미뤄 두고 싶었다. 그 책은 루시가 오두막에서 자신에게 읽어 주었던 책이었다. 그런 소중한 책을 세상에서 빼앗고 싶지는 않았다.

그건 그렇고, 조부가 평소와는 다른 책들을 골랐다는 걸 깨달았다. 여태까지는 거의 고전만 골라 왔었는데 이제는 현대 문학에까지 손을 대려는 모양이었다. 네이선은 《모모》를 집어 들었다. 읽어 본 적은 없었지만 왠지 어린이를 위한 책인 것 같았다. 그래서 일단 이 책으로 시작하려고 마음먹었다. 책 표지는 정말 아름다웠다. 어쩌면 표지 하나만 스케치해 내는 데 하루 종일 걸릴 듯싶었다. 네이선은 연필을 뾰족하게 깎은 다음 그림 작업에 빠져들었다. 그의 연필이 움직이면서 건물이 한 채 한 채 생겨났다. 수없이 많은 시계와 너덜거리는 외투를 걸친 소녀, 모모와 지혜로운 거북이 카시오페아의 모습도 나타났다. 작업이 끝났을 때는 이미 날이 저물어 가고 있었다. 그림을 내려다보는 동안 뿌듯함과 슬픔이 한꺼번에 밀려왔다. 책 속의 이야기와 또 거기서 살아가는 등장인물들에게 미안함을 느꼈다. 스케치만 끝냈을 뿐인데도 《모모》가 특별한 책이라는 걸 느낄 수 있었다.

그때 노크 소리가 나더니 검은 양복 차림의 낯선 남자가 들어왔다. 그는 평소에 말 한마디 섞지 않던 감시자들 중 한 명이었다.

"책 표지 장인이 왔다."

네이선은 고개를 끄덕인 다음, 그림에 조심스럽게 투명 커버를 씌웠다.

"아주 조심히 다뤄 줘요."

남자에게 당부했지만, 그는 고개만 까딱해 보인 후 사라졌다.

한숨이 절로 나왔다. 조부는 책 한 권으로 만족하진 않을 터였다. 한 권은 더 작업해 두어야 했다.

이제 원본인 《모모》를 천으로 감싸려는 순간, 좋은 아이디어 하나가 떠올랐다.

"너에게 이런 짓을 하게 되어 유감이야."

그가 조용히 자기 손에 몸을 맡기고 있는 책에게 속삭였다.

"정말이지 바티스트가 하는 짓을 막고 싶지만 시간이 너무 촉박해. 하지만 널 반드시 되찾아오기 위해 모든 노력을 다할 거야. 그러니 날 좀 도와줄 수 있어?"

책이 혹시라도 반응하는지 잠시 기다려 보았지만, 침묵만이 흘렀다.

"루시가 널 읽어 들일 때 루시와 대화해 볼 수 있겠어? 그것 외엔 우리가 루시에게 메시지를 전할 방법이 없어. 루시에게 우리가 그녀와 함께 싸울 거라는 걸, 그리고 그녀를 돕기 위해 모든 힘을 기울일 거라고 전해 줄 수 있겠어?"

책은 여전히 침묵했지만, 네이선은 책이 가만히 떨고 있는 걸 느낄 수 있었다. 아마 그걸로 충분할 것이었다. 몸을 찢기는 고통의 순간에, 그 정도 해 주는 것도 대단할 일일 테니 말이다.

다음 책은 《모비 딕》이었다.

그 책의 초판본은 가죽 장정으로 제작되어 있었는데, 스케치하기가 그리 어렵지는 않았다. 책등에 찍혀 있는 금색 문양과 책표지의 작은 문장만 베껴 내면 되었다. 네이선은 스케치를 마친 다음, 저택 입구를 지키는 경비에게 그림을 건네주고 방으로 갔다.

네이선은 다음 날 오후가 되어 오리온이 그의 어깨를 잡고 흔들 때까지 깊은 잠을 잤다.

"네이선, 일어나! 조부께서 30분 뒤에 서재로 널 부르셨다."

그가 말을 마친 다음 방에서 나갔다.

네이선은 서둘러 몸을 일으켜 샤워한 후 옷을 입었다.

소피아가 오리온과 함께 홀을 걸어가는 게 보였다. 손에는 컵과 찻주전자를 올린 쟁반을 들고 있었다. 오리온은 네이선에게 눈길조차 주지 않았다. 시리우스가 죽은 뒤부터는 거의 아무와도 말을 섞지 않고 있었다. 물론 그의 친형제였던 시리우스가 죽은 데 양심의 가책을 느끼는 건 사실이었다. 하지만 이따금 눈을 감고 에든버러에서 있었던 일을 가만히 떠올려 보면, 그 상황에서 다른 선택을 했을 것 같진 않았다. 먼저 총을 쏜 건 시리우스였고 그 때문에 올리브 씨가 무의미하게 희생당하고 말았다. 그는 두 여자를 지키려던 것뿐이다.

"할아버지가 절 기다리고 있어요. 쟁반은 제가 들고 가죠."

그가 소피아에게 말했다.

소피아가 그에게 말없이 쟁반을 건네주었다.

"머핀 몇 개만 가져다주시겠어요? 어제 정오부터 아무것도 먹지 못했습니다."

"물론이지요."

소피아가 그의 시선을 피하며 대답했다.

네이선은 조부가 저택에서 일하는 사람들을 자신과 접촉하지 못하게 했다는 걸 알고 있었다. 게다가 오리온이 항상 부엌에 붙어 있는 걸 보면, 조부가 소피아를 제일 못 미더워하는 게 분명했다. 저택으로 끌려온 이후로는 그녀와 거의 말 한마디조차 제대로 나누지 못했다. 바티스트가 모든 걸 철저히 봉쇄해 버렸기 때문이다.

"책 스케치를 두 개밖에 못 했다고?"

안부 인사 한마디조차 없이, 바티스트가 그에게 쏘아붙였다.

"《모모》는 그림이 섬세해서 특별히 오래 걸렸습니다. 《모비 딕》은 아시다시피 워낙 규모가 방대한 책이고요."

그가 조부의 눈을 똑바로 바라보며 말했다.

"책을 읽어 들이는 작업은 언제부터 하면 되겠습니까?"

"이제 그건 더 이상 신경 쓸 필요 없다. 앞으로는 루시가 맡게 될 테니까. 넌 책 스케치에만 집중해라."

네이선이 믿을 수 없다는 듯 고개를 저었다.

"믿을 수 없군요. 루시가 그런……."

바티스트가 웃었다.

"그 애를 그런 용도로 쓸 거라는 걸 몰랐던 거냐? 설마 평생 거부할 거라고 생각한 건 아니겠지?"

그가 네이선에게 몸을 굽히며 말했다.

"아무도 나를 거역할 수는 없다. 이젠 알겠느냐? 아무도! 루시는 누구보다 빠르고 정확하게 책을 읽어 내더군. 이제 그 애가 모든 여자들이 진 빚을 갚을 거다. 그들이 계속 거부하지만 않았다면 오늘날 얼마나 많은 책들이 우리 수하에 들어왔겠느냐."

그가 주먹으로 책상을 내리쳤다.

"그리고 너도 앞으로는 더욱 온 힘을 쏟아서 스케치에 매달려야 될 거다. 루시의 속도에 따라가려면 말이다. 알아들었느냐?"

"어떻게 한 거죠? 폭력을 쓴 겁니까?"

네이선이 떨리는 목소리로 물었다. 하지만 그가 지금 루시를 걱정하고 있다는 걸 조부에게 너무 드러내서는 안 되었다.

"그럴 필요도 없었다. 제 발로 우리 편에 들어왔지."

"루시가 그럴 리 없습니다. 절대 책들에게 그런 짓을 할 사람이 아니에요."

"루시는 이제 더 이상 네가 전에 알던 사람이 아니다. 지금의 루시라면 기꺼이 내 말을 듣지."

네이선이 증오의 눈으로 조부를 노려보았다.

"그게 무슨 말씀입니까?"

"좀 전에 말한 대로다. 이제 루시는 연맹에 충성하게 될 거야. 우리가 시키는 건 기꺼이 하겠지. 무능한 네 아비는 오리온의 독이 인간에게 어떤 영향을 미친다는 말은 안 해 준 거냐? 생각이 안 나서 그런 건지, 아니면 말해 주기가 겁났던 건지 모르겠군. 참, 루시가 순순히 보퍼트와 결혼하기로 했다."

그가 사악하게 웃으며 말했다.

네이선이 주먹을 꽉 움켜쥐었다.

"그 독이 사람에게 무슨 짓을 하는지는 들었습니다. 루시가 전혀 다른 사람처럼 될 수 있다는 것도요."

"정답이다. 루시를 잊거라. 루시도 너 따위는 전혀 기억하지 못하고 있으니까. 그녀에게도 보퍼트가와의 결혼이 최선이다. 앞으로는 엉뚱한 짓을 할 생각조차 못 하게 될 테니까."

바티스트가 몸을 일으켰다. 지난 몇 달간의 병약했던 모습은 온데간데없었다. 마치 사악함이 그에게 힘을 실어 주고 있는 것 같았다.

네이선은 휘청거리는 몸을 안락의자에 간신히 기대고 서 있었다. 당장이라도 조부에게 달려들고 싶었지만, 오리온이 그에게 가까이 가지도 못하게 할 거란 사실을 알고 있었다. 지금 싸움을 벌인다고 해도 아무런 소득이 없었다.

"오리온과 표지 만드는 장인에게 들렀다가 다시 보퍼트가로 갈 거다. 넌 다른 책들을 마쳐라. 이번 주말에 다 가지러 올 거다."

"루시를 만나고 싶습니다."

네이선이 말했다.

방을 나가려던 바티스트가 뒤를 돌아보며 그를 노려보았다.

"네가 지금 감히 나에게 요구를 하는 거냐? 네가 한 짓들을 생각하면 진작……."

"물론 자격이 없다는 건 압니다."

네이선이 말했다.

"하지만 루시가 건강한지만 확인하려는 겁니다. 그게 조건이었잖습니까."

그가 네이선에게 절뚝거리며 다가왔다.

"만약 내가 싫다고 하면 어쩔 거냐?"

"그럼 더 이상 그림을 그리지 않을 겁니다."

바티스트가 그를 쳐다보았다.

"지금 네가 나를 협박할 수 있는 위치가 아니라는 건 알고 있을 텐데?"

"알고 있습니다."

"네가 나머지 책들을 다 마치면 생각해 보도록 하겠다."

그가 다시 몸을 돌리며 방을 나갔다. 몇 분 뒤, 차 문이 닫히는 소리와 엔진 소리가 들렸다.

네이선은 곧장 서재로 달려갔다.

"혹시 누가 엘리자베스한테 소식 들은 것 없어?"

애가 탔다. 아이디어는 좋았지만 정작 책의 유령과 어떻게 연락해야 할지 몰랐던 것이다. 하지만 네이선의 꿈으로 찾아와 인사를 하고 갔으니 루시와 만나게 되면 분명 연락해 올 거라고 추측할 뿐이었다.

"생각처럼 쉽진 않을 거야."

책들 중 하나가 갑자기 말을 꺼내며 그를 놀라게 했다. 네이선은 곧장 소리가 들린 책장 쪽으로 다가갔다.

"분명 다른 책의 유령들이 엘리자베스가 루시에게 접근하지 못하도록 방해할 거야. 그들은 증오에 불타고 있으니까. 먼저 그들을 저지해야 돼."

"책의 유령들은 왜 그렇게 증오심에 불타고 있지? 그리고 너희들은 그걸 어떻게 알 수 있는 건가?"

"우리 모두 느낄 수 있어. 사실 그들의 증오는 우릴 향한 거니까. 자기들에 비해 우리는 아직 돌아갈 곳이 있다는 걸 질투하는 게 아닐까?"

"이해할 수가 없군. 왜 자신들을 그렇게 만든 놈들을 증오하지 않는 거지?"

"물론 그들도 증오하고 있어. 그러니까 당신들, 연맹의 아이들을 전부 증오하고 있지. 네이선 당신과 루시, 그리고 그전의 모든 세대가 자기들을 그렇게 만들었다고 믿고 있으니까."

"너희들에게 말해야 할 게 있어. 루시가 책을 읽어 들이기 시작했어."

책들이 한숨과 탄식을 내질렀다.

"어떻게 그런 짓을? 분명 우리를 지켜 주겠다고 약속했는데……."

"알아. 어떻게 된 일인지는 나도 직접 본 게 아니라서 설명할 수 없어. 하지만 독이 몸에 들어가서 그런 것 같아. 할아버지는 이제 루시가 예전의 그녀가 아니라고 하더군. 그게 무슨 뜻인지는 나도 잘 모르겠어."

"네이선, 지금 당장 루시를 도망치게 해야 돼! 연맹에 이용당하도록 놔두면 안 돼!"

네이선이 머리카락을 쓸어 넘기며 말했다.

"나도 할 수만 있다면 무슨 일이라도 하고 싶어. 하지만 여기서 한 발짝도 못 나가고 있는 게 현실이야. 사방에 경비가 깔려 있고, 전화도, 자동차도 없어. 무기나 돈은 말할 것도 없고."

네이선이 몸을 일으켰다.

"난 일단 나머지 책들의 스케치를 마치겠어. 작업을 다 마치면 루시를 만나게 해 줄 거야. 만약 바티스트가 루시를 만나게 해 준다면 구해 낼 가능성도 커지겠지."

책들은 네이선의 말에 반대하진 않았지만, 별로 내키지는 않는 눈치였다. 갑자기 책들이 입을 다물었다.

"그건 그리 좋은 작전은 아니라고 봐."

시간이 잠시 흐른 후, 누군가가 낮은 목소리로 말했다.

"루시와 우리를 돕기 위해 좀 더 노력해 보라고!"

네이선은 한숨을 쉬었다. 그도 당장 무슨 수를 써야 한다는 건 책장에 꽂힌 채 무슨 일이 일어나든 가만히 앉아 기다리기만 하면 되는 저 똑똑하신 책들보다는 잘 알고 있었다. 하지만 그가 평생 배워 온 건 책을 읽어 들이는 방법뿐, 영웅 행세를 하며 누군가를 구해 내는 법은 배운 적이 없었다. 책에서야 아무런 힘도 용기도 없는 소년이 사랑하는 이를 구해 내기 위해 용감한 전사로 거듭나곤 한다. 하지만 이건 실제 상황이었다. 물론 루시를 향한 걱정은 헤아릴 수가 없을 정도였다. 만약 조만간 그녀를 구해 내지 않는다면, 보퍼트에게 끔찍한 일을 당하게 될 터였다. 구해 낸다 해도 책을 읽어 들였다는 사실을 깨달으면 스스로를 미워하게 될 터였다.

물론 루시를 구하기 위한 방법은 생각해 두었다. 지금쯤이면 아버지가 콜린에게 올리브 씨의 노트를 가져다주었을 터였다. 그럼 콜린이 작전을 개시할 것이다. 외톨이인 자신과는 달리 콜린에게는 당장이라도 협력해 줄 친구들이 있었다. 게다가 어쩌면 엘리자베스도 루시와 만나서 지금까지 있었던 일을 설명해 주고 있을지도 모르는 일이었다.

6장

책을 한 권 읽는다는 건 내게 있어 우주를 탐구하는 것과 동일한 작업이다.

— 마르그리트 뒤라스

누군가, 아니면 무언가가 자신을 부르고 있었다. 루시의 귀에 그 목소리가 똑똑히 들렸다.

"루시! 기억해 내!"

목소리가 몇 번이고 속삭였다.

"이런 짓을 하면 안 돼!"

그때 누군가가 루시의 어깨를 흔들자, 놀란 나머지 몸 전체가 경련하듯 흔들렸다. 눈을 떠 보니 클라라가 걱정스러운 얼굴로 바라보고 있었다.

"너무 겁먹은 것 같아 보여서 그만……."

클라라가 자기도 놀라서 사과했다.

"아냐. 잠깐 졸았나 봐."

"음식을 좀 가지고 왔어."

루시는 말없이 포도와 치즈를 조금 집어 들었다.

"좀 더 먹어야 돼. 안 그럼 힘이 없어서 결혼식 날 쓰러지겠다."

클라라가 미소 지어 보였다.

"결혼?"

루시가 소리 질렀다.

"응. 결혼식이 봄에 계획되어 있잖아."

루시가 고개를 흔들었다. 그 남자와는 절대로 결혼할 수 없을 것 같았다.

"어머, 설마 잊고 있었던 거야? 미안해. 하지만……."

클라라가 더듬거렸다.

"보퍼트 경은 네 약혼자니까 너도 언젠가는 결혼식을 올릴 거라는 걸 알고 있다고 생각해서……."

물론 약혼자와 언젠가는 결혼해야 한다는 건 당연했다. 하지만 이 남자와는 절대로 불가능했다. 루시는 그를 사랑하지 않았다―아니면 기억을 잃기 전의 그녀에게 사랑 따위는 상관없는 것이었을까? 바티스트가 말하길, 보퍼트만이 그녀를 지켜 줄 수 있을 거라고 했다. 하지만 그 대가를 대체 무엇으로 치러야 할까? 아무튼 도저히 그와는 결혼할 수 없었다. 그가 자신의 몸을 만지는 상상만으로도 구역질이 올라와서 눈앞에 놓인 음식 쟁반을 밀쳐 냈다.

"아마 보퍼트 경도 너무 서두르진 않을 거야."

클라라가 루시를 위로했다.

"네가 아직은 결혼을 감당할 만한 상태가 아니라는 걸 이해해 줄 거라고."

"그러길 바라는 수밖에."

루시가 이불 끄트머리를 매만지며 대꾸했다. 그녀의 생각이 어딘가를 배회했다. 조금 전 누군가가 '기억해 내라'고 속삭였던 게 떠올랐다. 그게 도대체 무슨 뜻일까?

"클라라, 혹시 너 들어오기 전에 여기 누가 있었어?"

클라라가 의아하다는 얼굴로 대답했다.

"아니, 아무도. 너 혼자뿐이었어."

"그럼 그냥 꿈을 꿨나 보네."

클라라가 음식 쟁반을 옮기며 말했다.

"이건 저쪽에 놔둘게. 혹시 나중에라도 배가 고프면 먹어. 뭐 더 필요한 거 없어? 없으면 이제 퇴근하려고."

"목욕물 준비해 줄 수 있어?"

"그럼, 당연하지."

"혹시 이 안에서 책이나 TV 같은 거 본 적 있어? 영화라도 좀 보고 싶은데."

"그런 건 이 안에 없어. 만약 예전에 영화를 보던 게 기억난다면 저택 안에서 본 게 아닐 거야. 저택 지하에 큰방이 하나 있는데, 잠겨 있어. 요리사 아주머니는 그 안에 도서관이 있다고 하던데 아무도 들어가 본 사람은 없어."

"왜?"

루시가 몸을 일으켜 욕실 문에 기대며 물었다. 클라라가 뜨거운 욕조 물속에 향기 나는 목욕 소금을 넣은 다음 창틀 위에 초를 켜서 올려 두었다.

"나도 몰라. 어쩌면 그 안에 아주 귀한 책이 있을지도 모르지. 이 집 안에 있는 값비싼 물건들로 미루어 보건대, 그런 게 있다고 해도 놀랍진 않아. 하지만 너라면 그 안에서 읽은 만한 책을 고르도록 해 줄 거야. 그냥 한번 물어보는 게 어때? 보퍼트 경이라면 네가 부탁하는 건 뭐든지 들어줄걸."

클라라가 킥킥거렸다.

하지만 루시는 그가 잠긴 문을 열어 줄 거라는 확신이 서지 않았다. 그가 언제나 자신을 섬뜩한 눈빛으로 쳐다보곤 한다는 걸 루시는 잘 알고 있었다.

클라라가 방을 나가자 루시는 뜨거운 물에 몸을 뉘였다. 생각이 너무 많아서 머리가 터질 지경이었다. 바티스트는 책을 읽어 들이는 작업에 대해 설명하면서 그게 루시 가문이 대대로 담당해야 하는 과제라고 말해 주었다. 하지만 어째서 뭔가 잘못되었다는 기분이 드는 걸까? 게다가 그가 왠지 자신을 억누르려 한다는 느낌이 들었다. 책을 읽어 들일 때 느껴졌던 고통은 루시 자신의 것이 아니라 바로 읽어 들여지는 책의 고통 같았다. 어째서 연맹은 진귀한 책의 원본을 그냥 안전한 곳에 보관하는 쉬운 방법을 택하지 않는 걸까? 어쩌다 책을 읽어 들인다는 기괴한 발상에 닿은 건지 이해가 되지 않았다. 왜 책을 읽어 들일 당시에는 그런 의문이 들지 않았던 걸까? 뭔가 낌새가 이상하다는 확신이 들었다. 루시는 손목에 있는 표식에 대해 깊은 생각에 빠져들었다. 여태껏 그 표식에 대해 많은 관심을 가지지 못했다. 자세히 보니 정말 멋졌다. 이 표식을 태어날 때부터 가지고 있었던 걸까?

15분 정도 지난 후, 루시는 식은 욕조 속에서 억지로 몸을 일으켰다. 비록 모든 질문에 대한 해답을 얻지는 못했지만, 생각을 가지런히 정리할 수 있어서 좋았다. 게다가 누군가 아주 중요한 걸 속이거나 숨기고 있다는 걸 알게 된 이상, 그게 뭔지 알아내는 데 모든 힘을 다 쏟을 생각이었다.

몸의 물기를 닦아 낸 다음 옷장에서 편안한 옷을 찾아보았다. 하지만 청바지나 운동복 바지 같은 건 찾을 수가 없었다. 그 대신 긴 스웨터와 얄팍한 레깅스를 찾아 입었다. 그게 캐시미어 스웨터나 줄이 선 면바지보다는 백 배 편안했다. 거기에 두툼한 수면 양말까지 챙겨 신으니 좀 살 것 같았다.

루시는 이제 뭘 해야 할지 고민에 빠졌다. 목욕을 하고 나니 몸이 노곤해지긴커녕 여태껏 묵직했던 피로가 완전히 가셔서 정신이 또렷했다.

작은 식탁에 앉아 클라라가 차려 두고 간 저녁 식사를 하고 나니, 저택 내를 돌아다녀볼 수 있을 정도로 기운이 회복되었다. 바깥은 어느덧 어두워져 있었다. 대충 밤 10시 정도 된 것 같았다. 어째서 방 안에 시계나 휴대 전화조차 없는 건지도 수수께끼였다. 과거의 그녀에게는 놀러 가거나 적어도 대화를 나눌 만한 친구도 없었던 걸까? 어쨌든 학교나 대학교는 다녔을 테니 말이다. 요새 젊은이라면 컴퓨터나 태블릿 PC라도 하나쯤 가지고 있기 마련이다. 어째서 그런 것 하나도 가지고 있지 않은 걸까? 보퍼트나 바티스트가 그런 걸 손에도 못 대게 한 걸까? 만약 그렇다면 도대체 무슨 이유였을까?

조심스럽게 방문을 열고 귀를 기울여 보았다. 유일하게 들리는 건 복도의 커다란 괘종시계가 째깍거리는 소리뿐이었다.

루시는 양말을 신은 발로 계단을 몰래 내려갔다. 보퍼트의 서재 앞에서 귀를 기울여 보았지만 아무 소리도 들리지 않았다. 아마 남자들도 잠자리에 든 모양이었다. 루시는 클라라가 말한 도서관 문이 어떤 것일지 고민했다. 루시가 모르는 문은 두 개가 있었다. 발뒤꿈치를 들고 한곳으로 다가가, 누가 다가오지는 않는지 귀를 쫑긋 세운 다음 조심스럽게 문손잡이를 내리며 숨을 죽였다. 제발 문에 기름칠이 되어 있길! 다행히 문은 부드럽게 열렸다. 안을 들여다보니, 아래로 길게 계단이 이어지는 게 보였다. 아마 지하실로 내려가는 계단인 것 같았다. 계단 끄트머리는 칠흑 같은 어둠 속으로 뻗어 있었다. 그 시커먼 어둠을 보노라니 문득 겁이 나서 얼른 문을 닫았다. 그리고는 다른 문으로 향했다. 귀를 기울여 봤지만 문 안쪽에서는 아무 소리도 들리지 않았다. 이제는 어떻게 해야 할지 확신이 서지 않았다. 문을 열었다가 혹시 바티스트나 보퍼트가 그 안에서 책이라도 읽고 있다면 십중팔구 걸릴 게 뻔했다. 그럼 이 오밤중에 저택을 살금살금 기웃거리는 이유를 해명해야 할지도 몰랐다. 잠시 고민하던 루시는 위험을 감수하기로 결심했다. 밤에 잠이 안 와서 책이라도 한 권 읽고 싶어 도서관을 찾았다는 핑계를 대도 될 것 같았다. 루시가 지난 몇 주간 잠은 충분히 잤다는 걸 다들 알고 있었으니 말이다.

루시는 손잡이를 내렸다. 하지만 지하실 문과는 달리 그 문은 굳게 잠겨 있었다. 도대체 무슨 이유로 도서관 문을 잠가 놓는 걸까? 정말 저 안에 희귀한 초판본이나 그런 귀중한 책이라도 숨겨져 있어서 그러나? 단지 접근하지 못하게 해 놓은 거라면 그 이유가 뭔지 궁금했다.

루시는 나무 문에 머리를 기댔다. 그 순간, 갑자기 맥이 탁 풀리는 기분이었다. 나름 기대했던 모험이 한순간에 물거품으로 변해 버렸으니 말이다. 눈을 감고 있는데 무슨 소리가 들리는 것 같아서 문에 귀를 기울여 보았다. 도서관 안쪽에서 사람들이 소곤거리는 게 아닌가. 루시는 문 뒤에 누군가 있다고 확신했다. 다행히 바티스트나 보퍼트의 목소리는 아니었다. 그들이 누구인지, 무슨 이야기를 하는지는 알 수 없었지만, 아는 사람처럼 친근한 목소리였다.

루시는 조용히 문에 노크를 했다.

"저예요, 루시."

그러자 목소리가 잦아들면서, 놀란 것 같은 목소리와 탄식이 새어 나왔다. 하지만 문으로 다가오는 발소리는 들리지 않았다. 어째서 들여보내 주지 않는 걸까? 루시는 다시 한 번 문을 두드렸다.

"루시예요. 우리가 도와줘야 해요."

이번에는 아주 똑똑히 들렸다.

"안 돼. 저 여잔 우리를 배신했어."

열띤 목소리가 조금 전 말한 사람을 가로막는 것 같았다.

"하지만 루시는 아무 잘못이 없잖아요."

도대체 무슨 이야기를 하고 있는 거지?

"절 들여보내 주세요. 이 모든 게 도대체 무슨 일인지 가르쳐 주세요!"

루시가 조용히 속삭였다. 그 순간, 루시의 손목에 있던 표식이 빛나기 시작했다. 루시는 겁에 질려 문에서 한 걸음 물러났다. 스웨터 아래에서 은색 빛줄기가 새어 나오더니 점점 길게 늘어지는 게 아닌가. 그리고 그 빛줄기가 마치 문을 열겠다는 듯 열쇠 구멍 속으로 들어갔다. 루시는 넋 나간 사람처럼 그 장면을 바라보았다. 이게 지금 꿈인지 생시인지 분간할 수가 없었다. 혹시 지금 정신을 잃고 꿈을 꾸고 있는 게 아닐까?

위층에서 문이 열리는 소리가 나더니 누군가가 계단을 내려왔다. 그러자 손목의 빛이 놀라운 속도로 다시 표식 안으로 들어갔다. 루시는 겁에 질린 채 주변을 둘러보았지만 이디에도 몸을 숨길 만한 데가 없었다. 그래서 방금 일어난 일을 숨기는 데만 집중해야겠다고 마음먹고는 몸을 돌려 자신에게 다가오는 사람 쪽을 바라보았다. 보퍼트 경, 그러니까 자신의 약혼자였다. 루시는 그가 자신의 얼굴에서 두려움을 느끼지 못하기만 바랐다. 그리고 덜덜 떨리는 손을 등 뒤로 숨겼다.

"루시, 지금 여기서 뭐하는 거요?"

그가 의심스럽게 바라보았다.

"게다가 그 옷차림은 또 뭐란 말이오? 당신 같은 신분의 여성이 이 한밤중에 그런 꼴로 저택 안을 돌아다니다니, 만약 일하는 사람이라도 보면……."

만약 누가 본다면 그녀가 평범한 소녀일 뿐이라고 생각하겠지! 루시는 화가 치밀었지만 가능한 한 부드럽게 답했다.

"잠이 안 와서 혹시 저택 안에 도서관이 있을까 해서 내려와 봤어요. 밤에 읽을 책이라도 찾으려고요."

보퍼트가 고개를 저었다.

"의사 선생님이 말씀하시길 지금은 절대 무리하지 말라고 했소, 내 사랑. 그래서 도서관 문을 잠가 둔 거요. 혹시라도 일하는 사람 중 누군가가 당신의 부탁을 들어주기 위해 내 명령을 어기고 들어갈 수도 있는 거니까. 이 모든 게 다 당신을 위한 최선이오."

그가 루시의 어깨에 팔을 두르고 계단으로 이끌었다. 루시는 생각 같아선 당장이라도 그의 팔을 떨쳐 버리고 싶었다.

"지금은 푹 쉬어요. 그게 가장 중요한 거요. 책 읽기 같은 건 그대를 쇠약하게 만들 거요."

루시는 지난 며칠간 바티스트가 자신에게 얼마나 힘겨운 종류의 책 읽기를 강요했는지 말하고 싶은 걸 꾹 참아야 했다.

그가 루시의 방문 앞에 서서, 차갑고 축축한 손으로 그녀의 얼굴에 붙어 있는 젖은 머리칼을 귀 뒤로 쓸어 넘겨 주었다. 루시는 그가 혹시라도 이 상황을 오해했을까 봐 몸을 떨었다.

"무서워하지 마시오. 여긴 안전한 곳이니까. 아직도 그 끔찍한 악몽에 시달리고 있는 거요?"

자신이 악몽에 시달리는 걸 그가 어떻게 알고 있지?

"가끔요."

루시가 쥐어짜듯 대꾸했다.

"얼마 지나지 않아 우리는 부부가 될 거요. 그럼 함께 한방에서 잠을 잘 수 있을 거고, 그러면 악몽 따위도 사라질 테지. 두고 보시오."

루시는 기가 막혀서 얼굴이 굳어졌고, 다행히 그는 곧바로 몸을 돌려 자기 방으로 사라졌다.

루시는 방문을 열고 잽싸게 들어간 다음 곧바로 문을 잠갔다. 그런 다음 숨을 헐떡이며 방문에 등을 붙이고 바닥에 주저앉고 말았다. 절대 그럴 일은 없을 거야. 루시는 속으로 맹세했다. 기억을 잃기 전의 자신이 어떤 사람이었는지는 상관없었다. 절대로 보퍼트와 한방에서, 그것도 한 침대에서 자는 일은 없으리라. 절대로 그의 축축한 손이 자기 몸을 더듬게 놔두지 않을 생각이었다. 당장 바티스트와 이야기를 나눠야 했다. 어쩌면 그녀를 보호할 다른 방법이 있을지도 몰랐다. 만약 그가 자기를 키워 준 사람이라면 정이라도 있을 게 아닌가. 그러면 루시의 부탁을 들어줄 것이다. 적어도 자신의 대부만큼은 그렇게 해 줄 거라고 믿고 싶었다.

루시는 침대에 누워 이불을 단단히 끌어안았다. 조금 전 손목의 표식에서 일어난 일이 머릿속에서 떠나지 않았다. 어떻게 그런 일이 가능한 거지? 그리고 그 목소리들은 뭐였을까? 분명 그 방에 있던 사람들은 루시를 들여보내 주려 하지 않았다. 도대체 그들은 누구였을까? 이 상황을 설명해 줄 추측을 해 봤지만, 루시는 곧 머리를 흔들어서 혼란스러운 생각들을 떨쳐 버렸다. 그런 다음엔 눈을 감았다.

　루시는 악몽을 꾸는 데 너무도 익숙해져 있었다. 그 유령들—루시 전용 유령이라고 이름 붙인 그들은 매일 밤 꿈에 나타나곤 했다. 처음에는 그들에게서 벗어나려고 발버둥 치며 비명을 지르거나 손발을 버둥거렸다. 하지만 지금은 그저 무시하려고 애썼다. 그들에게 공포심을 드러내지 않는 편이 낫다는 걸 깨달았기 때문이다. 하지만 그건 생각처럼 쉬운 게 아니었다. 유령들은 이제 꿈에만 나타나는 게 아니라 종종 눈을 뜨면 방 안에도 있었다. 뼈다귀 같은 손을 루시 쪽으로 펼치며, 루시가 이제까지 저지른 죄에 대해 용서를 빌라고 강요했다. 처음에는 유령이 무슨 말을 하는지조차 이해할 수가 없었다. 그러다 지난 이틀 동안 그들의 요구를 대충 알아듣게 되었다.
　거의 매일 찾아드는 악몽에 시달리는 게 두려웠음에도 겨우 잠이 들기는 했다. 계속 이리저리 뒤척이며 자다가 문득 강한 추위가 느껴졌다. 몸이 덜덜 떨릴 정도였다. 그래서 눈을 가늘게 떠 보니, 유령이 다가오고 있었다. 이대로 자는 척할까 망설이는데, 무언가 좀 다른 게 눈에 들어왔다. 지저분한 회색 유령

사이에서 무언가 하얗고 밝은 빛이 새어 나오고 있었다. 전에는 본 적 없는 존재였다. 그는 다른 유령들 사이에서 밝게 빛나고 있었다. 가는 눈, 호기심 어린 눈동자가 루시를 살폈다. 그도 다른 유령들처럼 잘게 찢긴 수천 장의 종잇조각들로 이루어져 있었지만 어딘가 확실히 달랐다. 그 유령을 바라보면 바라볼수록 마음이 차분해지는 것 같았다. 호흡이 평온을 되찾았고, 차갑게 흘러내리던 식은땀도 말랐다. 루시는 회색 유령에게서 시선을 떼고 오로지 그 하얀 유령만 바라보았다. 그랬더니 다른 유령들이 점점 흰색 유령의 빛 뒤로 사라져 가는 것 같았다. 루시는 회색 유령들이 길길이 날뛰며 흰빛 뒤에 갇혀 있는 걸 바라보았다.

"난 겁낼 필요 없어."

유령이 속삭였다.

"널 도와주러 왔으니까."

"넌 왜 다른 유령들과는 다르지?"

"아직 '책의 유령'이 된 지 얼마 되지 않았거든. 하지만 나도 언젠가는 저들처럼 변하겠지. 시간이 별로 없어. 루시, 기억해 내려고 노력해야 돼. 얼마나 오랫동안 저들에게서 지켜 줄 수 있을지는 모르겠어. 게다가 내 안의 분노도 조금씩 커져 가고 있거든. 이러다간 나도 곧 내가 누군지 잊어버리겠지."

"나도 모든 걸 잊어버렸어."

루시가 자신을 '책의 유령'이라고 부른 그 존재에게 말했다. 순간이지만 그의 슬픔이 느껴졌다. 어쩐지 '책의 유령'이라는 말이 낯익게 들렸다.

"왜 저 유령들은 나에게 저렇게 분노하고 있는 거지?"

"저들은 널 무력하게 만들기 위해 꿈속까지 찾아와서 괴롭히는 거야. 저들은 너와 아직 제 형태를 유지하고 있는 다른 책들을 증오하고 있지. 그래서 연맹을 돕는 거야. 저들은 한때 자신이 무엇이었는지 다 잊고 말았어."

"저들이 다시 기억을 되찾도록 도와줄 수는 없어?"

하얀 유령이 슬픈 듯 고개를 저었다.

"아쉽게도 영영 돌아올 수 없어."

"그럼 넌?"

"나도 이제는 돌아갈 수 없어."

"무슨 일이 있었던 거야?"

"네이선이 메시지를 보내기 위해 날 읽어 들였어. 하지만 그 방법 외에는 없었어."

"네이선? 나 말고 손목에 표식을 가지고 있다는 남자?"

"그에 대한 것도 잊어버린 거야?"

루시는 그의 이름을 머릿속에 넣고 기억을 되짚어 보았다. 하지만 아무리 노력해도 아무것도 떠오르지 않았다.

"아무것도 떠오르지 않아. 머릿속이 마치 물 먹은 솜이 된 것 같아."

"루시, 네가 누군지 알려 줄게. 넌 책들을 구하고 또 잃어버린 책들을 해방시키기 위해 선택된 사람이야. 그러니 절대로 책을 훔치면 안 돼. 그럼 우리의 모든 희망도 산산이 부서질 거야."

루시는 책의 유령이 하는 말에 귀 기울여 보았지만, 도통 이해할 수가 없었다.

"아니, 그렇지 않아. 난 책을 훔친 게 아니라 지키고 있어."

"루시, 바티스트 드 트레메인이 거짓말을 하고 있는 거야. 그들은 책을 보호하는 게 아니야. 그들은 우리를 훔쳐서 영혼을 꺼뜨리고 있어. 아무도 다시는 우리를 읽을 수 없고 우리와 함께 꿈꿀 수 없게 돼. 우리는 사람들의 기억에서 사라지고, 그렇게 잊히고 말아."

"하지만 조부님은 전혀 다르게 말했어. 내가 하는 일이 좋은 거라고 말해 줬다고."

"오늘은 더 이상 시간이 없어. 바티스트에게 이 일에 대해 절대 말하지 않겠다고 약속해 줘."

루시는 고개를 끄덕였다.

"더 이상은 안 되겠어. 일단은 다른 유령들 쪽으로 가야 해. 날 믿지 못하겠다면, 루시! 네가 읽어 낸 책을 한번 봐. 백지가 되어 있을 테니까."

그 순간, 회색 유령들이 하얀 유령이 만들어 낸 빛의 장막을 뚫고 나왔다. 그들이 루시에게 달려드는 순간 갑자기 흰빛이 비추었고, 루시가 다시 눈을 떴을 땐 방 안에는 루시 혼자뿐이었다. 루시는 마비된 채 침대 위에 앉아 있었다. 방금 전에 무슨 일이 있었던 거지? 어째서 바티스트는 자신에게 거짓말을 한 걸까? 그리고 저 하얀 유령의 정체는 뭐지? 뭔가 잘못된 게 아닐까 싶었다. 이 모든 게 꿈은 아닐까? 아니면 정말 머리가 이상해진 게 아닐까? 이제는 슬슬 기억이 돌아올 때가 되었다. 게다가 기억이 돌아오든 안 돌아오든 매일같이 책 읽기를 강요당하고 싶지는 않았다. 너무 고통스러웠던 데다가 조금 전 책의 유령이 말해 준 내용도 신경 쓰였기 때문이다. 루시 자신이 읽어 낸 책을 들여다보라는 건 아마 《보물섬》을 의미하는 것 같았다. 하지만 책의 내용이 텅 비어 있을 거라니, 도대체 무슨 의미지? 루시는 생각에 잠겼다. 그러고 보니 단 한 번도 책장을 앞으로 넘겨 본 적은 없었던 것 같았다. 하지만 일반적으로 책의 내용이 사라진다든가 하는 일은 일어나지 않는다. 게다가 책의 유령이 말해 준 내용은 너무 어마어마해서 믿기 힘들었다. 만약 그게 사실이라 해도 지금 자신이 할 수 있는 게 무엇이란 말인가? 일단은 바티스트를 멀리해야 할 것이다. 아니면 책을 보호한다는 작업이 정확히 어떻게 이루어지는지, 작업을 마치면 그 책이 어떻게 되는지 자세히 물어봐야 했다. 어째서 그런 걸 처음부터 물어볼 생각을 못 했던 걸까? 또는 하루나 이틀 정도 몸이 안 좋다는 핑계를 대고 작업을 하지 말았어야 했나? 하지만 그다음에는 또 무슨 핑계를 댔어야 했는지 상상이 되지 않았다. 게다가 왠지 바티스트가 가만히 두고 보지는 않았을 것 같았다.

여러 가지 의문이 머릿속을 스치고 지나갔다. 보퍼트와의 결혼식 전에 일의 전말을 밝혀내야만 한다는 생각이 들었다. 만약 진실조차 모르는 채 하기 싫은 결혼을 해야 할 운명이라면 차라리 저택 창문에서 뛰어내리는 게 나았다. 루시는 몸을 일으켜 무거운 와인 색 커튼을 젖혀 보았다. 신선한 공기를 좀 들이마시고 싶었다. 창밖에는 막 정돈한 잔디와 관목들의 실루엣이 달빛 아래 평화롭게 빛나고 있었다. 루시는 창문 손잡이를 붙잡고 위로 올려 보았지만 꼼짝도 하지 않았다. 성 안의 오래된 다른 창문들과는 달리, 루시 방의 손잡이에는 특수 제작된 현대식 잠금장치가 달려 있었던 것이다. 루시는 곧장 방 안의 모든 창문과 욕실 창문까지 확인해 보았다. 모든 창문이 꼼꼼히 잠겨 있었다. 그러니 창에서 뛰어내리기는커녕 신선한 공기를 들이마시는 것조차 불가능하다는 걸 깨닫게 되었다.

7장

책은 인류의 불꽃을 지피는 정신의 모닥불이다.

— 볼테르

"이걸 들여다본 지 며칠이나 지났는데도 결국 아무런 단서
도 못 찾았어."

줄스가 투덜거렸다.

콜린은 줄스가 다니는 대학 앞으로 그녀를 마중 나와 있던
참이었다.

"전직 도서관 사서의 글씨가 저렇게 악필일 줄 누가 알았겠
어."

그가 키득거렸다.

"정말 지난번 작전을 마지막으로 이 모든 게 끝나길 바랐단
말이야. 아마 내가 너무 순진했던 거겠지. 우리 모두 처음부터
이 모든 일을 너무 단순하고 쉽게 생각했던 거야."

콜린이 줄스의 어깨를 팔로 감싸 주자 그녀가 그에게 몸을

기댔다. 런던의 지하철은 평소와 다를 바 없이 지하 터널 아래를 달렸다. 그 소음을 듣고 있노라니 왠지 일상의 익숙함에 위로 받는 느낌이었다.

"우리가 직접 루시를 도주시켜야 했어. 이제는 탈출시키는 게 몇 배는 힘들어졌잖아. 도대체 어떻게 해야 할지 짐작도 안 가. 아마 무장한 남자들이 일개 사단 정도는 지키고 있을 거라고."

"하지만 꼭 뭘 해야 되는 걸까? 네이선의 아버지 말이 맞다면, 루시가 우리를 기억도 못 할 수도 있잖아. 게다가 네이선은⋯⋯. 우리가 그를 꼭 도와줘야 할 이유는 없다고. 콜린, 사실 난 무서워."

"알아. 나도 그래. 하지만 루시를 그렇게 위험에 처하게 둘 수는 없어. 지금 아무것도 하지 않는다면 평생 자책하며 살 것 같아."

줄스는 콜린의 파란 눈을 바라보았다. 그는 지금 어떤 대가를 치르더라도 루시를 위해 불구덩이에 뛰어들 작정이다. 줄스는 제 안에서 화가 치밀어 오르는 걸 느꼈다. 그녀는 절대로 그의 마음 안에서 루시의 자리를 차지할 수 없다. 그리고 지금처럼 루시의 몫을 제외한 감정의 부스러기만 받아먹게 될 것이다. 그걸로 평생 만족하며 살 수 있을까? 줄스는 지하철 창문 너머의 어둠을 바라보았다. 그녀의 얼굴이 창문에 비쳤다. 하지만 오래 고민할 필요는 없었다.

집에 도착한 후, 콜린은 노트를 펼친 다음 줄스와 함께 한

번 더 읽어 보았다. 사실 올리브 씨의 필체를 알아보기가 힘들었던 까닭에 그리 진전은 없었다.

노트의 첫 페이지에는 《수호자의 책》을 찾는 데 도움이 될 만한 책의 목록이 깨알 같은 글씨로 메모되어 있었다. 그 책들은 대부분 아주 오래된 고서였고, 전 세계의 도서관에 흩어져 있었다. 아마 올리브 씨는 지난 몇 년간 이 책들을 찾아 돌아다녔던 모양이다. 그리고 도서관 사서라는 명분과 좋은 인맥 덕분에 그 모든 책들을 조사해 왔다.

"그건 그렇고, 어떻게 《수호자의 책》이라는 게 존재한다는 걸 알게 된 걸까?"

줄스가 물었다.

"그리고 연맹이나 수호자에 대한 건 어떻게 알게 된 거지? 어째서 루시가 처음 도서관에서 일하게 되었을 때 루시가 수호자라는 걸 몰랐을까? 만약 알았다면 처음부터 루시를 도와주고 드 트레메인가에 대해 경고할 수 있었을 거 아냐."

"모르지. 직접 물어보고 싶어도 더는 그럴 수 없게 됐으니까. 적어도 여기엔 적혀 있지 않아. 책들이 올리브 씨에게 직접 도움을 요청했다는 게 가장 납득이 되는 설명이 아닐까?"

콜린이 대꾸한 후 다시 노트를 읽어 나갔다.

올리브 씨가 메모한 책들 중 상당수는 도움이 되지 않았던 모양이었다. 그럼에도 불구하고 계속 깨알 같은 메모가 이어졌다. 노트는 그 자체만으로 특별한 보물을 찾아가는 이야기 책 같았다. 올리브 씨는 자기가 찾은 책들을 정교하게 스케치해 넣기도 했다. 계속 스케치와 메모, 밑줄 친 인용구가 반복되었다. 노트 종이는 노랗게 변색되어 있었고 또 몇 번이나 읽어서 종이가 다 해져 있었다. 올리브 씨가 책을 찾아다니면서 혹시라도 뭔가 놓친 게 있을까 봐 노트를 읽고 또 읽는 장면이 눈에 선했다. 이제 그녀가 평생 찾아 헤매던 숙제가 콜린과 줄스에게 넘어왔지만 아쉽게도 그들에게는 시간이 없었다.

줄스가 커피 물을 올리기 위해 일어났다. 물주전자가 끓어오를 무렵, 갑자기 콜린이 탄식을 터뜨렸다.

"줄스! 이것 좀 봐."

그가 외쳤다.

"세상에 이런 게 있을 리가!"

줄스가 그의 곁에 앉아서 노트를 들여다보았다.

나는 드디어 그 책이 어떻게 그렇게 오랜 시간 동안 자신의 모습을 숨기고 있었는지 알아냈다. 그 책은 《스스로 변하는 책》이었다. 아마 그게 그 책의 특성인 것 같다. 그 책이 어디에 있는지 아는 사람은 아무도 없다. 처음에는 《스스로 변하는 책》이 어떤 건지 몰랐지만 결국은 알아낼 수 있었다. 《스스로 변하는 책》은 그 내용을 스스로 바꿀 수 있다. 누구든 그 책을 손에 들면, 책은 그가 가장 읽고 싶거나 알고 싶은 내용으로 변한다. 그 책은 읽는 사람을 그 책에 집착하게 만들기 때문에 상당히 위험하다. 한번 그 책을 소유한 사람은 그 책을 평생 지니고 싶어 하게 된다. 이는 그 책이 스스로를 보호하기 위한 방편으로 보인다. 《스스로 변하는 책》의 목적은 자신의 원래 내용을 숨기는 데 있다. 그 책의 내용은 단 한 사람을 위해 존재하는데, 언젠가 모든 책을 해방시키는 사명을 받은 소녀가 나타났을 때 그 방법을 알려 주기 위한 것이다. 소녀가 지금 나타날지, 또는 이후에 언제 나타나게 될지는 모르겠지만 그리 오래 걸리지는 않았으면 좋겠다. 연맹의 남자들은 지난 몇 세기 동안이나 《수호자의 책》을 찾아 세계를 뒤지고 있다. 만약 이 책이 그들의 손에 들어가면 즉시 제거될 것이다. 만약 내가 그들이 책을 찾아내기 전에 그 책을 손에 넣는다면, 전설 속의 수호자가 나타날 때까지 책을 맡아 둘 생각이다.

"《스스로 변하는 책》이라……."
줄스가 어리둥절한 눈으로 말했다.
"그런 게 세상에 어딨어?"
"하지만 최근에 있었던 일들을 생각하면 있을 법도 해."
콜린이 줄스에게 말했다.
"올리브 씨는 루시가 수호자라는 걸 몰랐던 거야. 안 그랬다면 뭐라도 말해 줬을 텐데."
줄스가 중얼거렸다.
콜린이 그녀를 바라보며 얼굴 앞으로 흘러내린 머리카락을 귀 뒤로 넘겨 주었다.
줄스가 미소 지었다.
"그 책이 어떻게 생겼는지 힌트는 있어?"

콜린이 고개를 저었다.

"아니. 그 책을 찾아내려고 꽤 이곳저곳 다녔던 모양이야. 하지만 아무 데서도 찾아내지 못했대."

줄스가 노트를 들어 올리더니 책장을 넘겨 보았다.

"여기 보니까 책이 있을 거라고 예상되는 장소들이 적혀 있는데."

줄스가 손가락으로 올리브 씨가 적어 놓은 지명을 훑어 내려갔다.

"여기는 프랑스인 것 같아. 아마 작년에 휴가를 보낸 데가 여기였나 보네. 하지만 아무것도 찾지 못한 모양이야. 적어도 노트엔 아무것도 적혀 있지 않아. 여기서 네이선의 아버지한테 전화를 걸었던 것 같은데, 역시 뭔가 알아냈던 걸까?"

마리가 부엌으로 들어왔다.

"안녕, 친구들! 뭐 새로 찾아낸 거라도 있어?"

마리가 외투와 가방을 의자 위로 던져 놓으며 물었다.

"그런 것 같기도 한데, 모르겠어."

콜린이 마리에게 지금까지 알아낸 것들을 요약해서 말해 주었다.

"《스스로 변하는 책》이라……."

마리가 인상을 찌푸렸다.

"세상에 그런 책은 없어. 너희 지금 나 놀리는 거지? 정말 거기 그런 게 써 있었다고?"

"응. 정말이야. 단지 지금까진 거기에 대한 다른 정보나, 그 책이 어디 있는지, 아니면 적어도 어떻게 생겼는지조차 알아내지 못했어."

콜린이 덧붙였다.

"그리고 그 책이 마지막으로 어디에 있었는지도 모르고. 도대체 이런 걸 누가 만든 걸까? 무슨 마법이나 그런 건가 봐."

줄스가 말했다.

"그러니까 이게 지금 진짜라는 거야?!"

마리가 믿을 수 없다는 듯이 물었다.

"진짜 내용을 숨기기 위해 카멜레온처럼 변하는 책이 있다고? 게다가 연맹에 보호된 책이 해방되는 방법이 써 있다면, 아주 오래전부터 있었다는 거잖아. 다시 말해 이게 실재가 아니고 동화라는 거라고."

줄스가 어깨를 으쓱해 보였다.

"좀 이상하게 들릴지도 모르지만 왠지 진짜인 것 같아. 실재하는 거라고."

"만약에 이 책을 찾아냈다고 쳐도 그게 정말 그 책인지 어떻게 알겠어?"

콜린이 실질적인 문제를 제기했다.

"루시에게만 자기 진짜 내용을 보여 주고 우리 눈에는 안 보이는 거잖아. 그리고 만약에 우리가 루시를 구한다 해도 그 책을 찾을 시간이 없다면 어쩌지? 올리브 씨는 자기 평생을 바쳐서 책을 찾아다녔지만 적어도 자길 가둬 놓거나 죽이려는 사람들에게 쫓기는 상태는 아니었잖아. 어떻게든 그 책을 찾아다니는 걸 비밀에 부칠 수가 있었으니 평생 찾은 거지만 우린 아니잖아."

"그럼에도 불구하고, 결국은 그 일 때문에 목숨을 잃은 거나 마찬가지야."

마리가 중얼거렸다. 마리는 바티스트가 올리브 씨까지 살해했다는 걸 알고 깊은 충격에 빠졌던 것이다.

"전략적으로 생각해야 돼."

줄스가 말했다.

"우리는 그녀처럼 세계를 돌아다닐 수 없어. 시간이 별로 없다고. 일단은 우리가 가지고 있는 정보들을 한데 묶어 보자. 그런 다음 인터넷을 뒤지다 보면 뭔가 나오겠지. 반드시 정보가 있을 거야. 고인에게는 죄송한 말씀이지만, 나이 많은 올리브 씨가 인터넷을 뒤져서 그 책에 대한 정보를 찾아보셨을 것 같진 않아. 우리는 우리 방식대로 가는 거야. 그리고 어쩌면 늙은이들이 우글거리는 연맹보다는 빨리 찾아낼 수 있을 거라고. 제일 좋은 건 페이스북에서 그룹을 만드는 거지만, 그렇게 되면 눈에 너무 띌 수가 있으니까 어쩌면 포럼 같은 걸 여는 것도 좋을 것 같아. 모든 역사학자들과 독서광들에게 초대장을 보내는 거야. 그리고 골동품 애호가와 책벌레 들도 초대해야 돼. 다 같이 고서에 관심이 있을 것 같은 사람들로 목록을 만들자. 하지만 우리가 뭘 찾는지 너무 눈에 띄어선 안 돼. 어쩌면 연구 프로젝트로 위장하고 가명을 써야 할지도 몰라. 그럼 고문서 몇 개는 얻을 수 있을 거고, 그렇게 계속해 나가는 거야. 그 책은 분명 어디 있을 거고, 올리브 씨는 그게 도서관에 있을 거라고 생각했어. 너희들은 어떻게 생각해? 그런 책이 어디에 숨겨져 있을까?"

"여기 보면, 그 책은 읽는 사람이 누군가에 따라 내용이 달라진다고 쓰여 있어. 이걸 도대체 뭐라고 설명해야 돼? 그런 책을 도대체 어디서 찾는단 말야? 보물 사냥꾼들을 한 무더기 고용하지 않는 이상, 그런 희귀한 책을 찾는 건 어려울 거야. 게다가 만약 그런 책이 있다는 게 알려지면, 연맹 외에 다른 적들도 들러붙을 거라고."

"마리 말이 옳아. 물론 줄스 네 말에는 동의하지만 그 책은 도서관이나 개인 소장품 중에서 찾아야 할 것 같아. 하지만 그건 모래사장에서 바늘 찾는 격이야. 얼마나 오래 걸릴지 생각해 봤어?"

콜린이 머리카락을 쥐어뜯었다.

"하지만 뭐라도 시도해 봐야 돼. 어쩌면 일단은 루시를 구해 내는 게 나을 것 같아. 루시라면 그 책을 찾아낼 수 있는 특수한 더듬이를 달고 있을지도 모르잖아."

마리가 히죽 웃으며 말을 이었다.

"어쩌면 루시 혼자 그 책을 찾아내거나, 아니면 다른 책들이 도와줄지도 모르지. 루시라면 그 책이 어디에 있는지 알고 있을 것 같지 않아?"

"그럴지도 모르지. 하지만 만약 책들이 알고 있었다면 왜 진작 말해 주지 않았겠어?"

줄스가 따졌다.

"모르지. 아무튼 일단은 루시를 풀어 주는 게 나을 것 같아. 이 '올리브 씨'의 초판본 책의 내용만 파고드는 데도 이미 한계 라고."

마리가 고개를 끄덕였다.

"루시가 잡혀 있다는 곳이 어디인지 인터넷으로 검색해 보 자. 설마 난공불락의 요새에 갇혀 있는 건 아니겠지, 안 그래?"

콜린이 제안했다.

그런 다음엔 방에서 태블릿 PC를 가지고 나와 조나단이 준 주소를 검색창에 넣어 보았다. 그러자 그들의 눈앞에 성이 한 채 나타났고, 두 여자는 입을 딱 벌렸다.

"난공불락의 요새라는 표현이 맞는 것 같은데."

콜린이 감정 없는 목소리로 말했다.

"도대체 여길 어떻게 뚫고 들어가야 돼?"

그가 여자들을 돌아보았다.

마리가 주소가 적힌 종이를 살펴보았다.

"크리스의 삼촌이 이 지방에 살고 있어. 몇 달 전에 다녀왔 거든."

마리가 말했다.

"그분이 우리한테 그 성에 전해져 내려오는 괴담을 말해 줬 었어. 아마 과거에 그 성에서 끔찍한 일이 많았다나 봐. 지금 살고 있는 영주는 사교적인 사람이 아니라고 하더라. 설마 그 게 그 보퍼트 경인지는 몰랐지."

"루시는 거기에 갇혀 있는 걸 거야."

줄스가 고심하며 말했다.

"우리 중 누군가가 거기에 가서 루시에 대한 걸 알아봐야 할 것 같아."

마리가 제안했다.

"그러지 않고서는 뭘 알아내긴 힘들 거야."

"하지만 루시가 거기 있다는 건 바티스트도 근처에 있다는 거잖아. 그는 우리 얼굴을 알고 있고."

"내 생각에, 크리스가 삼촌을 한번 만나러 갈 때가 된 것 같아. 그와 함께 가서 그의 집에 숨어 있겠다고 약속할게. 마을에는 그 성에서 일하는 사람이 있을 거야. 그런 큰 저택에선 일하는 사람이 필요하기 마련이거든."

"그러다가 젊고 매력적인 하녀가 크리스를 유혹하기라도 하면 어쩌려고."

콜린이 히죽거렸다.

"물어보기만 할 거야. 그 이상은 못 다가오게 할 거라고."

마리가 그를 흘겨보며 대꾸했다.

"다른 아이디어 있어?"

줄스가 물었다.

콜린과 마리가 고개를 저었다.

"루시가 거기서 무슨 일을 당할지는 상상하고 싶지도 않아. 아무튼 되도록 빨리 움직여야 돼."

"콜린, 제발 끔찍한 상상 좀 하지 마. 그들은 아마 루시에게 책을 읽어 내라고 강요할 거야. 만약 그들이 폭력을 쓰기라도 하면 루시가 그들을 도우려고 하겠어? 일단은 긍정적으로 생각하는 수밖에 없어."

줄스가 말했다.

"만약 루시를 구해 내는 데 성공하면, 내가 직접 이 세상 반대편에 데려다 놓을 거야."

콜린이 투덜거렸다.

"진작 그렇게 했어야 했는데. 제대로 생각하도록 설득했어야 했다고."

"콜린, 이 모든 건 루시가 선택한 거야. 우리 생각을 강요할 수는 없어."

마리가 타일렀다.

"일단은 루시를 거기서 꺼내오자. 그럼 그걸로 이 지긋지긋한 이야기도 끝이라고."

마리와 줄스가 아연실색한 얼굴로 마주 보며 눈을 뒤집었다.

"그건 루시가 결정할 문제라니까."

마리가 대꾸했다.

"때로 사랑과 이성은 동시에 해결 불가능하다고."

"네이선이 루시를 바티스트한테 갖다 바친 일 이후에도 루시가 네이선을 사랑하고 있다고 말하는 거야?"

"당연하지! 그럼 뭐라고 생각했는데?"

콜린이 어깨를 으쓱해 보였다.

"그 녀석을 멀리할 만큼 이성적이길 바랐는데."

"아무튼 두고 보자고."

줄스가 일어서며 말했다.

"난 크리스한테 전화 걸어서 이번 주말에 삼촌 댁에 다녀오자고 말할게."

마리가 부엌문을 나서며 말했다.

콜린은 줄스의 뒤를 따랐다.

"화났어?"

그가 물었다.

줄스는 창가에 서서 바깥을 바라보았다. 그가 줄스에게 다가가 그녀를 가만히 안아 주었다. 줄스가 다시 몸의 긴장을 풀기까진 상당한 시간이 걸렸다.

"이번뿐이야. 약속할게. 루시를 그 집에서 꺼내 오면……."

그가 말끝을 흐렸다.

"난 조깅 갔다 올게."

줄스가 그를 살짝 밀쳐 냈다.

콜린은 고개를 끄덕인 다음 자기 방으로 갔다. 어째서 줄스는 그가 단지 루시를 돕고 싶어 할 뿐이라는 걸 이해하지 못하는 걸까? 만약 줄스가 같은 상황이었어도 그는 똑같이 행동했을 텐데 말이다. 그는 화가 나서 고개를 흔들었다. 어째서 줄스가 저렇게 심통을 부리는 건지 이해가 되질 않았다. 하지만 일단은 루시 일을 해결하는 게 우선이었다. 그는 올리브 씨의 노트를 집어 들고 다시 한 번 처음부터 읽어 나갔다. 다른 정보를 조금이라도 더 얻고 싶었다. 그는 모든 문제를 현실적으로 바라보고 싶었다. 루시는 책들을 구하고 싶어 했다. 하지만 일단 루시를 구하고 나면, 《수호자의 책》을 찾을 수 있는 시간이 별로 없었다. 이 책에 관한 건 전혀 다른 문제였다. 그리고 올리브 씨조차 거의 아무런 정보도 알아내지 못한 것 같았다. 책들을 해방시킬 때까지 시간이 오래 걸리게 될까? 아무리 루시가 열심히 책들을 되읽어 들인다 해도 그 모든 책들을 다 되돌린다는 건 불가능했다. 다른 방법이 필요했다. 콜린은 다시 한 번 노트를 넘겨 보았지만 어디에도 힌트는 찾을 수 없었다. 올리브 씨가 알아낸 건, 그 책이 절대로 없을 만한 장소들뿐이었다.

이틀 후, 크리스와 마리는 여행길에 올랐다. 콜린과 줄스도 기꺼이 동행하고 싶어 했지만 그 작은 마을에 낯선 젊은이가 네 명이나 나타나면 너무 눈에 띌 것 같았다. 그래서 어쩔 수 없이 두 사람이 돌아와서 있었던 일을 전해 주는 걸 기다리고 있어야 했다.

크리스는 삼촌 샘에게 전화를 걸어 마리와 함께 방문하겠다고 미리 말해 두었다. 그리고 차로 몇 시간 달려서 샘의 집에 도착했다. 부부는 기쁜 얼굴로 크리스와 마리를 맞이했다. 덩치 크고 힘센 샘이 마리를 어찌나 세게 끌어안았던지 뼈에서 우드득 소리가 날 뻔했다. 숙모인 몰리는 마리의 볼을 부드럽게 쓰다듬으며 가만히 속삭이기만 했는데, 그녀의 입 모양을 보니 말라서 뼈가 어쩌고, 케이크가 어쩌고 하는 것 같았다. 크리스의 조카들도 달려 나와 마리를 둘러싸고 서서 그녀가 가져다주기로 했던 책 상자를 들여다보느라 바빴다. 상자 안에는 에니드 블라이튼이 쓴 책들이 한가득 들어 있었다. 마리도 두 소녀와 책을 꺼내 보기만 기다리고 있었다.

일단 전부 거실로 들어가 앉았다. 테이블 위에는 차와 다과가 차려져 있었다.

크리스는 마리가 곁에서 안절부절못하며 몸을 배배 꼬고 있는 동안 삼촌과 숙모에게 부모님과 형제들의 안부와 학업 성과를 전했다. 어쩌나 애가 타던지 하마터면 다시 손톱을 물어뜯을 뻔했다. 그걸 고치는 데 몇 년이 걸렸는데 말이다.

"성에 대해서는 이야깃거리 없어요?"

크리스가 생각났다는 듯 물었다.

크리스의 삼촌은 의아한 얼굴이었지만, 다행히도 숙모가 그 주제로 대화의 문을 열어 주었다.

"오, 맞아."

숙모가 이야기를 시작했다.

"영주님께서 결혼을 하신다더구나. 우리는 아내 될 여자분에 대해서는 잘 몰라. 아는 건 클라라에게서 들은 것뿐이야. 클라라는 우리 이웃의 딸인데 얼마 전부터 성에서 일을 시작했거든. 아주 특별한 케이스지. 몇 년 동안이나 우리 마을 사람을 데려다가 쓴 일은 없었거든. 아마 저 젊은 약혼녀의 시중들 사람을 급히 구하다 보니 어디 멀리서는 구하지 못한 모양이야.

듣자 하니 아주 아파서 성 안에서 요양을 해야 했다더군. 원래 클라라는 성 안에서 있었던 일에 대해서는 말하면 안 돼. 하지만 제 엄마한테는 이런저런 이야기를 했고, 그레타는 내 가장 친한 친구니까 나에게는 말해 준 거란다."

"당연하지!"

삼촌이 말했다.

"만약 클라라가 성 안의 일을 마을에 나불거리고 돌아다닌다는 걸 보퍼트 경이 알게 되면 당장이라도 해고될 게 뻔하지."

"그 약혼녀는 어떻게 됐대요? 다시 건강해졌대요?"

마리가 불쑥 물었다.

"아마 그런 것 같아. 하지만 그 불쌍한 숙녀가 사고 전에 있었던 일은 아무것도 기억을 못 한다더라. 말을 타다 떨어졌대나."

숙모가 마치 누가 듣기라도 한다는 듯 속삭였다.

"기억이 완전히 날아갔대. 그래도 아주 아픈 건 아니라니까 다행이지. 클라라가 그 약혼녀분을 아주 좋아하는 모양이야. 극진히 돌봐 준다더라. 내 생각에는 그 여자가 불쌍해서 그러는 것 같아. 생각해 봐라, 그렇게 젊은 여자가—어림잡아 봐도 아직 스무 살도 안 되어 보인다는데—그렇게 늙은 남자랑 결혼을 한다는 게 말이 되니? 보퍼트 경은 그리 매력적이거나 호감 가는 타입은 아니거든."

"하지만 돈은 많지."

삼촌이 끼어들었다.

숙모가 눈살을 찌푸렸다.

"돈 때문에 결혼한다는 게 말이 돼?"

"당신이야 안 그럴 테지만, 그 젊은 여자는 그럴지도 모르지."

"내 생각에, 분명히 다시 한 번 생각해 볼지도 몰라. 그도 그럴 것이, 제가 약혼했던 것도 기억을 못 한다더라고. 그러니 알지도 못하는 늙은 남자랑 약혼한 데다 곧 결혼까지 해야 한다는 걸 들었을 때 얼마나 놀랐겠어?"

"말을 타다 떨어졌대요?"

마리가 믿을 수 없다는 듯 고개를 흔들었다.

"응. 클라라가 그렇게 말했어. 뭐, 자세한 건 모르지. 이 근방에는 젊은 아가씨가 거의 없으니 분명 눈에 띄었을 테지만, 영주님은 성 안에만 틀어박혀서 생활하거든. 그 여자가 얼마나 오래 거기 살았는지 누가 알겠어. 어쩌면 사고 전에도 거기 살았는지 모르지."

"그 클라라라는 여자분과 이야기를 좀 나눠 봐도 될까요?"

몰리와 샘이 깜짝 놀라서 마리를 바라보았다.

"그건 별로 좋은 생각이 아닌 것 같구나."

몰리가 당황한 듯 얼버무렸다.

"원래 우리가 이걸 알고 있어서는 안 되는 거거든. 하지만 너희야 어차피 내일 다시 런던에 갈 거고, 거기라면 누구 귀에 들어갈 일도 없을 테니. 안 그래, 여보?"

몰리가 남편을 바라보며 물었다.

"에휴. 어차피 당신이 한 말을 이제 와서 주워 담을 수도 없잖아. 그리고 너, 도대체 뭘 숨기고 있는 거냐? 왜 클라라랑 얘기를 하려는 거야?"

그가 마리를 바라보았다.

"얼른 털어놔 봐!"

"사실, 그 젊은 약혼녀라는 여자가 제 친구일 수도 있어서요. 친구가 얼마 전에 실종되었거든요. 다들 많이 걱정하고 있는데, 이번 주에 그 애가 여기 성에 묵고 있다는 걸 알게 된 거예요. 그래서 저희 생각에는 얘가 거길 제 발로 간 게 아닐 거라고 생각했어요."

몰리의 얼굴이 새파랗게 질렸다. 그런 다음에는 통통한 뺨이 흔들릴 정도로 고개를 흔들어 댔다. 그때마다 그녀의 검은 머리카락이 나풀댔다.

"설마, 그럴 리가! 만약 그 여자가 거길 제 발로 간 게 아니라면 클라라가 알아챘을 텐데?"

"만약 기억을 잃었다면 얘기가 달라지죠. 그럼 자신이 어쩌다 거기로 오게 됐는지도 기억나지 않을 거예요. 아마 그 보퍼트라는 사람이 거짓말을 했을지도 모르고요."

크리스가 말했다.

"그건 그렇겠네."

샘이 몰리를 바라보았다.

"혹시 그 여자가 어떻게 생겼는지 클라라가 말해 주던가?"

"예쁘게 생겼대. 빨간 머리에 눈동자는 회색이고, 아주 젊고

마른 아가씨라던데."

"루시예요!"

마리와 크리스가 동시에 외쳤다.

"하지만, 어쩌다가 보퍼트가로 오게 된 거지?"

"말하자면 복잡해요."

마리가 말했다.

"제 생각에는 두 분을 거기에 끌어들이지 않는 게 좋을 것 같아요."

"좋아. 그런 건 말하지 않는 편이 나아."

샘이 자기 아내의 호기심 어린 눈빛을 무시하며 딱 잘라 말했다.

"조지의 일을 생각해 봐. 그 당시에도 그렇게 이상한 일들이……."

그가 헛기침을 한 번 하더니 주제를 바꿨다.

"클라라는 보통 몇 시까지 일하지?"

"보통 저녁 9시까지 일하더라고."

"그럼 지금 그레타한테 가서 클라라가 퇴근하면 이리로 보내라고 해. 적당히 핑계를 대서 말이야. 괜한 걸 떠들어 댈 필요는 없으니까."

몰리가 고개를 끄덕였다. 마리는 소녀들과 함께 바닥에 누워서 크리스가 샘과 낚시를 간 사이에 책을 읽고 있었다.

옆집에 갔던 몰리가 금세 돌아와 마리 곁에 앉았다. 몰리의 두 딸은 책에 빠져 있었다.

"내가 널 붙잡고 기어이 물어본 걸 샘이 알면 아마도 날 가만두지 않을 거야. 하지만 이게 대체 무슨 일인지 설명 좀 해 다오. 설마 보퍼트 경이 납치라도 한 거니? 그럼 그 승마 사고는 거짓말이라는 거야? 게다가 결혼을 강요하고 있는 걸까? 만약 거부하면 어떻게 되는 거지……. 솔직히 저렇게 늙고 못생긴 남자랑 누가 결혼하려고 하겠어? 게다가 예전에 그런 일도 있었는데……."

"그게 무슨 말씀이세요?"

"그냥 소문일 뿐이야. 나중에 얘기해 주마. 아무튼 네 친구한테 도대체 무슨 일이 있는 걸까? 성에는 어떻게 들어가게 된 거지?"

"일단, 루시는 말을 못 타고요."

마리는 몰리가 먼저 대화를 꺼내 준 게 고마웠다. 이 동그랗고 모성애 넘치는 여성의 호기심이 마음에 들었다. 게다가 저녁까지 기다리려면 아직도 시간이 많이 남아 있었다. 마리는 루시의 상태가 점점 더 걱정스러웠다. 물론 감옥에 갇혀 있는 상태인 건 알고 있었지만 설마 이렇게 가까이 있을 거라곤 생각하지 못했던 것이다. 게다가 자기가 갇혀 있다는 사실조차 모른다는 게 더욱 끔찍했다. 마음 같아선 당장이라도 경찰에 신고해서 루시를 꺼내 오고 싶었다. 물론 그게 그리 영리한 방법이 아니라는 건 알고 있었다.

"루시는 출생 배경이 좀 특이해요. 뭐랄까, 집안 내력이 좀 기괴하거든요. 샘이 지난번에 저 성에서 예전에 비밀 집회가 열리곤 했다고 말해 줬었던 거 기억나시죠?"

"하지만 그건 백 년 전 얘기야. 영주님의 조부모들 이야기라고."

몰리가 고개를 저었다.

"게다가 그런 얘기는 애들 겁주기 위한 괴담이지 실제로 있었던 일이 아니야. 옛날 영주들이 소작농의 애들이 성에 가까이 오지 못하게 하려고 꾸며 낸 이야기라고. 그리 상냥한 사람들은 아니었으니까."

"하지만 괜히 그런 소문이 난 게 아니에요. 보퍼트가는 수 세기 전부터 비밀 결사단의 일원이었으니까요."

몰리가 눈을 크게 떴다. 어느새 그녀의 두 딸도 귀를 쫑긋 세우고 둘의 대화에 귀를 기울이고 있었다.

"정원에 가서 놀아."

그녀가 딸들을 밖으로 쫓아냈다.

"마리가 하는 말은 그냥 동화 같은 거야. 아빠한테는 아무 말도 하지 말고!"

"하지만……. 이제부터 재미있어지려고 하는데……."

둘째 딸 에니가 투덜거렸다.

"나가!"

"애들이 이게 무슨 얘긴지 알까요?"

몰리가 웃었다.

"당연하지. 게다가 에니는 나만큼 수다쟁이야. 애들이라고 우습게 보면 안 돼. 아무튼, 계속해 봐."

마리는 베란다 문이 닫혀 있는 걸 확인한 다음, 몰리에게 모든 걸 이야기해 주었다. 지금 같은 때에 무조건 비밀을 지키는 건 어리석은 짓이었다. 게다가 루시를 성에서 구해 내려면 도움이 필요할 터였다. 그리고 몰리만큼 이 지역에 대해 잘 알고 있는 사람은 없었다.

몰리는 루시의 말을 한 번도 끊지 않고 주의 깊게 들었다.

"세상에 그런 게 있다니……."

그녀가 고개를 흔들며 중얼거렸다.

"만약 누구 다른 사람이 그런 말을 했다면 절대로 믿지 않았을 거야."

"저도 처음에는 믿기 힘들었어요."

마리가 털어놓았다.

"하지만 정말 많은 일들이 있었고 믿는 수밖에 없겠더라고요. 게다가 지금은 루시를 도와야 해요. 어떻게든 성에서 탈출시켜야만 된다고요. 절대 보퍼트와 결혼하게 놔둘 수는 없어요. 만약 루시가 이 모든 게 연맹의 속임수라는 걸 알았다면 진작 도망쳤을 거예요."

"어쩌면 지금 상황에선 기억을 잃은 편이 나을 수도 있어. 하지만 기억이 다시 돌아올까?"

몰리가 물었다.

"자기가 살아 온 기억 전부를 잃었을 가능성도 있어."

"일단 루시를 구해 낸 다음 어떻게 기억을 되돌릴지 생각해 봐야죠. 우선은 탈출시키는 게 중요하니까요."

"하지만 너희를 기억하지 못하잖아. 왜 낯선 사람의 말을 믿으려고 하겠어? 클라라가 말하길 보퍼트 경이 아주 세심하다던데. 별로 이것저것 강요하지도 않고 많이 쉬게 해 준다더라고. 듣기로는 결혼식도 원래 날짜보다 늦춰 줬대."

"어쨌든 루시가 제정신이라면 그런 사람과 결혼하려 하지 않을 거예요. 어쩌면 독 때문에 감정을 잃었을지도 모르죠. 감정이 있다면 아마 진작 혐오감이 들었을걸요!"

몰리가 어깨를 으쓱해 보였다.

"클라라 말로는 아주 조용하고 말수가 적은 편이라더라."

그때 복도에서 말소리가 들렸다. 남자들이 낚시에서 돌아온 모양이었다.

"저녁은?"

샘이 부엌 안으로 고개를 들이밀며 물었다.

"지금 차릴 거야!"

그런 다음에는 마리에게 말했다.

"지금 저녁을 먹은 다음, 애들은 침실로 보내서 재울게. 그 후에 클라라를 데려와야지. 애들이 이 일에 대해 아는 건 안 좋은 것 같아."

8장

인류 문화에서 책보다 경외롭고, 황홀하고, 중요한 건 없다.

— 게르하르트 하웁트만

조금 전 나타났던 '책의 유령'은 상상일까? 아니면 정말 존재하는 걸까? 루시는 아침 식사를 하러 홀로 내려가면서도 고민에 빠져 있었다. 사실 하도 악몽을 많이 꾼 탓에 상상이 마치 실제인 것 같은 기분이 들었던 게 한두 번이 아니었다. 유령이 실제로 뺨을 쓰다듬거나 말을 하는 것 같은 기분도 자주 들었다. 그 때문에 몇 번이고 땀에 흠뻑 젖은 채 깨어나곤 했던 것이다. 그때마다 방 안에는 루시 혼자였다. 이제는 자신의 감각을 신뢰할 수가 없었다.

과거는 기억하지 못했지만 이 성에 둘러쳐진 성벽과 여기 사는 사람들은 그녀를 돌봐줄 뿐 아니라 안전하게 지켜 주고 있는 게 사실이었다. 어쩌면 상상 속에서 튀어나왔을지도 모르는 존재의 말 한마디 때문에 이 모든 상황을 의심해야 할까? 물론 보퍼트와는 결혼하지 않을 생각이었다. 어쩌면 예전에는 이 결혼에 어떤 이유가 있었을지 모른다. 바티스트와 이야기를 나눠 봐야 했다. 신뢰할 수 있는 사람이 하나 정도는 필요했다. 그녀를 어린아이였을 때부터 키워 준 사람을 신뢰할 수 없다면 아무도 믿지 못할 거라는 생각이 들었다. 바티스트에게서 이전의 삶과 지인들에 대해 듣고 싶었다. 그러면 점점 더 많은 기억이 돌아올 거라는 확신이 있었다. 그걸 위한 계획도 있었다.

하지만 홀에 들어서자 루시의 명랑함도 사라졌다. 보퍼트의 얼굴이 눈에 들어왔기 때문이다.

"대부님은 어디 계시죠?"

보퍼트가 읽던 신문을 내려놓고 몸을 일으켰다. 언제나처럼 말끔한 정장과 셔츠, 넥타이 차림이었다. 루시는 그가 왠지 잠자리에 들 때에도 넥타이 차림일 것 같았다.

"아주 중요한 약속이 있다고 했소. 늦어도 내일은 돌아올 거요."

루시가 테이블로 다가가자, 보퍼트가 일어나 그녀의 곁에 서서 의자를 빼서 앉혀 주었다.

루시는 말없이 토스트 빵을 씹었다.

"며칠은 쉬도록 해요."

약혼자가 말했다.

"그대의 몸 상태로 책 읽기를 계속하는 건 무리가 될 것 같소."

자신을 걱정해 주는 눈치였다.

"사실 좀 쉬고 싶긴 해요."

루시가 동의했다.

"대부님께 집에 가고 싶다고 말하려고 해요. 그러니까 제가 자란 집 말이에요. 거기 가면 기억이 돌아올지도 몰라요. 제가 여기 지낸 지는 얼마 되지 않았죠?"

보퍼트가 고개를 저었다.

"아마 대부께서 허락하시지 않을 거요. 의사 선생님이 장거리 여행을 금지했으니 말이오. 바티스트 경의 저택은 콘월에 있소. 족히 서너 시간은 걸릴 거요. 그러니 당분간은 기다리는 수밖에 없소. 하지만 그대의 뜻은 잘 전해 두리다."

그가 루시의 눈을 바라보며 손을 잡았다.

"우리 모두 그대가 하루속히 건강해지기만 바라고 있소. 실은 어서 식을 올렸으면 좋겠지만, 그대가 충분히 휴식하는 게 우선이니 참고 있는 거요."

루시는 그의 말에 등줄기에 소름이 돋았지만 애써 태연한 척했다. 그런 다음 마치 당연하다는 듯 미소를 지었다.

첫 시도부터 좌절을 겪은 셈이었다.

"몸 컨디션은 좋아요. 몇 시간 정도 차를 타는 건 전혀 문제없어요. 사실 제 건강을 위해 환경에 변화를 좀 주고 싶은 거예요. 대부님이 돌아오시면 이 문제에 대해 의논해 볼 거예요."

루시의 말은 애당초 계획했던 것보다 더 완강하게 들렸다.

보퍼트가 다시 신문을 집었다.

"물론 그건 그대의 자유요. 하지만 장담하건대, 바티스트도 나와 같은 생각일 거요. 차가 식기 전에 어서 들어요."

그의 말에 루시는 그를 더 이상 불편하게 하고 싶지 않아서 찻잔을 들었다. 하지만 오늘따라 이상할 정도로 차 맛이 떫었다. 그래서 설탕을 두 스푼 추가한 다음 마셨다. 요리사에게 차 블렌딩을 바꿔 달라고 말할 생각이었다.

"오늘은 산책이나 다녀옵시다."

보퍼트가 신문에서 눈도 돌리지 않은 채 말했다.

"한 시간 후에 입구에서 기다리고 있겠소. 바깥이 추우니 외투를 단단히 입고 나와요. 그대가 감기에 걸리는 건 원하지 않으니까."

루시는 그가 자신을 바라보고 있지 않다는 걸 알면서도 고개를 끄덕여 보인 다음, 자기 방으로 올라갔다.

루시의 시도는 처참할 정도로 실패적이었다. 어쩌면 보퍼트에게 먼저 말을 꺼내지 말고 곧장 대부에게 물어봤어야 했다. 보퍼트는 자신을 마치 어린애 다루듯 했다. 그런 그를 좋아하게 될 리가 없었다.

방으로 올라가니 클라라가 기다리고 있었다. 오늘따라 얼굴이 이상할 정도로 창백해 보였다.

"왜 그래? 어디 아파? 안색이 안 좋네."

루시는 자신이 클라라를 얼마나 필요로 하고 있는지 더욱 절실히 깨달았다. 클라라 없이는 이곳에서 버틸 자신이 없었다.

다행히 클라라가 고개를 저으며 말했다.

"어제 저녁 늦게 잤거든."

그러면서 루시의 침대를 정돈해 주었다.

"옆집에 사는 분에게 손님이 놀러 왔는데, 나와 엄마를 초대했었어."

루시가 멍하니 고개를 끄덕였다. 지금은 자신만의 문제로도 벅찼기 때문이다.

"우리 옆집 아주머니한테 조카가 한 명 있는데, 예전에는 방학 때도 종종 놀러 와서 나랑 놀곤 했어."

클라라가 계속 떠들었다.

"지금은 런던에서 공부하고 있는데 어제는 마리라는 여자친구를 데려왔더라고. 런던 도서관에서 일하는데 착하더라."

클라라가 입을 다물었다.

루시는 그녀의 말을 한 귀로 흘려들으면서 머리만 매만졌다.

"루시, 아직도 아무것도 기억이 안 나?"

클라라가 불쑥 물었다.

"머릿속에 물이 잔뜩 들어 있는 기분이야. 가끔은 기억들이 수면 위에 둥둥 떠다니다가 갑자기 쏟아져 나올 것 같아. 하지만 이내 무거운 돌덩이처럼 가라앉아. 두 번 다시는 파도에 떠밀려 올라올 일이 없도록 말야. 정말이지 머리가 어떻게 될 것 같아."

클라라가 다가왔다.

"금세 모든 게 다시 좋아질 거야."

루시가 거울을 통해 그녀에게 미소 지었다.

"제일 끔찍한 건 이곳에서의 삶이 원래 삶이었다고 믿기가 힘들다는 거야. 이 모든 사치스러운 것들에 둘러싸여 있으면서도 왠지 내 것 같지도 않고 또 이것들로 뭘 어떻게 해야 할지도 모르겠어. 게다가 하루 종일 이렇게 내 시중을 들어 주는 사람들……."

루시가 클라라의 손을 잡았다.

"오해는 하지 마. 네가 내 곁에 있어 줘서 정말 좋아. 하지만 어쩐지 예전에는 침대 정도는 내 손으로 정돈했을 것 같은 느낌이 들어. 게다가 이런 으리으리한 캐노피 침대도 아니었을 거라고."

클라라가 웃었다.

"우리 집 침대는 정말 간소해."

"언젠가는 너희 집에도 놀러 가고 싶어. 어쩌면 네 삶이 내 예전 삶에 가까울지도 몰라."

"하지만 두 신사분이 허락하지 않을 거야. 만약 허락도 없이 그런 짓을 했다간 분명 엄청나게 화낼 게 뻔해."

"맞아. 난 네가 나 때문에 일자리를 잃는 걸 원하지 않아. 넌 여기서 내 유일한 친구니까."

"고마워!"

"보퍼트가 나랑 산책하고 싶어 하던데."

"어떤 외투 입을래?"

"선택의 폭이 다양하게 있어?"

루시가 클라라에게 다가갔다.

"여기 걸려 있는 것 중에 마음 가는 걸 골라 봐."

"괜찮네. 내가 할머니가 되면 잘 어울리겠어."

루시가 투덜거렸다.

"나도 좀 그런 걸 느꼈어. 사고 전에 네 패션 취향이 어마무지하게 고전적이었나 봐. 여기 걸린 옷가지들은 스무 살짜리가 아니라 마흔 살 여자한테나 어울릴 거야."

"옷이 다 새거라는 게 더 이상해."

루시가 말했다.

"안 그래? 마치 전에는 한 번도 입은 적이 없는 것 같아."

"어쩌면 결혼식 전에는 새 옷만 입고 싶었다든가……."

클라라가 말끝을 흐렸다.

"어쩌면 그럴지도 모르지."

루시가 어깨를 으쓱해 보인 다음, 트위드 소재의 외투 한 벌을 꺼냈다.

"이거 입으면 따뜻하긴 하겠네. 이게 도대체 얼마짜리일지 상상도 안 가. 여기 봐. 진짜 해리스 트위드야."

클라라가 외투에 붙어 있는 에티켓을 가리켰다.

"하긴, 바티스트 드 트레메인이 결혼 지참물로 거적때기를 줬을 리는 없겠지."

"나, 보퍼트랑 결혼 안 할 거야."

루시가 털어놓았다.

"아무도 나에게 그러라고 강요할 순 없어."

클라라가 겁에 질린 눈으로 그녀를 바라보았다.

"보퍼트 경한테 그 얘기 안 하는 게 좋을 거야. 요리사 아주 머니한테 들었는데, 자기 생각대로 뭐가 안 되면 엄청나게 화를 내곤 한다더라고."

"그 요리사분은 여기서 오래 일했대? 혹시 내가 언제부터 여기에 있었는지 모른대?"

클라라가 고개를 저었다.

"단둘이 이야기할 기회가 있을 때 물어볼게."

그런 다음 옷장에서 부츠와 목도리를 꺼냈다.

"이 정도면 외출 준비는 끝이야."

"혹시 장갑도 줄 수 있어?"

클라라가 고개를 끄덕인 다음 순식간에 갈색 장갑 한 켤레를 꺼내 주었다.

"분명 신선한 공기를 좀 쐬면 훨씬 나아질 거야."

"차라리 너랑 나가고 싶은데."

"알아. 하지만 그러면 보퍼트 경의 심기를 거스르게 될 거야. 엄청 화낼걸."

루시는 몸을 씻기 위해 욕실로 갔다. 클라라와의 대화로 좀 기운이 나는 것 같았다. 하지만 보퍼트와 한동안 함께 있어야 한다는 사실에 금세 불유쾌해지는 건 사실이었다.

"분명 알고 싶은 게 아주 많을 거요."

보퍼트가 먼저 입을 열었다. 그는 산책을 시작하기 전, 루시에게 팔짱을 끼도록 종용했다. 정원에는 이미 곳곳마다 봄이 내려앉아 있음을 알리는 향기가 났다. 이제 겨우 2월이었는데도 말이다. 보퍼트가의 정원은 정원이라기보다는 공원이라고 불러야 할 것 같았다. 저 멀리 정원사들이 일하는 가운데 드문드문 검은색 양복을 입은 사람들이 눈에 들어왔다.

"저 사람들은 뭐예요?"

"내 안전 요원들이오. 사고 후에 배치했지. 그대가 말에서 떨어진 건 단순한 사고가 아니었소. 만약 그 사고를 일으킨 주범을 붙잡아 법의 심판을 받게 하면 저 사람들도 배치해 둘 필요가 없겠지."

"절 그렇게 걱정해 주셔서 몸 둘 바를 모르겠네요."

"당연한 거요. 바티스트는 그대를 딸처럼 사랑하고 있으니까. 당신에게 혹여 무슨 일이라도 일어난다면 견디지 못할 거요. 나도 마찬가지고."

"정말 뭐라고 감사의 말씀을 드려야 할지 모르겠어요. 정말이에요. 하지만……."

"더 이상 '하지만'은 그만하시오, 내 사랑."

보퍼트가 멈춰 서서 그녀를 바라보았다. 그리고 그녀의 어깨를 단단히 붙잡았다.

"단 한 가지, 당신이 반드시 기억해 내야 하는 게 있소. 바티스트나 나는 우리가 한번 결정한 사항에 이의를 제기하는 걸 좋아하지 않소. 당신은 우리가 시키는 대로 하기만 하면 되는 거요. 그럼 모든 게 완벽할 거요."

그의 말에 루시의 얼굴에 핏기가 가시면서 어지러웠다.

"몸이 안 좋아요."

루시가 숨을 헐떡였다.

보퍼트가 그녀의 뺨을 쓰다듬었다.

"이제 곧 좋아질 거요. 그것 봐요. 날 거스르면 당신도 너무 감정이 고조되잖소. 날 믿어요. 그게 모두를 위한 최선이니까."

그가 루시의 귀에 속삭였다.

따뜻한 외투를 입고 있었음에도 불구하고, 루시의 몸은 얼음장같이 식었다.

클라라는 창가에 서서 루시와 보퍼트가 팔짱을 끼고 정원을 산책하는 모습을 지켜보았다. 보퍼트는 계속 이야기하는 것 같았고, 루시는 말없이 그의 말을 듣고만 있었다. 바람결에 그녀의 붉은 머리칼이 날렸다.

아직도 어제 크리스와 마리에게 들은 말들을 믿을 수가 없었다. 크리스와는 어릴 때 방학이면 함께 놀곤 했다. 그가 좀 거친 남자아이였던 게 아직도 기억이 났다. 그런 다음에는 몇 년간 못 보다가 이제 갑자기 나타나서 저렇게 말도 안 되는 이야기를 늘어놓았던 것이다. 그러니 그를 믿을 수 없는 것도 당연했다. 게다가 지금 이 일은 정말 좋은 제안이었다. 급료도 높았다. 만약 1년만 일하면 런던에서 학사 과정을 밟을 수도 있었다. 어려운 일도 아니었다. 루시를 돌보고 입을 다물기만 하면 되는 것이었다. 정말 그의 말 한마디에 이 모든 걸 저버릴 필요가 있을까?

루시는 잘 지내고 있었다. 두 신사는 모든 인력을 동원해 그녀를 돌보고 있었다. 여태까지는 그들이 루시를 해치려 한다는 의심을 가질 일이 없었다. 그러니 그의 말은 사실이 아니었다. 클라라는 이 일을 보퍼트 경과 의논해야 할지 고민했다. 누군가를 증거도 없이 거짓말로 음해하는 건 옳지 못했고 또 잘못된 소문이 퍼져서도 안 되었다. 하지만 왠지 망설여졌다. 어쩌면 먼저 루시 본인에게 말해 주는 게 옳을지도 몰랐다. 하지만 그 이야기를 들은 루시가 어떤 반응을 보일지는 알 수 없었다. 그런 충격적인 말을 소화해 낼 수 있을 만큼 건강한 걸까? 만약 이게 허황된 거짓이라면 괜히 병약한 사람을 한 번 더 죽이는 꼴이 될 터였다.

하지만 사실이라면 어떻게든 루시를 도와야만 했다. 그녀가 여기 갇혀서 보퍼트와 결혼하도록 강요당하는 걸 두고 볼 수만은 없었다. 그녀 자신도 마을 사람들이 성과 여기 사는 사람들에 대해 떠들어 대는 괴담을 들은 적이 있었다. 클라라도 아버지의 사촌 조지가 어린 시절에 흔적도 없이 마을에서 사라진 일을 들었다. 지금도 그 이야기를 생각하면 몸이 떨렸다. 마을 사람들 모두가 보퍼트의 아버지를 범인으로 간주했지만, 경찰은 그들에게 전혀 혐의를 두지 않았고, 사건은 미제로 종료됐다고 한다.

루시가 보퍼트와 함께 저택으로 돌아오자 바티스트가 입구에서 그녀를 맞았다. 루시는 그를 보자 안도한 나머지 보퍼트의 팔을 놓고 그에게 달려갔다.

바티스트가 루시의 어깨에 팔을 둘렀다. 왠지 위로받는 느낌이었다.

"왜 그러니? 얼굴이 창백하구나."

루시가 고개를 저은 다음 장갑을 뺐다.

"아무것도 아니에요."

루시는 보퍼트가 경고하듯 바라보자 입을 다물었다.

"그냥 대부님이 보고 싶었어요."

바티스트가 웃었다.

"아직 결혼도 하기 전인데 네 남편과 둘만 있는 게 지루한 게냐? 보퍼트 경, 노력을 좀 더 하셔야겠소."

그의 말을 들은 보퍼트가 삐딱하게 웃었다.

"오늘 컨디션은 어떠냐? 책을 좀 더 읽을 수 있겠니?"

그가 배려하듯 물었다.

"내일로 미뤘으면 좋겠어요. 그전에 대부님과 대화를 좀 나눴으면 해서요. 모든 것에 대해. 이해가 안 가는 게 너무 많아요."

"당연하지. 그렇게 하자꾸나."

그가 흔쾌히 대답하자 루시는 깜짝 놀랐다.

"부엌에 말해서 차와 쿠키를 준비해 놓도록 하겠다. 네 모든 질문에 답을 해 줄 수 있을 거다. 우리가 원하는 건 네가 행복한 거니까."

그가 보퍼트를 쳐다보았고, 그도 경련을 일으키듯 마지못해 고개를 끄덕였다.

아마 자신의 명령을 어긴 걸 그리 쉽게 용서하진 않을 거라는 게 느껴졌다.

몇 분 후, 바티스트가 루시의 방으로 들어왔다. 그의 뒤를 따라 늘 식사할 때마다 시중을 들어 주곤 하던 젊은 남자가 들어왔다. 평소에는 그에게 신경을 쓰지 못했지만 오늘은 그에게도 미소를 지어 보이며 감사를 표했다. 그는 답례로 고개를 까딱해 보였지만, 그녀를 쳐다보지는 않았다. 그가 테이블 위에 작은 찻주전자 두 개를 올려놓았다. 황홀한 향기가 나는 갓 구운 쿠키도 가져왔다.

바티스트가 루시에게 먼저 차를 따라준 다음, 자신의 컵에도 차를 따랐다.

"왜 다른 차를 드세요?"

바티스트가 대답했다.

"이건 위장에 좋은 차란다. 종종 위에 문제가 생기곤 하더구나. 내 나이쯤 되면 흔한 일이니 걱정은 하지 말거라."

루시는 찻잔에 설탕을 두 스푼이나 듬뿍 떠 넣었다.

"요새 제 차 맛이 이상해졌어요. 너무 써요. 요리사에게 말해서 블렌딩을 바꾸라고 해야 할까 봐요."

"안 돼."

바티스트가 갑자기 정색을 했다.

"이 차는 의사가 처방한 거야. 듣기로는 아주 약한 긴장 완화용 차라던데. 아마 맛이 좋진 않을 거다."

"알았어요. 효과만 좋다면야 참고 마셔야죠."

"루시, 그래서 네 질문이라는 게 뭐냐? 뭐가 됐든 작업에 방해가 될 만한 건 가능한 한 빨리 해결을 보도록 하자꾸나."

루시가 차를 한 모금 삼킨 다음, 인상을 찌푸렸다. 차가 쓴 만큼 약효가 있기만 바랄 뿐이었다.

"한번 읽어 들인 책은 어떻게 되는 거죠? 사실 책을 읽어 들인다는 의미도 이해가 안 가요."

바티스트가 고개를 끄덕인 다음 쿠키 한 개를 집었다.

"그러니까 왜 우리가 단순하게 책을 복사한 다음 보관하지 않느냐는 거지?"

"맞아요."

"오늘날에는 책을 복사하는 게 더 간단하긴 하다. 옛날 방식은 간단하지는 않지만 이건 전통과 깊이 연관되어 있단다. 이해하니? 우리 연맹은 몇 백 년 동안 그런 방식을 사용해 왔다. 그러니 이제 와서 현대식으로 바꿀 수는 없는 거야."

"제가 읽어 들인 책은 어떻게 되는 거죠?"

루시가 다음 질문을 던졌다.

"어떻게 되냐니?"

"그러니까, 문장들 말이에요. 제가 문장을 옮겼잖아요. 그럼 원래의 책은 어떻게 되는 건가 싶어서요."

바티스트가 잠시 루시를 훑어보았다.

"너, 내가 없는 동안 이런저런 생각을 많이 해 본 게로구나."

"당연하죠. 전 제가 하는 일이 뭔지 정확히 알고 싶어요."

"그래, 당연하지. 얘야, 네 기억이 돌아올 때까지 기다릴 수 없다면 설명해 주마. 네가 읽어 들인 문장들은 '보호책' 속으로 들어간단다. 그건 마치 복사하는 것과 같은 원리야. 다른 점이라곤 네가 직접 옮겨 적지 않아도 된다는 거지. 문장은 낡은 원본을 떠나게 된다. 모든 게 아주 자연스럽지. 아마 우리가 이렇게 구식 노인네들만 아니었다면 좀 더 현대적인 방법을 써 볼 수 있을지도 모르겠구나. 널 괴롭히는 걸 용서해 주렴."

그가 껄껄 웃으며 루시의 손을 잡았다.

루시는 바티스트가 그녀의 반응을 기다리고 있다는 걸 눈치챘다. 그래서 가만히 미소 지어 주었다.

"그럼 제가 읽고 난 책은 텅 비는 거네요?"

루시가 조심스럽게 다음 질문으로 넘어갔다.

"맞아."

바티스트가 별일 아니라는 듯 손을 내저었다.

"그 대신 문장들은 새 책으로 들어가게 되지."

"그럼 그 '보호책'이라는 것들은 어디에 보관되나요? 분명 안전한 곳에 보관되겠죠?"

"우리가 책들을 보관하는 도서관이 있단다. 네가 착한 어린이처럼 행동하면 상으로 데려다주마."

뭐? 착한 어린이? 상? 어처구니가 없었다. 그는 자신을 다섯 살짜리 애로 보고 있는 게 분명했다.

"차를 다 마시거라."

루시가 다음 질문으로 넘어가기 전에 바티스트가 종용했다.

"오늘은 일찍 잠자리에 들거라. 내일 아침에는 작업에 들어가야 한다. 너도 이 일이 중요하다는 건 알고 있겠지?"

루시가 기계적으로 고개를 끄덕였다.

"네, 그럼요."

어쨌든 그가 자신을 배려해 준다는 게 고마웠다.

"마지막으로 한 가지 질문이 더 남아 있어요."

바티스트가 방을 나가려다 말고 뒤를 돌아보았다.

"혹시 저에게 친구가 한 명도 없었나요? 가끔 놀러 가거나 아니면 놀러 오곤 했던 그런 친구 말이에요. 친구와 만나서 이야기를 들으면 기억이 돌아올지도 모르잖아요."

"루시, 넌 엄중한 보호 속에 자라났단다. 우린 언제나 널 지켜야 했지. 아니, 너에게는 친구가 없었다. 너에게는 우리뿐이야."

루시의 귀에는 어쩐지 그 말이 위협처럼 들렸다.

"그리고 한 가지 더. 난 네가 클라라나 다른 하인들에게 우리의 일에 대해 말하는 걸 원하지 않는다. 우리의 일은 철저히 비밀에 부쳐야 하고, 일반인들이 알아선 안 되는 것이야."

문 닫히는 소리가 났다. 그리고 갑자기 믿을 수 없을 정도로 몸이 녹초가 되는 걸 느꼈다. 루시는 비척거리며 침대로 걸어가서 모서리에 앉았다. 방의 램프 불빛이 희미해졌다. 그리고 얼마 지나지 않아 정신이 아득해져 왔다. 이게 도대체 무슨 일이지?

9장

3일 동안 책을 읽지 않으면 입이 천박해진다.

— 중국 속담

클라라가 루시의 방에 들어가니, 루시는 침대에 가만히 앉아서 텅 빈 눈으로 허공만 바라보고 있었다. 심지어 클라라를 쳐다보지도 않았다. 클라라는 뭔가 이상하다는 생각에 서둘러 루시에게 다가갔다.

"괜찮아?"

그녀가 걱정스럽게 물었다.

"응."

루시는 클라라를 등진 채 침대 위에 다시 누웠다.

클라라가 차 기구들을 모아서 쟁반 위에 올렸다. 나중에 한꺼번에 방에서 가지고 나갈 생각이었다.

그런 다음 루시 곁에 앉았다.

"무슨 일인지 말하고 싶어?"

그런 다음 루시의 어깨를 어루만져 주었다.

하지만 루시는 고개만 저을 뿐이었다.

"그렇게나 끔찍해?"

"바티스트가 너에게 아무 얘기도 하지 말래. 그러니까 제발 아무것도 묻지 말아 줘."

"하지만 네 마음이 무겁잖아. 나도 뭔가 돕고 싶어."

"아무도 날 도와줄 수 없어. 머리가 너무 어지러워."

"네가 원하지도 않는데 보퍼트 경과 결혼하면 안 돼."

클라라가 말을 이었다.

"그런 건 아무도 강요당해선 안 돼."

"넌 이해 못 해. 나에겐 선택의 여지가 없어."

"아니, 있어."

"하지만 지금처럼 아무것도 기억나지 않는데 어떻게 내 미래를 스스로 결정할 수 있겠어? 뭐가 옳은지조차 모르겠어."

루시가 느릿느릿 말했다.

"네가 보퍼트 경을 사랑하지 않으면 결혼해선 안 되는 거야."

"넌 이해 못 해. 이건 사랑이랑은 상관없어."

"하지만 일반적으로는 사랑이 중요하잖아."

"내 인생은 일반적이지 않아. 끔찍해."

"지금 네 나이 또래의 다른 여자애들에 비하면 끔찍한 게 아니야. 오히려 훨씬 나은 거니까 투덜대지 마."

클라라는 화가 치밀어 올랐다.

"내 친구들 중에는 네가 지금 손가락 하나 까딱하지도 않고

얻게 된 재물의 부스러기조차 가지지 못한 애들이 많아. 만약 이 삶이 싫으면 그냥 포기하면 되는 거야. 보퍼트 경에게 난 당신을 사랑하지 않는다고 한마디 하는 게 뭐가 그리 어려워? 어쩌면 네가 망설이는 이유가 그의 부나 안락함 때문은 아니고?"

루시는 잠시 침묵했다.

"내 생각에는 지금 네가 나가는 게 좋을 것 같아, 클라라. 나 지금 너무 몸이 무거워. 그리고 너와 싸우고 싶지도 않아. 넌 나를 이해하지 못해."

그런 다음 천천히 이불을 끌어올려 덮었다.

"미안해."

클라라가 입술을 깨물었다.

"널 상처 주려는 게 아니었어. 하지만 너도 선택권은 있다는 걸 말해 주고 싶었어."

"그랬으면 좋겠다."

루시가 중얼거렸다.

클라라는 루시의 방을 나와서 다기가 담긴 쟁반을 들고 부엌으로 향했다. 아직도 어떻게 행동해야 할지 감이 서지 않았다. 크리스가 말해 준 걸 루시에게도 말해 줘야 하나? 지금이 말해 주기엔 좋은 기회일지 몰랐다. 조금 전에 그녀를 그렇게 몰아세운 데서 양심의 가책이 들었기 때문이다. 만약 루시가 정말로 두 남자에게 붙잡혀 있는 거라면 조금 전 그녀의 말도 일리가 있었다. 결혼을 취소하고 그냥 가 버릴 수는 없을 것이었기 때문이다. 하지만 정말 그런 상황인지는 의문이었다. 바티스트 드 트레메인이나 보퍼트 경은 겉보기엔 신사적인 사람들이었다. 그래서 그들을 함부로 헐뜯을 수는 없었다. 게다가 이 일에 자신의 미래도 달려 있었다. 이제는 연로하신 부모님도 생각해야 했다. 일단은 상황을 좀 더 지켜본 다음 자신이 할 수 있는 걸로 루시를 도울 생각이었다. 어쨌든 루시가 여기에 이렇게 머무르는 게 지금으로서는 그녀에게도 최선이었다. 게다가 크리스와 그의 여자 친구가 뭔가를 노리고 그런 소문을 퍼뜨리는 걸 수도 있었다.

바티스트가 도서관에 들어가니, 보퍼트는 안락의자에 앉아 책을 읽고 있었다.

"위스키 한 잔만 가져다주게."

그가 보퍼트를 섬기는 젊은 남자에게 말했다.

"분부대로 하겠습니다."

그가 대답한 다음 작은 바에서 위스키를 꺼내 한 잔 따랐다.

보퍼트가 책에서 눈을 떼지 않은 채 물었다.

"경의 시끄러운 아기 새는 좀 어떻소? 조용히 만드는 데는 성공한 거요?"

"쓸데없는 생각을 너무 많이 하더군. 게다가 뭘 그리 캐묻는지. 여태까지는 내가 독을 너무 많이 썼던 게 아닌가 했었소."

"그건 처음에 물렸을 때 들어간 걸 말하는 거요, 아니면 나중에 차에 섞은 걸 말하는 거요?"

보퍼트가 의미심장한 미소를 지으며 물었다.

"눈치채고 있으셨군."

"경이 하는 일에 대해 어느 정도는 파악하고 있소."

보퍼트가 대꾸했다.

"그리고 그녀가 매일 아침 마시는 차 맛이 꽤나 역해서 눈에 띄더군요."

"루시에겐 그 차가 여러 가지 약초를 섞은 허브차라고 해 두었소. 몸이 건강해지도록 의사가 처방했다고 말이오. 그러니 별일만 없다면 언제까지고 고분고분히 마실 거요."

"물론 경의 계획대로 된다면 말이오."

"그녀는 우리의 명령에만 따라야 하오. 괜히 쓸데없이 이것저것 질문해 봤자 자신한테나 우리에게나 득 될 게 없소."

"중요한 건 그녀가 결혼식 날 밤에 완전히 녹초가 되어 있지 않았으면 하오."

보퍼트가 강조했다.

"그녀도 나처럼 우리의 첫날밤을 즐겨야 하지 않겠소?"

그가 웃었다.

"그러니 경의 그 마법 약인지 뭔지를 쓰되, 너무 과하게는 쓰지 마시오. 난 여자들이 거칠게 반항하는 게 좋소."

바티스트가 혐오스러운 눈으로 그의 맞은편에 앉은 남자를 바라보았다. 이제 저 두 사람이 결혼을 하면 보퍼트가 루시를 어떻게 대하든 상관없었다. 중요한 건 루시가 언제든 자신에게 주어진 작업을 잘 해낼 수 있는 상태를 유지하는 거였다. 바티스트는 간밤에 무슨 일이 있어도 자기 소유로 두고 싶은 책들의 목록을 좀 더 추가했다. 루시의 능력을 사용하면 연맹의 보물 창고를 더욱 풍요롭게 만들 수 있었다. 그만큼 그녀의 힘은 알려지지 않은 비밀 무기와도 같았다. 그에 비해 보퍼트의 싸구려 욕망을 채우는 일은 중요하지 않았다.

"아직 자그마한 문제가 하나 더 남아 있소."

그가 대화 주제를 돌렸다.

"네이선이 루시를 보고 싶어 하오."

보퍼트가 믿을 수 없다는 눈으로 그를 바라보았다.

"설마 제정신으로 그 요구를 들어줄 생각이오? 그 애송이는 자기가 어쩐 상황인지 아직도 모르는 모양이군."

"만약 거부하면 더 이상 책 표지를 스케치하지 않겠다고 위협했소."

보퍼트가 손사래를 쳤다.

"루시에게 그림도 가르치면 되니 그리 큰 문제는 아니오."

"물론 그렇긴 하오. 하지만 왠지 그렇게 하면 안 될 것 같소. 만약 두 사람이 작업을 나누면 훨씬 더 많은 책을 우리 수중에 넣을 수 있으니까. 그러니 그의 요구를 들어주면서 두 마리 토끼를 한 번에 잡아야만 하오."

"무슨 속셈이오?"

"루시가 건강한지 확인하고 또 그녀가 자기를 완전히 잊었다는 사실을 이해하도록 만드는 거요. 그리고 그녀가 기억을 되찾는 게 서로에게 별로 득 될 게 없다는 사실을 깨닫게 해 줄 거요."

하지만 보퍼트는 여전히 미심쩍은 얼굴이었다.

"도대체 어떻게 하려는 거요?"

"그리 어렵진 않소. 연맹의 회원들을 초대해서 경의 약혼을 알리고 결혼식 날짜까지 공표하는 거요. 그리고 네이선의 약혼녀와 그녀의 가족도 그 자리에 초대하는 거지. 물론 네이선에게는 그와 루시를 위해 소동을 일으킬 생각은 접어 두도록 말해 놓을 거요."

"그게 경의 계획이라면, 좋소."

보퍼트가 망설이며 고개를 끄덕였다.

"내 생각에는 그게 최선이오. 한번 그렇게 해 두면 네이선도 포기할 거요."

"내 생각에는 경이 너무 순진한 것 같소만. 뭐, 그게 경의 방식이니 어쩌겠소. 아무튼 나에게는 네이선이 거슬리지 않소. 그가 도대체 뭘 할 수 있겠소? 게다가 그 앞에서 내 신부를 소개할 거라 생각하니 기쁘기까지 하오."

"그럼 문제가 해결된 셈이군."

바티스트가 기분이 나쁜 듯 인상을 썼다.

"하인들에게 분부해 파티를 열 준비를 하시오. 최대한 빨리 초대객들의 명단을 준비해야 할 거요. 난 이 문제로 더 이상 골머리 썩고 싶지 않으니까."

그는 보퍼트가 대답하기를 기다리지 않은 채 도서관을 나갔다.

보퍼트와 사소한 일로 논쟁을 벌이는 것보다 더 중요한 할 일이 많았다. 오늘 오후에 루시에게 준 차 속에는 여태껏 준 것 중에 가장 높은 강도의 독이 들어 있었다. 그걸로 당분간 기억이 돌아오는 건 막을 수 있을 터였다. 루시의 능력에는 해를 가하지 않으면서 사고력을 떨어뜨리려면 독의 성분을 약간 바꿔야 했다. 어쩌면 오늘 준 건 너무 강할지도 몰랐다.

바티스트가 손바닥을 비볐다. 요즘처럼 생기가 넘쳤던 적은 없었다. 책을 읽어 들이는 능력을 잃어버린 후로는 연맹을 다른 방식으로 섬기기 위해 언제나 최선의 노력을 기울여 왔던 것이다. 그 덕에 흑마법과 연금술에 대해 다른 누구보다도 더 많은 지식을 습득할 수 있었다. 하지만 마법으로 친아들을 그의 뜻대로 조종하는 데는 실패했다. 네이선의 경우에는 좀 나았다. 루시가 나타나기 전까지는 말이다. 이제는 루시 차례였다. 이번만큼 마법이 잘 먹혀 들어간 케이스는 드물었다. 그녀가 자신이 조종당하고 있다는 사실을 모르는 채 평생 살아가게 될 거라는 사실이 아쉬울 정도였다.

클라라가 방을 나간 후에도 루시는 한참 동안 잠을 이루지 못했다. 그래서 침대 위에서 이리저리 몸을 뒤척이며 바티스트가 했던 말들을 곱씹었다. 하지만 왠지 생각에 집중할 수가 없었다. 그는 분명히 문장이 옮겨지고 난 후의 책이 텅 비게 된다고 말했다. 어쩌면 그래서 책을 읽어 들일 때 그렇게 아픈 걸까? 그리고 그가 또 무슨 말을 했지? 아무리 생각을 해 보려고 해도 자꾸만 머리가 흐리멍덩해졌다. 어쩌면 좀 자 두는 게 나을지도 몰랐다. 하지만 왠지 자고 일어나면 중요한 것들을 잊게 될 것 같아서 두려웠다.

설마 자신이 원하지 않는 것들을 바티스트가 강요할 거라고는 생각할 수 없었다. 아니, 강요하려 할까? 지난밤에 무슨 일이 있었지? 무언가가 꿈속에서 말을 걸었던 것 같았다. 목이 말랐다. 부엌에 가서 마실 걸 가지고 와야겠다는 생각이 들었지만 몸을 움직일 수 없었다. 왠지 둥둥 떠다니는 기분이었다. 나쁘진 않았다. 이렇게 침대에 가만히 누워서 살아가는 것도 나쁘지 않을 것 같았다. 어차피 클라라가 돌봐 줄 테니 말이다.

"루시, 일어나야 해. 거의 하루 종일 잤어."

클라라가 루시의 어깨를 흔들며 깨웠다.

루시가 투덜거렸다.

"뭐 어때. 참, 너 아직도 화났어?"

"당연히 아니지. 미안해. 내가 그렇게 말했던 건 나빴어. 신사분들께서 식사 자리에 내려오길 원해."

루시는 천천히 몸을 일으키며 신기하다는 듯이 중얼거렸다.

"나 아무런 꿈도 안 꿨어."

"좋은 거야, 나쁜 거야?"

클라라가 그녀를 일으켜 올려 주며 물었다.

"모르겠어."

루시가 대구했다.

"내 생각에는 좋은 것 같아. 요새 계속 악몽만 꿨거든. 꿈속에서 계속 쫓겼어."

"누구한테?"

루시가 웃었다.

"책들한테. 우습지?"

하지만 클라라는 웃지 않았다. 루시는 클라라의 얼굴이 창백해지는 걸 보지 못했다.

"응. 신기하네. 그들이 너에게 뭘 원하는데?"

클라라가 물었다.

루시는 깨끗한 새 옷들을 입기 시작했다. 몸을 움직이는 게 놀랄 정도로 힘들었다.

"모르겠어. 내가 뭔가를 해 주길 바라는 것 같은데 그게 뭔지 기억이 안 나."

"일단은 네 삶에서 중요한 건 기억이 돌아오는 거야. 꿈은 좀 기다리라고 해."

클라라가 애써 명랑한 척하며 말했다.

"하지만 왠지 내 기억과 꿈이 관련이 있는 기분이 들어. 내 머릿속은 물 먹은 솜 같지만 말이야."

"어쩌면 억지로 애쓰지 말고 그냥 자연스럽게 떠오르게 두는 것도 방법일 것 같아. 언젠가는 돌아오겠지. 괜히 에너지를 낭비하면서까지 머리를 쥐어뜯을 필요는 없다고 생각해. 때로는 체념도 하나의 방법이야."

"정말 그렇게 생각해?"

"응. 내 생각에는 그게 최선인 것 같아."

"머리가 어지러워."

루시가 몸을 일으키며 말했다.

"놀랄 일도 아니지. 하루 종일 아무것도 안 먹었잖아. 먹는 것도 중요하니까 잘 챙겨야 돼."

"네가 그러라면 그럴게."

홀로 내려간 루시는 밝은 얼굴로 두 남자들을 바라보았다.

"어제 저녁에 했던 대화 덕에 네 얼굴이 밝아진 것 같구나."

바티스트가 말했다.

"네. 감사해요. 저에게 솔직하게 말씀해 주셔서요. 이제 더는 궁금한 게 없을 것 같아요."

루시는 제 귀에 들리는 목소리가 정말 이렇게 이상한 건지 아니면 그냥 머릿속에서만 울리는 건지 알 수가 없었다.

"그럼 내일은 작업을 시작해 보겠니?"

바티스트가 조심스럽게 물었다.

"네. 할 수 있을 것 같아요. 오늘은 몸 상태가 좀 이상하지만 내일은 나아지겠죠. 클라라는 제가 뭘 먹어야 한대요."

그 순간, 무언가가 바닥에 요란하게 떨어지는 소리 때문에 루시는 두 남자가 모종의 눈빛을 교환하는 순간을 놓쳤다.

소리가 난 쪽을 돌아보니, 지난번에 봤던 그 젊은 남자가 유리 조각 사이에서 어쩔 줄 몰라 하고 있었다. 아마 수프 그릇을 엎은 모양이었다.

그가 빨개진 얼굴로 바닥에 떨어진 유리 파편을 황급히 주워 담았다.

"알리스데어, 알리스데어! 도대체 너라는 애는 매일매일이 실망의 연속이구나."

보퍼트가 얼음같이 차가운 목소리로 그를 나무랐다.

"네가 이렇게 무능한 줄 진작 알았다면 널 고용하지는 않았을 거다."

그가 엎드려 있는 알리스데어의 뒤쪽으로 다가갔다.

루시가 저 남자에게도 이름이 있었다는 걸 신기해하는 찰나, 보퍼트가 그의 얼굴을 바닥에 곤죽이 된 수프와 그릇 조각 사이로 가차 없이 찍어 누르는 것이었다. 알리스데어의 입에서 신음 소리가 흘러나왔다.

"당장 그 사람을 놔주세요!"

루시가 몸을 벌떡 일으켜 그리로 달려갔다. 너무 빨리 움직이는 통에 머리가 어지러웠지만, 겨우 몸을 가누며 자기 식탁 위에 있던 하얀 냅킨을 그에게 내밀었다. 루시를 감히 쳐다보지도 못한 채 남자가 냅킨으로 얼굴을 닦았다. 보퍼트가 한 걸음 물러서며 화난 눈으로 루시를 바라보았다.

"내 사랑, 여기서 일하는 사람들을 어떻게 부리는지 배우려면 한참 멀었군요. 여기 이놈은 특히 쓸모가 없는 데다 일도 엉망이지만 여태까지 그를 내보내지 않고, 온 마음으로 교육시키며 꾹 참아 왔다오. 그의 어머니가 아주 아프거든."

그가 '아주'라는 단어를 지나치게 강조하며 말했다.

루시는 다시 식탁으로 돌아왔다.

"꺼져!"

보퍼트가 남자에게 윽박질렀다.

"그리고 네가 벌여 놓은 걸 깨끗하게 치우도록. 식사 가져오는 것도 잊지 말고!"

남자가 얼른 홀에서 사라졌다. 루시는 도움을 요청하듯 바티스트를 바라보았지만, 그도 희미한 미소만 지어 보일 뿐이었다.

루시는 이 모든 어처구니없는 상황에 고개를 세차게 흔들었지만, 곧바로 통증을 느끼고는 얼굴을 찡그리고 말았다.

10장

인간은 그가 읽은 책만큼만 지혜로울 수 있다.

— 이삭 캡팬튼

크리스와 마리는 클라라의 맞은편에 앉아서 멍한 얼굴로 그녀를 바라보았다.

"루시는 지금 저택에서 잘 지내고 있어. 그것 하나만은 날 믿어 줘야 돼. 지금 너희가 말해 준 그 바보 같고 허황된 이야기를 루시에게 들려줄 수는 없어. 그 애는 지금 충분히 혼란스러워 하고 있어. 지금까지 살아왔던 기억을 몽땅 잃어버렸다고 생각해 봐. 지금 루시에게 필요한 건 안정이야. 그런데 내가 지금 루시에게 너희들 얘기를 해 봐. 그럼 완전히 균형을 잃어버릴 거라고. 그런 건 그 누구라도 강요할 수 없어. 난 루시에 대해 책임감을 느끼고 있으니까."

마리가 몸을 굽혀서 클라라의 손을 붙잡았다.

"클라라, 네가 루시를 생각한다면 더더욱 거기서 도망치게 해 줘야 돼. 이해 안 돼? 거기 있는 한 루시는 생명이 위태롭다고! 설마 루시가 그렇게 늙은 남자랑 결혼하겠다고 스스로 결심한 거라고 믿는 건 아니지?"

"너희들이 말한 것들, 그러니까 책이 루시와 말을 한다든가 하는 그런 동화 같은 이야기에 비하면 그 편이 더 현실성 있게 들려."

클라라가 쏘아댔다.

"너희 귀로 직접 들어 봐. 비밀 조직이 어떻고 책이 사라진다느니……. 그런 일은 세상에 일어나지 않아. 하지만 돈 많고 늙은 남자와 젊은 여자가 결혼하는 일은 아주 자주 일어나지."

"마리, 소용없어."

열이 오른 마리가 뭐라고 대꾸하려는데 크리스가 마리의 팔을 잡아끌었다.

"클라라 말이 옳아. 우리는 지금 증거가 없잖아."

"하지만 루시를 저렇게 내버려 둘 순 없어."

마리가 눈물이 그렁그렁한 눈으로 크리스를 바라보았다.

클라라가 불안한 듯 소파 주위를 서성거렸다.

"그럼 일단 우리에게 시간을 좀 줘. 루시를 좀 더 지켜본 다음에, 너희들의 주장에 부합하는 걸 발견하면 전화할게. 그때까지는 루시를 가만히 놔둬."

"그들이 루시에게 해를 가할 때까지 기다릴 수는 없어!"

"미안하지만 그들이 그럴 거라고는 보이지 않아."

클라라가 단호하게 말했다.

"두 신사분은 루시에게 아주 자상하셔. 그들을 비방하는 말을 퍼뜨리고 다닌다면 나도 어쩔 수 없이 마을에서 누군가가 고의적인 험담을 하고 다닌다고 두 분께 말씀 드리는 수밖에. 너희가 결정해."

마리가 그녀를 바라보며 고개를 저었다.

"지금 네가 얼마나 큰 실수를 하고 있는지 넌 모를 거야. 나중에 후회하지 않길 바라."

"2주 기다려."

클라라가 딱 잘라 말했다.

"2주 후에 전화할게. 만약 그때까지 아무 일도 일어나지 않으면 너희도 이 일에서 손 떼."

"어쩜 무슨 여자가 저렇게 꽉 막힐 수가 있어?"

클라라의 집 문을 나서면서 마리가 투덜거렸다.

"클라라도 이해해 줘야 해. 지금 총대를 멘 건 클라라니까."

"총대? 이건 전쟁이 아니야. 루시가 중요하다고!"

"하지만 전쟁이기도 해. 지금 성에 얼마만큼 무장한 경비가 깔려 있는지 클라라가 말해 줬잖아."

마리와 크리스는 삼촌 집으로 갔다. 샘은 말없이 그들이 클라라와의 이야기를 전하는 것을 들었다.

"딱 제 아버지랑 판박이구만."

그가 말했다.

"지나치게 조심스러운 걸 똑 닮았네."

"이제 어쩌죠?"

"글쎄. 내 생각에 지금으로선 기다리는 수밖에 없는 것 같다. 성에 접근할 방법은 없어."

"기다리는 건 지긋지긋해요. 당장 루시를 구하러 가요!"

"얘야, 그러려면 병력이 한 부대 정도는 필요할 거다. 그러니 그냥 단념해. 괜히 쓸데없는 짓을 벌였다간 네 친구를 더 큰 위험에 빠뜨릴 수도 있을 테니 말이다."

마리가 투덜거리며 팔짱을 꼈다. 그러고는 두 남자가 못 알아들을 말 몇 마디를 중얼거렸다. 인정하긴 싫었지만 샘의 말이 옳았다. 당장 그들이 할 수 있는 게 아무것도 없었던 것이다.

"그리고 여기 더 있는 게 의미가 있을지, 아니면 런던으로 돌아가야 하는지도 결정해야 돼."

크리스가 말했다.

"너도 나도 다시 일터로 돌아가야 하잖아."

마리가 한숨을 내쉬었다. 겨우 며칠 휴가를 얻었을 뿐인데도 반즈 씨가 투덜대는 소리를 감수해야 했기 때문이다.

그 후, 루시는 며칠 동안 평온한 나날을 보냈다. 매일 아침 바티스트를 따라 서재로 가서 바티스트가 준비한 책들 중 한 권을 읽어 들였다. 《보물섬》 다음으로는 《모비딕》을 읽었고, 그다음에는 어린이 책을 읽었다. 책의 제목은 《모모》였다. 전에 그 책을 읽거나 제목을 들었던 적이 있는지는 기억나지 않았다. 그녀는 책을 읽고 또 읽었다. 읽으면 읽을수록 작업에 익숙해졌다. 이제는 고통이 전혀 느껴지지 않았고, 목소리도 들리지 않았으며 아무런 형체도 보이지 않았다. 마치 루시의 극히 일부분만이 사고 전의 기억들을 가지고 있는데, 이성적으로는 도저히 그랬을 것 같지 않은 상태랄까. 기억은 아직도 돌아오지 않고 있었다. 클라라의 조언대로 먹는 데 신경을 썼지만 전보다 더 자주 지치고 피곤해졌다. 책을 읽는 동안에도 종종 정신이 몽롱해지곤 했다. 클라라와 함께 산책을 나가는 것도 벅찰 정도였다. 하지만 남자들은 그런 루시의 상태를 전혀 눈치채지 못하는 것 같았다. 오히려 바티스트는 루시가 일을 해내는 것을 보고 그 짧은 시간 내에 완벽하게 배워 냈다며 찬사를 아끼지 않았다. 루시는 책 읽기만큼은 온 힘을 다 바쳐서 해내려고 노력했다. 그것만이 예전 기억과 연결되어 있는 유일한 연결고리였다. 가능한 한 버텨야 했다. 그러면 언젠가는 기억도 돌아오리라는 생각이 들었다.

루시가 나날이 쇠약해진다는 걸 눈치챈 사람은 클라라뿐이었다. 도대체 루시가 매일 아침마다 바티스트와 함께 작은 방에서 뭘 하는지는 알 수 없었다. 그리고 그 방을 나온 다음에 멍해지는 걸 깨달았다. 그래서 하루는 루시에게 도대체 뭘 하느냐고 물었다. 그러자 루시는 마치 아무것도 알아듣지 못하는 사람처럼 클라라를 멍하니 바라보다가 "책 읽어."라고 짤막히 대답했다. 그제야 클라라는 뭔가 이상하다는 걸 직감했다. 크리스와 마리에게 그 이상한 이야기를 들은 이후로는 저택의 모든 게 무섭게 느껴졌다. 하루하루 일하는 걸 견디기 어려울 정도였지만 그렇다고 루시를 혼자 내버려 둔 채 일을 그만둘 수는 없었다. 루시에게 사실을 말할 수도 없었다. 어느새 크리스와 마리는 마을을 떠나고 없었고, 두 사람에 대한 소식은 들리지 않았다. 한편으로는 그 둘이 사라져 준 게 기뻤다. 하지만 다른 한편으로는 그 둘을 그렇게 보낸 게 실수라는 생각이 머리에서 떠나지 않았다. 그 둘이 들려준 황당무계한 이야기가 사실일 가능성도 있었기 때문이다.

어쩌면 크리스의 삼촌에게 그의 연락처를 물어본 다음에 연락을 취해야 할지도 몰랐다. 하지만 그러기 전에 일단 드 트레메인 경에게 이 일을 의논하고 의사가 루시를 진찰하도록 말해야 할 것 같았다. 루시는 나날이 무기력해져 갔다. 침대에서 일어나는 데만도 점점 오랜 시간이 걸렸다. 식사 시간이나 드 트레메인 경과 일하는 시간을 제외하곤 거의 침대에만 누워서 허공을 바라보고 있을 뿐이었다.

클라라는 루시가 아침마다 마시는 차를 가지러 부엌으로 갔다. 요리사의 모습은 보이지 않았고, 조리대에 서 있는 바티스트의 뒷모습이 보였다.

클라라가 자신이 왔다는 것을 알리기 위해 조용히 헛기침을 했다. 바티스트가 천천히 뒤를 돌아보았다. 그리고 그녀에게 미소를 지어 보였지만 어딘가 찡그리는 것 같았다. 클라라는 그가 무언가를 황급히 주머니에 숨겼다는 걸 깨달았다.

"클라라."

그가 평소처럼 상냥하게 입을 열었다.

"마침 내가 직접 루시에게 차를 가져다주려는 참이었소. 하지만 때마침 와 주었군. 루시는 좀 어떻소?"

"드 트레메인 경, 물어봐 주셔서 감사합니다. 제 생각에 루시 양의 병세가 나아지는 것 같지 않아요. 오히려 나날이 쇠약해지고 있습니다. 처음에는 건강해지는 것 같았지만 지금은 처음보다 더 마르고 무기력해졌어요."

"흠."

바티스트가 고민스럽다는 듯 말했다.

"하지만 제대로 잘 먹고 있잖소. 나나 보퍼트 경이 식사 때마다 그 점은 신경 쓰고 있다오. 처음에는 참새 모이만큼 먹었으니까."

그가 껄껄 웃었다.

"클라라 양의 생각은 어떻소? 원인이 뭐라고 생각하시오?"

"어쩌면 아무 일도 하지 않고 며칠 침대에 누워서 쉬는 게 어떨까요?"

클라라가 제안했다. 다른 뾰족한 방법은 떠오르지 않았기 때문이다.

"그리고 조만간 의사 선생님께 한번 보이는 게 좋을 것 같아요. 잘 듣는 약을 처방받으면 상태가 좋아질 수도 있으니까요."

"그것 참 좋은 생각이군, 클라라. 한번 지켜봅시다. 그건 그렇고 다음 주에 작은 파티를 열 계획이오. 보퍼트 경이 약혼을 공표하고 싶다고 하셨소. 루시 양에게도 이 사실을 말해 주시오. 어쩌면 이런 작은 행사가 기분 전환에 도움이 될 수도 있을 거요."

바티스트는 클라라에게 다시 한 번 고개를 끄덕여 보인 다음 부엌문을 나섰다. 클라라가 조리대로 다가가는데 그가 다시 한 번 들어오더니 강조했다.

"루시가 그 차를 다 마시도록 지켜봐 주시오."

"네, 알겠습니다."

클라라가 대답했다. 그런 다음 찬장에서 접시를 꺼내 쿠키를 한 움큼 올려놓았다. 요리사가 굽는 쿠키는 황홀할 정도로 맛있었기 때문에 도저히 먹지 않고는 못 배길 정도였다. 클라라는 오늘 루시도 쿠키 두세 개는 먹어 주었으면 하고 바랐다. 루시가 남긴 쿠키는 결국 클라라의 위 속으로 들어가곤 했다. 이제는 슬슬 너무 많이 집어 먹지 않도록 주의해야 한다는 생각이 들었다. 클라라가 쟁반에 쿠키 접시를 올렸다. 그 순간 찻주전자가 쟁반 위에서 슬슬 미끄러졌다. 그래서 급히 균형을 잡으려고 쟁반을 반대로 움직였다가 그게 오히려 주전자를 더 많이 흔들고 말았다. 결국 찻주전자가 개수대 쪽으로 기울어지면서 떨어져 깨져 버렸다.

클라라는 겁에 질린 채 자신이 벌여 놓은 걸 바라보았다. 잠시 후 정신이 돌아오자, 황급히 도자기 조각을 주워 모은 후 남은 차는 쏟아 버렸다.

그때 알리스데어가 부엌으로 들어와 클라라를 지켜보았다.

"이거, 들키면 엄청 혼날 거야."

그런 다음 마른 행주를 들고 클라라가 부엌 치우는 걸 도왔다. 클라라는 깜짝 놀랐다. 처음이자 마지막으로 그가 클라라와 말을 섞었던 건 처음 소개받는 자리였고, 그때 그가 한 말이라곤 자기 이름이 전부였던 것이다. 그녀는 그가 어디 출신인지, 얼마나 여기서 일해 왔는지 전혀 몰랐다.

그렇게 부엌을 다 치우고 난 후에야 클라라는 숨을 돌릴 수 있었다. 요리사에게는 찻주전자 하나를 깨 버린 걸 실토해야 할 것 같았다. 이제 루시를 위해 차를 우려야 했다. 클라라는 뜨거운 물을 올리고 찬장에서 여러 가지 종류의 차들이 담긴 통을 열고 코로 냄새를 맡아 보았다. 하지만 그중에서 어떤 게 루시의 차인지는 몰랐다.

"아가씨가 마시는 차는 특별한 거야."

알리스데어가 의미심장한 말을 중얼거렸다.

"어떤 건지 알아?"

하지만 그는 어깨만 으쓱해 보인 다음 부엌을 나갔다.

클라라는 그런 그의 행동을 기이하게 여긴 채 신선한 산딸기와 민트 향기가 나는 차를 골랐다.

조심스럽게 찻주전자를 올린 쟁반을 들고 루시의 방으로 갔다. 루시는 평소처럼 침대 위에 가만히 누워 있었다.

클라라가 걱정스럽다는 듯 고개를 흔들었다.

"루시, 일어났어?"

하지만 루시의 대답은 거의 웅얼거림에 가까웠다.

"자, 일어나! 여기 차랑 쿠키를 좀 가져왔어."

루시가 천천히 클라라 쪽을 돌아보았다.

"식욕도 없고, 더는 차도 못 마시겠어. 대부님이 계속 억지로 마시라고는 하는데, 너무 쓴 데다 맛도 끔찍해. 물론 대부님이 날 걱정하는 건 알지만 그 차를 마시는 게 도움이 되는 것 같지도 않고……."

"오늘은 다른 거야. 산딸기 차를 끓여 왔어. 이건 맛있을 거야."

클라라가 차를 찻잔에 따른 다음 설탕을 두 스푼 넣었다.

"자, 마셔 봐! 실은 오늘 아침에 끔찍한 실수를 저질렀어. 네가 평소에 마시는 찻주전자를 엎어서 깨뜨리고 말았지 뭐야. 다행히 부엌에는 알리스데어만 있었어. 누구 다른 사람이 있었다면 엄청 혼났을 거야. 그래서 오늘은 차를 새로 끓이게 된 거고. 생각해 봐! 알리스데어가 오늘 나랑 얘기도 좀 했어. 안 그랬으면 그가 벙어리인 줄 알았을 거야."

클라라는 손에 찻잔을 들고 루시가 일어나 앉을 때까지 참을성 있게 기다렸다. 루시가 조심스럽게 차를 홀짝이더니 정말 오래간만에 그녀의 입술 위로 미소가 떠올랐다.

"맛있다. 다음번에도 종종 찻주전자 깨 주면 안 돼?"

클라라가 웃었다.

"그냥 요리사한테 네가 이 차를 더 좋아한다고 말할게. 그게 더 싸겠다."

"이 집에서 돈은 문제가 안 돼."

루시가 고개를 흔들었다.

"그깟 찻주전자 몇 개쯤이야."

클라라가 과자 접시를 들고 루시 곁에 앉았다.

"이것도 좀 먹어 봐! 초콜릿을 뿌린 게 특히 맛있어."

루시가 몸을 일으켰다.

"잠깐 이 좀 닦고 올게. 입안에 아직도 어제 마신 차 맛이 남아 있는 것 같아. 이 상태로는 뭘 먹을 수가 없어."

루시가 욕실로 사라졌다.

잠시 후 욕실에서 돌아온 루시가 쿠키 한 개를 집어 들었다.

"훨씬 낫네. 음……. 정말 맛있다!"

클라라가 보는 앞에서 루시는 눈 깜짝할 사이에 차 한 주전자와 쿠키를 전부 먹어 치웠다.

11장

독서란 다른 이가 뿌린 씨를 거두는 작업이다.

— 작자 미상

"네이선, 루시에게 접근할 수가 없어. 바티스트가 무슨 수를 쓴 게 분명해. 이제는 나뿐 아니라 다른 유령도 인식하지 못하는 것 같아. 우리 모두 매일 밤 루시를 찾아가지만 소용이 없어. 다른 유령들의 분노는 점점 거세지고 있고. 루시에게 말을 걸 수 있었던 건 단 한 번뿐이었어."

네이선은 머리칼을 움켜쥐었다. 엘리자베스가 그에게 돌아와 준 건 반가웠지만, 결국 유령이 전해 준 소식은 참담할 뿐이었다.

"설마 그 모든 게 헛수고였다는 말은 아니지? 엘리자베스, 제발 포기하지 마! 네가 그렇게까지 희생했는데 이제 와서 아무 성과도 없다면 너무 가혹하잖아!"

"네이선, 그건 걱정하지 마. 이건 내 선택이었으니까."

"하지만 내가 루시를 바티스트에게 넘기지만 않았어도 네가 유령이 될 필요까진 없었는데……."

"이제 이 얘기는 그만하자. 너도 선택의 여지가 없었잖아. 적어도 루시가 살아 있다는 게 다행이야. 비록 그녀가 자신의 그림자일 뿐이라고 해도 말이지."

"도대체 뭘 해야 하지?"

"일단은 나도 그녀에게 닿도록 계속 시도해 볼 거야."

"바티스트가 그녀에게 쉬지 않고 책을 읽어 내게 시키는 모양이더군. 그녀의 상태가 정상이 아닌 게 당연해."

"맞아. 물론 루시의 힘이 이전에 있었던 어느 누구보다도 강하긴 하지만 이렇게 막대한 양의 책을 쉬지 않고 읽어 들이면 무리가 갈 거야. 난 왜 바티스트가 위험을 자처하는지 이해하기 힘들어."

"아마 언젠가는 루시가 기억을 되찾고 자신의 명령을 듣지 않게 될 걸 두려워해서일 거야. 그러니 시간을 최대한 활용해서 가능한 한 많은 책들을 연맹의 휘하에 두려는 거겠지."

네이선이 대답했다.

"루시가 지금 당장 기억을 되찾아 줘야만 해. 그 방법 외에는 그녀를 구할 방법이 없어!"

"나도 책 스케치를 가능한 한 천천히 하고는 있어. 하지만 바티스트가 거의 매일 어딘가로 전화를 걸면 새로운 책들이 도착하더군. 아마 계속 책들을 입수하고 다니는 모양이야. 내 눈에는 그가 이걸 오래전부터 계획해 둔 걸로 보여."

"난 이만 가 볼게. 내가 할 수 있는 건 해 보겠다고 약속할게."

"알아. 단지 내가 직접 가서 너나 루시를 돕지 못하는 게 괴로울 뿐이야."

엘리자베스가 네이선에게 마지막으로 고개를 끄덕여 보인 다음 사라졌다.

네이선은 유령의 뒷모습을 바라보았다. 그는 이게 꿈인지 생시인지 분간하기 어려웠지만, 유령이 처음처럼 깨끗하게 빛나는 흰색이 아니라는 사실만은 눈치챌 수 있었다.

다음 날 아침, 눈을 떴을 때 루시는 전날보다 훨씬 더 몸이 회복되었다는 걸 느꼈다. 그래서 클라라가 방으로 들어오기도 전에 샤워를 하고 옷을 다 입었다. 그런 다음에는 전날 남은 차가운 차를 마저 마셨다. 그러자 온몸에 생기가 도는 것 같았다. 그래서 이제 더 이상은 바티스트가 주는 차를 마시지 않기로 결심했다. 그가 주는 허브차가 어딘가 수상쩍다는 걸 직감한 것이다. 어쩌면 의사가 잘못된 처방전을 써 준 걸지도 몰랐다. 하지만 바티스트에게 차를 마시지 않겠다는 말이 통할 리 없었다. 30분 후, 클라라가 들어와 얼굴 가득 미소를 지었다. 루시도 덩달아 기뻐했다.

"벌써 준비를 다 마쳤네!"

클라라가 놀라움과 기쁨에 외쳤다.

"게다가 어제처럼 창백하지도 않고. 그럼 아침 식사 하러 내려갈까?"

"그래 주면 고맙겠어. 아침 식사 후에는 산책 좀 다녀오자. 태양이 너무 아름답게 빛나고 있잖아."

클라라는 마치 루시에게 큰 선물을 받은 사람처럼 기뻐했다.

루시는 아침 식사를 하면서 큼지막한 토스트 빵에 계란 프라이를 두 개나 먹어 치웠다. 늘 마시는 차는 바티스트의 눈에 띄지 않게 입술만 댔다. 하지만 그는 자꾸만 차를 다 마시라고 강요했다.

"지금은 정말로 목이 마르지 않아요. 방으로 가져가서 두었다가 목이 마르면 마실게요. 약속해요."

"좋아. 의사 선생님이 그걸 다 마셔야 한다고 말한 것 기억나지?"

의사에게 그런 말을 들었던 건 기억나지 않았지만, 루시는 바티스트에게 아무런 말도 하지 않았다. 식사 후 찻주전자를 통째로 방으로 가지고 올라간 다음 하수관에 흘려 버렸다. 하지만 바티스트가 이런 식으로 속아 넘어갈 거라고는 생각되지 않았다.

클라라와 산책을 마친 후, 루시는 서재에 갔다. 거기에는 바티스트가 인상을 잔뜩 찌푸린 채 기다리고 있었다.

"왜 이리 늦은 거냐. 우리의 일이 얼마만큼 중요한지 잊었어?"

"죄송해요. 며칠 동안 바깥에 나가지 못했잖아요. 신선한 공기를 좀 들이마시고 싶었어요. 책들은 어디 도망가지 않으니까요."

루시가 아주 약간 냉소적으로 대꾸했다. 하지만 곧 바티스트가 의심의 눈초리로 그녀를 살핀다는 사실을 눈치챘다. 여태껏 단 한 번도 그의 명령을 거역하지 않았던 것이다.

루시는 얌전히 어제부터 읽기 시작한 책을 집어 들었다. 책 제목은 《안나 카레니나》였고, 꽤나 슬픈 내용이었다. 언제나처럼 루시가 책을 직접 펼치지 않고, 바티스트가 그녀가 읽어야 할 부분을 찾아서 펼쳐 주었다.

"우리가 마실 차를 가져오마."

바티스트가 잠시 자리를 비우며 말했다.

루시는 멍하니 그의 뒷모습을 바라보았다. 그는 전에는 단 한 번도 루시 앞에 책을 두고 나간 적이 없었던 것이다. 루시는 얼른 책을 집어 들고 앞으로 넘겨 보았다. 그러고는 곧 충격에 빠졌다. 그녀가 읽었던 페이지는 완벽하게 백지가 되어 있었다. 물론 바티스트가 그럴 거라고 설명해 주긴 했지만, 직접 눈으로 보니 왠지 전혀 다른 느낌이었다. 그 순간, 참기 힘들 정도의 고통이 그녀를 스치고 지나갔다. 마치 몸 전체를 난도질 당한 것 같은 고통이었다.

"루시, 왜 우리에게 이런 짓을 하는 거야?"

갑자기 그녀의 무릎에 놓여 있던 책이 속삭였다.

"왜 우릴 배신하는 거야?"

루시는 말문이 막혔다. 그리고 바티스트가 문으로 들어오는 소리에 비로소 정신이 들었다. 그녀는 얼른 페이지를 제대로 펼친 다음 아무 일 없었다는 듯이 그를 바라보았다. 바티스트가 다가와 루시를 살폈다. 심장이 거세게 두근거렸다. 혹시 무슨 눈치를 챘을까? 방금 일어난 일을 믿을 수가 없었다. 책이 그녀에게 말을 건 것이다.

바티스트가 찻잔을 그녀 옆에 내려놓았다.

"마셔!"

그가 명령했다. 루시는 그에게 반항할 수 없음을 깨닫고 두 모금을 삼켰다. 그런 다음 그가 더 마시라고 하기 전에 찻잔을 내려놓고 책을 읽기 시작했다. 책을 읽어 나가면서 루시는 책이 어디로 가든 간에 그곳에서 완전한 모습을 갖추게 되기만 바랐다.

오후 늦게 루시는 《안나 카레니나》를 마쳤다. 그런 다음 바티스트를 바라보았다. 그는 중간중간 쉬는 시간마다 루시에게 차를 마시라고 종용했다. 차를 마시면 마실수록 루시는 몸이 약해지는 걸 느꼈고, 바티스트의 명령에 거역할 수 없다는 생각이 강하게 들었다. 하지만 그런 와중에도 단 한 가지 질문만은 필사적으로 붙들고 있었다.

"단 한 번만이라도 보호책을 볼 수 있을까요? 책들이 무사히 보관되는지 확인하고 싶어요."

"당연하지, 그렇게 해 주마."

그가 잠시 침묵한 다음 대꾸했다.

"다음번에 보호책을 한 권 가져다 보여 주지. 원래는 보호책을 연맹의 도서관 밖으로 한 권이라도 옮기는 건 금지되어 있다. 하지만 네가 이렇게 일을 잘하고 있으니 상으로 단 한 번 예외를 만들도록 하마. 게다가 네가 한 일을 보면 스스로도 자랑스러워할 거다."

루시가 감사의 표시로 고개를 숙여 인사한 후, 비틀거리며 방으로 향했다. 루시의 방 안에는 클라라가 기다리고 있었다.

"어머, 완전히 녹초가 되었네. 얼른 침대에 누워! 일단은 푹 쉬어야겠다."

클라라는 놀란 눈으로 루시를 지켜보았다. 도대체 무슨 일이지? 루시가 침대에 누워 있는 동안, 클라라는 창밖의 노을을 바라보며 생각에 골똘히 잠겼다. 어제는 확실히 루시의 상태가 나아졌었다. 자신이 가져다준 차와 쿠키를 다 먹었고 또 오늘 아침에는 혼자 일어나기까지 했다. 하지만 오늘, 바티스트와 하루 종일 함께 있고 난 이후에는 마치 중병에 걸린 환자처럼 비척대고 있다. 클라라는 다시 한 번 어제의 일을 떠올렸다. 바티스트가 루시의 차를 준비한 후 무언가를 황급히 주머니 속에 넣던 장면이 눈앞을 스쳤다. 혹시 그가 루시의 차에 무언가를 섞고 있는 게 아닐까? 뭔지는 몰라도 루시가 아픈 원인이 될 만한 게 분명했다. 하지만 어째서 그런 짓을 하는 걸까? 여태까지는 바티스트가 루시를 매우 걱정한다는 인상이었다. 어쩌면 그가 넣은 게 의사가 처방한 약일지도 몰랐다. 하지만 약이 아닐 수도 있었다.

클라라는 차가운 창문에 이마를 댔다. 만약 바티스트가 루시의 차에 약이 아닌 뭔가 다른 걸 넣는다면, 그게 도대체 뭘까? 어째서 루시는 하루하루 더 쇠약해져 가는 걸까? 게다가 루시를 언제나 눈여겨 살피는 보퍼트와 바티스트라면 진작 눈치채고도 남았어야 하지 않나? 오히려 그 둘은 루시의 상태에 아무런 문제도 없다고 한다.

하지만 그렇지 않았고, 거기엔 뭔가 이유가 있는 게 분명했다. 클라라는 아직 크리스와 마리가 했던 말들을 그대로 믿을 수는 없었다. 만약 그들의 말이 맞다면, 루시는 지금 위험에 처해 있었다. 클라라는 잠시 몸을 떨었다. 어쩌면 루시에게 하루 종일 바티스트와 무슨 일을 하는지 물어봐야 했다. 이 집에서 대체 무슨 일이 일어나고 있는지 좀 더 알아봐야 했다. 그런 다음에 자신이 어떻게 행동해야 할지 결정할 수 있을 터였다. 게다가 루시에게 크리스와 마리에 대해 털어놓을 수도 있었다. 물론 의사는 루시가 어떤 식으로든 정서적으로 고조되는 걸 피해야 한다고 했지만, 클라라는 양심의 가책이 점점 더 커 가는 걸 느끼고 있었다.

그때 누군가 조용히 문을 두드렸다. 그런 다음에는 들어오라는 말도 채 하기 전에 바티스트가 방문을 열었다.

"루시의 상태는 어떤가?"

"매우 지쳐서 곧바로 잠이 들었어요. 루시 양에게 차와 과자를 가져다 드렸지만 아무것도 드시지 않았고요."

바티스트가 클라라를 유심히 살폈다.

"루시를 매우 극진히 보살피는군."

그가 친절해 보이는 미소를 지으며 말했다.

"최선을 다할 뿐입니다."

그녀가 대답했다.

"우리 모두 그렇지."

그가 찻주전자를 바라보며 말했다.

그가 나간 뒤, 클라라는 안락의자에 쓰러지듯 주저앉았다. 다리가 어찌나 후들거리던지 마치 푸딩이 된 것 같았다. 바티스트는 지금 자신이 무슨 생각을 하고 있는지 다 꿰고 있는 느낌이었다. 좀 더 주의해야 할 것 같았다.

클라라는 루시를 저녁 식사 자리에 데려다준 뒤에 부엌으로 향했다. 조금 전, 잠에서 깨어난 루시는 말을 많이 하지 않았고, 클라라도 차에 대해 무슨 말을 하기에는 이르다고 생각했다. 이 시간이면 항상 부엌이 바빴고, 클라라도 틈 날 때마다 요리사 아주머니를 돕고 있었다. 오늘은 별로 일손이 부족하지 않았기에 클라라는 부엌 구석에 앉아 천천히 저녁을 먹었다. 그러면서 요리사 아주머니가 수프와 생선, 감자와 야채를 따뜻하게 데운 접시 위에 올리는 것을 지켜보았다. 후식까지 내 가고 난 뒤에 요리사가 클라라 곁에 앉았다.

"내가 이렇게 매일매일 맛있는 걸 갖다 바치는데도 아가씨는 살이 찌질 않으니 원. 먹는 걸 보니 참새 모이만큼 먹던데?"

풍만한 몸집을 한 요리사가 클라라에게 투덜거렸다.

"어제는 제가 가져다준 초콜릿 쿠키를 다 먹던데요."

"정말?"

요리사의 얼굴이 환해졌다.

클라라가 음식 접시를 옆으로 밀어 놓으며 말했다.

"저도 정말 맛있었어요. 아마 루시 양이 건강을 되찾으면 앞으로 즐겨 찾는 음식이 될 것 같아요."

"이제 결혼식이 코앞인데 쇠꼬챙이 같아 보이게 할 수는 없지."

요리사가 계속 투덜거렸다.

"사람들이 뭐라고 생각하겠어? 영주님은 정말이지 아가씨 건강을 되찾는 데 돈을 아끼지 않으셔. 또 내가 자율적으로 요리할 수 있도록 존중해 주시고, 단 한 번도 음식에 불평하셨던 적도 없지. 하지만 나도 이젠 늙었어."

"잘 해내실 거예요."

클라라가 그녀를 진정시켰다.

"잠시 앉아서 쉬세요. 차는 제가 준비할게요."

요리사가 클라라를 못미더운 눈으로 바라보았다.

"보퍼트 경은 차 취향이 까다로우셔. 차 대접하는 건 정말이지 추가적인 일이나 다름없다고. 예전에는 이렇지 않았는데."

클라라는 한숨을 쉬었다. 그녀가 듣기로 보퍼트가는 언제나 대가족이었고, 또 언제나 집에 식솔들을 달고 살았던 것이다. 하지만 요리사에게는 아무 말도 하지 않는 게 나을 것 같았다.

"그냥 제가 무슨 차를 내야 하는지만 말씀해 주세요. 할 수 있어요."

"보퍼트 경은 저녁엔 요크셔 차를 즐겨 드셔. 그건 오른쪽 위 찬장에 들어 있어. 드 트레메인 경은 에스프레소를 내가면 돼. 루시 양한테 드릴 건 서랍장 아래에 있어. 무슨 허브차 같은데 아마 약인가 봐. 물론 그리 도움이 되는 것 같진 않지만. 냄새가 어찌나 고약한지 한번 마셔 볼 생각조차 안 나더라고."

클라라는 거대한 가스레인지 위에 물주전자를 올린 후, 각각의 차를 스트레이너에 넣었다.

"보퍼트 경의 차는 너무 진하게 우리지 마. 모든 게 완벽하지 않으면 신경이 예민해지시니까 조심하고."

클라라는 요리사가 결국 못 참고 몸을 일으키는 소리를 듣고는 눈을 치켜떴다.

"에휴, 그냥 보퍼트 경 건 내가 직접 할 테니까 넌 루시 양 것을 맡도록 해. 루시 양은 아직까진 한 번도 뭐가 맘에 안 든다고 불평한 적은 없으니까."

클라라가 서랍장을 살폈다. 다행히 요리사가 등을 지고 서 있어 주어서 좀 더 작전을 쉽게 실행할 수 있었다. 루시가 마셔야 하는 차가 담긴 통을 집어 들고 냄새를 맡아 보았다. 보기에는 허브차 같았지만 냄새가 기묘했다. 이제 이 차를 대신할 것을 골라야 했다. 과일 차는 색이 다르니까 남자들에게 금방 들통날 수 있었다. 그래서 재빨리 다른 통 두 개를 꺼내 냄새를 맡아 보았다. 그것도 허브차였다. 이제는 실행에 옮겨야 했다.

만약 지금 발각되어도 모르고 그랬다고 시치미를 뗄 수 있을 것 같았다. 클라라는 두 허브차를 섞어서 스트레이너에 넣었다. 그 순간 주전자의 물이 끓어오르며 앙칼진 삑 소리가 들리자 클라라는 몸을 움찔 떨었고, 그 바람에 차가 담긴 통을 떨어뜨릴 뻔했다.

정신 차려! 그녀는 스스로에게 되뇌었다. 그리 어려운 것도 아니고, 차일 뿐이야! 클라라는 가스레인지에서 주전자를 내린 후, 쏟아진 찻잎들을 다시 통에 쓸어 넣었다. 손이 덜덜 떨렸다.

"다 됐어?"

요리사가 물었다.

"거의요."

클라라는 찻주전자에 뜨거운 물을 부은 다음 요리사가 준비해 둔 쟁반에 올렸다.

"쿠키도 몇 개 내갈까요?"

"그러는 게 좋을 것 같은데?"

요리사가 어깨를 으쓱해 보였다. 클라라는 접시 하나를 꺼내 쿠키 몇 개를 올렸다. 그 순간, 주방 문 사이로 알리스데어가 서 있는 것이 눈에 띄었다. 그는 그녀를 가만히 지켜보고 있었다. 도대체 그가 언제부터 저기에 서 있었던 걸까? 그는 언제나 아주 조용해서 마치 유령 같았다. 그녀는 자신이 다른 차를 내가는 걸 그가 눈치채지 못했기만 빌었다. 그를 믿을 수 있을지는 아직 알 수 없었다.

그녀가 고개를 까딱해 보이며 차가 준비되었음을 알렸다.

그가 직접 쟁반을 들고 홀로 나갔다. 이제는 기다려 보는 수밖에 없었다.

설거지와 정리를 돕는 동안 바티스트가 당장이라도 부엌으로 달려와 자신을 해고할 것 같았다. 요리사가 떠들어 대는 이야기엔 성의 없이 흠, 아니면 아―로 일관했다.

하지만 우려했던 일은 일어나지 않았다.

30분 후, 부엌을 나가 루시를 다시 방으로 데려다주기 위해 홀 쪽으로 향했다. 노크를 한 다음 그 안으로 들어갔다.

루시는 클라라를 보자 천천히 그녀에게 다가왔다. 둘은 나란히 서서 계단을 올랐다. 루시는 방에 도달할 때까지 말이 없었다.

"오늘 차 맛이 평소보다 훨씬 낫던데."

루시가 말했다.

"내가 오늘 다른 걸로 우렸어."

"왜?"

루시가 혼미한 목소리로 물었다.

"네가 늘 마시는 차는 너무 구역질이 나더라고. 왜 드 트레메인 경께서 네가 그 차를 마셔야 한다고 생각하시는지는 모르지만, 내 생각엔 다른 차가 너에게도 훨씬 나을 것 같아서."

"사실 나도 얼마 전에 차에 대해서 무슨 생각을 했었어. 그게 뭐였지……."

루시가 탄식을 터뜨렸다.

클라라는 루시가 기억해 내려고 애쓰는 모습을 지켜보았다.

"어쩌면 내일 아침에 다시 기억날지도 몰라. 내일 아침에도 차를 바꿔 보도록 할게. 하지만 쉽지는 않아."

"오늘 읽은 책 말이야, 나에게 말을 걸었어. 클라라, 상상이 돼? 나 혹시 이대로 미치는 게 아닐까?"

클라라가 사색이 되어 루시를 바라보았다. 그런 다음 그녀의 곁에 앉아서 말했다.

"넌 미치지 않았어. 이 모든 게 좀 벅찰 뿐이야. 루시, 날 봐봐."

루시가 클라라를 바라보았다. 클라라는 루시가 자신의 눈을 집중해서 바라보지 못한다는 사실을 알아챘다. 동공도 부자연스럽게 확장되어 있었다. 클라라는 이게 어쩌면 차 때문인지도 모른다고 생각했다. 바티스트가 오늘 낮 동안 루시에게 저 역겨운 걸 계속 먹였을 수도 있었다. 의사가 루시에게 처방해 줬다고는 하지만, 아무래도 수상쩍었다.

"일단 샤워를 해. 그런 다음엔 큰 컵으로 물 한 잔을 마셔. 그 이상한 차를 네 몸에서 다 빼내야 해."

루시가 욕실로 들어가자 클라라는 옷가지를 꺼냈다. 그러는 동안 루시가 책들이 나에게 말을 했어라고 말한 게 떠올랐고, 그제야 모든 퍼즐 조각이 맞춰졌다. 지금까지는 루시가 그저 바티스트와 방에서 책을 읽는다고만 들었다. 하지만 저 말 한마디로 크리스의 이야기가 옳았다는 걸 깨달았다. 만약 그가 한 이야기 중 한 조각이 맞아 들어간다면 다른 퍼즐도 맞을 가능성이 컸다. 다른 걸로는 설명이 불가능했다. 하지만 그 말은 즉 루시가 지금 위험해 처해 있다는 뜻이기도 했다. 오늘 밤에 당장 크리스에게 전화를 걸어서 차와 관련된 일을 털어놓기로 결심했다. 그렇게 마음먹고 나니 가슴이 한결 가벼워졌다.

루시가 욕실에서 나오자, 왠지 조금 전보다는 생기가 도는 것 같아 보였다.

그런 다음 클라라가 건네는 물을 두 컵이나 마시고 잠자리에 들었다.

"클라라, 고마워. 네가 없었다면 난 어떻게 됐을까……."

루시가 속삭였다.

12장

책은 무의미함을 향한 싸움에서 들어야 할 무기이다.

— 빅터 프랭클

콜린은 마리, 줄스, 크리스와 함께 런던 집 거실에 앉아 있었다. 그들은 또 싸웠다.

이후의 일에 대해 논의하는 게 이렇게 어려울 거라고는 생각하지 못했다.

"어쨌든 중요한 건 루시가 그 남자와 결혼하도록 내버려 둘 수는 없다는 거야."

마리가 말했다.

"어쨌든 중요한 건 우리가 루시를 가능한 한 빨리 거기서 끌어내야 한다는 거야."

콜린이 마리의 말투를 흉내 냈다.

"콜린 사령관님, 그럼 이후의 작전에 대해 브리핑을 좀 해주시겠어요? 저희는 아직 좋은 계획이 있으신 줄 몰랐는데요."

줄스가 끼어들었다.

"어째서 클라라에게 도와 달라고 부탁하지 않았어? 클라라가 루시한테 이야기했어야 했어!"

마리가 두 팔을 하늘로 치켜들었다.

"대체 몇 번이나 말해야 돼, 콜린? 클라라는 우리 말을 믿지 않았어. 네가 갔다면 미남계로 클라라의 마음을 움직였을지도 모르지."

"아마 그랬겠지. 날 믿어도 좋아."

콜린이 맞받아쳤다.

줄스가 눈을 위로 치켜떴다.

"이런 싸움은 아무런 도움이 안 돼. 벌써 며칠 전부터 이 상태잖아. 하지만 아무 결론도 못 냈다고. 전에도 말했지만 경찰에게 가서 사실을 말하는 수밖에 없어."

그러자 콜린이 식탁을 쾅 내리쳤다.

"이미 가 봤잖아! 그들은 우리 말을 절대 믿지 않을 거야. 게다가 바티스트 귀에 그 사실이 들어가면 곧바로 우리를 감시하기 시작할 거라고. 그건 너무 위험해!"

"그럼 네 계획대로라면 완전 무장한 남자들이 철통처럼 지키고 있는 성을 뚫고 들어가서 우리가 누군지도 알아보지 못하는 여자를 데리고 나오자는 거지?"

콜린이 입술을 질끈 깨물었다.

"그저 제안일 뿐이야."

그가 투덜거렸다.

"그저 바보 같은 제안이라는 게 문제지."

크리스가 그를 바라보며 씨익 웃어 보였다.

"너도 별반 좋은 생각은 없잖아."

그때, 어디선가 휴대 전화 벨 소리가 울렸다.

"잠깐만."

크리스가 휴대 전화를 꺼냈다.

"여보세요."

그가 전화를 받았다.

몇 초 뒤, 그가 친구들에게 속삭였다.

"클라라야."

그러자 세 명 모두 얼빠진 얼굴로 크리스가 통화하는 소리만 듣고 있었다.

"뭐? ……믿을 수가 없군. 그래서 루시는 뭐래?"

약 10분 정도 후, 그가 클라라에게 작별 인사를 한 후 전화를 끊었다.

"내 생각에는 이제부터 클라라가 우릴 도울 것 같아."

그가 말을 이었다.

"아마 내 매력에 우리를 도와주지 않고는 못 배기게 된 것 같군."

"빨리 얘기해 봐. 클라라가 뭐래?"

콜린이 재촉했다.

"루시가 요즘 많이 안 좋대. 클라라 생각엔 바티스트 드 트레메인이 독을 먹이고 있는 것 같다는 거야."

"하나님 맙소사."

줄스가 탄식을 내뱉었다.

"물론 그렇게 직설적으로 말하진 않았지만 내가 그녀의 말을 해석하자면 그래."

그가 줄스를 진정시켰다.

"루시는 여전히 아무것도 기억하지 못하고 있대. 바티스트는 매일 루시를 데리고 작은 방으로 들어간대. 클라라는 그들이 거기에서 뭘 하는지 모르지만, 그게 루시의 힘을 빼앗아간다는 건 안대. 게다가 바티스트가 계속 루시에게 무슨 차를 마시게 하는데, 클라라와 루시는 그 차가 루시를 건강하게 하는 게 아니라 오히려 아프게 만든다고 생각하고 있어. 그래서 클라라는 그 차를 가능한 한 바꿔치기해서 루시가 마시지 못하게 하고 있대. 하지만 언제까지 바티스트를 속일 수 있을지는 모르겠대. 그가 늘 감시하고 있나 봐. 여태까지는 바티스트가 루시를 많이 걱정한다고만 생각했지만 더 이상은 그를 믿을 수가 없대. 그러기엔 너무 이상한 게 많다는 거야. 오늘은 루시가 책이 자기한테 말을 했다고 했대. 내 생각엔 그게 결정적이었던 것 같아."

"클라라가 루시를 어떻게든 성 밖으로 데리고 나올 수는 없는 거야?"

콜린이 물었다.

"몰라. 그건 안 물어봤어."

크리스가 대답했다.

"클라라도 거기까진 생각 안 하고 있는 것 같아. 일단은 자기가 생각한 걸 우리한테 말해 주려고 전화한 거야. 너무 클라라를 몰아붙이면 안 될 것 같아."

"넌 대체 무슨 생각이야? 몰아붙이면 안 된다니? 루시는 지금 성 안에서 독을 먹고 있는데 지금 티타임이라도 갖자는 거야, 뭐야?"

"콜린, 진정해."

줄스가 나지막이 말했다.

"지금으로선 클라라만이 유일한 지원군이야. 그러니까 한꺼번에 너무 많은 걸 요구할 수는 없어. 바티스트 몰래 무슨 일을 계획하는 게 얼마나 위험한 건지 잊으면 안 된다고. 만약 그 여자에게 무슨 일이라도 일어난다면 어떻게 책임질 건데?"

"다른 얘기는 없었어?"

마리가 물었다.

"이번 주말에 성에서 큰 파티를 열 계획이래. 보퍼트와 드트레메인이 공식적으로 약혼을 발표할 생각인가 봐."

"일 났네. 그럼 결혼식까지는 시간이 얼마나 남은 거야?"

"아마 곧 이겠지."

콜린이 내뱉었다.

"그런 파티를 열려면 일할 사람이 많이 필요하겠네?"

줄스가 말했다.

"외부 인력 없이 성대하게 파티를 여는 건 불가능하니까. 혹시 클라라가 거기에 대해 말 안 했어? 어쩌면 케이터링 서비스

같은 걸로 몰래 숨어들 수도 있을 것 같은데."

콜린, 마리, 줄스의 눈이 크리스를 향했다.

"하긴, 너희는 이미 바티스트에게 얼굴이 팔렸지?"

크리스가 물었다.

세 명이 고개를 끄덕였다.

"나 전에 그런 파티에서 자주 아르바이트 한 적 있어. 돈을 많이 주거든."

세 명이 다시 한 번 고개를 끄덕였다.

크리스가 한숨을 쉬었다.

"클라라한테 전화를 걸어서 물어볼게."

그가 휴대 전화를 꺼내 그녀에게 자기 계획을 말했다. 그런 다음 종이에 케이터링 업체의 이름을 받아 적었다.

전화를 끊은 다음, 그가 깊게 숨을 내뱉었다.

"보퍼트는 이번 파티에 돈을 아끼지 않을 생각이군."

그가 말을 이었다.

"그가 예약한 케이터링 업체는 런던에서도 가장 비싼 곳이야. 모든 건 토요일에 신선한 상태로 성까지 배달될 거래. 나도 거기서 일한 적 있어. 사장한테 직접 전화해서 토요일에 아르바이트 자리가 있는지 물어봐야겠군."

"그 계획이 성공하면 내 손에 장을 지진다."

마리가 말했다.

"설마 그런 어설픈 계획이 성공하겠어? 그러려면 엄청나게 운이 좋아야 할걸?"

"일단 해 보지 않으면 성공할지 어떨지 모르잖아."

크리스가 대꾸했다.

"하지만 오늘은 이미 닫았을 거야. 내일 아침 일찍 전화해 볼게."

"만약 그 계획이 성공해서 네가 성에 잠입하는 데 성공했다 치자. 그날 분명 사람들이 바글거릴 텐데 어떻게 루시를 몰래 데리고 나올 생각이야?"

모두들 잠잠해졌다.

"물론 모두가 보는 앞에서 루시를 데리고 나올 수는 없겠지."

크리스가 동의했다.

"아마 바티스트와 보퍼트도 한눈을 팔고 있지는 않을 테고."

"그럼 네가 할 수 있는 건 기껏해야 루시가 건강히 있는지 눈으로 확인하는 정도네?"

"어쩌면 클라라가 성에서 몰래 도망칠 수 있는 뒷문을 알고 있을지도 모르잖아."

콜린이 생각에 잠겼다.

"이렇게 루시에게 가까이 접근할 수 있는 기회가 또 있을까?"

"어쩌면 계획을 실행에 옮기기 전에 한번 생각해 보는 게 나을 것 같아."

줄스가 끼어들었다.

"자, 크리스가 파티 서비스와 함께 성 안으로 들어갔다고 치자. 그가 눈으로 루시를 확인할 거야. 하지만 루시는 그를 못 알아볼 테고. 물론 클라라가 모든 걸 설명해 줄 수도 있겠지.

루시가 클라라의 말을 믿어 줄 수도 있지만, 오히려 겁을 집어먹게 될 가능성도 있어. 그리고 클라라가 바깥으로 나가는 문을 알려 줘서 루시와 크리스가 나오면 어떻게 되는 거지?"

"우리가 바깥에서 기다리고 있다가 그 둘을 차에 태우고 내빼면 돼."

콜린이 간단하다는 듯 말했다.

"그럼 어디로 갈 건데?"

"그건 이제부터 생각해 봐야지."

"그런 다음엔?"

줄스는 얼렁뚱땅 넘길 생각은 없는 것 같았다.

"분명히 바티스트가 군대 하나는 이끌고 우리 뒤를 쫓아 올 텐데, 거기다 그는 지금 네이선도 붙잡아 두고 있잖아. 루시가 책들을 해방시키려면 네이선이 필요하다고!"

"몰라. 일단은 루시를 안전한 곳으로 피신시켜야 돼. 어쩌면 네이선의 아버지에게 좋은 생각이 있는지 물어보는 것도 나쁘지 않을 것 같아. 그도 평생을 자기 아버지에게서 도망 다니며 살고 있잖아."

"넌 이게 무슨 상황인지 전혀 이해를 못 하고 있어. 루시는 어디에 가더라도 안전하지 않다고. 그녀와 바티스트가 둘 다 살아 있는 한은 말이지!"

"그래? 그럼 우리 애거서 크리스티 양께선 어떻게 하고 싶은 건데? 내가 바티스트를 끝장내기라도 해야 한다는 거야, 뭐야?"

두 사람은 잔뜩 화가 난 채 서로를 노려보았다.

"난 루시를 안전한 곳에 숨길 거야. 아무리 바티스트라도 루시를 찾아 전국을 다 뒤질 수는 없어. 아무리 그가 막강해도 그 정도는 아닐 거라고."

"그럼 루시는 한평생 도망 다니며 살아야 돼."

"그게 보퍼트나 바티스트에게 붙잡히는 것보다는 나은 것 같은데."

"글쎄, 아닐 수도 있지."

"넌 정말 루시를 구출하고 싶은 마음이 있는 거야? 아니면 우리는 기억조차 못 한 채 평생 거기서 살아갔으면 하는 거 아냐?"

줄스가 고개를 흔들며 어이없다는 듯 콜린을 바라보았다.

"어떻게 날 그런 사람으로 볼 수 있어? 가끔은 네가 날 전혀 모르는 것 같아."

"나도 가끔은 네가 날 전혀 모르는 것 같다고."

콜린도 이마를 찌푸리며 대꾸했다.

줄스가 벌떡 일어나 부엌을 나갔다.

"넌 진짜 바보 멍청이야!"

마리가 줄스를 따라 나가며 콜린에게 쏘아붙였다.

"어쨌든 네 협상 능력은 죽지 않았네. 왜 줄스가 너한테 그렇게 아득바득 대드는지 이해가 안 돼."

"너까지 나 좀 긁어 대지 마!"

콜린이 으르렁거렸다.

"어차피 너희 모두 다 뾰족한 수도 없으면서 질문만 해 대잖아!"

루시는 숨을 몰아쉬었다. 무언가가 가슴에 얹혀서 점점 더 거세게 짓누르는 느낌이었다. 어떻게든 그걸 몸 밖으로 밀어내야 했다. 하지만 아무리 노력해도 할 수가 없었다. 그러다 무언가가 목구멍을 막는 것 같은 느낌이 났다. 루시는 목을 감싸 쥐고 벌떡 일어섰다. 그러고는 침대 옆에 먹은 걸 다 게우고 말았다.

캄캄한 방 안에는 루시 혼자뿐이었지만 그러고 나니 한결 기분이 가벼워졌다. 루시는 떨리는 손으로 독서 등을 켰다. 대충이라도 청소는 해 두어야 할 것 같았다.

어제 저녁에 그리 많이 먹지 않았던 게 다행이었다. 루시는 토사물을 치운 후 몸을 씻고 양치한 다음 다시 자리로 돌아와 누웠다.

루시는 방 천장을 가만히 바라보았다. 어제는 아무리 떨쳐 버리려 해도 하루 종일 머리가 멍했는데, 그게 사라진 것이다. 정신도 멀쩡해졌다.

이제는 바티스트가 루시를 완전히 무능력한 상태로 만드는 무언가를 차에 타서 먹여 왔다는 사실을 받아들여야만 했다. 왜 그런 걸 먹인 걸까? 두 가지 이유밖에 없었다. 의사는 제대로 처방전을 써 줬는데 루시의 몸에서 엉뚱하게 반응했을 수 있었다. 그런 일은 일어날 수 있으니까. 하지만 바티스트가 이 모든 걸 처음부터 의도했을 수도 있었다. 만약 그랬다면, 그에게 직접 이유를 물어볼 생각이었다. 아마 모든 건 결국 책과 관련되었을 것이다.

루시는 손목의 표식을 어루만져 보았다. 며칠 전 밤에 거기에서 빛이 흘러나왔던 일은 확실히 꿈은 아니었다. 그리고 책들이 속삭이던 소리도 생각났다. 보퍼트가 잠가 놓은 도서관 안쪽에서 속삭이던 건 분명 책들이었다. 왜 문을 잠가 놓았던 걸까? 이유는 하나였다. 아마 바티스트와 보퍼트는 책들이 루시와 대화하는 걸 원하지 않았을 것이다. 왜냐하면 책들은 루시에게 말을 걸 게 분명했기 때문이다. 오늘 오후에 그녀가 읽었던 책처럼 말이다. 책이 그녀에게 무슨 말을 했던가? 루시는 기억해 내려고 정신을 집중했다. 왜 우리에게 이런 짓을 하는 거야, 책은 그런 식으로 루시에게 말했다. 하지만 그렇다는 건 지금 루시가 하고 있는 일이 책에게 좋지 않은 행동이라는 뜻이었다. 책들이 바티스트에게도 이야기를 할까? 아니면 그들이 책들을 '구해' 낼 때 끔찍한 고통을 느낀다는 사실을 전혀 모를 수도 있었다. 하지만 대체 누구에게서 구해 낸다는 거지?

루시는 이마를 어루만졌다.

"질문은 너무 많은데 대답해 줄 사람이 없네."

그녀가 허공을 향해 말했다.

"내가 도와줄 수 있어."

차가운 입김이 느껴지자 루시는 몸을 움찔했다. 뭔가 희고

투명한 존재가 벽 사이에서 나왔다. 루시의 성대를 타고 올라오던 거친 비명 소리는 유령이 그녀의 입을 손으로 막는 통에 가로막혔다.

"루시, 무서워할 필요 없어. 난 너에게 아무 짓도 하지 않을 거야."

"하지만……. 넌…… 책의 유령이잖아!"

루시가 말을 더듬었다.

"너희들이 꿈속에서 날 쫓아왔던 게 기억나. 날 아프게 하고 그 악몽에서 깨어나지 못하게 했잖아."

유령이 고개를 흔들자 천여 개의 종잇장이 나풀거렸다.

"그건 내가 아니야. 내 형제와 자매 들이지. 그들은 아무것도 몰라."

"넌 어떻게 알고 있는데?"

"아직은 영혼을 잃지 않았으니까. 책의 유령이 된 지 얼마 안……."

유령이 힘없이 자신의 투명한 팔을 들어 올려 보였다.

"너 며칠 전에 나에게 찾아왔었지? 혹시 이름도 있어?"

유령이 고개를 끄덕였다.

"엘리자베스야. 엘리자베스 베넷."

루시가 미소 지었다.

"《오만과 편견》의 엘리자베스구나?"

"맞아."

유령의 입에도 미소가 떠올랐다.

"날 무서워하지 마. 난 네가 기억을 되찾는 걸 도와주려고 왔어. 네가 누구인지 가르쳐 줄게."

"내가 도대체 누군데?"

"넌 수호자야. 우리를 구해 줄 사람이지."

"그럼 내가 하는 일이 맞다는 거잖아?"

루시가 안도의 한숨을 내쉬며 말했다.

"왠지 잘못하는 것 같은 느낌이 들었었거든."

"아냐, 루시. 남자들이 자신의 잘못된 길을 강요하고 있는 거야."

"그럼 뭐가 옳은 길인데?"

루시가 불만스럽게 말했다.

"두 사람은 날 극진히 돌봐 줬지만 왠지 이용당하고 있다는 느낌이 들었어."

루시는 여태껏 아무에게도 말하지 못했던 것을 털어놓았다.

"네 느낌대로야. 시간이 별로 없어. 그들이 널 막아서 우리와 소통하지 못하게 하고 있거든. 그래서 지난 며칠 동안 너에게 닿기 위해 계속 안간힘을 써 왔어. 여기서 강요하는 건 잘못된 거야. 넌 여태껏 단 한 번도 책을 읽어 들였던 적이 없어. 그들은 인간에게서 책의 지식을 훔쳐서 아무의 눈에도 띄지 않는 곳에 숨기지. 넌 그렇게 숨겨진 책들을 해방하기 위해 태어났어. 너와 네이선이 연맹을 무너뜨려야 해."

그 순간 방 안에 얼음 같은 냉기가 돌더니 방 한쪽 구석에서 스물거리며 회색의 형체들이 나타났다. 그들은 엘리자베스처럼 빛나는 흰색이 아니었다. 루시의 악몽에 나와 괴롭히던 존재들이었다. 루시의 목에서 신음 소리가 흘러나왔다.

"저들은 나에게 뭘 원하는 거야?"

"네가 연맹의 뜻대로 움직이길 원하는 거야. 악몽으로 네 힘을 소진시켜서 지치게 만드는 거지. 루시, 정신을 똑바로 차리고 있어야 돼. 조만간 다시 올게. 연맹의 사람들이 너에게 무슨 말을 하든지 절대로 믿지 마."

그런 다음 유령은 마치 연기처럼 공기 중에 사라졌다. 이제 저 끔찍한 존재들이 흐느적거리며 루시를 향해 다가왔다. 그녀는 의식을 잃고 있는 동안 꾸었던 수많은 악몽들을 떠올렸다. 그러자 그때 느꼈던 고통도 떠올랐다. 그들이 살갗에 닿으면 마치 불로 지지는 것 같았다. 그때 그녀의 머릿속 깊은 곳에 가라앉아 있던 어떤 기억의 파편이 수면 위로 불쑥 떠올랐다. 누군가의 목소리였다.

"루시, 미안해. 다른 방법이 없어."

루시는 그 기억을 놓치지 않으려고 꽉 붙들었다. 그리고 그 목소리의 주인이 누군지 떠올리려 했다. 하지만 마치 손에 미끌거리는 비누를 잡고 있는 것처럼 기억은 그녀의 손에서 빠져나가 버렸다. 단 한 가지 백 퍼센트 확신할 수 있었던 건 그녀가 그 목소리의 주인을 완전히 신뢰하고 있었다는 것뿐이었다. 유령들 중 하나가 그녀를 향해 손을 뻗었다. 그들이 자신을 만지게 해서는 안 되었다. 루시는 벌떡 일어나 유령을 그대로 통과해 방을 가로질렀다. 그런 다음 방 안의 스위치를 켜고 방문을 활짝 열었다. 방 안으로 바람이 들어오더니 유령들을 마치 빗자루로 쓸듯 날려 버렸다.

루시는 두근거리는 가슴을 진정시키며 문 옆 벽에 기대어 서 있었다. 성 안은 조용했다. 언제나처럼 복도 곳곳에는 작은 전등이 켜져 있었다. 다시 침대로 돌아가는 대신, 루시는 뭔가에 이끌리듯 계단으로 향했다. 손목의 표식이 빛나기 시작했지만 루시는 알아채지 못했다. 섬세한 빛줄기가 손목에서 흘러나와 계단 아래쪽으로 이끌기 시작한 다음에야 무언가가 자신을 그리로 이끈다는 사실을 깨달았다.

빛줄기가 곧장 계단을 가로질러 홀 입구 쪽으로 루시를 이끌었다. 그런 다음엔 도서관 문 위를 기어올라 열쇠 구멍 속으로 사라졌다. 루시는 머뭇거리며 빛을 따라갔다. 그리고 계속 두리번거리며 불안한 듯 주변을 살폈다. 어느새 루시도 도서관 문 앞에 섰다. 안쪽에서는 놀란 것 같은 속삭임이 들렸다. 이제 어떻게 해야 하지? 루시는 그들이 속삭이는 소리에 귀를 기울였다. 안으로 들어갈 수만 있다면 얼마나 좋을까! 문에 귀를 바짝 대고 그들의 말소리를 듣고 있는데, 갑자기 달칵 하는 소리와 함께 마치 마법처럼 잠겼던 문이 열리는 것이었다. 루시는 재빨리 안으로 들어갔다. 거기엔 아무도 없었고, 오로지 루시와 책들뿐이었다.

"그녀가 왔어!"

근처의 서가에서 속삭이는 소리가 들렸다.

루시는 신기한 듯 도서관 안에서 책들이 속삭이는 소리에 귀를 기울였다. 책이 말을 하다니, 있을 수 없는 일이었다. 아니면 가능한 거였던가?

"안녕, 루시. 이제 시간이 됐어!"

속삭이는 소리.

"저 여잔 우릴 배신했어. 믿어선 안 돼!"

높고 앙칼진 목소리.

"입 다물어."

그리고 그 중간에 끼어드는 목소리.

루시는 등 뒤의 문을 닫았다. 책들이 너무 시끄러워서 성 안의 사람들이 다 깨 버릴지도 모른다는 걱정이 들었다.

"얘들아, 너무 시끄럽게 말하면 다 깰지도 몰라."

루시가 속삭였다.

"다른 사람들은 우리 목소리를 못 들어."

늙은 목소리가 말했다.

"그럼 어떻게 난 들을 수 있지? 설마 이게 정말이야? 혹시 내가 꿈을 꾸고 있는 게 아니고?"

"넌 수호자야. 그래서 우리 목소리를 들을 수 있는 거고."

"엘리자베스도 말해 줬어. 하지만 난 그게 뭔지 모르겠어. 난 내가 누군지 기억이 안 나. 아니, 아무것도 모르겠어."

"아무것도?"

목소리가 불쌍하다는 듯 물었다.

루시가 고개를 저었다.

"남자들이 가르쳐 준 것밖에는 몰라."

그러자 책들이 겁에 질린 듯 중구난방으로 떠들어 댔다.

"루시, 그들을 믿으면 안 돼. 그들은 너와 우리의 적이야."

"하지만 난 그들 손에 있어. 그들이 시키는 대로 할 수밖에 없다고."

"그러면 안 돼. 기억을 떠올려야 해!"

"하지만 어떻게? 노력은 해 봤지만 전혀 소용이 없어."

그러자 서가 사이에서 하얀 책의 유령이 나타났다.

"여기에 있었어?"

루시가 엘리자베스를 놀란 눈으로 바라보았다.

유령이 고개를 끄덕였다.

"여기에 있으면 그렇게 외롭진 않으니까. 난 보호책 없이 읽어 들여진 책이야. 친구들 사이에 있으면 가까스로 나 자신을 잃어버리지 않을 수 있거든."

"왜 보호책이 없어?"

"네이선의 아이디어였어. 너에게 닿기 위한 유일한 방법이었지. 넌 기억을 잃은 채 악몽에 사로잡혀 있었어. 그래서 고민 끝에 보호책 없이 책을 읽어 들이기로 한 거야. 보퍼트와 바티스트가 네 주위에서 책들조차 다 치워 버리니 너와 연락을 취할 방법이 없었어. 그래서 내가 이 일을 자진해서 맡은 거야."

"도대체 네이선이라는 사람이 누구야? 그 사람은 이 일의 전황을 알아? 그 사람도 혹시 붙잡혀 있는 거야? 그리고 보호책이라는 건 어떻게 만들어지는데? 혹시 내가 그 사람을 알고 있어? 그러니까, 이미 한번 만난 적이 있는 사람이야?"

"그 사람이 네가 우리를 해방시켜 줄 수 있도록 도와줄 거야."

"내가 아는 사람이구나. 내 편이야?"

책의 유령이 미소 지었다.

"그 이상이지."

"그게 무슨 뜻이야?"

"저절로 알게 될 거야. 널 도와줄 수 있는 걸 하나 줄게."

유령이 도서관 책상 아래 있는 오래된 책상 하나를 맴돌았다.

"작은 서랍을 열어 봐. 그 안에 네 목걸이가 들어 있어. 그자들이 너에게서 빼앗아 여기에 보관하고 있던 거야. 목걸이가 너에게 모든 것을 보여 줄 거야. 하지만 조심해. 목걸이는 다시 서랍 속에 넣어 두고. 만약 네가 목걸이를 가지고 있는 걸 그들이 보게 되면 네가 자기들의 명령을 더 이상 듣지 않는다는 걸 눈치챌 거야."

루시는 서랍을 열어 보았다. 유령의 말대로 서랍 속에는 작은 책 모양 목걸이가 들어 있었다. 루시는 목걸이를 꺼내 자세히 들여다보았다. 특이하게 생긴 십자가 목걸이 뚜껑에 새겨져 있었다. 십자가의 끝 부분에는 보석이 박혀 있는 세 개의 점이 있었다. 그 점들은 곡선으로 연결되어 마치 십자가를 휘어 감듯 감싸고 있었다. 루시는 과연 그 안에 무엇이 있을지 기대에 차서 조심스럽게 목걸이 뚜껑을 열어 보았다. 그 안에는 작은 사진이 한 장 들어 있었다. 일반적인 로켓 펜던트에 들어 있을 법한 사진이었다. 젊은 남녀 한 쌍이었다. 그들을 처음 보는 데도 누구인지 알 것 같았다. 어머니와 루시는 한눈에도 매우 닮아 있었기 때문이다.

　루시는 의자에 쓰러지듯 앉았다. 그녀 주위로 책들이 소곤 거리는 소리가 들려왔다. 목걸이 뚜껑이 열린 상태로 빛이 모이더니 영상이 나타나기 시작했다. 자신이 아이들로 바글거리는 집에 서 있는 장면이었다. 네 살이나 되었을까. 어떤 여자 하나가 루시를 무릎에 앉히고 책을 읽어 주고 있었다. 그런 다음에는 열한 살 정도의 자신이 부엌에 앉아 뜨거운 코코아를 마시는 장면이 보였다. 이번에는 그녀가 울고 있고, 동갑 정도로 보이는 남자아이가 그녀 곁에 앉아 위로하려 애쓰는 게 보였다. 그리고 이제는 성인이 된 자신이 책으로 가득한 공간에 있는 장면도 보였다. 어두운 곳에 혼자 앉아 누군가와 대화하고 있었다. 검은 머리카락과 검은 눈을 가진 젊은 남자의 얼굴이 나타났다. 그는 혼자 책상에 앉아 스케치를 하고 있는 중이었다. 그가 갑자기 눈을 들어 루시를 바라보았다. 루시는 깜짝 놀라 흠칫 몸을 젖혔다. 그럴 리는 없었겠지만 마치 그가 지금 루시의 눈을 똑바로 들여다보고 있는 것 같았다. 갑자기 심장이 조여드는 것 같았다. 저 남자는 누구지? 왜 이렇게 마음이 아프지? 장면이 빠르게 바뀌기 시작했다. 바티스트가 그녀를 노려보는 장면, 책들이 가득 찬 방과 루시가 텅 비어 있는 책을 넘겨 보는 장면, 박물관 또는 미술관으로 보이는 건물에 어떤 나이 든 여성이 서 있었고 주위에는 그림이 걸려 있었다. 그때 어떤 남자 하나가 달려들었다. 통증이 느껴졌다. 그가 권총을 꺼내 들었고 총성이 울렸다. 마지막 장면이 사라졌다.

루시는 눈을 감고 가만히 앉아 있었다. 그리고 목걸이를 쓰다듬었다. 그러자 마치 누군가가 머릿속에 찬물을 끼얹은 것처럼 머릿속에 기억들이 차오르기 시작했다. 목사에게 어린 자신을 건네주는 부모님의 모습과 자신을 사랑으로 키워 준 물랑 부인의 모습이 떠올랐다. 콜린은 언제나 그녀의 편에 서서 용감한 기사처럼 자신을 위해 싸워 주었다. 줄스와 마리, 런던 도서관과 올리브 씨가 떠올랐다. 눈물이 루시의 손등 위로 떨어졌다. 점점 빠르게 퍼붓는 기억의 물결에 마치 마비되는 것 같았다.

"네이션, 어디에 있어? 무슨 일이 생긴 거야? 왜 날 여기에 혼자 둔 거야?"

어느덧 기억의 폭풍이 잠잠해지자 루시가 중얼거렸다.

"그는 걱정할 필요 없어. 잘 살아 있으니까."

누군가가 투덜거렸다.

"이제 기억을 떠올렸으니 네가 해야 할 일을 하라고!"

"늙은 그리스그람, 너무 루시를 몰아붙이지 말아요. 저 불쌍한 아이가 혼란스러워하는 게 안 보여요?"

부드러운 목소리가 들렸다.

"난 단지……."

"루시, 모든 게 다 잘될 거예요."

루시를 위로하는 목소리가 사방에서 쏟아져 나왔다.

"우리는 늘 너의 곁에 있어. 절대로 널 혼자 두지 않을 거야."

루시는 미소 지으며 눈물을 훔쳐 냈다.

"나도 알아. 고마워."

그런 다음에는 내키지 않는 마음으로 목걸이를 다시 서랍 속에 넣어 두었다. 그녀가 그것을 찾아냈다는 걸 바티스트가 눈치채서는 안 되었다. 보퍼트와 바티스트 생각에 루시는 고개를 세차게 저었다. 그리고 입고 있던 나이트가운을 더 꽉 조여 매었다. 어떻게 그들이 자신을 최선으로 배려해 주고 있다는 생각을 했던 걸까? 그들이 투약했던 독이 루시의 모든 의지를 빼앗아 갔던 것이다.

시간이 얼마나 흐른 걸까? 창밖에는 벌써 동이 터 오르고 있었다. 자신이 방에 없다는 걸 누군가 알아채기 전에 어서 여길 나가야 했다. 루시는 도서관 문을 열고 주위를 둘러보았다. 성 안은 고요했다. 그래서 도서관을 나와서 문을 닫았다.

그리고 뒤를 돌아보는 순간, 거기에는 예의 그 젊은 남자가 서 있었다. 분명 알리스데어라고 했었지? 그는 말없이 놀란 얼굴로 루시를 바라보고만 있었다. 그의 눈에는 의심이 담겨 있었다. 이제 곧장 보퍼트에게 가서 자기가 본 걸 일러바치겠지. 대단한 이유가 아니라 단지 제 주인에게 칭찬받고 싶어서 말이다. 이제 어쩌지? 루시는 그에게 다가갔다.

"제발 날 못 본 척해 줘. 부탁이야."

하지만 그는 대답도, 끄덕임도 없었다. 비명을 지르지도 않았다.

루시는 그의 앞을 지나쳐 자신의 방으로 갔다. 그런 다음 침대에 누워서 불안한 심정으로 도서관 문을 잠그고 나왔는지 떠올려 보았다. 다시 한 번 가서 확인해 봐야 할까? 하지만 그러지 않는 편이 나을 것 같았다. 운이 좋다면 보퍼트가 어젯밤에 도서관 문을 잠그는 걸 잊어버렸다고 생각할지도 몰랐다. 그 혐의를 자신에게 돌리지 말아 주었으면 했다. 중요한 건 루시가 기억을 되찾았다는 걸 들키면 안 된다는 거였다. 그들을 두려워한다는 걸 철저히 숨겨야 했지만 정말 가능할지는 의문이었다. 어쩌다 그들의 손아귀에 떨어지게 된 걸까? 네이선과 함께 에든버러를 떠났던 것까지만 기억이 났다. 시리우스가 올리브 씨를 총으로 쐈던 것도. 하지만 그 이후에 도대체 무슨 일이 있었던 걸까? 거기부턴 기억에 없었다. 하지만 이제 곧 알아낼 수 있을 것이다. 루시는 이불 아래에서 몸을 웅크렸다. 온몸이 공포로 차갑게 식었다. 이대로 영원히 공포 속에 떨며 살아가야 할까 봐 두려웠다.

루시는 성 안에 울리는 끔찍한 소음 때문에 잠에서 깼다. 누군가가 소리를 질러 대고 있었다. 루시는 계단을 달려 내려갔다. 거기에 보퍼트와 알리스데어가 보였다. 보퍼트가 젊은 하인의 머리칼을 잡고 흔들자 그가 비명을 지르며 바닥을 기는 동안 보퍼트의 매 세례가 이어졌다. 알리스데어가 울부짖었다.

"제가 아니에요!"

그가 계속 애원했다.

"거기 문을 열어 둔 건 제가 아니에요. 전 열쇠가 어디에 있는지도 몰라요!"

"당장 그를 놔 주세요!"

루시가 비명을 질렀다.

보퍼트가 잠시 숨을 멈추고 루시를 쳐다보았다. 그제야 루시는 자신이 얇은 나이트가운만 입고 있다는 걸 깨달았다. 그의 야릇한 시선 때문에 마치 벌거벗은 기분이었다.

"그 하인이 그렇게 맞을 정도로 끔찍한 실수를 저질렀다고는 생각되지 않는데요?"

루시가 간신히 입을 열었다.

"그대와는 상관없는 일이오. 방으로 돌아가시오!"

보퍼트가 소리 질렀다.

알리스데어가 도움을 간청하는 눈으로 그녀를 바라보았다. 그를 그렇게 내버려 둘 수는 없었다. 그때 그가 손가락을 들어 올리며 루시를 가리켜 보이려 했다. 루시는 그가 사실을 말하려 한다는 걸 깨닫고 기절할 정도로 겁에 질렸다.

"그 사람을 보내 줘야 방으로 돌아가겠어요."

그제야 알리스데어의 손이 천천히 내려갔다.

"좋아요. 그대가 원하는 대로 하겠소."

보퍼트가 소년의 멱살을 놓자, 그는 부엌 쪽으로 절뚝이며 달아났다.

그제야 루시는 말없이 몸을 돌려 방으로 돌아왔다. 문을 닫고 나니 몸이 덜덜 떨렸다.

13장

책에 가득히 들어 있는 건 죽은 단어들이 아니다. 한 자루 가득한 씨앗이다.

— 앙드레 지드

"나 채용됐어."

다음 날, 크리스가 친구들에게 전해 주었다.

"내가 전화 하니까 사장이 되려 기뻐하더라고. 마침 두 명이나 토요일에 일을 못 한다고 했대. 그날 중요한 축구 경기가 있거든. 아마 그거 보려고 그런 것 같아. 내가 럭비 외엔 관심이 없는 게 다행이야."

"다행이긴 한데 음식만 서빙 하겠다고 약속해 줘. 알았지?"

마리가 신신당부했다.

"영웅 행세는 하지 마! 거기 상황만 지켜보는 거야."

"자기야, 난 콜린이 아니야."

그가 웃었다.

"아마 때렸으면 때렸지 맞지는 않을 거야."

"하나도 안 웃겨."

"어쨌든 클라라와 미리 의논해 보는 게 좋을 것 같아. 왠지 네가 루시와 함께 거기 있게 된다는 사실이 좀 걱정이야. 만약 루시가 널 알아보면?"

줄스가 물었다.

"하지만 루시는 기억을 잃었잖아."

"과거에 알았던 사람을 보면 갑자기 기억이 돌아오는 경우도 있어."

마리도 거들었다.

"만약 루시가 널 보고 놀라면, 그 멍청한 작자들이 너에게 무슨 짓을 할지 상상도 안 가. 그렇게 오래된 성이라면 지하 감옥 같은 것도 있을걸."

줄스가 말했다.

"아무리 그래도 겁은 안 난다고."

"걱정돼서 하는 소리야. 정말로 아무것도 하면 안 돼. 먼저 저택 내부의 상황을 지켜본 다음에 다음 작전을 생각해 보는 걸로 하자."

"다른 건 걱정되지 않지만, 너희가 성 근처에 있어 주면 고맙겠어. 만약의 경우에 대비해서 신속하게 연락을 취해야 할지도 모르니까."

크리스가 말했다.

"그럼 널 거기에 혼자 버려 둘 거라고 생각했어?"

콜린이 어이없다는 듯 고개를 흔들었다.

"우리도 근처에서 대기하고 있을게."

"요새 아주 성실하게 작업하고 있군."

바티스트가 네이선이 표지 스케치 작업을 하고 있는 작은 방 안으로 들어오며 말했다.

"언제 루시를 볼 수 있죠?"

네이선이 단도직입적으로 물었다.

"너도 참 시간 낭비를 싫어하는 성격이군."

바티스트가 손바닥을 비비며 말했다.

"언제 볼 수 있죠?"

그가 다시 한 번 물었다.

"이번 주말이다. 보퍼트의 성에서 연회가 있어. 그때 보퍼트 와 루시의 약혼을 발표할 거다."

네이선이 벌떡 일어섰다.

"어떻게 그런 짓을! 루시를 그 변태 같은 놈의 먹잇감으로 줄 수는 없습니다!"

그가 경악스럽다는 얼굴로 조부를 바라보았다.

"루시도 찬성한 일이다."

바티스트가 미소 지었다.

"게다가 그 자리에서 피츠앨런가의 딸과 너의 약혼도 발표 할 생각이다. 그러면 모든 일이 제자리를 찾아간 셈이지."

네이선이 어이없다는 듯 웃었다.

"제자리라니⋯⋯. 어차피 할아버지에게 우린 도구일 뿐이겠죠. 전 이대로 살아가도 상관없지만 루시는 곧 망가질 겁니다. 할아버지도 알고 계실 텐데요."

"솔직히 말해 별로 상관없다. 루시가 성실하게 책을 우리 수중에 가지고 들어오는 작업만 해 준다면 보퍼트가 무슨 짓을 하든 내 알 바 아니야. 여기서 '무슨 짓'이라는 건 상상에 맡기마. 네가 굳이 알고 싶다면 말해 두지만―그는 상당히 사디스틱한 경향이 있지. 그러니 종종 그가 루시를 완전히 망가뜨리지는 못하도록 개입하긴 할 거다. 루시가 당분간은 제 역할을 해 줘야 하니 말이다. 너희 둘이 후계자를 낳아 주면 그제야 안심하고 연맹의 미래를 계획할 수 있을 것 같구나."

바티스트가 몸을 돌려 창밖으로 정원을 바라보았다. 오리온은 그의 곁에 서 있었다. 네이선은 당장이라도 조부에게 달려들어 저 사악한 말들이 더 이상 그의 입에서 쏟아져 나오지 못하도록 목을 조르고 싶었다. 하지만 오리온은 조부가 말하는 동안 단 한순간도 네이선에게서 눈을 떼지 않았다. 마치 그가 무슨 생각을 하는지 꿰뚫어 보는 것 같았다.

"연맹이 존재하는 한은 내가 여자들을 되찾아다 준 걸 감사할 거다. 이 모든 건 예정되어 있었던 거야. 애초에 여자들이 우리에게서 떨어져 나간 게 잘못이지. 다시는 그런 일이 벌어져선 안 돼. 게다가 후계자를 선택하는 것도 내 손에 달려 있다. 너희가 그 모든 걸 망치게 둘 순 없지. 네이선, 알아들었느냐? 나는 내 목적을 위해 보퍼트를 이용할 뿐이다. 그는 제 가학적인 성격으로 루시가 우리에게 대들지 못하도록 할 거야. 그가 그런 건 나보다 잘할 거라고 장담하지. 그러니 넌 이제 파티에서 내가 시키는 대로 해야만 한다. 네 신부나 잘 챙기고 루시 쪽은 쳐다보지도 말거라. 이제 그 애는 널 알지도 못하고, 앞으로도 그럴 거다. 만약 네가 내게 반항한다면 신의 가호를 바라마. 만약 내 말을 따른다면 담장 위에 앉은 비둘기는 못 가져도 네 손 안에 있는 참새로 만족하며 살 수 있을 거다. 네 아내와 조용하게 살면서 나에게도 후계자 한 명을 안겨 줄 수 있겠지. 부디 네 아비와 같은 실수는 반복하지 말길 바란다. 어차피 모든 일은 제자리를 찾아가게 되어 있지. 알아들었나?"

네이선은 고개를 끄덕였다. 어차피 그에게는 선택의 여지가 없었다. 설마 조부가 아직도 그가 반항할 수 있으리라 생각하는 건가? 아마 조부의 과대망상이 이성적인 사고를 할 수 없도록 가로막고 있는 게 틀림없었다. 다른 말로는 설명할 수 없었다. 이제 자신은 더 이상 조부가 쳐 놓은 운명의 그물에서 벗어날 수가 없었다.

네이선은 아무런 대꾸도 하지 않았다. 어차피 반항하는 건 의미가 없었다. 또 그가 시키는 대로 파티에서든 어디서든 가만히 있을 거라고 생각하게 하는 게 나았다. 어쩌면 루시와 말을 나누거나 쪽지를 전달할 기회가 있을지도 몰랐다.

"루시의 근처에는 갈 생각조차 말아."

바티스트가 마치 네이선의 생각을 읽었다는 듯 말했다.

"오리온이 토요일 오전에 데리러 와서 피츠앨런가에 데려 갈 거다. 그럼 거기에서 네 신부를 데리고 보퍼트가에 가도록 해라."

"알았어요. 하던 일을 계속해도 될까요? 할 일이 너무 많아 서요."

"그래. 널 더 방해하진 않으마."

그가 대꾸했다.

"나는 내일 다시 보퍼트가에 가 봐야 한다. 루시에게 보호책 을 보여 주기로 약속했거든."

네이선이 깜짝 놀랐다.

"그 약속을 지켜 주려는 겁니까?"

"당연하다. 루시는 지금 내가 시키는 대로 잘하고 있으니 상 을 받을 만해. 너도 알아두도록 해. 나라는 사람과 거래하려면 말이야."

바티스트가 오리온의 부축을 받아 몸을 절뚝이며 방을 나 갔다.

"저거 들었어?"

네이선이 책들에게 물었다.

"우리도 귀머거리는 아니야."

"어쩌면 루시를 구해 낼 처음이자 마지막 기회일지도 몰라!"

책들이 킥킥거렸다.

"네이선, 영웅 행세는 하려고 하지 마."

어떤 책이 속삭였다.

"바티스트는 만일을 대비해서 어마어마한 병력을 집결시켜 놓았을 거야. 아마 연맹의 남자들은 다 모여 있겠지. 성급한 행동은 하지 말라고."

"하지만 무슨 수를 써야만 해. 이제 이 순간 이후로는 볼 기회가 전혀 없어."

"루시가 널 기억하지 못한다면 너와 도망치려 하진 않을 거야. 어쩌면 오히려 겁을 집어먹을지도 모른다고. 바티스트가 루시에게 너에 대해 무슨 말을 했는지 모르잖아."

"엘리자베스 소식은 들은 거 없어?"

"미안하지만 없어."

네이선이 고개를 끄덕였다.

"그럼 이젠 기도나 하는 수밖에 없겠군……."

"클라라, 바티스트가 나에게 먹이던 차는 어떻게 했어?"

클라라가 루시의 뒤에 서서 머리를 손질해 주며 대답했다.

"일단 차는 다른 걸로 바꿔 놨어. 아무도 눈치 못 채길 바라는 수밖에. 바티스트는 오늘 아침 일찍 떠났고 이틀은 지나야 돌아와. 보퍼트 경은 아마 눈치 못 챌 거고."

그제야 루시가 안도의 숨을 내쉬었다.

"그럼 일단 이틀은 맘 놓을 수 있겠네."

그리고 바티스트가 왜 떠난다는 말도 없이 간 건지 의아했다.

"보퍼트 경이 오후에 산책 가고 싶어 해. 그래서 널 준비시켜 놓으라고 했어. 이미 아침은 먹었으니 너도 준비를 마치고 자기 지시에 따르래."

"그가 그렇게 말했어?"

"응. 토씨 하나 안 틀리고 그의 말 그대로 전해 준 거야."

"맙소사! 저 남자는 내가 무슨 자기 산책용 지팡이인 줄 아나 봐."

두 여자가 킥킥거렸다.

"혹시 내 아침 식사 여기로 가지고 와 줄 수 있어? 그리고 내 곁에 있어 줘. 나 저 밑에 혼자 앉아 있고 싶지 않아."

"걱정 마. 금방 다녀올게."

클라라가 방에서 나가더니 잠시 후 쟁반 가득 음식을 가져왔다.

"건강에 안 좋은 걸로만 가져와 봤어."

그녀가 말했다.

"요리사 아주머니가 자기 서랍장 안에 뭘 숨겨 놓는지 몰랐지? 그 안에서 크루아상이랑 누텔라가 나온 거 있지. 그리고 카페라테도 두 잔 만들어 왔어. 만날 구닥다리 차만 마시고 있으니까 우울했는데 의외로 부엌 안에 최고급 커피 머신이 있었던 거야! 그 기계로는 무슨 커피든 다 만들 수 있어."

"정말?"

루시가 눈이 휘둥그레졌다.

클라라가 윙크를 해 보였다.

"'거의 다'라고 정정할게."

둘이는 식탁에 앉아 아침 식사를 시작했다.

루시는 클라라를 믿어도 될지 깊이 고심해 보았다. 이걸 알리는 게 클라라를 위험에 빠뜨릴 수도 있었다. 하지만 다른 한편으로는 이 집 안에서 클라라 외에는 믿을 수 있는 사람이 없었다. 어쩌면 클라라가 콜린에게 전화를 걸어 줄 수도 있을지 몰랐다.

"루시, 왜 그래? 대답하는 게 힘이 없어 보여. 혹시 커피 마신 게 안 좋은 거 아냐?"

"아니, 그런 건 전혀 아니야."

"그럼 왜 그래?"

"클라라, 나 기억이 났어."

"무슨 기억?"

"옛날 기억들 말야. 나 예전에 무슨 일이 있었는지, 내 삶에 대해 다 기억난다고."

루시가 속삭였다.

"다는 아니고 거의. 여기에 어떻게 오게 된 건지는 기억나지 않거든."

클라라가 몸을 앞으로 숙이며 물었다.

"그래서? 보퍼트와 바티스트가 해 줬던 얘기가 맞아?"

루시가 고개를 저었다.

"전혀."

클라라가 침묵했다.

"어라? 안 놀라는 거야?"

루시가 어느덧 친한 친구가 된 그 소녀를 바라보며 물었다.

"루시, 할 말이 있어. 일단은 미안해. 내가 좀 더 일찍 너에게 말해 줬어야 했는데. 하지만 내가 정말 네 안위만 최우선으로 생각했다는 걸 믿어 줘."

루시가 고개를 끄덕였다.

"네 친구 마리와 크리스가 우리 집에 왔었어. 그리고 나에게 완전히 말도 안 되는 이야기를 해 준 거야. 하지만 난 그들의 말을 믿을 수가 없었어. 넌 이제 막 깨어났을 뿐인데 만약 그런 말도 안 되는 말까지 들으면 혹시 건강을 해칠까 봐 걱정이 되더라고. 그래서 일단은 그 둘을 돌려보냈어. 하지만 그런 다음에 나도 이상한 일들을 겪고 나니 그들의 말이 맞을 수도 있다는 생각이 들더라고."

"그 애들 지금 어디에 있어?"

루시는 흥분한 나머지 소리를 지르고 말았다.

"아직 여기에 있어? 날 도와줄 수 있대? 클라라, 나 여길 당장 나가야만 돼. 만약 내가 다시 기억한다는 걸 알아내면 그 둘은 가면을 벗고 나에게 금세 본모습을 드러낼 거야. 보퍼트가 알리스데어를 어떻게 다루는지 봤어? 하지만 바티스트 드 트레메인에 비하면 아무것도 아냐. 그는 이미 몇 명을 죽였어. 지금 당장이라도 여길 나가고 싶어."

루시가 몸을 떨었다. 온몸이 차갑게 식는 것 같았다.

"루시, 진정해."

클라라가 루시의 손을 꼭 잡아 주었다. 클라라의 손은 강인했고 따뜻했다.

"정말 미안해. 그 둘은 지금 런던에 있어. 크리스의 삼촌이 우리 이웃인 데다 크리스와는 어렸을 때부터 친구 사이거든. 안 그래도 어젯밤에 크리스에게 전화해서 널 돕겠다고 했어."

"하지만 뭘 어떻게 해야 하지? 여기서 어떻게 나가야 해? 분명 철통같이 지키고 있을 텐데. 저들은 날 보호하기 위한 사람들이 아니야. 내가 도망치지 못하게 지키고 있는 거지."

"주말에 여기서 파티가 열릴 거야. 너와 보퍼트의 약혼을 알리기 위한 거지. 크리스는 케이터링 업체 직원으로 위장해서 들어갔어. 방금 문자 받았거든. 일단 이곳에 잠입해서 상황을 지켜볼 거래."

"클라라, 난 무서워. 넌 저자들이 어떤 사람들인지 몰라."

"아직까지는 아무 짓도 안 했잖아."

루시가 눈썹을 높이 치켜들었다.

"바티스트는 내게 매일 독을 먹인 다음 책들을 훔치도록 강요했고, 보퍼트는 날 억지로 아내로 삼으려고 했어. 그건 '아무 짓'도 아니진 않아."

"네가 그렇게 말하니까 정말 심각하긴 하네. 난 그저 네가 여기 머문 이후로는 육체적 상해는 가하지 않았으니까 하는 말이야."

"왜냐하면 내가 기억을 잃은 데다 자기들이 시키는 대로 하니까 그렇지."

"일단은 네 기억이 돌아왔다는 걸 알게 하면 안 돼. 적어도 널 어떻게 탈출시킬지 확실한 계획이 서기 전까지는 말야."

"크리스와 마리가 네이선에 대한 얘기는 해 줬어? 그가 어디 있는지 알아?"

클라라는 고개를 저었다.

"내 생각에는 그 두 사람도 정확히 무슨 일이 있었던 건지는 모르는 것 같았어. 듣기로는 네이선이 자기 부모님 집으로 널 데리고 갔는데, 거기서도 뾰족한 방법이 없어서 바티스트가 널 데려가는 데 동의했대. 그렇게 하지 않았다면 네가 죽었을 거랬어. 내 생각에는 그 둘이 네이선이 한 짓 때문에 그를 비난하는 것 같았어. 널 곤경에 빠뜨렸다고 말야. 하지만 내가 잘못 본 것일 수도 있어. 확실한 건 둘이 끔찍할 정도로 널 걱정하고 있었다는 거야."

"그럼 네이선은 지금 바티스트의 집에 있을 거야."

루시가 생각에 잠겼다.

"아마 거기에 가둬 뒀겠지. 그가 보호책을 완성하면 바티스트가 내게 원본을 읽어 들이게 한 거야. 그게 원래부터 그의 계획이었고 결국은 실행에 옮긴 거지."

"네이선은 네 편일까? 아니면 적일까? 뭐인 것 같아?"

루시는 클라라의 눈을 강하게 바라보았다.

"그는 내 편이야. 확실해. 아마 그것 외에는 날 살릴 방법이 없어서 바티스트에게 보냈던 걸 거야."

"그를 사랑해?"

루시가 블라우스의 장식을 매만지며 대답했다.

"내 생각엔……. 응."

"그는 널 사랑하고?"

"그건 이제부터 알아봐야지."

루시가 미소 지었다.

"그러려면 일단 여길 나가야 해."

"문제 없을 거야."

클라라가 말했다.

그때 노크 소리가 들리더니, 잠시 후 알리스데어가 들어왔다.

"보퍼트 경께서 루시 양과 산책을 가기 위해 밑에서 기다리고 계십니다."

"나 옷을 입어야 해요."

루시가 대답했다.

"죄송합니다만 서둘러 주십시오. 보퍼트 경께서는 기다리는 것을 아주 싫어하십니다."

클라라가 외투를 입혀 주며 속삭였다.

"아무것도 눈치채게 해선 안 돼."

루시는 고개를 끄덕인 다음 알리스데어를 따라 계단을 내려갔다. 그도 개로 변할 수 있는지에 대해서는 생각하지 않기로 했다. 그 대신 작은 목소리로 속삭였다.

"고마워!"

그는 아무런 반응도 보이지 않았지만 분명 알아들었을 거라는 걸 확신했다. 원래는 도서관에서 있었던 일을 보퍼트에게 이야기하는 게 얼마나 간단했을까. 그는 어째서 그러지 않은 거지?

보퍼트가 계단 발치에서 루시를 맞았다.

"가끔은 이렇게 둘만의 시간을 보내는 게 얼마나 좋은지 모르겠소. 바티스트가 그대를 너무 혹사시키는 것 같소. 너무 창백해 보이는군요. 만약 우리가 결혼한다면 그렇게 혹독하게 일을 시키지는 못할 거요. 그대는 이제 내 시중도 들어 줘야 하니 말이오. 물론 바티스트도 이해해 줄 테지. 어서 신혼 계획이나 세웁시다."

여기서 탈출하기 전까지 적어도 일주일은 버텨야 했다. 루시는 보퍼트에게 떨리는 손을 내밀었다.

"토요일에 손님들이 얼마나 올까요?"

두 사람은 천천히 정원을 걷기 시작했다.

"기대되오?"

"아주 약간의 기분 전환은 건강에도 도움이 될 것 같아서요."

보퍼트가 루시의 팔을 팔짱 낀 다음 그 손을 어루만졌다. 루시는 마치 팔이 나사못에 돌려 끼워져 있는 느낌이었다.

"이해하오. 아직 젊으니 말이오. 우리 가문은 대대로 아주 조용한 삶을 선호하고 있지만 그대도 곧 이런 삶을 좋아하게 될 거요. 아이들이 생기면 더는 그런 종류의 향락에 관심을 가질 시간도 없을 테니."

"맞는 말씀이에요."

루시가 이를 악다물며 대답했다.

"그대의 질문으로 돌아갑시다. 토요일에는 약 40명의 손님이 초대될 거요. 음식과 함께 우리와 바티스트의 손자의 약혼을 공표할 거요."

루시가 흠칫 몸을 떨었다.

"왜 그러오?"

그가 루시를 살폈다.

그의 얼굴에 미심쩍은 표정이 스친 건 그냥 기분이었을까, 아니면 실제로 의심을 산 걸까?

"아무것도 아니에요. 발이 흙무더기에 걸려서 비틀거렸어요."

"날 더 꼭 붙잡으시오."

그의 입술 위에 비죽한 미소가 걸렸다.

"대부님의 손자라는 그 젊은 분의 이름이 네이선인가요?"

"맞소."

"그도 결혼하나요? 제가 그분 아내 되실 분을 알고 있나요?"

"아니, 아마 모를 거요. 그녀는 바티스트의 친구의 딸이지. 아주 유력한 가문이오."

루시는 더 이상 질문을 할 엄두조차 내지 못했다. 그 대신 주변을 유심히 둘러보았다. 하지만 도망칠 수 있는 곳은 눈에 띄지 않았다.

"토요일에 정식으로 약혼을 발표한 다음, 우리 둘만의 시간을 좀 가지면 어떻겠소?"

보퍼트가 루시의 시선을 자신에게로 이끌었다.

"결혼식을 올린 후까지 기다리는 건 좀 구식이잖소. 그전에 서로를 좀 더 깊이 알고 싶은데……. 그대 생각은 어떻소?"

루시는 보퍼트에게 지금 자신의 공포를 들켰다는 걸 확신했다. 하지만 그는 오히려 그게 마음에 든 모양이었다.

"손님들이 다 돌아가고 나면 그대를 데리러 가겠소."

그가 차가운 손가락으로 루시의 뺨과 목을 더듬었다.

"그 순간을 즐겁게 기다리고 있을 거요."

루시는 눈을 꾹 감은 뒤, 온몸에서 보내오는 거부감을 억눌렀다.

지금 반항해 봤자 아무 소용없었다. 오히려 도망칠 수 있는 기회를 빼앗기게 될 뿐이었다. 단 한 가지는 확실했다 — 적어도 토요일 저녁까지는 도망쳐야 했다.

"미안하지만 난 할 일이 좀 있소. 그대를 여기에 혼자 두고 가도 되겠소?"

"네. 저는 좀 더 산책할게요. 신선한 공기를 쐬니 좋네요."

보퍼트는 서둘러 몸을 돌린 후 성으로 돌아갔다.

루시는 그가 한 말들을 기억에서 떨쳐 버리기 위해 세차게 고개를 흔들었다.

무슨 저런 소름 끼치는 인간이 다 있담? 네이선도 지금 여기에서 일어나는 일들을 알고 있는 걸까?

14장

내 생각에, 우리는 우리를 마구 물어뜯고 쿡쿡 찔러 대는 책만 읽어야 한다.

— 프란츠 카프카

콜린, 줄스와 마리는 크리스의 삼촌 샘의 거실에 모였다.

"도대체 언제쯤 오는 거죠?"

콜린이 약 백 번째로 물었다.

"오면 오는 거지. 그리고 네가 이 안을 우리에 갇힌 사자처럼 왔다 갔다 한다고 해도 그 시간을 앞당기진 못해."

샘이 말했다.

"죄송해요. 하지만 9시쯤 온다고 하셨는데 벌써 10시가 다 되어 가잖아요. 혹시 한 번만 더 전화해 볼 수 없을까요?"

"이젠 클라라네 아버지까지 미치게 할 셈이야? 그랬다간 그 겁쟁이 같은 놈이 제 딸을 성에 일하러 가게 둘 것 같아? 그러면 결국 아무도 못 돕게 된다고! 클라라는 올 테니까 걱정 마."

그때 초인종이 울리더니 몰리가 클라라를 데리고 거실로 들어왔다. 그런 다음엔 주의해서 집 문을 잠그고 커튼을 내렸다.

"안전한 게 최고니까."

그녀가 말했다.

클라라가 루시의 친구들을 향해 수줍은 듯 미소 지었다.

"클라라, 와 줘서 고맙구나."

샘이 그녀에게 인사를 건넸다.

"안녕, 난 콜린이야."

콜린이 제일 먼저 인사를 건넸다.

"그럴 것 같았어. 넌 줄스 맞지?"

클라라가 줄스와 마리에게도 악수를 청했다.

"너희들에 대한 건 루시한테서 많이 들었어."

"그게 무슨 말이야?"

콜린이 클라라를 어리둥절한 얼굴로 바라보았다.

"루시는 기억하지 못하는 걸로 알고 있었는데?"

"아니, 이제는 상황이 달라졌어."

클라라가 밝은 얼굴로 좌중을 둘러보았다.

"이젠 모든 걸 다 떠올렸어. 지난밤에 책들이 기억을 되찾도록 도와줬대. 하지만 지금은 드 트레메인 경과 보퍼트 경을 끔찍하게 두려워하는 상태야. 오늘도 원래는 그녀 곁에 있어 주고 싶었지만 그러면 너무 눈에 띌 것 같아서 어쩔 수 없었어."

"지금 루시는 어때? 네 생각엔 위험이 심각한 것 같아?"

클라라가 어깨를 으쓱해 보였다.

"내 생각에는 루시가 기억을 되찾았다는 걸 저들이 모르는 한은 아무 짓도 안 할 거야. 하지만 오늘 낮에 산책을 갔을 때 루시에게 보퍼트 경이 상당히 암시적으로 추근댔다는 거야. 그래서 오늘 저녁에는 방문을 잠그고 자라고 일러 뒀어. 바티스트는 지금 저택에 없어. 아마 콘월 저택에 가서 읽어 들일 새 책들을 가지고 올 생각인 것 같아. 하지만 자세한 건 몰라. 확실한 건 토요일에 네이선도 올 거라는 사실뿐이야."

"그게 무슨 뜻이지? 혹시 바티스트와 그놈이 한편인가?"

콜린이 이맛살을 찌푸렸다.

"루시 생각은 달라. 그도 바티스트에게 루시와 똑같이 혹사당하고 있을 거래."

"정말 그럴까?"

클라라가 고개를 저었다.

"내 생각에 루시는 네이선을 믿고 있어. 아마 여기에서 루시만큼 네이선을 잘 아는 사람은 없을 것 같은데? 게다가 그는 루시에게 책의 유령을 보내 줬어. 그 유령이 루시를 악몽에서 지켜 주고 또 기억을 되찾는 것도 도왔대."

"좋아, 그럼 이제 우리는 뭘 해야 하지? 루시가 자신이 누구인지 아는 이상은 거기에서 오래 버틸 순 없을 거야. 분명 루시가 기억을 되찾은 걸 그들도 눈치챌 거라고. 루시는 그리 뛰어난 여배우는 아니니까."

"맞아. 내 생각에도 지금 루시는 상당히 위험한 상황에 처해 있어. 게다가 루시가 독이 든 차를 마시지 않는다는 걸 바티스트에게 금세 들킬 거야."

"너도 조심해야 해."

마리가 당부했다.

"저 광신도들은 정말 위험한 인물들이야."

클라라가 고개를 끄덕였다.

"혹시 우리를 저택 안으로 몰래 들여보내 줄 수 있을까? 혹시 아무의 눈에도 띄지 않게 그 안으로 들어갈 수 있어? 보퍼트도 하인이 많이 필요할 거 아냐. 정원사나 운전수는 어때?"

클라라가 고개를 저었다.

"콜린, 그건 거의 불가능해. 지금 저택 전체에 경비가 얼마나 삼엄한데. 사설 경비업체에서 고용한 경호원 다섯 명에서 여섯 명 정도가 항상 지키고 있어. 나조차도 매일 정문을 통과할 때마다 신분증을 제시해야 돼. 다들 내가 누군지 아는데도 말야. 보퍼트 경이 어디에서 하인들을 조달해 오는지는 모르겠어. 하지만 마을에 사는 건 내가 유일해. 나도 루시를 몰래 바깥으로 빼내 볼 생각은 해 봤지만 어떻게 해야 할지는 전혀 모르겠어."

"마을에서 성으로 몰래 숨어들 수 있는 통로가 하나 있긴 하다."

샘이 갑자기 입을 열었다.

"아마 오래전 비상구로 사용되던 통로인 것 같다. 내가 어렸을 때 마을 어른들에게서 들은 적이 있는데, 어른들은 가르쳐 주려 하지 않았지. 하지만 우리는 끝까지 졸라 댔고 결국은 알아낼 수 있었어. 난 단 한 번 거길 가 봤다. 담력 테스트였지.

아직도 그 통로가 있을지는 모르겠구나.”

“그게 어디죠?”

콜린이 물었다.

“묘지에 있는 작은 교회 뒤쪽에 있다. 거긴 아무도 안 사용한 지 꽤 오래됐지만 아마 그 통로를 찾을 순 있을 것 같다.”

“그게 어디와 통하죠?”

줄스가 샘을 의심쩍게 바라보며 물었다.

“저택의 지하실로 통해. 그 당시엔 문을 열어 볼 생각은 하지 못했지만 내 친구 놈은 열어 봤다더군. 녀석은 그 집 지하실에서 이상한 걸 봤다고 했어. 검은 두건 달린 망토를 쓴 남자들이 있었다는 거야. 그 말에 어찌나 등줄기가 오싹하던지 아직도 기억이 생생하군. 그 길을 사용하면 저택 안으로 들어갈 수 있을 거네.”

“그럼 한번 해 보는 수밖에 없지.”

콜린이 몸을 일으켰다.

“지금은 일단 참게, 젊은이. 어차피 어둠 속에서 통로 입구는 절대로 찾을 수 없어. 게다가 우리가 지금 이 시간에 다 같이 공동묘지 사이를 누비고 다니면 분명 내일 온 동네에 이상한 소문이 퍼질 거야. 차라리 내가 아침 일찍 가서 눈에 띄지 않게 통로를 찾아보고 올 테니, 자네들은 일단 여기 있게. 난 마을 사람들의 구설수에 오르내리는 게 싫어. 알아들었나? 자네들이 런던으로 돌아가고 난 뒤에도 난 여기서 계속 살아가야만 한다고.”

콜린은 고개를 끄덕였지만, 그의 계획이 마음에 들진 않았다.

"콜린, 절대 성급하게 굴어선 안 돼."

줄스가 그를 설득했다.

"그래, 나도 알아."

그가 입술을 깨물며 말했다.

"하지만 루시가 저 미친놈들하고 한집에 있다고 생각하면……. 한 놈은 루시한테 독을 먹이질 않나, 다른 놈은……."

그가 손을 내저었다.

"관두자. 아무튼 루시를 적어도 토요일까지는 데리고 나와야 해."

다음 날 아침, 샘은 아침 일찍 집을 나섰다. 콜린은 커피 한 잔을 들고 창가에 서서 인적 없는 길을 걸어가는 그의 뒷모습을 바라보았다. 그의 말이 맞았다. 외지에서 온 세 명의 젊은이가 몰려다니는 건 화려한 색으로 염색한 개를 세 마리나 데리고 다니는 것보다 더 눈에 띌 게 뻔했다.

"아저씨가 입구를 찾아내야 할 텐데요."

몰리가 부엌에서 나오는 걸 본 콜린이 말했다.

"걱정하지 마. 샘이 일단 한번 뭘 하려고 마음먹으면 반드시 해내고야 말아. 아마 입구를 찾을 때까지 묘지에 있는 풀 하나하나까지 다 들춰 볼걸."

"하지만 그런 다음에는요? 만약 입구가 아직 있고 또 거길 통해 저택까지 들어갈 수 있다고 해도 반대쪽 문이 열려 있어야 해요. 그래야 지하실 출구를 찾은 다음 루시를 거기에서 구출할 수 있을 거예요. 게다가 바티스트가 루시를 계속 감시하고 있을 거고요."

"얘야, 일단은 샘이 입구를 찾도록 놔두자구나. 그런 다음에 걱정을 해도 늦지 않아. 미리 걱정하는 건 에너지만 낭비하는 거야. 한 발짝 한 발짝 걸어가다 보면 어느새 목표에 도달하게 되지."

"모든 게 그렇게 간단하다면 좋겠지만요."

콜린이 중얼거렸다.

"모든 게 간단한 거야."

몰리가 그의 접시 위에 몇 인분은 되어 보이는 스크램블에 그와 베이컨, 콩 요리를 올려 주며 말했다.

두 시간 후에 샘이 의기양양한 미소를 지으며 돌아왔다.

"입구를 찾아냈어."

그가 알렸다.

"당신이 해낼 거라고 생각했지."

몰리가 콜린에게 미소 지어 보였다.

"그 입구를 아직도 쓸 수 있을 것 같아요?"

"글쎄. 적어도 오늘 밤엔 알게 되겠지."

샘이 샌드위치를 집어 들며 말했다.

"일단은 사다리가 하나 필요해. 그 안에 있는 건 그리 튼튼해 보이지가 않더라고. 모험을 시작하기도 전에 목이 부러지고 싶진 않아."

"이건 모험 같은 게 아니에요!"

줄스가 그에게 강조했다.

하지만 샘은 줄스의 말에 힘없이 웃어 보였다.

"하지만 모험이라고 생각하니까 좀 낫더라고."

"오늘은 목요일이에요."

콜린이 두 사람의 대화에 끼어들었다.

"만약 오늘 밤에 통로로 저택에 접근했는데 거기가 잠겨 있다면, 다른 수를 궁리할 시간이 내일 하루밖에 안 남는 셈입니다."

샘이 고개를 끄덕였다.

"다른 여지가 없군. 아니면 더 좋은 생각 있나?"

"어쩌면 크리스가 루시를 파티업체 차에 숨겨서 나올 수도 있죠."

"어쩌면 폭탄 몇 개에 최루탄을 섞어 던져서 거기 놈들 다 뻗으면 그때 들어가 루시를 데리고 나오면 되겠군? 머리엔 오토바이 헬멧, 검은 옷까지 준비해서 말이야! 젊은이, 이건 영화가 아니라고."

콜린이 기분이 상한 듯 고개를 돌렸다.

"한 가지는 분명히 해 두세. 난 자네들을 비밀 통로 입구로 데려다줄 걸세. 통로까지도 같이 가 줄 거야. 하지만 성의 지하실 문 앞에서 돌아올 걸세. 내 가족과 나의 안전을 위협하는 어떤 모험도 강행하진 않을 거야."

"샘, 이해해요. 당연한 거죠."

"그리고 클라라도 마찬가지야. 클라라가 자네들을 도왔다는 걸 무슨 일이 있어도 그들이 알아내선 안 돼."

"어떻게 해야 하죠?"

"방법을 생각해 보게."

샘이 몸을 일으키며 몰리에게 고개를 까딱해 보였다.

"지금부터는 세 명이 알아서 하게 두자고."

"정말 여기에 와 있단 말야?"

루시가 믿을 수 없다는 눈으로 클라라를 바라보았다.

클라라가 고개를 끄덕였다.

"응. 크리스네 삼촌 샘 집에 있어. 샘이 도와주기로 했거든."

"하지만 이번 일은 너무 위험할 거야. 난 아무 관련도 없는 사람들한테 무슨 일이 일어나는 걸 원하지 않아. 지금까지 너무 많은 사람들이 죽었어."

"하지만 혼자서는 여기서 빠져나갈 수 없어. 네가 토요일 날 도살장에 끌려가는 송아지가 되지 않으려면 도움이 필요하다고."

루시는 주말에 겪게 될 일들을 떠올리며 고개를 흔들었다. 마치 누군가가 주먹으로 배를 때리기라도 한 듯 온몸이 공포로 굳어졌다. 그런 일을 당할 바에는 차라리 죽는 게 나았다.

"정말이지 무력한 기분이야. 아무것도 못 하잖아. 내일 바티스트가 돌아왔을 때 부디 내가 그 차를 더 이상 마시지 않는다는 걸 눈치채지 말아야 할 텐데."

"연기를 좀 하는 수밖에 없어. 그럴듯하게 보여야 해. 가능한 한 무기력하게 늘어져 있으면서 그가 책을 읽으라고 시키면 읽어. 이번 한 번이 마지막이라고 생각하고."

루시가 고개를 저었다.

"그럴 수는 없어. 만약 내일 책 한 권을 시작한 다음 토요일에 도망치게 되면 책은 완성되지 못한 채 둘로 찢기는 거야. 그런 짓을 할 수는 없어. 내일 아프다고 해서 그 일을 피하는 수밖에. 어쩌면 토요일을 위해서 쉬어 두라고 해 줄지도 몰라."

"좋아."

클라라가 고개를 끄덕였다.

"그때까진 좋은 작전을 생각해 낼 수 있을 거야. 오늘 밤에 다시 샘과 몰리에게 가서 좋은 계획이 있는지 물어볼게. 토요일엔 어쨌든 크리스가 저택 안으로 들어올 거야. 케이터링 업체 직원인 것처럼 행세할 거니까. 그나 네이선한테 눈길도 주지 마. 전혀 모르는 사람인 척해야 돼, 알았지?"

루시가 고개를 끄덕였다.

"하지만 네이선도 나와 함께 도망쳐야 해."

"콜린은 네이선을 그리 좋게 생각하는 것 같진 않더라고."

클라라가 말했다.

"그러니 네이선도 함께 탈출시킬 계획을 짤 것 같진 않아."

"콜린이 네이선을 어떻게 생각하든 상관없어. 네이선 없인 안 갈 거야. 난 그가 필요해."

클라라가 루시를 의아한 듯 바라보았다.

"네이선도 일단은 네가 안전하게 도망치길 원할 것 같은데?"

"하지만 책들을 구해 내기 위해…… 그리고 나 자신을 위해서도 네이선이 필요해."

루시가 말을 이었다.

"콜린이 그걸 이해 못 할 거라는 건 알고 있어. 하지만 부탁이야. 네이선을 데리고 가야 한다는 걸 납득시켜 줘. 만약 그가 여기에 남는다면 이 탈출 계획은 아무 소용도 없어. 이번이 유일한 기회야."

"하긴, 바티스트도 보퍼트도 누군가가 널 탈출시키려 할 거라곤 생각조차 못 하겠지."

클라라가 생각에 잠겼다.

"그러니 그들이 깜짝 놀랐을 때를 노려야 돼. 어쩌면 너희 둘을 다 데리고 도망치는 걸 시도해 볼 수도 있을 거야. 하지만 보퍼트의 그 역겨운 주말 계획 때문에 시간이 없다는 게 문제인데……."

"만약 바티스트가 도주를 염두에 두고 있다고 하지 않더라도 저택 입구와 정원은 경비들이 철저하게 지키고 있어. 그리로는 네이선과 함께 탈출할 수 없을 거야."

"루시, 우리 계획은 정원으로 나가는 게 아냐."

"그럼 어디로?"

클라라가 고개를 저었다.

"일단은 모든 게 확실해지면 말해 줄게. 너에게 희망 고문을 하고 싶진 않아."

"알았어."

클라라가 루시 곁에 앉았다.

"게다가 내가 제일 두려운 건 네가 기억을 되찾았다는 걸 바티스트가 알아내는 거야. 그럼 그가 무슨 짓을 하려고 할지는 신만이 아시겠지. 어쩌면 네가 모든 걸 실토하도록 이상한 걸 먹일지도 몰라. 진실의 물약이나 그런 거."

루시가 클라라를 바라보며 웃었다.

"너 상상력이 좀 지나친 거 아냐?"

"물론 내가 그런 종류의 책을 많이 읽는 건 사실이야."

클라라가 말했다.

"하지만 지금 여기서 벌어지고 있는 이야기도 현실이라기보다는 책 속의 스토리에 가깝다는 걸 인정해야 할 거야."

"물론 네 말이 맞아. 그럼 일단은 아무 말 하지 말아 줘. 내 연기력으로 바티스트를 속여 넘길 수 있는지 보자. 아직까지 보퍼트는 눈치 못 챈 것 같아."

"그 상태가 유지되어야 할 텐데."

15장

그대가 무슨 책을 읽는지 나에게 보여 준다면,
그대가 어떤 사람인지 말해 드리리다.

— 독일 속담

"자, 시작하자고."

샘이 콜린에게 속삭였다. 두 사람은 어둠에 몸을 숨긴 채 사다리와 샘이 챙긴 여러 가지 도구가 담긴 주머니를 들고 비밀 통로의 입구로 향했다. 삽도 하나 준비했는데, 혹시 통로 중간에 흙이 무너진 곳이 있을지도 몰랐기 때문이다.

둘은 누구의 눈에도 들키지 않은 채 묘지에 도착했다. 마을에는 가로등이 몇 개 정도 켜져 있었지만 묘지에는 아무런 불빛도 없었기 때문에 그야말로 칠흑같이 어두웠다.

"조심해."

샘이 속삭였다.

"내 뒤를 바짝 따라와. 일단 교회 뒤까지 간 다음에 손전등을 켜자고."

콜린이 어둠 속에서 걷는 데 집중하며 신음 소리를 냈다. 몇 번 돌부리에 걸려서 휘청댔지만 결국은 목적지에 도달할 수 있었다.

샘이 그가 든 주머니에서 손전등을 꺼냈다. 한 개는 자신이 들고, 또 한 개는 콜린에게 건네주었다.

두 개의 불빛이 잡초가 무성한 풀숲 위를 천천히 비추었다. 아마 몇 년간은 아무도 이 근방에 기웃거리지 않았던 것 같았다. 손전등으로 비추니 군데군데 묘석이 무너진 부분이 많이 보였다. 대부분은 담쟁이덩굴로 뒤덮여 있었다. 땅 위에는 이끼와 풀, 잡초만 무성했다. 콜린은 샘이 찾는 통로가 과연 어디에 있는 건지 의아했다.

그때 샘이 잡초 사이에서 무언가를 집어 들었다. 콜린은 그의 손가락 사이에 철제 고리가 끼워져 있는 걸 보았다.

샘이 있는 힘껏 고리를 들어 올리자 그 아래로 지하 통로 하나가 드러났다. 지하의 깊은 어둠 속으로 터널 같은 비밀 통로가 모습을 드러낸 것이다.

콜린은 아마 그 통로가 몇 세기 동안 그렇게 방치되어 왔을 거라고 확신했다. 가까이 다가가 불을 비춰 보니 아래로 오래되어 보이는 나무 사다리가 뻗어 있는 게 보였다. 하지만 곳곳이 썩어서 너덜거렸다. 샘이 사다리를 밀어서 치운 다음 집에서 가져온 새 사다리를 설치했다.

"자, 숙녀분 먼저."

그가 콜린을 향해 짓궂게 웃었다.

"재미 하나도 없거든요."

콜린은 지하를 내려다보았다. 물론 그리 깊지는 않았지만 사다리 없이 내려가는 건 불가능해 보였다.

"어때 보여? 내려갈 만해 보여?"

샘이 소리쳐 물었다. 콜린은 사다리를 타고 지하로 내려갔다. 그런 다음 손전등으로 통로 내부를 비추어 보았다.

"일단 보이긴 안전해 보여요."

"좋아. 그럼 잠시 옆으로 비켜 봐. 주머니를 던질 테니."

잠시 후, 무거운 소리와 함께 주머니가 떨어졌다. 샘이 일단 통로 입구를 닫은 다음 손에 삽을 들고 내려왔다.

콜린은 마치 거대한 무덤 속에 내려와 있는 기분이었다. 무섭진 않았지만 그 고요함, 습한 어둠은 어딘가 비현실적인 데가 있었다. 게다가 지하는 냉동실처럼 추웠고 곰팡이 냄새까지 났다.

"가 보자."

샘의 목소리가 먹먹하게 울렸다. 콜린은 주머니를 들고 샘의 뒤를 따랐다. 직접 앞장서지 않아도 된다는 사실이 기뻤다.

두 사람은 얼마간 말없이 걷기만 했다. 콜린은 시간이 지나면 지날수록 긴장이 풀리는 걸 느꼈다. 통로 내부는 비록 사람의 발길이 닿지는 않았지만 잘 보존되어 있었다. 이따금 천장의 흙이 무너진 것으로 보이는 흙무더기가 눈에 띄었고 썩어서 넘어진 기둥들도 보였다. 누가 팠는지는 몰라도 전체적으로 꽤나 공을 들인 게 분명했다.

"통로가 얼마나 길죠?"

콜린이 물었다.

"글쎄, 그건 나도 기억나지 않아. 아마 그 당시에 난 열한 살이나 열두 살 정도였을 거야. 문이 나타날 때까지 끝없이 걸었던 것만 기억나. 아마 기억보다는 가깝겠지. 통로는 성 지하실과 곧장 연결돼."

"왜 보퍼트의 저택을 성이라고 부르죠? 솔직히 성은 아니잖아요."

샘이 어깨를 으쓱해 보였다.

"몰라. 예전부터 다들 그렇게 불러 왔어."

그때, 샘이 갑자기 걸음을 멈추는 바람에 콜린도 멈춰야만 했다.

"왜 그래요?"

"갈림길이야. 이런 게 있었던가? 전혀 기억나지 않는군."

"어느 쪽으로 가야 되죠?"

"모르겠네. 내 본능은 왼쪽으로 가라는군. 아마 그 당시에도 왼쪽으로 갔을지 모르지."

"그럼 선택은 샘 아저씨께 맡길게요. 제 방향 감각도 지하에선 별로 도움이 되지 않을 테니까요."

"알았어. 지금 몇 시지?"

콜린이 시계를 보았다.

"자정에서 10분 지났어요."

"그럼 이쪽 길로 10분 가 보자고. 만약 그때까지 아무 데도 안 나오면 방향을 바꿔서 가 보는 거야. 성까지 10분 이상은 걸리지 않을 테니까. 정말 우습군. 갈림길이 있었던 건 전혀 기억나지 않아. 하긴, 그 당시에 너무 무서워서 오줌을 지릴 뻔했었던 게 기억나는군. 어찌나 겁을 집어먹었던지 말 열 마리가 끌어당긴다고 해도 이 안으로는 안 들어올 거라고 맹세했었는데."

샘이 웃었다.

"오늘 다시 보니 이 안은 훌륭하군. 예전에는 어른들이 성에 대한 괴담을 많이 들려주곤 했지. 요새 애들이야 매일 텔레비전 앞에 앉아 있지만 말이야. 우린 진짜 모험을 해 보고 싶었어. 그러다가 어느 날 이 비밀 통로를 발견한 거야. 그때 우리를 멈출 수 있는 건 아무것도 없었지."

"뭐든 옛날이 최고였겠죠."

콜린이 냉소적으로 말했지만 샘은 들은 척도 하지 않았다.

그가 다시 걸음을 옮기며 말했다.

"그러다가 어느 날, 조지가 실종된 거야."

"조지가 누구죠?"

콜린이 주변을 살피며 물었다. 지금은 괴담을 듣고 싶진 않았다.

"마을에서 함께 놀던 애야. 우린 그 애와 함께 논 적이 거의 없지. 자기 또래보다 몸집도 작고 허약한 데다 겁쟁이였거든. 그는 클라라 아버지의 사촌이었어. 그 당시에 진짜로 무슨 일이 있었는지는 모르겠지만 그 애가 실종되자 여기저기서 소문이 무성했지. 하지만 자기들 심중에 의심 가는 대로 목소리를 낸 사람은 없었어."

"무슨 일이 일어난 거죠?"

샘이 한숨을 쉬었다.

"우리는 그 애가 절대로 혼자서는 이 아래로 내려올 거라고 생각하지 않았어. 성이라는 단어만 들어도 벌써 겁이 나서 하얗게 질리던 애였거든. 우리끼리는 그 애가 실종된 다음에 혹시 우리에게 자기 혼자 이 안을 다녀왔다는 걸 보여 주고 싶었던 게 아닌지, 그래서 정말로 내려왔던 게 아닌지 말이 나오긴 했지. 적어도 우리에게 그럴 거라고 그 애가 위협하긴 했어. 왜냐하면 그 애를 겁쟁이라고 놀렸을 때 꽤나 화를 냈으니까. 적어도 그 애가 흔적도 없이 사라진 다음에 그 애 자전거만 묘지 입구에서 발견됐지."

"그런데도 아무도 그 애를 찾으러 여기로 내려와 볼 생각을 안 했다고요?"

샘이 고개를 저었다.

"우리 중 누구도 우리가 비밀 통로를 발견했고 또 실제로 들어와 봤다는 얘길 털어놓을 엄두를 내지 못했어. 또 아무도 조지가 혼자 여길 내려왔을 거라는 생각을 못 했기 때문에 우리끼리는 일단 마음을 놓았지. 게다가 마을에서 사라진 소년은 조지뿐이 아니었어. 마을에선 어떤 미치광이가 애들을 납치해 간다는 소문까지 돌았고, 그 뒤로는 아무도 이 근처엔 얼씬도 하지 않았어. 끔찍한 시간이었지. 부모들도 두 번 다시는 애들끼리 다니지 못하게 했으니까."

"하지만 아저씨는 조지가 여기 어디에 있을 거라고 생각하시는 거예요?"

"아니. 그러지 않기만 바라고 있지."

샘이 대꾸했다.

"그럼 도대체 이 얘긴 왜 꺼내신 건데요?"

"자, 도착한 것 같군."

그가 불쑥 대화를 끝내자 콜린의 심장이 두근거리기 시작했다.

두 사람의 눈앞에 거대한 나무 문이 나타났다. 문은 낡았지만 매우 튼튼해 보였다. 콜린은 낡고 녹이 슨 열쇠 구멍을 바라보았다.

샘이 문에 귀를 대고 한동안 문 반대편을 엿들었다.

"아무 소리도 안 들려. 문이 상당히 두꺼운 모양이야. 내 생각에는 일단 위험을 감수해 봐야 할 것 같군."

그가 문손잡이를 아래로 내리며 말했다.

루시는 두 남자가 무슨 일을 꾸미고 있는지 알아내야만 했다. 그래서 맨발로 살금살금 응접실 문으로 다가가 몸을 숨겼다. 문은 아주 약간 열려 있는 상태였다.

"내 생각에는 그저께 산책 때 루시가 내게 뭔가 숨기는 것 같기도 했지만, 전체적으로는 썩 괜찮은 상태인 것 같소."

"그게 무슨 뜻이오?"

"모르겠소. 아주 이상한 눈으로 쳐다보더란 말이오."

바티스트가 그를 살피며 물었다.

"무슨 이야기를 나눈 거요?"

"토요일에 있을 연회에 대해 말했소. 그리고 우리가 미래에, 아니 조만간 아이를 가지게 될 것도 말이오. 루시는 매우 지친 것 같아 보이더군. 앞으로는 그녀를 너무 혹사시키지는 마시오. 경과 그 문제를 의논하겠다고 루시와 약속했소. 그러니 적어도 내일 하루는 쉬게 하시오. 토요일에 루시가 모두 놀랄 정도로 아름다워 보이게 말이오."

"보퍼트 경, 난 루시가 어떻게 보이든 상관없소. 그 계집은 내게 빚이 있고, 난 무슨 수를 써서라도 그 빚을 받아 낼 거요. 그러니 내가 만족할 때까지 계속 책을 읽히겠소."

"이 여자는 몇 주 후면 내 아내가 될 몸이오. 그러면 경도 내 뜻을 존중해 줘야 할 거요."

보퍼트가 이의를 제기했다.

"그건 두고 보겠소. 다른 페르펙티들은 내 뜻에 동의해 줄 거요."

보퍼트가 손사래를 쳤다.

"미안하오만 경이 확신하는 것처럼 그 자리가 견고하진 않을 거요. 루시가 딸을 낳자마자 곧 그 자리는 내 차지가 될 테니까."

"그건 불가능할 거요. 경은 지난 몇 세기 동안 두 개로 쪼개져 있던 연맹을 내가 얼마나 힘들게 통합시킨 줄 알고나 있는 거요? 그걸 지금 다시 두 개로 나누겠다고?"

"난 내 권리를 원할 뿐이오. 그 권리란 루시와 루시에게서 태어날 후계자를 존중해 주는 거요. 물론 경에게도 네이선이 있지만, 앞으로 남자아이들은 그리 가치가 없을 테니 말이오."

"그 이야기는 나중으로 미룹시다."

바티스트가 대화를 맺었다.

"내가 루시에게 매일 먹이라고 지시한 차는 어떻게 됐소?"

"물론 잘 마시고 있소."

보퍼트가 대답했다.

"특별히 요리사에게 지시했소. 그리고 겉으로 보기엔 제대로 복용하고 있는 것 같소."

"연회 당일에는 좀 다른 걸 먹일 생각이오. 혹시 네이선을 알아볼지도 모르오. 그 두 사람의 연대는 생각보다 깊소."

"루시가 일어설 수 있고 예뻐 보이기만 한다면 이의는 없소. 하지만 다른 감각까지 모두 마비시키지는 마시오. 약혼식 후에 그녀와 함께 아주 특별한 시간을 보낼 생각이니 말이오."

바티스트는 인상을 찌푸렸지만 더 이상 그와 대화를 이어 나가진 않았다. 보퍼트를 이대로 두면 분명 문제를 일으킬 게 뻔했다. 그렇게 되기 전에 그를 제거할 수 있는 방법을 고심해 봐야 했다.

"난 잠자리에 들겠소."

바티스트가 대꾸했다.

루시는 황급히 계단을 달려 올라가 제시간에 겨우 방으로 돌아올 수 있었다. 문을 잠근 후 바티스트가 계단을 올라오는 소리, 절뚝이는 발소리에 귀를 기울였다. 그러다가 그가 잠시 루시의 방문 앞에서 멈추는 것이었다. 그런 다음, 다시 복도를 계속 걸어 자신의 방으로 들어갔다.

루시는 깊은 숨을 몰아쉬었다. 앞으로 이틀 동안은 아무것도 먹지 않겠다고 맹세했다. 바티스트가 자신에게 독을 먹이면 모든 계획도 물거품이 될 터였다.

"잠겼어."

샘이 말했다.

"하지만 별로 놀랍지도 않아."

그가 무릎을 꿇고 앉아 주머니를 뒤졌다.

"이럴 줄 알고 연장을 좀 가져왔지. 어쨌든 강철 문은 아니니까 열 수는 있을 거야. 성 사람들은 누가 여기로 드나들 거라고는 생각하지도 못했겠지. 운이 좋다면 아마 이 문 자체를 잊어 먹고들 살고 있었을지도 몰라."

"그러길 바라야죠."

샘이 나무 문의 나사를 풀기 시작했다. 하지만 나사에 녹이 슬어 있었기 때문에 생각보다는 시간이 오래 걸렸다. 그는 최대한 소음을 내지 않으려고 조심했지만, 드라이버를 돌릴 때마다 오래된 쇳조각이 부딪치며 삐걱거리는 쇳소리가 났다. 철판을 분리하는 데 성공하자 샘이 잠금쇠 부분을 살폈다.

"흠. 이렇게 생겼을 거라고는 생각했지. 문제없어."

그가 중얼거렸다.

그리고 다시 주머니를 뒤져 두 개의 공구를 꺼냈다. 콜린이 보기에 그중 하나는 곁쇠 같았다. 샘이 문을 여는 데 신경을 온통 집중하는 게 보였다. 몇 번이고 욕지거리를 내뱉더니 결국은 달칵 하는 소리가 들렸고, 샘이 손잡이를 내리자 문이 열렸다.

"불 꺼!"

그가 낮게 명령했다.

콜린이 천천히 샘 옆에 앉았다. 안에서는 아무 소리도 들리지 않았다.

"여기엔 아무도 없어."

샘이 속삭였다.

"다시 손전등을 켜 봐."

"안 그러는 게 나을 것 같아요. 클라라 말로는 정원 여기저기에 보초들이 깔렸댔어요. 만약 전등을 켜면 지하실 창문을 통해 빛이 바깥으로 새어 나갈 겁니다."

콜린이 빗장이 쳐진 작은 창을 가리키며 속삭였다.

샘은 고개를 끄덕인 다음, 거의 텅 비어 있는 지하실을 더듬으며 앞으로 걸어 나갔다. 모서리 쪽에만 저장 식품과 통조림 음식으로 가득 찬 찬장 몇 개가 서 있었다.

"어떤 쪽으로 나가야 되죠?"

콜린이 지하실에 있는 문들을 바라보며 물었다.

"몰라. 넌 저 앞에 문 두 개를 살펴봐. 난 저쪽을 맡지."

콜린이 문을 열어 보니 복도가 보였고, 복도 끝에는 문이 하나 더 있었다.

"나눠져서 행동하죠. 지금은 위로 올라가는 문을 찾아내야 해요."

"알았어. 하지만 조심해. 10분 뒤에 다시 여기서 만나."

콜린이 고개를 끄덕인 다음 복도를 걸어 나갔다. 온갖 잡동사니로 가득 찬 창고 두 개를 지나자 계단이 하나 보였다. 콜린은 계단을 올라가야 할지 잠시 머뭇거렸다. 여태까지는 모든 게 계획대로였다. 그래서 침을 꿀꺽 삼킨 다음 조용히 계단을 올랐다. 그리고 조심스럽게 손잡이를 내리고 문을 아주 조금만 열어 보았다. 실낱같은 문틈으로 빛이 들어왔다. 좀 더 열어 보려는 순간, 누군가의 말소리가 들렸다.

"연회가 끝난 후에는 모든 걸 일단락 질 수 있을 거요. 네이선도 언젠가는 이게 저를 위한 최선이라는 걸 받아들이겠지. 계집애야 어차피 아무것도 기억하지 못하니 제 운명을 있는 그대로 받아들일 테고."

"경의 말은 마치 그녀가 나와 결혼하는 게 대단히 비극적인 일인 것처럼 들리는군요."

그런 다음 소름 끼치는 웃음소리가 들렸다.

"보퍼트, 그건 전적으로 경에게 달렸소."

그런 다음 콜린은 발소리가 멀어지는 걸 확인했다. 콜린은 숨을 깊이 들이마셨다. 그 두 사람이 방을 나갔는지 확실하지 않았기 때문이다. 그는 잠시 동안 기다려 보았다. 한동안 어떤 소리도 들리지 않자 그는 조심스럽게 문을 열고 나와 저택 입구를 살펴보았다. 눈앞에 위층으로 향하는 계단이 보였다. 만약 루시가 토요일에 저택 입구로 들어오면 분명 모든 손님들의 눈에 띌 게 뻔했다. 그건 너무 위험했다. 콜린은 잠시 지금 당장 루시를 데리고 나오는 방법도 고민해 보았지만, 방이 너무 많아서 어디에 루시가 있는지 알 수가 없었다. 그래서 결국 어쩔 수 없이 다시 지하실로 되돌아갔다. 거기에선 샘이 걱정스러운 얼굴로 기다리고 있었다.

"도대체 어디 있었던 거야?"

"저택 입구 쪽을 살펴봤어요."

콜린이 말했다.

"하지만 거기로 들어오기엔 너무 눈에 띄어요."

"나도 주변을 좀 살펴봤어."

샘도 입을 열었다.

"다른 쪽 입구는 부엌 옆에 붙어 있는 두 개의 물품 창고로 이어지더군. 하지만 일단은 돌아가 보자고. 오늘은 여기 오래 있으면 안 될 것 같은 예감이 들어."

"문을 다시 잠가 놓아야 할까요? 어떻게 하는 게 좋을 것 같으세요?"

샘이 고개를 저었다.

"아니, 그럴 필요는 없을 것 같아. 여긴 몇 년 동안 사람이 드나든 흔적이 없으니까. 앞으로 이틀 간 이쪽을 점검하는 일이 없도록 너희에게 약간의 운이 따르길 바라야지."

두 사람은 서둘러서 통로를 되돌아갔다. 갈림길에서 샘이 걸음을 멈췄다.

"미안하네만 이쪽 길이 어디로 뻗어 있는지도 알아야겠어."

"왜요?"

콜린이 물었다.

"뭐든 확실히 알아 두는 게 도움이 되거든. 만일의 경우에 대비해서 말이야."

"만약 아저씨가 그렇게 생각하신다면 맘대로 하세요. 어차피 시간은 넉넉하니까요."

"이 근처에 수도원이 하나 있었어."

샘이 설명해 주었다.

"종교 개혁 때 불타서 지금은 폐허뿐이지만. 어쩌면 과거에는 성과 수도원이 연결되어 있었는지도 몰라."

"만약 수도원이 불탔다면 그쪽에는 통로도 막혀 있을 것 같은데요."

통로는 급격히 꺾어지더니 야트막한 오르막이 나왔다. 성쪽의 입구와는 확연히 다른 모습이었다. 통로 오른쪽에는 예전에 무언가 있었을 것 같은 오목한 구덩이가 있었지만 그 외에는 모든 게 폐허로 뒤덮여 있었다.

콜린이 샘 쪽으로 다가왔다.

"이게 뭐예요?"

그가 축축한 나무 더미를 한 옆으로 치우니 뭔가 하얀 게 굴러 나왔다. 콜린이 흠칫 놀라 뒤로 한 걸음 물러섰다.

샘이 그에게 다가와 웃으면서 그것을 주워 들었다. 그가 손전등을 비춰 보니, 뼈였다.

"수도사들은 이런 식으로 예전에 동료 수도사를 매장했지. 넌 지금 여기서 5백 년 동안 안식하던 누군가의 잠을 방해한 거야."

"거참 죄송하게 됐네요."

콜린이 투덜거렸다.

"이제 그만 돌아가면 안 될까요?"

"여기서 멀지 않은 곳에 어쩌면 출구가 있을지도 몰라. 조금만 더 가 보자고."

두 사람은 나란히 걷기 시작했다. 콜린이 구덩이 쪽은 가급적이면 가까이 가려 하지 않았기 때문이다. 반면 샘은 통로 구석구석을 면밀하게 손전등으로 비춰 보았다. 드디어 그가 멈춰 섰고, 콜린은 그의 손전등이 비추는 곳을 바라보았다. 작은 구덩이 속에 무언가가 놓여 있었다.

"관이 없네요."

콜린이 말했다.

"아마 수도사들이 돈을 아끼려고 했나 보군요."

그가 그 물체로 다가갔다.

"이건 수도사가 아니야."

그가 낮은 목소리로 말했다.

"조지야."

"그걸 도대체 어떻게 아셨어요?"

콜린은 눈을 들어 유골을 바라보았다. 그제야 유골이 청바지를 입고 있다는 걸 깨달았다.

"난 계속 알고 있었어."

그가 비틀거리며 손전등을 떨어뜨렸다.

"오 하느님 맙소사, 그 애가 여기 있었던 거야. 그 오랜 시간 동안…… 혼자서."

"어쩌면 나가는 길을 못 찾은 걸지도 몰라요."

콜린이 말했다.

샘이 고개를 저으며 유골의 머리 부분을 가리켜 보였다. 그러고 보니 목뼈가 이상하게 돌아가 있는 게 눈에 띄었다.

"난 전문가는 아니지만 목뼈가 부러져서 죽은 게 틀림없어. 게다가 혼자서 저 구덩이 속에 들어갔을 리도 없고."

"하지만 조지가 아닐 수도 있잖아요. 다른 애들도 사라졌다면서요."

샘이 조심스럽게 유골의 셔츠를 들췄다. 죽은 아이 유골의 목에는 얇은 은 목걸이가 걸려 있었다.

"조지가 언제나 차고 다니던 거야. 그 애 할머니의 선물이었지."

두 사람은 잠시 그곳에 서서 비극적으로 삶을 마친 소년의 유골을 바라보았다. 콜린은 샘이 뺨에서 눈물을 훔치는 모습을 곁눈질로 바라보았다.

"일단 가죠."

콜린이 말했다.

"조지의 시신을 어떻게 할 건지는 나중에 생각해 보도록 해요."

샘이 고개를 끄덕였다. 콜린이 그 대신 돌아가는 길을 앞장섰다. 두 사람이 지상으로 기어올라 왔을 땐 아직 캄캄한 한밤중이었다. 서늘한 밤바람이 그렇게 신선하게 느껴진 건 처음이었다.

"몰리한테 조지 얘긴 하지 마."

샘이 집으로 향하며 말했다.

"아마 충격받을 거야."

콜린이 고개를 끄덕였다.

"보퍼트가의 짓일까요?"

"보퍼트 아니면 그의 아버지 짓이겠지. 아니면 경비원의 짓일 수도 있고. 조지가 성에서 뭘 봤는지 누가 알겠어."

"아마 평생 모르겠죠. 하지만 조지의 부모님은 그 애를 찾았다는 걸 아는 게 나을 것 같아요."

"그들도 오래전에 세상을 떠났어."

샘이 말했다.

"클라라의 아버지에게 조지를 찾았다는 걸 말해 줘야겠어. 그런 다음엔 그 아이가 제대로 된 묘지에 안장되도록 해야지. 보퍼트의 아버지에겐 더 이상 책임을 물을 수 없겠지만 보퍼트에게 개인적인 앙갚음을 해 줄 수는 있을 것 같군."

16장

내용 없는 책이란 사랑 없는 입맞춤과 같다.

— 앤드류 울프

"너희는 런던으로 돌아가 있는 게 나을 것 같아."

금요일, 점심 식사를 마친 후에 콜린이 줄스와 마리에게 말했다.

"이미 모든 걸 계획해 놨어. 하지만 사람이 많으면 많을수록 더 눈에 띌 거야. 그리고 여기에 조나단까지 나타나면 더는 자리가 없다고. 그가 루시를 안전한 장소에 데려다주겠다고 약속했으니 그는 반드시 와야 해. 게다가 너희는 어차피 할 일이 없어서 지루해하고 있잖아."

"아무리 그래도 그렇지, 여기서 전쟁이 벌어지고 있는 마당에 어떻게 우리를 런던에 보낼 수가 있어? 거기서 아무 소식도 모르는 채 손가락만 빨고 있으라는 거야?"

마리가 따졌다.

"다 잘될 거야. 모든 걸 다 잘 준비해 뒀어. 게다가 너희가 샘의 가족들을 위험에 빠뜨리지 않는 것도 중요하니까. 루시가 도망친 후에 보퍼트나 바티스트가 마을을 뒤졌는데 너희가 있으면……."

"그래, 알았어. 지금 당장 떠날게."

마리가 가슴 앞에 팔짱을 낀 채 줄스를 노려보았다.

"좋아, 너희가 그렇게까지 말한다면 줄스와 함께 여길 떠날게. 하지만 저항하면서 떠났다는 걸 명심해 줘."

줄스가 웃었다.

"얼른 짐 싸. 30분 후에 떠나자."

마리가 알 수 없는 말을 투덜거리며 거실을 나갔다.

줄스는 콜린에게 다가갔다.

"바보 같은 짓 하지 않겠다고 약속할 거지?"

"약속할게."

"조나단 편에 루시를 보내면 곧장 런던으로 올 거지?"

"그게 계획이야."

"정말 이걸 해낼 수 있으리라고 확신해?"

"못 할 건 또 뭐 있어?"

"루시를 돌봐야 하는 게 너 혼자라는 그 뒤틀린 생각 때문에 고집하는 건 아니지?"

"난 뒤틀린 생각 없어."

"아니, 있어."

콜린이 그녀를 끌어안았다.

"왜 우린 언제나 다퉈야 되는 거야?"

"나도 몰라."

줄스가 그의 팔에서 벗어나려 했지만, 콜린은 그녀를 놓지 않았다.

"얘들아, 너희 먹으라고 음식 좀 쌌어!"

몰리가 거실로 들어오며 외쳤다.

콜린은 마지못해 줄스를 놓아 주며 말했다.

"다시 한 번 이 모든 것에 감사드려요, 아주머니."

몰리가 손사래를 쳤다.

"우리야 도와줄 수밖에 없었다고."

"정말이지 감사드려요."

줄스도 고마움을 표했다.

"옳은 일을 해야 한다면 언제든지 같은 선택을 할 거야."

"너 오늘 정말 아름다워!"

클라라가 입에 침도 안 바르고 거짓말을 했다.

물론 보퍼트가 준비한 담록색 드레스는 정말이지 환상적이긴 했다. 루시의 앙상한 나뭇가지 같은 몸에는 헐렁거렸지만 말이다.

루시가 고개를 저었다.

"나 지금 완전히 저승사자 같은 꼴을 하고 있다는 거 알아.

지금 당장 햇빛에 앉아서 초콜릿 푸딩을 한 대접 퍼 먹고 싶어."

"모든 건 때가 있는 법이야. 넌 오늘 완벽해 보여."

"도살장에 끌려가는 송아지라더니?"

루시는 이 상황을 가능하면 유머로 넘기고 싶었다.

"쓸데없는 소리 하지 마. 다 잘될 거라고. 두고 봐."

"네이선한테는 메시지 전해 줬어?"

클라라가 고개를 저었다.

"그는 오늘 저녁에야 올 거야. 메시지를 전해 주기엔 시간이 너무 촉박해. 루시, 한 가지만 약속해 줘. 무슨 일이 있더라도 일단 너 혼자라도 여기서 빠져나간다고 말이야. 여기서 도망쳐! 네이선은 분명 나중에라도 기회가 있을 거야."

루시가 고개를 끄덕였다.

"걱정하지 마. 나도 내가 뭘 해야 하는지 알고 있어. 다 잘될 거야. 난 단지 네가 이후에 곤란에 처할까 봐 걱정이야. 내일 아침에도 평소대로 일찍 와 줘. 저들이 아무것도 알아채선 안 돼."

"알아. 너야말로 걱정하지 마. 나에게는 아무 일도 없을 거야. 이젠 너 스스로를 신경 쓸 때라고. 여기서 단 하루도 더 있으면 안 돼."

그때 노크 소리가 들리더니 바티스트가 들어왔다. 그의 손에는 작은 컵이 들려 있었다.

"네가 좀 진정할 수 있도록 물약을 한 방울 넣은 물을 가져왔단다. 지난 이틀 동안은 왠지 긴장한 모양이더구나."

"감사해요. 하지만 전 아무것도 필요 없어요."

루시가 대답했다.

"내가 보기에 네겐 이게 꼭 필요할 거다. 넌 거의 아무것도 먹질 않았어. 그건 네가 긴장해서 그런 거란다. 오늘은 너에게 아주 중요한 날이야."

루시가 도움을 요청하는 눈으로 클라라를 바라보았다.

"클라라 양은 이제 가 보도록 하시오. 내 생각에 루시는 모든 준비를 마쳤으니 여기서부터는 도움이 필요하지 않을 거요."

"네, 알겠습니다."

클라라가 방을 나가며 말했다.

"루시 양, 행운을 빌어요."

그런 다음 루시에게 인사했다. 바티스트가 아버지같이 인자한 미소로 그녀를 바라보아 주었다.

"자, 이건 발드리안 용액이다. 이걸 마시면 한결 편안해질 거다. 긴장을 좀 풀어야 돼. 손님들도 모두 기꺼이 너와 친해지려 할 거야. 다 너의 친구들이자 가족 같은 사람들이니 무서워 말거라. 모두 함께 이 잔치를 즐기자꾸나."

루시는 더 이상 피할 곳이 없다는 걸 깨달았다. 만약 지금 거부하면 분명 바티스트의 의심을 살 게 뻔했다. 그래서 어쩔 수 없이 컵을 받아 들고 액체를 다 마셨다. 그런 다음엔 물로 입안을 헹궜다. 바티스트는 루시가 하는 행동을 가만히 지켜보았다. 그런 다음 만족한 듯 고개를 끄덕였다.

"10분 뒤에 데리러 오마. 이미 손님들이 와 있다."

온몸에 이상한 느낌의 마비감이 느껴졌다. 마치 온몸이 서서히 경직되는 것 같았다. 하지만 완전히 마비되도록 놔둘 수는 없었다. 만약 그렇게 되면 도망치려던 계획도 진작 무산될 거였다. 루시는 바티스트가 채 방문을 닫기도 전에 화장실로 내달렸다. 그런 다음 헛구역질을 했다. 너무 괴로워서 눈에 눈물이 차올랐다. 루시는 세면대를 붙잡고 신음했다. 의식을 잃기 직전, 목구멍 안으로 손가락을 깊숙이 넣고 모든 걸 토해 낼 수 있었다. 그가 먹인 걸 모조리 내뱉어야 했다. 방법은 상관없었다. 그런 다음 완전히 지친 상태로 벽에 기대어 섰다. 하지만 바티스트에게 그런 모습을 보일 수는 없었다. 루시는 모든 힘을 끌어모아 몸을 가눈 다음, 물로 입안을 헹구었다. 마비 증세는 심해지진 않았지만 그렇다고 사라지지도 않았다. 모든 감각이 먹먹했다. 루시는 화장대로 비틀거리며 다가가 잠시 눈을 감았다. 정신을 똑바로 차려야 했다. 제 순간에 이 끔찍한 곳에서 도망치려면 일단 파티를 성공적으로 치러 내야 했다. 물론 쉽진 않을 것이다. 그리고 부디 네이선이 그녀의 뒤를 따라 주길 바랐다. 그녀에겐 네이선이 필요했다. 그를 어찌나 간절히 그리워했던지 몸이 아플 정도였다. 루시는 화장대 의자를 붙잡고 몸을 구푸린 다음, 솟구치는 눈물을 삼켰다. 이젠 모든 면에서 한계라는 게 느껴졌다. 루시는 떨리는 손으로 화장 도구를 집어 들었다.

바티스트가 그녀를 데리러 오자 루시는 몸을 일으켰고, 그와 동시에 심하게 비틀거렸다. 그리고 바티스트의 얼굴을 보진 않았지만 그가 만족스러운 미소를 지었으리라는 걸 알 수 있었다. 자신이 준 독이 효과를 내고 있다는 걸 믿게 해야 했다.

루시는 마치 안개 속을 더듬어 나아가는 기분으로 계단을 내려갔다. 네이선을 찾아보려고 주위를 두리번거리는 것조차 할 수 없었다.

"쉬, 진정하거라. 다 잘될 거다."

그의 숨결이 루시의 뺨에 닿았다. 그가 루시의 팔을 강하게 붙잡았다.

루시는 그를 밀쳐내 버리고 싶은 마음과 싸우느라 안간힘을 다해야 했다.

그런 다음에는 계속 주위를 둘러보았다. 크리스와 네이선의 모습은 보이지 않았다. 하지만 그들이 올 거라는 사실 하나만 의지해야 했다. 자신이 혼자가 아니라는 사실 말이다.

바티스트가 사람들 사이로 루시를 데리고 나아가는 동안, 루시는 모두의 미소 어린 인사를 받았다. 모두가 이미 자초지종을 알고 있는 걸까?

바티스트는 보퍼트의 곁에 섰고, 그에게 루시를 양도했다.

"자, 보퍼트 경. 귀하의 신부가 왔소."

그런 다음 껄껄 웃었다.

보퍼트가 기대 어린 눈으로 루시를 바라보자 기계적인 미소를 선사하려는 찰나, 루시의 시선이 그의 곁에 서 있는 남자에게 머물렀다. 루시는 저도 모르게 몸을 떨었다.

네이선이었다.

그가 루시를 향해 고개를 가볍게 끄덕이며 표정 없는 인사를 해 보였다. 루시는 갑자기 겁이 덜컥 나서 겨우 떨리는 몸을 억눌렀다. 만약 그가 연맹에 다시 충성하기로 마음먹었으면 어쩌지?

"이쪽은 내 손자, 네이선 드 트레메인이다."

바티스트가 그를 소개했다.

"그리고 그의 약혼녀 베아트리스 피츠앨런 양이란다."

루시는 그의 곁에 서서 계속 손을 비벼대고 있는 금발 소녀를 바라보았다.

"만나서 반가워요."

소녀가 루시에게 악수를 청했다.

루시는 소녀의 불안해 보이는 하늘색 눈동자를 바라보며 손을 맞잡았다.

"저도요."

네이선은 자신의 약혼녀를 마음에 들어 할까? 저 소녀도 여태껏 있었던 일에 대해 알고 있을까? 루시는 차마 네이선을 한번 더 쳐다볼 생각도 하지 못했다. 그의 차가운 눈빛과 무심함에 너무 놀랐던 것이다.

바티스트가 손을 비볐다.

"자, 이제 모두가 모였으니 연회를 시작하도록 합시다."

그가 유리잔을 두드리며 사람들이 입을 다물고 자신을 바라보길 기다렸다.

"나의 친애하는 친구 보퍼트 경의 집에 모인 모든 분들을 환영하는 바이오. 이렇게 많은 분들께서 우리의 초대에 기꺼이 귀한 시간을 내주신 것에 대해 고맙소. 물론 이 저택의 주인인 보퍼트 경이 이 자리에서 말씀하셔야 마땅하지만, 그를 대신해 제가 오늘 이 자리에 모인 여러분께 기쁜 소식을 전하게 되어 영광이오. 여기 여러분 앞에 손자 네이선 드 트레메인과 제가 딸처럼 생각하고 있는 루시 가디언을 소개하고 싶소."

루시의 이름이 호명되자 대중들 사이에서 술렁거림이 일었다. 루시는 줄곧 손에 쥐고 있는 물컵만 노려보고 있다가 가까스로 눈을 들어 사람들을 둘러보았다.

"웃어."

보퍼트가 명령하자 루시가 순순히 그의 명령에 따랐다.

"이 두 명의 젊은이들은 여러분이 아시다시피 나와 매우 각별한 관계에 있소. 그래서 오늘의 기쁜 소식을 더욱 감격스럽게 전하게 되어 기쁘기 그지없소. 이제 두 사람은 우리 연맹에 결혼이라는 언약으로 묶이게 되었소."

루시는 관중 사이를 눈으로 훑으며 크리스를 찾아보았다. 네이선 쪽은 바라보지 않으려고 노력해야 했다. 남자들 대부분은 기이한 눈빛으로 루시를 바라보았고, 여자들 몇몇은 루시를 향해 기쁜 듯 웃어 보였다.

"루시의 손은 여기 있는 나의 친구 보퍼트 경의 손에 맡기려 하오. 두 사람의 결혼을 통해 태어날 후손들은 연맹에 큰 영광을 가져다줄 것이라 확신하오."

바티스트의 말에, 보퍼트가 루시의 손을 붙잡고 팔짱을 꼈다.

"그리고 또 여기 친애하고 존경하는 친구 피츠앨런 경은 하나뿐인 영애를 내 손자 네이선에게 기꺼이 허락해 주셨소. 이 두 사람과 두 집안의 결합 위에 행운의 별이 함께해 줄 거요. 모두 연맹의 미래를 위해 건배합시다. 우리가 여태까지 이룩한 것들과 앞으로 우리의 자손들이 얻게 될 모든 것들을 위하여!"

사람들이 그의 말에 수긍하며 조용히 건배하는 소리가 들렸다. 루시는 알지도 못하는 사람들과 건배하기 위해 샴페인 잔을 들어 올렸다. 연맹의 회원들에게 제공되는 무알콜 샴페인이 루시의 혀를 간질였다.

"행운을 빌어요."

갑자기 낯익은 목소리가 들렸다.

심장이 쿵쾅댔다. 그의 목소리만으로도 그를 향한 그리움이 끓어올랐다. 지금이라도 그의 팔에 안기면 얼마나 좋을까. 통제할 수 없는 욕망을 억누르느라 뭔가 꽉 잡을 만한 게 필요했던 루시는 가지고 있던 잔을 세게 움켜쥐었다. 그런 다음 네이선의 검은 눈동자를 바라보았다. 그래선 안 되는 걸 알고 있었지만, 그의 눈동자 속에 깊이 잠겨 들었다. 주위에서 떠드는 말소리가 점점 희미해졌다. 그녀는 네이선만 바라보며, 자신의 기억이 돌아왔다는 걸 그도 눈치채 주길 바랐다. 다른 방법으로 그에게 이 사실을 알릴 기회는 없었다. 하지만 그는 아무런 반응 없이, 시선을 낮게 내리깔고 루시의 잔에 자신의 잔을 맞부딪쳤을 뿐이었다. 루시는 다시 정신을 차렸다. 자기 옆엔 약혼자가, 그 옆엔 바티스트가 서 있었던 것이다.

"고마워요."

루시가 대답했다. 제 목소리가 스스로도 낯설게 울렸다. 심장이 쿵쾅대며 가슴을 가격했다. 언제쯤에야 이 떨림이 멈추게 될까.

"두 분의 앞날에도 행운을 빌어요."

루시가 기어 들어가는 목소리로 말했다. 그들은 곧 루시에게서 몸을 돌렸다.

보퍼트가 그녀의 팔을 잡아당겼다.

"이제 식사나 하러 갑시다."

그가 루시를 긴 테이블이 차려져 있는 연회장으로 데려갔다. 루시는 보퍼트와 바티스트 사이에 앉았는데, 그 덕에 낯선 사람들과 말을 섞을 필요는 없었다.

네이선은 그녀의 건너편에 앉아 있었는데, 그를 너무 자주 쳐다보지 않으려고 끔찍할 정도로 노력해야 했다. 접시에 담긴 음식은 분명 값비싼 요리인 것 같았지만 식욕이 동하질 않아서 이리저리 깨작거릴 뿐이었다.

"루시, 괜찮은 거요? 오늘도 거의 먹질 않는구려. 음식이 매우 훌륭하니 꼭 맛보도록 하시오."

약혼자의 근심 어린 목소리가 들렸다.

"혹시 뭔가 다른 음식이 필요하진 않으신가요, 아가씨?"

루시의 등 뒤에서 남자의 목소리가 들렸다.

루시가 뒤를 돌아보니 크리스의 얼굴이 보였다.

"혹시 가능하다면 쌀과 야채 요리를 좀 가져다주시겠어요?

요새 위가 많이 약해졌거든요."

"곧바로 대령하도록 하지요. 잠시만 기다려 주십시오."

루시가 깊은 숨을 몰아쉬었다. 런던에서 네이선과 크리스가 만난 건 겨우 두 번에 불과했지만 부디 네이선이 그를 알아볼 수 있기만 바랐다. 이런 신호 하나하나를 그가 깨달을 수 있을까? 루시의 친구들이 오늘 그녀를 구하러 온 걸 네이선이 알아차릴까?

크리스가 음식이 담긴 접시를 가져와 루시 앞에 내려놓았다. 그런 다음에는 다른 사람들의 시중을 들러 자리를 떠났다.

루시는 크리스가 네이선의 식탁에서 좀 더 오래 머무를지도 모른다고 생각했지만, 확신할 수는 없었다.

드디어 식사 시간이 지나고 남자들이 도서관으로 몰려가자 루시는 숨을 돌릴 수 있었다. 여자들은 루시가 평소에 바티스트, 보퍼트와 아침 식사를 하던 작은 홀 안에 옹기종기 앉아 커피를 마셨다.

큰 홀에서 이쪽으로 옮겨 오려고 할 때부터 베아트릭스 피츠앨런이 루시의 곁에 달라붙었다.

"오늘 연회는 정말 멋지군요."

루시보다도 더 어려 보이는 소녀가 들떠서 속삭였다.

"솔직히 처음에 아버지가 저에게 네이선과 결혼하라고 말씀하셨을 때는 두려웠어요. 지금은 중세 시대도 아니잖아요. 하지만 그와 결혼하게 된 걸 지금은 기쁘게 생각해요. 네이선은 정말 상냥하고 잘생겼잖아요. 그렇게 생각하지 않아요?"

루시는 베아트릭스가 네이선에게 홀딱 빠졌다는 사실 때문에 온몸의 피가 얼어붙는 것 같았다. 두 사람은 얼마나 깊은 관계일까? 루시는 소녀를 살폈다. 그리 예쁘진 않았지만 못생긴 편도 아니었다. 게다가 분명 재산도 많을 터였다. 소녀가 입고 있는 옷은 한눈에 보아도 천문학적인 돈이 들었을 것 같았다.

"솔직히 두 분이 서로 알고 있을 거라 생각했어요. 두 분이 바티스트 드 트레메인가에서 함께 자랐다면서요?"

베이트릭스가 예리한 질문을 던졌다.

"아마 그랬을지도 몰라요. 하지만 전 사고를 겪었고, 기억을 몽땅 잃어버렸어요. 그래서 지금은 아무것도 생각나지 않는답니다."

"아무것도요?"

소녀가 손으로 입을 가리며 놀란 표정을 지었다.

"전혀요."

루시는 그녀에게서 시선을 돌린 후 작은 홀 안에 비어 있는 자리로 갔다. 그 이후에도 질문이 이어졌지만 매번 한 단어로 무심하게 대답하곤 했기 때문에 여자들은 곧 루시에게서 흥미를 잃었다.

"죄송하지만 방으로 올라가 봐도 될까요?"

루시가 약혼자의 겉옷 소매를 잡아당기며 물었다. 그는 다른 남자들과 함께 어울리는 중이었다.

"생각보다 힘이 드네요. 잠시 누워서 쉬고 싶어요."

"그러도록 하시오. 손님들이 다 돌아간 후에 알리스데어를 보내겠소."

그가 루시의 뺨을 쓰다듬었다.

"기쁜 마음으로 그대를 기다리도록 하지."

루시는 고개를 끄덕여 보인 후 천천히 계단을 올랐다. 대체 언제쯤에야 이 지긋지긋한 곳을 떠날 수 있을까? 연회가 끝날 때까지 기다렸다간 알리스데어와 우연히 마주치게 될 위험이 있었다. 하지만 그를 믿을 수 있을지는 알 수 없었고 그가 자신을 도우려 할 거라곤 생각할 수 없었다. 만약 보퍼트가 그 사실을 알게 되면 죽을 정도로 얻어맞게 될 테니 말이다. 다른 방법은 30분 정도 기다렸다가 그럴듯한 핑계를 만들어서 부엌에 가는 것이다. 어쩌면 아무도 없는 틈을 노려서 계획대로 부엌 창고에 들어갈 수 있을지도 몰랐다. 하지만 언제 그 계획을 실행할지는 루시 스스로 결정해야 한다는 게 문제였다. 밤 시간 동안 저택에서 무슨 일이 일어나게 될지 아무도 장담할 수 없었다. 행사를 위해 알리스데어를 제외한 모든 하인들은 일을 쉬었다.

그때 누군가 노크하는 소리에 루시는 놀라서 숨이 멎는 줄 알았다. 문을 여니, 크리스가 물 한 잔을 들고 서 있었다.

"보퍼트 경께서 음료수를 가져다 드리라 하셨습니다."

그가 계단 아래를 살피며 재빨리 말을 이었다.

"11시쯤 출발할 거야. 11시 조금 전에 부엌으로 와. 준비는 다 해 놨어. 할 수 있겠어?"

루시가 고개를 끄덕였다.

"네이선은?"

루시가 속삭였다.

하지만 크리스는 이미 몸을 돌려 계단 아래로 향하고 있었다. 루시는 그가 고개를 끄덕이는 걸 본 것 같았다. 그를 바라보고 있노라니, 계단 아래에서 바티스트가 루시 쪽을 올려다보는 게 눈에 들어왔다. 루시는 얼른 자기 방으로 들어갔다.

심장이 터질 듯 쿵쾅거렸다. 아직 10시 15분이었다. 클라라가 갈아입을 옷으로 청바지와 스웨터를 가져다주었지만 그런 옷을 입고 이 집 안을 돌아다녔다간 곧바로 의심을 살 게 뻔했다. 제일 좋은 방법은 그 담록색 드레스를 계속 입고 있는 것이었다. 물론 불편하긴 했지만 적어도 이 집 안에서는 의심을 사지 않을 것 같았다.

시간이 지렁이처럼 느리게 기어갔다. 루시는 계속 문가에 서서 바깥에 귀를 기울였다. 시간이 흘러갈수록 정문 쪽의 말소리가 조용해졌다. 아마 도서관이나 홀 쪽에 있던 손님들이 많이 돌아간 모양이었다. 루시는 손님들이 채 돌아가기도 전에 보퍼트가 알리스데어를 보내지 않길 바랐다. 네이선은 아직 아래에 있을까? 그에게 메시지를 전하는 데 실패한 건 아닐까? 한 번 더 아래에 내려가 그를 찾아봐야 하지 않을까? 루시는 지금 어떻게 해야 옳은 건지 알 수가 없었다.

루시는 몸을 일으켰다. 바티스트가 독을 먹인 후로 느껴지던 무기력함은 어느덧 사라져 있었다. 머리를 매만지고 신선한

272

향의 향수를 뿌린 다음, 문으로 다가갔다. 그런 다음 마지막으로 방 안을 한번 둘러보았다. 부디 이곳으로 다시 돌아오는 일이 없기만 바라면서 말이다.

계단을 내려가면서 홀 쪽을 보니 작은 테이블에 여자들 몇 명이 남아 이야기를 나누거나 카드놀이를 하는 게 보였다. 네이선의 모습은 어디에도 보이지 않았다. 루시는 계속 도서관 쪽으로 걸어갔다. 복도부터 이미 담배 연기로 자욱했다. 그 안으로 들어갈 생각은 추호도 없었다. 보퍼트의 눈에 띄어서는 안 되었으니까. 루시는 무거운 마음으로 계속 발걸음을 옮겼다. 케이터링 업체 직원 두 명이 빈 그릇을 들고 그녀를 지나쳐 갔다. 아무도 그녀에게 주의를 기울이지 않았다. 루시는 얼른 부엌으로 들어갔다. 거기에는 크리스가 커다란 통에 유리컵을 정리해 넣고 있었다. 그녀를 본 크리스가 말했다.

"서둘러!"

그가 작은 문 하나를 열어 주었다.

"어디로 가야 되는지 알아?"

"응. 클라라가 설명해 줬어."

"길을 잃어선 안 돼. 할 수 있겠어?"

루시가 고개를 끄덕였다.

"응. 할 수 있어."

루시는 마지막으로 부엌문 쪽을 바라보았지만 네이선은 나타나지 않았다. 그 없인 가고 싶지 않았다.

누군가 다가오는 발소리가 들리자 크리스가 그녀를 문 속으로 밀어 넣었다.

"다 됐나?"

누군가가 물었다.

"네. 이게 마지막 상자예요."

크리스가 대답했다.

"그럼 이제 퇴근해 볼까."

루시는 드레스 자락을 부여잡고 계단을 내려갔다. 밑으로 내려와 보니 클라라가 준비해 둔 작은 손전등이 놓여 있었다. 불빛은 약했지만 빛이 너무 강하면 들킬 위험이 있었다. 루시는 계속 왼쪽으로 가야 한다는 걸 알고 있었지만, 문이 너무 많아서 헷갈리기 시작했다. 저 문들 중 하나로 들어가면 콜린이 그녀를 기다리고 있을 터였다. 루시는 제발 길을 잃지 않길 바랐다.

그때, 누군가가 루시를 쫓아오는 소리가 들렸다. 그녀가 도망쳤다는 게 너무 빨리 발각된 게 뻔했다. 루시는 더 빨리 뛰기 시작했다. 이렇게는 붙잡힐 수 없었다. 통이 좁은 드레스와 굽 높은 신발은 뛰는 데 전혀 도움이 되지 못했다. 발소리가 점점 가까워지자 루시는 공포에 질려서 숨을 곳을 찾았다. 만약 보퍼트에게 지금 붙잡힌다면 더는 질질 끌려고 하지 않을 것이다. 그는 그대로 루시를 자기 방으로 끌고 간 다음……. 루시는 두 개의 찬장 사이에 들어가 손잡이가 긴 빗자루를 움켜쥐고 섰다. 이대로 저항 한번 못 해 보고 끝낼 수는 없었다. 루시는 이가 덜덜 떨리지 않게 하려고 이를 악물었다. 하지만 공포 때문에 기절할 것 같았다.

뭔가가 넘어지는 소리가 났다. 아마 추적자가 어디에 발이라도 걸린 모양이었다. 그의 머리를 빗자루로 내리치려면 바로 지금이 기회였다. 루시는 머뭇거리면서 한 발짝 앞으로 나갔다. 발소리는 들리지 않았고, 누군가가 낮게 욕지거리를 내뱉는 소리만 들렸다.

"루시!"

그가 속삭였다.

"도대체 어디 있는 거야?"

"네이선?"

그가 루시에게 달려와 그녀를 끌어안았다.

루시는 기어이 울음을 터뜨리고 말았다.

"얼마나 겁먹었는지 알아? 보퍼트가 내가 도망친 걸 눈치채고 따라온 줄 알았어."

"네가 그런 드레스를 입고 이렇게 빨리 도망칠 수 있을 거라곤 생각하지 못했거든."

네이선이 그녀의 얼굴을 두 손으로 감쌌다. 루시는 안도감에 벅차올랐다. 그가 루시의 눈물에 입을 맞췄다.

"제발 울지 마."

그가 자신의 머리를 그녀의 이마에 댔다.

"너무 보고 싶었어. 혹시 그들에게 무슨 짓이라도 당했어? 많이 끔찍했어? 난 네가 죽을 거라고 생각했어."

그가 루시를 더욱 꽉 끌어안았다. 루시는 그의 겉옷 속으로 팔을 밀어 넣었다. 셔츠 아래로 그의 근육이 만져지자 그의 존재를 실감할 수 있었다. 이젠 모든 게 잘될 거라는 확신이 들었다. 그가 바로 여기에, 자신의 곁에 있으니 말이다. 오직 그것 하나만이 중요했다. 그가 자신을 지켜 줄 테고, 의지할 수 있는 기둥이 되어 줄 것이다. 어째서 처음부터 그를 믿지 못했던 걸까.

"끔찍했어. 기억을 되찾은 후엔 더. 이곳에서 단 하루도 더 버틸 수 없을 것 같았어. 네가 날 따라 도망치기만 바랐어. 다시는 날 혼자 버려두지 말아 줘. 절대로!"

네이선이 소리 없이 웃었다.

"앞으로 그 말을 후회하게 될 날이 올 거야. 왜냐하면 앞으로는 절대로 널 내게서 떼어 놓을 생각이 없으니까. 두 번 다신 네 곁을 떠나지 않을 거야."

루시의 손가락이 그의 반듯한 이목구비를 훑었다. 그의 얼굴은 전보다 더 창백해 보였지만, 눈빛만은 빛나고 있었다.

"내가 도망칠 계획이라는 건 어떻게 알았어?"

"크리스가 쪽지를 건네 줬어. 아주 위험한 행동이었지. 하지만 그 덕에 내가 어떻게 행동해야 하는지 알게 됐어."

그가 루시의 머리카락 속에 머리를 묻으며 말했다.

"내가 한 짓 때문에 화났지? 하지만 할아버지를 부르지 않았다면 넌 죽었을지도 몰라. 믿어 줘. 만약 다른 방법이 한 가지라도 있었다면 할아버지에게 널 넘기는 짓은 하지 않았을 텐데."

"미안해할 필요 없어."

루시가 그의 가슴에 얼굴을 묻고 속삭였다.

"너한테 선택의 여지가 없었다는 건 알고 있어. 어쨌든 저들이 우리가 없어진 걸 눈치채기 전에 빨리 여길 떠나자."

네이선은 루시의 말에 반응하지 않았다. 그의 입술이 루시의 관자놀이에 닿았다. 그의 입술이 닿는 부분마다 화끈거리며 마치 달아오르는 것 같았다. 루시는 눈을 감았다. 그의 손이 루시의 벗은 어깨와 목을 부드럽게 어루만졌다. 그리고 이제 그의 입술이 그녀의 입술을 찾았다. 루시도 숨을 몰아쉬며 모든 이성을 벗어던지고 그의 키스에 답했다.

그들의 등 뒤에서 괴성이 울리자 둘은 흠칫 놀라서 몸을 돌렸다. 네이선이 루시를 보호하듯 등 뒤로 숨겼다.

"네가 어떻게 감히!"

보퍼트가 분노로 고함을 질러 댔다.

"남의 신부를 건드린 대가를 톡톡히 치르게 해 주지!"

"난 신부가 아니에요. 댁의 신부는 더더욱 아니고요."

루시가 떨리는 목소리로 네이선의 외투를 움켜잡고 외쳤다. 이제는 절대로 그에게서 떨어지지 않겠다고 다짐했다. 공포 때문에 다리가 마치 푸딩처럼 흔들거렸다. 분명 보퍼트 혼자 그들을 찾아 나서진 않았을 것이다. 마치 그녀의 생각을 입증이라도 하듯 멀리서 개 짖는 소리가 들려왔다. 루시는 두려움에 온몸의 감각이 마비되는 걸 느꼈다. 하지만 네이선이 그녀의 손을 잡아 주자 곧 안도감이 들었다.

"내가 직접 네게 가르쳐 주지……."

그가 고함을 지르면서 손에 잡히는 대로 그들을 향해 던지기 시작했다. 네이선이 몸을 굽히면서 루시를 막아 주었다. 나무토막이 그들을 몇 센티미터쯤 스치며 날아갔다. 보퍼트는 분노로 빨갛게 달아오른 얼굴로 그들에게 달려들었다.

"보퍼트, 우린 여길 나갈 거다. 우릴 내버려 둬! 내가 당신 같은 자에게 루시를 넘겨줄 거라고 생각했다면 오산이야."

네이선이 분노를 억누르며 대꾸했다.

"넌 그럴 자격이 없어. 그 여자는 내 것이다. 알겠나? 넌 연맹의 인간이다. 넌 페르펙투스야! 그러니 우리에게 복종해라!"

네이선이 루시를 통로 뒤쪽으로 밀어냈다.

"이제 그 짓거리는 그만두기로 했어."

보퍼트는 길길이 날뛰었다. 그가 묵직한 나무토막을 집어 들더니 그들에게로 달려들었다. 루시는 비명을 지르며 뒷걸음질 치다가 드레스 자락에 걸려 바닥에 넘어지고 말았다. 네이선도 보퍼트에게서 눈을 떼지 않으면서 루시 쪽으로 몸을 돌리다가 그녀 위로 넘어졌다. 결국은 그 덕에 둘 다 목숨을 건진 셈이었다.

보퍼트가 그들을 향해 손을 뻗으며 네이선의 머리 위로 몽둥이를 내리치려는 순간, 제자리에 멈춰 섰다. 그런 다음 천천히 치켜들었던 팔을 내렸다. 그리고 바닥 위로 무너지듯 쓰러지고 말았다.

루시는 몸을 일으켜 보았다. 여전히 겁에 질린 채 보퍼트를 살펴보니, 그의 머리에서 피가 솟구쳐 올라 지하실 바닥에 흥건히 고이고 있었다. 눈을 들어 보니 그의 뒤에 알리스데어가 서 있었다.

"자기 죗값을 치른 겁니다."

그가 말했다.

"아주 나쁜 사람이니까."

네이선이 그의 손에서 주인을 내리친 몽둥이를 건네받아 바닥에 내려놓았다.

"빨리 여길 빠져나가야 돼."

먼 곳에서 개 짖는 소리가 다가왔다.

"같이 갈 겁니까?"

알리스데어는 고개를 저었다.

"제가 있으면 늦어질 거예요. 빨리 달아나세요! 전 괜찮을 겁니다."

"고마워요."

루시가 속삭였다. 그 이상 그녀가 할 수 있는 건 없었다.

"이 길 끝까지 갈 수 있겠어?"

네이선이 다급하게 물었다.

"응. 이젠 문제없어!"

루시가 미소 지었다.

네이선은 그녀의 손을 잡고 자기 쪽으로 끌어당겼다.

"그들이 내가 사라졌다는 걸 최대한 늦게 알아채 주길 바랐어. 난 줄곧 도서관에 붙잡혀 있었거든. 그때 네가 부엌 쪽으로 들어가는 걸 본 거야."

네이선이 지하를 달리면서 설명했다.

"그래서 약혼녀에게 가 보겠다고 말하고 거길 나왔지. 하지만 보퍼트는 내 말을 믿지 않았던 모양이군."

두 사람은 다른 문들보다 오래되어 보이는 나무 문 앞에 도착했다.

"아마 여기일 거야."

루시가 숨을 헐떡거리며 말했다.

네이선이 주먹으로 두드리니, 곧 문이 열렸다.

"계획대로 됐……."

네이선을 본 콜린이 말을 멈췄다.

"콜린, 오랜만이야."

네이선이 간결한 인사를 건넸다.

"지금은 서둘러야 할 것 같아. 벌써 우리 뒤를 쫓고 있어."

콜린이 고개를 끄덕였다. 그가 루시를 한 번 끌어안은 후 네이선에게 손전등을 쥐여 주고 루시에게는 따뜻한 겉옷을 입혀 주었다.

"이 아래는 추워. 자, 가자! 터널은 그리 길지 않아. 단지 중간에 갈림길이 있으니 거기만 주의하면 돼."

세 명은 달리기 시작했다. 갈림길에 당도했을 때 잠시 숨을 골랐다. 그때 문이 쾅 열리는 소리와 함께 개 짖는 소리가 들렸다.

"따라잡혔군."

네이선이 냉소적으로 중얼거렸다.

"이제 거의 다 왔어."

"무기나 그런 걸 가져올 생각은 못 한 건가?"

"미안하지만 못 했어, 제임스 본드 씨."

"싸우지 말고 빨리 뛰어!"

루시가 두 사람을 독촉했다.

길 끝에서 콜린이 해치를 들어 올리자 루시가 재빨리 콜린을 따라 사다리를 올랐다. 콜린이 손을 뻗어 루시를 끌어올려 주었다. 개 짖는 소리가 가까이에서 들렸다. 네이선이 루시의 뒤를 따라 올라오자마자 콜린은 해치를 닫았다.

"빨리!"

콜린이 해치 옆에 쓰러져 있는 거대한 비석을 가리켜 보였다. 두 남자는 비석을 들어 올렸다. 그런 다음 해치가 열리려는 순간, 온 힘을 다해 비석을 해치 위로 던졌다.

"아마 시간을 오래 끌 순 없을 거다."

네이선의 아버지가 루시를 끌어안은 후 자신을 소개한 다음 말을 이었다.

"저 문을 뚫고 올라오는 건 시간문제야."

"그럼 빨리 여길 뜨죠."

네이선이 말했다.

"계획은?"

그가 콜린을 바라보았다.

"넌 그 계획에 없어. 네 아버지가 루시를 안전한 곳에 데려다 주겠다고 약속했으니까. 루시는 아무도 모르는 곳에서 살게 할 거다."

"그리 좋은 계획 같진 않군."

네이선이 콜린에게 한 걸음 다가서며 그를 똑바로 바라보았다.

"널 믿을 수가 있어야지. 네가 루시를 곤경에 처하게 한 게 어디 한두 번이야?"

"그건 네가 판단할 문제가 아니야."

"내 생각엔 내가 판단해도 될 것 같은데? 두 번 다시 너와 함께 떠나도록 하지 않겠어!"

"그건 네가 선택할 문제가 아니야."

"맞아. 하지만 그래도 루시가 너와 함께 가겠다면 길을 막아설 생각은 없어. 대신 이별의 선물을 주지."

콜린이 화가 나서 소리쳤다. 그런 다음 숨을 한번 몰아쉬고 네이선의 얼굴에 주먹을 날렸다.

루시가 비명을 질렀고, 네이선은 땅 위로 나가 떨어졌다.

"이건 네가 저 괴물들에게 루시를 넘겨줬던 값이야."

콜린이 아픈 주먹을 털며 말했다.

"자식, 뼈 한번 단단하네."

네이선이 턱을 문지르며 대꾸했다.

"내 생각에도 맞을 만한 짓을 한 것 같군."

루시가 그의 곁에 앉아서 콜린을 비난하듯 바라보았다.

"이게 무슨 애 같은 짓이야?"

콜린이 인상을 찌푸렸다.

"자, 얘들아! 이런 짓을 하기엔 시간이 없어. 지금 당장 출발해야 해."

"네이선도 데려가 주시는 거죠?"

루시가 콜린에게 달려가 그를 끌어안았다.

"미안해. 하지만 나도 이렇게 할 수밖엔 없어. 우리에게 행운을 빌어 줘!"

"너에게 행운을 빌어 줄게."

콜린이 대꾸했다.

"그리고 저 망나니 같은 놈이 또 곤란한 일에 빠뜨리면 언제든 전화하라고."

"그럴게."

루시가 그를 옆구리로 찌른 다음 그의 볼에 입 맞추어 주었다. 그런 다음 조나단과 네이선과 함께 차에 올라탔다. 콜린은 잠시 기다린 후 샘의 집으로 가서 거기에 세워 뒀던 차에 올랐다. 지금 당장 줄스에게 갈 계획이었다. 그리고 그녀가 자신에게 어떤 의미인지 말할 생각이었다. 루시에게 질투할 필요는 전혀 없다고. 과거에도 미래에도 그녀뿐이라는 사실을 이제는 그녀도 알 때가 되었다.

17장

나쁜 책만큼 악랄한 도적은 없다.

— 이탈리아 속담

차는 밤새도록 달렸다. 네이선의 아버지는 처음에는 혹시 모를 추적자를 따돌리기 위해 헤드라이트를 끈 채 운전했다. 하지만 고속도로에선 헤드라이트를 켜야 했다. 밤이 늦은 시간이었지만 차들이 군데군데 달리고 있었기 때문에 그리 눈에 띄지 않고 계속 달릴 수 있었다. 네이선의 아버지는 오늘을 위해 아는 사람이 운영하는 중고차 대여점에서 차를 빌렸다고 했다. 아마 바티스트의 추적을 피하는 방법에 대해 빠삭하게 알고 있는 모양이었다.

루시는 뒷좌석에 네이선과 함께 앉아 그의 가슴에 얼굴을 기대고 있었다. 지난 몇 달 동안의 두려움과 고통을 보상받고는 싶었지만, 갑자기 너무 안도했는지 잠이 쏟아지는 걸 견디고 있었다. 하지만 지금은 몇 초라도 더 네이선과 함께 있고 싶었다. 바티스트가 다음 함정을 준비해 두고 기다리고 있을지 알 수 없었기 때문이다.

네이선이 루시의 흐트러진 머리카락을 이마에서 귀 뒤로 넘겨 주며 물었다.

"괜찮아?"

루시가 고개를 끄덕이며 되물었다.

"많이 아파?"

그런 다음 조심스럽게 그의 턱을 어루만졌다. 벌써 파랗게 멍이 들어 있었다.

네이선이 고개를 저으며 미소 지었다.

"지난 몇 주 동안은 정말이지 무력한 나 자신이 한심했던 나머지 스스로 주먹을 날려 주고 싶을 정도였으니까 콜린이 대신해 준 게 고맙지. 널 구하러 앞뒤 안 가리고 달려와 준 데 대해 그에게 감사하고 있어."

"언젠가 직접 말해 줘."

"더 좋은 건 언젠가 그에게 이 은혜를 되갚아 주는 거지."

그가 루시의 이마에 입 맞추며 말했다.

루시는 눈을 감고 그가 키스해 주길 기다렸지만, 그런 일은 일어나지 않았다.

"지금 너희를 소피아의 오빠 집으로 데려다주려고 한다. 아마 너희가 거기에 있을 거라곤 아무도 예상하지 못할 테니 말이다."

루시가 벌떡 일어났다. 네이선과 함께 있는 게 꿈만 같았던 나머지, 그의 아버지에게 인사조차 하지 못했던 것이다.

"죄송해요. 제 소개조차 못 했네요."

루시가 말을 더듬으며 사과했다.

"전 루시 가디언이라고 해요."

조나단이 껄껄 웃었다.

"네가 누군지는 이미 알아. 걱정 마렴. 오히려 내가 널 돕지 못했던 게 미안하구나. 하지만 바티스트의 독에는 손쓸 방법이 없었어. 네이선이 바티스트를 부르기까지 얼마나 괴로운 결정을 내려야 했는지 이해해 다오. 정말이지 다른 방법이 없었단다."

"괜찮아요. 오히려 물린 제 잘못이죠. 좀 더 조심했어야 하는데."

"그게 문제가 아냐."

네이선이 중얼거렸다.

"애초에 날 구하려 되돌아오지 말았어야 했어."

"하지만 널 구해 내야만 했어. 책들을 해방시키기 위해서는 네 도움이 필요해."

네이선이 창밖으로 시선을 던졌다.

"루시, 네가 말 안 해도 그건 알고 있어."

"지금은 그만들 하렴."

조나단이 끼어들었다.

루시가 네이선의 손을 잡으려 했지만, 그의 굳은 표정을 보자 흠칫 놀라서 손을 거뒀다.

"소피아는 잘 지내고 있나요? 그녀가 우리를 도왔던 걸 바티스트가 알아내진 않았죠?"

루시가 네이선의 아버지에게 물었다.

"여태까지는 그런 얘기는 없었어. 계속 그러길 바라야지."

"보퍼트를 죽인 남자는 누구지? 그리고 클라라는 어떤 사람이야?"

네이선이 루시에게 물었다.

루시는 보퍼트의 저택에서 있었던 일들을 설명하기 시작했다. 눈을 떴던 날부터 오늘 저녁 탈출하기 직전까지의 일들을 네이선에게 말해 주었다.

"보퍼트는 알리스데어를 마치 농노처럼 부렸어. 내가 그였다면 진작 그만뒀을 텐데. 그래서 더더욱 그가 누구 편인지 가늠하기가 힘들더라고."

"이젠 알았잖아. 그가 아니었다면 도망치지 못했을 거야."

"보퍼트는 죽은 걸까? 이제 알리스데어는 어떻게 되는 거지? 바티스트가 그를 죽일까 봐 무서워."

"우리와 함께 도망쳤다면 좋았을 텐데."

네이선이 말했다.

"하지만 그가 거절했잖아. 만약 똑똑하다면 보퍼트를 죽인 게 나라고 바티스트에게 말했을 거야."

하지만 루시는 왠지 그가 그랬을 것 같지 않았다.

"그 클라라라는 소녀는 용감한 사람인 것 같구나."

조나단이 말했다.

"바티스트가 그녀에게 혐의를 두지 말아야 할 텐데. 어쩌면 당장 일을 그만두고 나오는 게 나을지도 몰라. 바티스트가 클라라라는 존재를 아예 잊도록 말이야."

"시간이 나는 대로 전화해 볼게요."

"아니, 그러지 말거라. 차라리 내가 하마."

조나단이 고개를 저었다.

"너희들은 되도록 아무와도 연락하지 않는 게 좋아. 너희들은 그냥 사라진 거다."

"소피아의 오빠분은 저희가 가는 걸 알고 계세요?"

루시가 물었다.

"응. 지난주에 계속 그 문제로 전화 통화를 했어. 네이선이 바티스트의 집에서 어떻게 지내고 있는지 안부도 물을 겸 말이다. 그가 말하길, 오리온의 동행 없이는 소피아와 해롤드가 영지를 나올 수 없다더구나. 소피아는 네이선과 말 한마디 나눌 수도 없는 상태였고. 하지만 제이크는 언제든지 우릴 돕겠다고 했어. 아마도 우리가 오기만 목 빠지게 기다리고 있을 거다."

"바티스트가 도청했을 가능성은 없을까요?"

조나단이 고개를 저었다.

"아니, 새로운 휴대 전화 기계를 사서 통화했고, 번호도 계속 바꾸고 있어. 제이크도 일단 그의 감시망에는 들어가 있지 않아. 제아무리 바티스트라고 해도 모든 걸 감시할 수는 없거든. 게다가 너희들이 자기 영지 근처에 숨어 있을 거라는 건 생각도 못 할 거다. 내 생각에는 너희도 어차피 그곳을 떠나 있을 생각이 없을 것 같은데."

"책들을 구해 내기 전까지는요. 그런 다음엔 거기에 있을 필요는 없겠죠. 아직은 어떻게 해야 할지 모르겠어요."

루시가 네이선을 바라보며 그도 뭔가 대답해 주길 바랐다.

"아버지는요? 저희와 함께 계셔 주실 건가요?"

네이선은 루시의 시선을 외면하며 물었다.

루시는 입술을 깨물었다. 그가 무슨 생각인지 알 수 없었다. 조금 전까지 느껴졌던 그 모든 감정들은 뭐였지? 혼란스러웠다. 어쩌면 이 모든 게 너무 위험하다고 생각하는 걸까? 더 이상 도와주고 싶지 않은 걸까?

"아니."

조나단이 대답했다.

"난 오늘 밤에 다시 스코틀랜드로 돌아갈 거야. 아마 바티스트는 우리 집부터 수색할 테니까. 그러니 내가 약속을 어기지 않았다고 믿게 만들어야 해."

"어머니와 동생들은 안전한 곳에 있는 건가요?"

"응. 프랑스에 지인이 있는데 종종 우릴 도와줬었지. 그쪽에 보내 놨어."

루시가 네이선을 바라보았다. 그의 얼굴은 어둠에 잠겨 있었기 때문에 그가 지금 어떤 감정의 폭풍을 겪고 있는지 알 수 없었다. 그렇게 오랜 시간이 흐른 뒤에 부모님과 두 명의 여동생을 만나게 된 기분이 어떨까? 루시도 항상 형제나 자매가 있길 바랐다. 하지만 콜린이 늘 곁에 있어 주곤 했다. 그에 비해 네이선은 언제나 혼자였다. 18년이라는 시간을 극복할 수 있을까? 그의 부모님이 두 딸에게 해 주는 것만큼이나 네이선에게도 친밀한 존재가 되어 줄 수 있을까? 루시는 나중에 그에게 이런 것들을 물어보고 싶었다. 그의 아버지 앞에서 물어보기엔 고통스러운 주제인 것 같았다.

"루시, 좀 자 두거라."

조나단이 말했다.

"바티스트가 먹인 약물과 독 때문에 분명히 아주 지쳐 있을 거야. 다시 완전히 회복되려면 시간이 좀 걸릴 거다. 얼마간은 아무것도 안 하고 쉬겠다고 약속해 다오."

"약속할게요."

루시가 중얼거렸다. 루시는 네이선의 품으로 파고들고 싶었지만, 그는 어두운 얼굴로 차창만 응시할 뿐이었다. 그래서 대신 그의 외투로 몸을 단단히 감싸고 깊은 잠에 빠져들었다.

"아버지, 우릴 도와주셔서 고마워요."

루시가 고른 숨을 내쉬며 잠이 들자, 네이선이 아버지에게 말했다.

"당연한 거다. 그것보다는 루시가 친구들을 잘 둔 것 같구나. 이런 위험을 감수할 수 있는 사람은 많지 않아."

"콜린은 아마 친구 이상을 원하고 있을 겁니다."

"그건 네가 잘못 본 걸 거야. 콜린은 줄스라는 친구한테 푹 빠져 있던데. 설마 몰랐던 거냐?"

네이선이 고개를 저었다.

"본인도 그걸 안다고요?"

조나단이 따뜻한 웃음을 지었다.

"그게 문제라면 문제겠지. 너희 둘 사이는 어떠냐?"

네이선은 잠시 망설였다. 아버지와 그런 주제로 대화하는 게 어색했다.

"아마 조만간 알게 되겠죠. 일단 저에게는 루시가 가장 중요한 사람입니다."

조나단이 또 웃음을 터뜨렸다.

"아버지로서 충고하자면, 루시에게 그런 식으로 이야기해선 안 돼. 여자들은 자신을 어떻게 생각하는지 좀 더 구체적인 말로 듣고 싶어 하지."

"하지만 루시에게 강요하고 싶진 않아요. 그녀가 제 감정에 답해 줄지, 아니면 절 단지 책을 구할 때 필요한 사람이라고만 생각하는지 모르겠습니다."

"넌 그녀를 사랑하고 있구나. 그렇게 솔직하게 말하는 게 어떨까."

"왜 그렇게 생각하시는 거죠?"

"그러지 않고서야 왜 이 모든 위험을 감수하려는 거냐?"

"어쩌면 연맹이 하는 일이 옳지 못하다는 걸 깨달았기 때문이겠죠."

"만약 그렇다면 몇 세기 만에 그런 사람이 처음 나온 걸 거다."

"두 번째겠죠."

"이 싸움 때문에 루시를 잃게 될 수도 있어. 그건 명심하거라."

"솔직히 말하면, 사랑한다고 말로는 표현할 수 없을 만큼 사랑하고 있습니다. 루시에게 무슨 일이 닥치기 전에 어떻게든 제 마음을 전할 겁니다. 하지만 그녀가 절 어떻게 생각하는지가 더 중요한 것 같군요."

"아마 조만간 알게 될 거다."

그의 아버지가 네이선을 진정시켰다.

"왠지 그럴 거라는 예감이 드는구나."

"어떻게……."

"그냥 기다려 보기로 하자. 알겠지?"

"아버지가 그렇게 말씀하신다면요."

네이선이 내키지 않는다는 듯 고개를 끄덕였다. 하지만 지금부터는 아버지의 조언대로 살아가고 싶었다.

그가 생각에 잠긴 채 루시를 바라보았다. 루시는 깊이 잠들어 있었다. 더 이상 악몽에 시달리지는 않는 것 같았다. 그가 조심스럽게 루시의 머리를 제 어깨에 기대어 주었다. 내일 당장 책의 유령들이 접근하지 못하도록 막는 방법을 알려 줄 생각이었다. 자신이 할 수 있는 모든 방법을 동원해 그녀를 지켜 줄 생각이었다. 다시는 바티스트에게 빼앗길 수 없었다. 이번에야말로 모든 악몽을 끝내야만 했다. 이제는 혼자가 아니라 언제까지나 둘이 함께할 터였다. 그러니 반드시 해내야만 했다.

 차가 멈추자 루시는 잠에서 깨어났다. 몸을 일으키기도 전에 차 문이 열렸다.

 "괜찮아?"

 "응. 당연하지."

 루시가 네이선에게 미소 지었다.

 제이크가 낡은 램프를 차 안으로 들이밀었다.

 "너희 잉꼬들! 거기서 그렇게 계속 달라붙어 있을 거냐?"

 루시는 얼굴이 달아올라 얼른 차에서 내렸다.

 제이크가 루시를 말없이 안아 주었다.

 "무사히 도망쳐서 다행이구나. 다친 데가 없는 게 천만다행이야. 이제는 저놈들의 악행을 좀 손봐 줘야 할 때다."

 루시는 고개를 끄덕인 후, 네이선과 조나단의 뒤를 따라 제이크의 집 안으로 들어갔다.

 부엌 식탁에는 샌드위치와 음료수가 놓여 있었다.

 "내 생각엔 뭘 좀 먹고 힘을 내야 할 것 같아서 준비해 놨다."

 루시가 감사의 눈빛을 보낸 다음 자리에 앉아 일단 물을 한 잔 따라 마셨다.

 "다 계획대로 된 거냐?"

 제이크가 네이선에게 물었다.

 "그렇다고 봐야겠죠. 적어도 보퍼트는 그렇게 생각했겠죠."

"그건 좋지 않군."

"그는 정말 좋지 않게 끝나고 말았죠. 왜냐하면 자기 하인에게 맞아 죽었거든요. 그가 살았을 거라고는 생각되지 않아요. 피를 그렇게 흘렸으니⋯⋯. 도망치려는데 갑자기 보퍼트가 나타났죠. 만약 알리스데어가 도와주지 않았다면 도망칠 수 없었을 겁니다."

"아마 바티스트는 보퍼트를 살해한 게 너희들일 거라고 생각하고 있을 거다."

조나단이 말했다.

"그래서 더더욱 잘 숨어 있어야 해."

제이크가 네이선의 아버지를 바라보았다.

"정말 오늘 돌아갈 생각인가?"

"그게 나을 것 같군요. 제가 네이선을 돕지 않았다고 바티스트가 생각하는 게 나으니까요. 그는 아마 제가 아내와 딸들을 위험에 빠뜨리지는 않을 거라고 생각할 겁니다."

"아무튼 다시 보니 반갑군. 언젠가 평화가 찾아오면 자네의 가족들도 만나 봄세."

"조만간 그럴 수 있을 겁니다. 루이즈도 다시 이곳을 찾아오게 되면 기뻐할 테고요."

"그리고 너희 둘은 여기 머물고 싶은 만큼 머물러도 돼. 여기라면 안전할 거야."

"제이크, 정말 감사해요."

루시가 끼어들었다.

"하지만 저희들은 어떤 책을 찾고 있어요. 여기에서 한 발짝도 나갈 수 없는 이상은 어떻게 그 책을 찾아야 할지 모르겠어요."

"여기 올리브가 맡겼던 노트가 있다."

조나단이 가방에서 노트를 꺼내 주었다.

"이걸 콜린에게 건네줬었다. 콜린은 줄스, 마리와 함께 노트에 적혀 있는 말을 샅샅이 연구해 본 것 같아. 그리고 노트에 《수호자의 책》이 어디에 있는지에 대한 정보가 숨겨져 있다는 것만 알아냈어. 하지만 몇 년 동안 그 책을 찾아 돌아다녔던 올리브조차 더 자세한 건 알아내지 못한 것 같구나."

루시는 조나단에게서 책을 받아 들고 표지를 쓰다듬었다. 그리고 올리브 씨를 떠올리며 슬픔에 잠겼다. 그녀를 알기엔 너무 시간이 짧았지만 언제나 루시는 올리브 씨에게 친근함을 느끼곤 했다.

"제가 한번 들여다볼게요. 일단은 뭐라도 해 봐야 할 테니까요."

"좀 특이한 걸 발견하긴 했어."

조나단이 말했다.

"네가 찾는 책은 일반적인 책이 아니야. 《수호자의 책》은 《스스로 변화하는 책》이라는 걸 알아냈어."

"《스스로 변화하는 책》이라고요? 그게 도대체 뭐죠?"

루시와 네이선이 동시에 물었다.

"설명해 주마. 그러니까 그건 자신의 내용을 바꿀 수 있는 책을 의미하는 것 같다. 한마디로 읽는 사람에 따라 책이 스스로 자기 얼굴을 바꿀 수 있는 거야."

루시가 믿을 수 없다는 듯 고개를 저었다. 하지만 조나단이 진지하게 말했다.

"믿어야 해. 게다가 생각해 보면 신빙성이 있어. 바로 그 이유로 여태껏 아무에게도 발견되지 않았던 거다. 그 책의 진짜 메시지는 너만이 볼 수 있는 거야."

"하지만 그렇다는 건 저만이 그 책을 찾을 수 있다는 뜻이잖아요. 마치 모래사장에서 바늘을 찾는 기분이에요."

조나단이 신중하게 고개를 끄덕였다.

"그렇겠지. 그게 어려운 부분이기도 하고."

"그 책이 없으면 더는 진행이 안 돼요."

네이선이 말했다.

"책들이 말해 줬습니다. 어쩌면 책들에게 물어봐야 할지도 모르겠군요."

"만약에 책들이 그게 어디에 있는지 알았다면 진작에 말해 줬을 거야."

루시가 대꾸했다.

"좋은 수가 있겠지. 일단은 좀 시간을 두고 방법을 찾아보자. 몇 주 후면 런던에 가 보는 것도 가능할 거야."

루시가 네이선을 회의적인 눈으로 바라보았다.

"그게 가능할까? 이미 바티스트가 우리를 잡으려고 도처에 사람들을 심어 놨을 거라고. 이젠 그도 정말이지 수단과 방법을 가리지 않을 거야."

조나단이 고개를 끄덕이며 동의했다.

"내가 연맹에서 나올 당시만 해도 그에게는 네이선 네가 있었다. 하지만 이젠 더 이상 책을 훔칠 방법이 없어진 셈이야. 그는 절대로 포기하지 않을 거다."

"어째서 바티스트는 왜 그렇게 끈질기고……. 그렇게도 악한 거죠?"

"이야기하자면 길어."

"말씀해 주세요."

네이선이 아버지를 바라보았다.

"정말 듣고 싶어요."

"난 한 번도 할아버지를 본 적이 없다."

조나단이 입을 열었다.

"내가 태어났을 땐 이미 돌아가신 상태였기 때문이지. 하지만 어머니께 대충 전해 들은 바에 의하면 매우 견디기 힘든 인격의 소유자였던 모양이야."

그가 잠시 말을 끊었다.

"어머니에 대한 이야기를 먼저 시작해야겠구나. 정말 아름다운 분이었지. 젊을 때는 더욱 아름다우셨고. 어머니는 종종 나에게 젊은 시절의 사진을 보여 주셨지. 사진 속의 어머니는 언제나 환하게 웃고 있었다. 하지만 나를 임신하신 뒤에는 모든 걸 포기했던 모양이야. 어머니가 웃는 모습을 거의 본 적이 없었다. 하지만 나는 어머니를 이 세상 그 누구보다 사랑했고,

어머니도 똑같이 나를 사랑했지. 어머니가 아니었다면 나도 아버지 같은 괴물이 되었을지도 몰라."

조나단이 슬픈 미소를 지었다.

"바티스트는 어머니를 망가뜨렸다. 몸도 마음도 말이야. 그는 그런 방식으로 어머니를 사랑했어. 적어도 처음에는 사랑했다고 생각한다. 만약 어머니도 그를 사랑할 수 있었다면 모든게 달랐을지도 몰라. 하지만 어머니는 그럴 수가 없었다. 왜냐하면 어머니는 다른 사람을 사랑하고 있었으니까."

조나단이 제이크를 바라보았다. 그러자 제이크가 몸을 일으켰고, 부엌 찬장을 정리하기 시작했다. 하지만 루시는 제이크가 체크무늬 셔츠의 소매로 눈가를 닦아 내는 걸 발견했다.

"제이크, 괜찮으신 거예요? 혹시……. 조나단의 어머니가 사랑한 사람이……."

제이크가 말없이 고개를 끄덕이더니 두 손으로 찬장 문을 닫았다. 그런 다음 그들 쪽으로 몸을 돌리지 않은 채 이야기를 시작했다.

"그 당시만 해도 지금과는 달랐어. 특정 계층이 속해 있는 사회는 지금보다 훨씬 더 폐쇄적인 삶을 살아야 했지. 그녀에게 가족을 배신하라고 강요할 수는 없었어. 그럴 용기도 없었고. 물론 그녀도 부모님의 삶을 망가뜨리면서까지 행복을 찾아갈 수는 없었을 거야. 그런 삶을 요구해선 안 되었지."

"그게 언제 얘기예요?"

루시가 머릿속으로 시대를 가늠해 보기 위해 물었다.

"1950년대 후반이었지. 그 당시에 난 소작농의 아들이었어. 우리가 서로 알게 된 건 스무 살 때였지. 첫눈에 반해 버렸다. 우리 둘 다 아무런 가능성이 없다는 걸 알고는 있었지만, 멈출 수가 없었어. 테레사를 처음 본 순간, 내 이성이 마비된 것 같았지. 그녀가 마구간으로 와서 말에 안장을 올려 달라고 부탁했었어. 작고 가녀린 여자였지만 어찌나 야무지고 당차 보이던지! 그리고 사람이 그런 웃음을 웃을 수 있다니! 마치 그녀의 삶에는 매일 태양이 빛나는 것 같았어. 적어도 바티스트가 나타나기 전까지는 말이야."

제이크가 말을 이을 힘을 모으기 위해 잠시 숨을 골랐다. 침묵이 흘렀다. 그런 다음, 그가 지친 듯 식탁에 앉았다.

"조나단, 네 어머니는 부모님을 사랑했다. 외동딸로 사랑을 듬뿍 받고 자랐지. 하지만 그녀의 아버지는 그리 뛰어난 사업가가 아니었어. 사업 동향을 잘못 파악한 까닭에 바티스트의 아버지에게 큰 빚을 지게 된 거지. 어느 날 바티스트와 그의 아버지는 테레사의 집을 방문했다. 아마 빚 대신 돈이 될 만한 게 뭐가 있는지 시찰하러 온 걸 거야. 원래 테레사의 아버지는 큰 돈을 들여서 말들을 사육하고 있었기 때문에 마구간에는 뛰어난 명마도 많았어. 말 한두 마리만 처분했어도 빚은 갚을 수 있었을 거야. 하지만 바티스트는 네 엄마를 본 순간 다른 건 쳐다보지도 않았지. 바티스트의 아버지도 그가 테레사를 선택한 게 나쁘지 않은 거래라고 생각했기 때문에 그녀의 아버지가 거절할 수 없는 조건을 제시했던 모양이야. 나중에야 테레사의 아버지도 연맹에 가입하게 된 걸 알았어. 그러지 않으면 그 가족을 끝장내겠다고 바티스트의 아버지가 위협했겠지. 그들에겐 다른 선택의 여지가 없었을 거야. 테레사의 아버지는 마음이 약한 사람이었고 테레사의 어머니는 아무런 힘도 없었으니까. 테레사는 이 원치 않는 결혼을 승낙할 수밖에 없었어."

"그런 다음에는요? 바티스트가 당신과 테레사가 서로 사랑하는 사이라는 걸 알게 되었나요?"

"그랬던 것 같아. 그 후로 다시는 말 한마디조차 나누지 못했으니까."

"어머니는 아주 열정적인 분이셨어요."

조나단이 입을 열었다.

"소피아 말로는 두 분이 거의 매일 다투셨다고 하더군요. 어느 날, 바티스트는 어머니가 자신을 사랑하지 않는다는 것과 또 사랑하지 않으리라는 사실을 깨달았던 거예요. 왜냐하면 이미 그녀의 마음은 다른 사람을 향해 있었으니까요. 거기서부터 몰락이 시작됐죠. 어머니는 그가 자신을 평생 용서하지 않으리라는 사실을 몰랐어요. 하지만 바티스트가 어머니를 성에 가두고, 감시자 없이는 아무 데도 가지 못하게 했어요. 그 목적을 위해 저 개 인간들을 만든 거고요. 그들은 어머니를 철저하게 감시했어요. 어머니는 평생 감옥에 갇혀 산 셈이었습니다."

"테레사의 곁에 가까이 있고 싶어서 여기로 이사 오신 거예요?"

루시가 물었다.

그가 고개를 끄덕였다.

"하지만 말 한마디조차 나눌 기회가 없었어. 조나단이 태어나자 나는 소피아에게 바티스트의 가정부 자리에 지원해 달라고 부탁했지. 우린 그게 성사될 거라고는 생각하지 못했어. 하지만 바티스트는 소피아의 남편이었던 해롤드까지 고용했어. 그래서 적어도 테레사가 어떻게 지내는지는 알 수 있었지."

그가 손바닥으로 식탁을 내리쳤다.

"내가 들을 수 있었던 소식들은 대부분 알고 싶지 않은 것들뿐이었어. 그녀는 점점 쇠약해져 갔다. 그렇게나 충만하게 끓어올랐던 삶의 기쁨들을 조금씩 잃어 간 거야. 나는 오히려 그녀가 죽었을 때 안도할 수 있었어. 적어도 오늘날엔 그녀의 무덤이라도 찾아갈 수 있고, 아무도 우리를 방해하는 사람이 없으니까."

"어째서 결혼해 가정을 꾸리지 않으신 거예요?"

루시가 물었다.

"네가 진정한 사랑을 경험하게 되면 스스로 그 물음에 답할 수 있게 될 거다."

루시가 네이선을 바라보았지만 그는 그녀의 시선을 피했다.

"그럼 테레사가 바티스트를 사랑하지 않았기 때문에 그가 그런 괴물이 된 건가요?"

"그렇게 단순한 문제는 아니야. 여러 가지가 복합적으로 작용한 거지. 네 증조할아버지는 아주 엄격했어. 오늘날이었으면 사디스트라고 말할 수 있을 정도로 잔혹했지. 그는 아버지가 아이였을 때부터 가혹하게 다뤘어. 그런 어린 시절을 보낸 사람은 망가질 수밖에 없어. 그러다가 테레사를 만나 사랑에 빠진 거지. 만약 그가 그녀에게 집착하지 않고 그를 사랑하는 다른 여자를 만났다면, 지금처럼 비참한 모습은 아니었을지도 몰라."

조나단이 말했다.

"그 당시의 난 분노에 차 있었지."

제이크가 기억을 떠올렸다.

"바티스트를 죽여 버리고 싶었어. 하지만 시간이 오래 지난 후에야 우리의 사랑이 그저 비극적인 운명이었다는 걸 깨달은 거야. 만약 우리가 만나지 않았다면 그녀와 바티스트는 잘 어울리는 한 쌍이었을지도 몰라. 하지만 그녀는 이미 그에게 줄 사랑은 가지고 있지 않았어. 반쪽으로 살아갈 수 있는 사람이 아니었으니까."

그가 슬픈 미소를 지었다.

"그에게 그 사실을 말하면 안 되었지. 하지만 테레사는 그를 증오했어. 바티스트가 자기 아버지를 협박했다는 사실을 용서할 수 없었으니까. 게다가 바티스트는 테레사도 괴롭혔지. 그렇게 하면 그녀가 언젠가는 포기할 거라고 생각한 거야."

"자책하지 마세요. 제이크 당신의 잘못도, 테레사의 잘못도 아니니까요."

네이선이 말했다.

"만약 바티스트가 테레사를 사랑했다면 그녀의 마음을 알고 난 후에 그녀를 당신에게 보내 줬어야 해요. 하지만 그의 오만이 그걸 막은 거죠. 오만보다 파괴적인 건 없으니까요."

"그도 어머니를 증오하기 시작했고, 더군다나 어머니가 나에게 영향을 미친다는 걸 알게 되자 분노로 거의 눈이 돌아갈 지경이었지."

조나단이 말했다.

"하지만 연맹 내의 다른 사람들에게는 그런 사정을 들키고 싶어 하지 않았어. 그래서 추방하는 대신 어머니를 가둔 거야."

"비극적인 이야기예요."

루시가 제이크의 손을 잡아 주었다.

"마음이 아파요."

"그럴 필요 없다. 나도 가거나 여기 머무는 것 중에 선택할 수 있었지. 결국 여기 남아 속절없는 사랑을 붙잡으려 한 건 내 결정이었어. 하지만 그렇다고 수도승처럼 산 건 아니었지만, 사랑만큼은 다시 할 수 없더구나."

"그럼 이제 복수할 수 있는 기회가 온 거군요."

"난 복수를 원하는 게 아니란다, 네이선."

제이크가 네이선의 말을 부인했다.

"인생에서 한 가지 배운 게 있다면, 감정이 이끄는 대로 행동하는 게 별로 안 좋다는 거야. 그저 이 세상에서 또 다른 누군가가 고통받지 않기만을 바랄 뿐이다. 그게 바로 내가 너희들을 도와주는 이유기도 하고. 게다가 난 책들을 사랑하지. 믿을 수 없겠지만 우리 집에는 아담한 서재도 있어. 너희들이 원한다면 얼마든지 그곳을 사용해도 좋다. 저녁이면 가끔 아주 적적해질 때가 있는데, 책들과 함께 있으면 그리 외롭진 않아."

루시는 말없이 차를 수저로 저었다. 긴 침묵이 영원처럼 느껴질 때쯤, 조나단이 의자를 뒤로 밀며 일어섰다.

"난 그만 일어나 봐야겠구나."

네이선이 아버지를 포옹했다.

"집에 도착하면 전화 주세요. 어쩌면 아버지도 어머니와 여동생들이 있는 곳에 가 계시는 게 낫지 않을까요?"

조나단은 고개를 저었다.

"당분간은 여기 있기로 네 엄마와 얘기해 놨다. 너희들이 내 도움을 필요로 할지도 모르고 말이야."

그가 약간 가라앉은 목소리로 말했다. 루시는 어쩐지 울컥한 기분에 목이 메었다. 비록 자신의 부모님은 더 이상 세상에 없었지만 네이선만큼은 부모님을 되찾아서 다행이라는 생각이 들었다.

조나단이 루시를 꽉 안아 주었다. 그의 외투 소재가 루시의 볼을 따갑게 스칠 정도였지만, 왠지 위로받는 기분이 들었다.

"몸조심하렴. 알았지? 일단은 힘을 되찾아야 해. 당분간은 아무 일도 없을 거다. 게다가 책들도 일단은 안전하니까 걱정하지 말고."

루시가 고개를 끄덕였다.

"그럴게요. 약속해요."

제이크가 조나단을 차까지 배웅했다. 네이선과 루시는 부엌 창문을 통해 밖을 바라보았다.

"내 생각에 제이크는 아버지가 바티스트의 아들임에도 불구하고 책임감을 느끼는 것 같아. 왠지 우리를 가족이라고 생각하는 모양이군."

"자신도 그의 어머니가 죽은 데 책임이 있다고 생각하는 것 같아. 정말 끔찍한 이야기였어. 어떻게 그런 상처를 안고 여태껏 살아온 걸까? 자신이 사랑하는 여인이 겨우 몇 킬로미터 떨어진 곳에서 끔찍할 정도로 영혼을 고통당하고 있는데 아무것도 못 한다고 생각해 봐. 다른 사람 같았으면 이미 무너졌을 거야."

"제이크는 강한 사람이야. 그리고 최대한 그녀 곁에 머물면서 자신이 할 수 있는 걸 했지. 그는 끝까지 그녀를 혼자 두지 않았어."

네이선이 루시의 어깨를 끌어안았다.

"이 모든 비극도 곧 끝날 거야. 이제 바티스트가 자신의 악행을 멈추게 할 거야."

"약속해 줄 수 있어?"

"약속할게."

18장

책은 영혼을 살아 숨 쉬게 만드는 꽃가루를 독자에게
옮겨 주는 꿀벌과도 같다.

— 제임스 러셀 로웰

네이선이 루시를 좁은 나무 계단 위로 이끌었다. 그 위엔 제이크가 두 사람을 위해 마련해 놓은 손님용 침실이 두 개 있었다. 그가 침실을 깨끗하게 정리해 놓은 게 보였지만, 루시는 혼자 잠을 청하고 싶지 않았다. 네이선이 침실 문가에서 걸음을 멈췄다.

"그럼 잘 자."

그가 루시의 얼굴을 바라보았지만 루시는 그의 눈빛이 무엇을 의미하는지 알 수 없었다. 그는 루시의 곁에 아주 가까이 서 있었다. 루시는 그가 키스해 주길 바랐고 또 그도 그걸 원한다는 걸 느낄 수 있었다. 하지만 그는 고개를 돌린 채 속삭였다.

"책의 유령이 널 괴롭히지 않았으면 좋겠군. 정말 그들의 공격을 차단하는 방법을 가르쳐 주지 않아도 돼?"

루시는 고개를 저었다.

"엘리자베스까지 차단할까 봐 두려워."

네이선이 고개를 끄덕였다.

"하긴 그럴 수도 있겠군. 나도 엘리자베스까지 막지 않을 거라고 확신할 수는 없으니까."

"위험을 감수하고 싶지는 않아. 엘리자베스는 지금 외로울 거야."

"우리가 엘리자베스를 다시 되찾아 오자."

루시가 슬픈 미소를 지었다.

"지킬 수 없는 약속은 하지 말아 줘."

네이선이 그녀의 눈을 깊이 바라보았다. 그가 고뇌하고 있다는 걸 알 수 있었다. 하지만 그는 곧 몸을 돌려 자기 방으로 들어갔다.

루시도 천천히 자기 방으로 들어왔다. 루시는 네이선이 어째서 자신을 혼자 내버려 두는지 이해할 수가 없었다. 자신은 그의 곁에 있고 싶었지만 아마도 그는 같은 감정을 느끼지 않는 모양이었다. 어째서 지하에 있을 때 키스했던 걸까? 안도감 때문이었던 걸까? 아니면 양심의 가책이었을까? 루시는 혼란에 빠진 채 입술을 깨물었다. 어떻게 해야 하지? 그냥 그에게가 볼까? 루시로서는 네이선과 함께하고 싶다는 열망뿐이었지만 네이선이 그걸 원하지 않을 가능성도 있었다. 하지만 오해하기에는 시간이 없었다. 그래서 문을 똑바로 걸어 나가 노크도 없이 네이선의 방으로 들이닥쳤다.

"혼자 있고 싶은 거야? 괜찮다면 나 여기에 있고 싶어."

네이선은 창가에 서서 창밖을 내다보고 있었다. 그가 천천히 몸을 돌려 루시를 바라보았다. 루시는 불안한 듯 방 안을 둘러보았다. 낡은 목재 가구들과 커다란 침대가 보였다. 제이크는 여름이면 그 방들을 여행객에게 세를 주곤 했지만, 겨울인 지금은 난로에 붉은 잉걸불이 이글거리고 있었음에도 방 안이 얼음장처럼 싸늘했다.

루시가 헐벗은 어깨를 두 손으로 비볐다.

"내가 난로를 따뜻하게 지펴 줄게."

네이선이 낡은 난로에 장작불을 지폈다. 이윽고 방 안이 모닥불의 붉은빛으로 가득해지자 루시는 불을 끄고 창가로 다가갔다. 안락한 따스함이 방 안을 훈훈하게 데워 주었다. 루시는 당장 뭘 해야 할지, 무슨 말을 해야 할지 몰랐다. 그래서 달빛 아래 은은히 빛나는 창밖 풍경만 바라보았다. 네이선이 루시 뒤로 다가와 두 팔로 가만히 루시를 끌어안았다. 그의 턱이 루시의 머리 위에 얹혔다.

"보퍼트가에 도착했을 땐 설마 몇 시간 후에 이렇게 너와 함께 있을 수 있다고는 상상도 못 했어."

"난 상상은 했지만 어떻게 해야 할지는 몰랐어. 만약 탈출 계획이 실패해서 보퍼트의 방으로 끌려갔다면……."

루시가 그의 팔을 꽉 끌어안았다. 이제 끔찍한 운명에서 가까스로 벗어난 셈이었다. 조금만 잘못되었어도 모든 게 완전히 틀어져 버렸을 테고, 그랬다면 네이선의 할머니보다도 더 끔찍한 생을 살게 되었을 터였다.

"이젠 두려워하지 않아도 돼."

네이선이 루시의 귀에 속삭였다. 그의 입술이 루시의 피부에 닿았다.

네이선이 천천히 루시를 자기 쪽으로 돌려세웠다.

"루시, 먼저 물어보고 싶은 게 있어."

그가 거친 목소리로 물었다.

루시는 그의 입술이 피부에 닿는 느낌과 또 그의 손길이 자신의 몸을 어루만지는 느낌만 만끽하고 싶을 뿐이었다.

"응?"

루시가 눈을 감은 채 중얼거렸다.

"어쩌면 내가 지금 잘못 행동하고 있는 건지도 모르겠어."

그가 속삭였다.

"하지만 네가 정말로 이걸 원하는지 확실히 묻고 싶어."

루시는 그의 흰 셔츠의 단추를 천천히 풀어 나가기 시작했다. 그런 다음 옷을 젖히고 그의 단단한 가슴에 이마를 댔다. 그리고 그의 체취를 깊이 들이마셨다.

"넌?"

대답 대신 루시가 그에게 되물었다.

루시는 그가 자신의 드레스 지퍼를 내리고 있다는 걸 깨달았다.

"다른 어떤 것보다 더. 너의 곁에서 널 붙잡아 주고, 너와 잠들고, 일어나고, 꿈꾸고, 싸우면서 평범한 일상을 살고 싶어.

그리고 이젠 그 어떤 것도 우리 사이를 갈라놓지 않았으면 좋겠어. 루시, 난 이런 고백엔 서툴러. 하지만 네가 나와 같은 감정이 아니라고 해도 상관없어. 네가 나와 같은 걸 원하지 않아도 난 널 도울 거야."

루시가 눈을 뜨고 그를 바라보았다. 그리고 잠시 어이없다는 얼굴로 눈을 깜박였다. 도대체 네이선은 여태까지 무슨 생각을 하고 있었던 거지? 정말 그가 자신에게 어떤 존재인지 알지 못했던 걸까? 하지만 지금은 제대로 생각하는 게 어려웠고, 네이선이 막 어깨를 지탱하고 있던 천을 벗기자 드레스가 소리 없이 바닥으로 흘러내렸다.

"네이선, 난 널 사랑해. 설마 몰랐던 거야?"

루시가 그의 목에 팔을 둘렀다.

"루시 가디언, 나도 널 처음 본 순간부터 계속 사랑해 왔어."

"꽤나 감쪽같이 숨기고 있었네."

루시가 속삭였다.

"응. 그런 건 꽤 잘하거든."

그가 루시의 입술을 찾으며 대꾸했다. 두 사람의 입술이 만나 키스함과 동시에 모든 머뭇거림도 날아가 버렸다. 두 사람은 서로에게서 몸을 떼지 않은 채 네이선이 루시를 번쩍 들어올려 침대로 향했다.

네이선의 손길이 루시의 몸을 어루만지는 동안 그녀의 내면에 낯선 불길이 조금씩 타오르더니 이윽고 온몸으로 퍼져 나가며 그녀의 내부에 강하게 자리 잡았다. 그의 손길은 아주 섬세하고 부드러웠다. 그는 그녀의 몸을 천천히 그렸고, 그녀에게 아이처럼 미소 지어 보였다. 루시는 그의 뺨을 어루만졌고, 그를 더욱 가까이 끌어당겼다.

"이 세상 무엇보다 널 원해, 루시."

네이선이 루시에게 속삭였다. 루시는 제 안의 욕망이 들끓어 오르는 걸 느꼈다. 루시가 갈급하게 그의 입술을 찾으며 키스했다.

그 순간 두 사람의 몸에서 강한 빛줄기가 뿜어져 나오자 둘은 흠칫 놀라고 말았다. 빛들은 마치 용암처럼 그들의 혈관을 타고 흘렀지만 통증은 느껴지지 않았다. 놀라긴 했지만 두 사람은 그들의 육체가 더 많은 것을 원한다는 걸 깨달았다. 네이선의 입술이 루시의 입술을 더욱 찾으며 파고들었다. 그런 키스는 처음이었다. 그녀도 입술을 열고 그의 혀를 받아들였다. 그들의 키스는 더욱 깊어졌고 대담해졌다. 루시의 감은 눈 이면에서 수천 개의 작은 불꽃이 반짝이는 것 같았다. 루시의 심장이 쿵쾅대며 네이선의 가슴을 때렸다. 루시는 점점 더 그의 가슴으로 파고들었다. 그 순간, 세상에는 오직 둘뿐이었다. 루시는 네이선에게 녹아들고 싶었고, 영원히 그와 하나가 되고 싶다는 생각뿐이었다. 이제 이 세상에서 그들을 갈라놓을 수 있는 건 아무것도 없다는 사실을 확실히 깨달을 수 있었다. 두 사람이 깨닫지 못하는 사이에 그들의 손목에서 반짝이는 빛줄기가 흘러나와, 그 둘이 점점 더 열정적으로 사랑하는 동안 두 사람을 보호하듯 감쌌다. 이제 두 연맹의 아이가 하나가 되는 동안, 방 안은 마치 폭발하는 것 같은 현란한 색채로 가득했다.

얼마나 시간이 흘렀을까. 루시와 네이선은 완전히 지친 채 두 사람의 손목을 찾아 들어가는 빛의 결정들을 가만히 바라보았다. 루시는 네이선의 가슴에 머리를 가만히 기댔다. 빛이 물러가고 방 안에 고요한 달빛만 남았을 무렵엔 이미 둘 다 잠들어 있었다.

하얀 책의 유령이 루시의 꿈에 찾아왔다.

"루시, 이젠 모든 게 다 잘될 거야."

"고마워."

루시가 속삭였다.

"내가 널 되찾아 줄게. 약속해. 널 혼자 내버려 두지 않을 거야."

엘리자베스가 슬픈 미소를 지었다.

"그게 성공할 거라고는 생각하지 않아."

유령은 제 몸에서 펄럭이는 수천 개의 종잇조각 끄트머리를 보여 주었다. 이미 그의 몸은 회색으로 물들고 있었다.

"너무 늦었어."

루시가 놀란 나머지 고개를 흔들었다.

"아직 늦지 않았어. 네이선과 내가 해낼 수 있을 거야. 우릴 믿어 줘. 절대로 널 잊지 않을게."

"네가 내 형제자매들을 구해 주는 것만으로도 이미 내 희생은 값어치를 한 거야. 넌 우리가 그토록 오랜 시간 동안 기다려 왔던 그 소녀니까."

유령은 이 말과 함께 사라졌다.

루시는 몸을 일으켜 주위를 둘러보았다. 그리고 지난 밤 무슨 일이 있었는지 떠올리기까지는 오랜 시간이 걸리지 않았다. 루시는 안도하며 베개에 머리를 뉘였다. 이젠 바티스트와 보퍼트에게서 완전히 벗어난 것이다.

"좀 어때?"

네이선이 완전히 잠이 깬 얼굴로 루시를 바라보고 있었다. 루시는 그의 팔을 몸에 두르며 다시 눈을 감았다.

"이렇게 기분 좋았던 적은 없었던 것 같아."

그의 입술이 이마에 닿는 게 느껴졌다.

"악몽은 꾸지 않았어?"

"엘리자베스는 봤어. 우리가 되찾아 와야 해."

루시는 잠시 동안만이라도 평범한 소녀로 있고 싶었지만, 이내 그럴 수 없는 현실을 깨달았다.

"이제 어떻게 해야 할지 생각해 봐야겠어. 조나단의 말대로 여기에 있으면 바티스트의 감시망에서 벗어날 수 있을지도 몰라. 하지만 그도 우리가 책들을 구해 낼 계획이라는 것도 이미 알고 있겠지."

"몇 시간 동안은 책들도 아무 일 없을 거야. 어떻게 생각해?"

루시는 그의 논리에 반대하고 싶었지만, 머리보다 몸이 먼저 반응해 버리는 바람에 결국은 그에게 모든 걸 맡겨 버리고 말았다. 조나단조차 얼마간은 쉬라고 했으니 말이다.

몇 시간 후, 루시와 네이선은 제이크의 부엌에 앉아 아침 식사를 했다.

"그렇게 오랜 시간이 지난 후에 부모님을 다시 만나게 된 기분이 어때? 많이 어색해?"

"글쎄. 그런 걸 고민할 시간조차 없었어. 넌 의식이 없었고 내 머릿속엔 아버지가 도움이 될 수 있을지만 가득했으니까. 안타깝게도 모든 희망은 절망으로 변하고 말았지. 아버지와 함께한 이틀 동안 네 생각만 했어. 부모님이 나와 이런저런 대화를 하고 싶어 했을 거라고는 생각하지만 난 너무 혼란스러운 상태였지. 그다음엔 널 구하기 위해 바티스트에게 연락을 해야 할지 선택해야 했고. 그 모든 게 나에게는 벅찼어. 언젠가는 가족들과 허심탄회하게 앉아서 이야기를 나눌 수 있는 날도 오겠지."

"우릴 돕는 걸 두려워하진 않았어?"

네이선은 고개를 저었다.

"아니, 그런 것 같진 않아. 물론 한밤중에 내가 나타나서 놀란 것 같긴 했지만. 처음에는 누구인지 전혀 못 알아보더라고."

네이선이 잠시 웃음을 터뜨렸다.

"하지만 내가 누구인지 설명하고 나니까 단 한순간도 망설이지 않았어."

"못 알아봤다고? 네가 아버지랑 많이 닮았는데도?"

"어두웠던 데다가 그렇게 다시 만날 거라곤 생각하지 못했을 테니까. 가족들은 스코틀랜드 교외의 작은 마을에서 살고 있었어. 거기서 아버지는 작은 병원을 운영하고 있더군. 집에는 사방에 보안 장치가 되어 있었어. 아버지는 처음에 손에 총을 든 채로 문을 열었지. 아마 지난 몇 년 동안 극도로 조심하면서 살아왔던 것 같아. 물론 날 돕길 거부했을 수도 있지만, 그럴 거라고 생각하진 못했어. 너도 기억하고 있겠지만 소피아가 우리에게 부모님이 보냈던 편지와 주소를 줬었잖아. 그래서 단순하게 그들이 우릴 도와줄 거라고 생각했던 것 같아. 참, 그러고 보니 올리브 씨가 총격을 당하기 전에 아버지에게 미리 전화해서 《수호자의 책》에 대해 알고 있는지 물어봤다더군."

"그래서?"

루시가 흥분한 얼굴로 네이선 쪽으로 몸을 굽혔다. 하지만 네이선은 고개를 저었다.

"아버지는 그런 책에 대해서 들어 보지 못했대. 아버지가 아는 거라곤 지난밤에 얘기해 준 것 정도야."

"《스스로 변화하는 책》이라……."

루시는 기억을 더듬었다.

"재미있는 책이네. 과연 우리가 찾아낼 수 있을까? 어디에든 있을 수 있잖아. 네 생각은 어때?"

"나도 생각해 봤어. 그 책은 연맹이 존재해 온 만큼이나 오래된 책일 거야. 첫 번째 아이들에게 이 능력이 주어진 순간부터, 언젠가 책들이 안전해지면 숨겨 뒀던 책들을 다시 해방시켜야 한다는 게 예정되어 있었겠지. 내 생각에 《수호자의 책》은 연맹이 가지고 있던 책일 가능성이 있어. 그러니까 연맹의 여자들이 갈라져 나가기 전부터 말이야."

루시가 생각에 잠겼다.

"필리파가 연맹을 떠날 때 그 책을 가지고 갔을까?"

"그럴 가능성도 있다는 걸 염두에 둬야지."

"그녀는 수도원으로 들어갔어. 목걸이에서 영상을 봤거든. 거기에서 몇 년 후 숨을 거뒀어. 혹시 그녀의 딸이 그 이후에 모든 비밀을 숨긴 게 아닐까?"

"수호자들에겐 계보도가 있어."

네이선이 말했다. 루시가 놀란 얼굴로 그를 바라보았다.

"연맹의 계보와 수호자들의 계보는 시간이 지나면서 다시 만나곤 했어. 물론 필리파와 그녀의 딸 그웬돌린처럼 책들을 위해 싸운 여성들이 있는가 하면 그저 제 삶을 살아 내기 바빴던 사람들도 있었지. 만약 필리파가 책을 가지고 있었다면 그녀의 딸이 마지막으로 책을 숨긴 사람일지도 몰라."

"어쩌면 필리파와 그웬돌린이 머물던 수도원에 책을 숨겨 두지 않았을까?"

"응. 꽤나 신빙성 있는 주장이야."

네이선이 고개를 끄덕였다.

"그건 14세기에 있었던 일이니……. 그 당시엔 수도원마다 귀중한 책들을 보관하곤 했어. 남자들은 수도원에 쉽게 접근하지 못했으니까."

"내 생각엔 그럴듯한 것 같아. 수도원마다 소장하고 있는 책의 상세한 목록을 적은 책이 있으니까 어쩌면 거기에서 흔적을 찾을 수 있을지도 몰라."

"하지만 그 책을 그웬돌린이 가지고 있었다면, 어째서 그 당시에 책들을 해방하지 않았던 거지?"

"그건 책을 손에 넣으면 알게 되겠지. 책이 네게 전해 줄 이야기가 기대되는군."

"그럼 일단 필리파가 머물던 수도원이 어딘지부터 알아내야겠어."

네이선이 의아하다는 얼굴로 루시를 바라보았다.

"그게 어디인지 몰라?"

루시가 고개를 저었다.

"목걸이가 보여 줬던 건 영상뿐이었어. 거기 자막 같은 건 없었다고."

"그럼 컴퓨터로 검색해 보자. 그 당시 존재했던 수도원 목록을 입수할 수 있을지도 몰라. 수녀들만 머물던 곳이었어야 해. 필리파는 절대로 남자들이 추적할 수 없는 곳으로 갔을 테니까. 내 생각엔 아마 카르토이저Kartäuser 수도회로 들어갔을 거야."

루시가 의아하다는 듯 고개를 갸웃거렸다.

"그게 뭐야?"

"카르토이저 수도회는 아주 엄격한 교단이야. 일부러 사람의 발길이 닿지 않는 곳에 수도원을 짓고 속세에서 떨어져 살

앉어. 수녀들마다 독방이나 집을 가지고 있었지. 기도할 때에
만 모였대. 그들은 자신의 본업이 속세에서 떨어져 사는 삶이
라고 생각했고 엄격한 채식을 지켰어. 하지만 카타르 인이자
페르펙투스의 후손이었던 필리파에게 그런 건 문제가 되지 않
았겠지. 그러니 삶의 일부를 제 것으로 받아들인 셈이야."

"여자들도 연맹에 소속될 수 있었어?"

루시가 몰랐다는 얼굴로 눈을 휘둥그레 떴다.

"당연하지. 원래는 여자들과 남자들 모두 동등한 권리를 가
지고 있었으니까. 남자들이 권력을 쥐고 흔들어 대자 여자들은
단지 전략적 도구가 되어 버린 거야."

네이선이 말했다.

"그 시대의 영국에 그런 수도회가 얼마나 있었는데?"

"아마 그리 많지는 않았을 거야. 어쩌면 영국이 아니라 프랑
스였을 수도 있어."

루시가 고개를 저었다.

"어린아이를 데리고 프랑스까지 도망쳤을 것 같진 않아. 게
다가 미리 모든 걸 준비해 두었을 거야. 일단은 영국이나 스코
틀랜드 쪽을 살펴보는 게 좋을 것 같아."

"제이크에게 노트북과 인터넷을 사용할 수 있는지 물어보
자. 그럼 정보를 얻을 수 있을 거야."

한 시간이 지났지만 루시와 네이선의 표정은 어두웠다. 그
들이 알아내고자 하던 카르토이저 수녀회에 대한 정보를 얻는

건 생각보다 쉬운 일이 아니었다. 물론 위키피디아에는 그 당시 영국에 열 개의 카르토이저 수도회가 있었다고 적혀 있었지만, 모두 일반 수도사들이 운영하던 곳이었다. 게다가 수녀들만으로 구성된 수도원이 있었는지는 알 수가 없었다.

"분명히 문서상에 언급되지 않아도 그런 수녀원이 있었을 것 같아. 수녀원은 수녀원장이 관리하곤 했는데, 종종 교단장이나 교황이 수녀원장의 권한을 제한하는 경우가 많았다는군."

네이선이 자신의 검은 머리칼을 쓸어 올리며 말했다.

"난 관련 문서를 좀 더 찾아볼게. 어쩌면 뭔가 찾을 수 있을지도 모르지."

네이선은 인터넷에서 찾은 중요한 정보들을 프린트했다. 루시는 안락의자에 앉아 그가 프린트한 내용을 살펴보았다.

"일단은 필리파가 있던 수도원이 어디인지 알아낸 다음에 그 수도원에 도서 목록이 있는지 찾아내야 해."

루시가 잠시 고민하다 한숨을 내쉬었다.

"하지만 수도원을 찾아낸다 해도 도서 목록까지 찾을 수 있을까? 너무 오래됐기도 하고……."

"루시, 그렇지 않아."

네이선이 말했다.

"수도원은 그런 정보만큼은 면밀하게 기록해 두곤 해. 만약 필리파에 대해 찾을 수 없다고 해도 분명 그녀의 딸에 대한 기록은 남아 있을 거야. 게다가 어떻게든 시작은 해 봐야 해."

루시는 다시 한 번 프린트물을 세심히 살펴보기 시작했다.

두 시간이 지났을 무렵에 뭔가 찾아낸 것 같았다.

"여기 뭔가 있어."

루시가 종이 넘기는 소리만 간간이 들려오던 긴 침묵을 깼다.

"총 세 개의 카르토이저 수도회가 있었는데, 그중에 수녀회도 있었대. 하지만 하인리히 8세 시대에 모두 문을 닫게 했고 몇몇 수도사는 처형까지 당했대. 믿어져?"

"수도원 이름은? 당장 검색해 볼게."

루시가 수도원의 이름을 말하자 네이선이 곧장 검색 엔진에 이름을 입력했다.

"모두 사라졌어. 즉 오늘날엔 폐허만 남아 있다는 뜻이야."

"막다른 골목일까?"

네이선이 고개를 저었다.

"아직 포기하긴 일러. 다른 단서를 찾지 못하는 한은 계속 뒤져보는 수밖에 없어. 난 수도원 연대기가 기록되어 있는 문서실을 살펴볼게. 어쩌면 출입을 허가받은 다음 열람해 볼 수 있을지도 몰라."

"모든 게 너무 복잡해."

루시가 한숨을 내쉬었다.

"이러다간 몇 년 동안 이렇게 은신해 있어야 할지도 몰라."

"왜, 싫어?"

네이선이 씨익 웃었다.

"그건 우리가 시간을 어떻게 보내느냐에 따라 달렸지."

루시도 짓궂게 웃어 보이려 했지만 얼굴이 먼저 빨갛게 달아오르고 말았다. 그래서 얼른 고개를 돌려 프린트로 얼굴을 가렸다. 잠시 후, 네이선의 손이 루시의 어깨를 부드럽게 어루만졌다. 그녀가 몸을 돌리자, 그가 루시를 일으켜 세우고 키스하는 바람에 손에 들고 있던 프린트가 바닥으로 떨어져 내렸다. 루시도 그의 키스에 응답하며 그의 품으로 파고들었다. 잠시 후, 문가에서 헛기침 소리가 났다.

제이크가 서 있었다.

"그래서 뭘 좀 찾아내긴 한 거냐?"

네이선이 루시에게서 팔을 떼고 제이크에게 자신의 이론을 설명했다. 그가 네이선의 말에 동의한다는 듯 고개를 끄덕였다.

"그럴듯하군."

네이선의 설명이 끝나자 제이크가 말했다.

"하지만 그 정보를 다 찾아냈을 무렵엔 바티스트도 너희를 찾아냈을 거다. 언젠가는 여기도 수색하러 올 테니까 말이다. 물론 몇 주 동안은 별일 없겠지만 언젠가는 말이야. 그러니 서두르는 게 좋을 거다."

그가 말을 마친 다음 부엌으로 갔다.

"먹을 걸 좀 만들어 주마."

그가 소리쳤다.

루시가 바닥에 흩어진 종이들을 주워 모았다.

"지금 우리에겐 도움이 필요해. 우리들의 힘만으로는 불가능한 것 같아."

"누가 도와줄 수 있을까?"

"마리가 도서관 컴퓨터로 알아봐 줄 수 있을 거야. 아마 그런 수도원의 문서들도 도서관에 보관되곤 했을 거야. 운이 좋으면 런던 도서관에서 찾을 수 있을지도 몰라. 너희 아버지한테 전화해서 좋은 생각이 없는지 여쭤 봐도 될 것 같아."

"알았어. 마리에겐 어떻게 연락해야 하지?"

"제이크가 런던에 한번 가 주면 어떨까? 그럼 마리에게 편지를 써서 건네주면 될 거야."

"좋아. 마리가 문서를 찾는 동안 우리는 그 책이 어디에 있을지 좀 더 파고들어 보자."

루시가 아랫입술을 깨물었다.

"엘리자베스가 한 번만 더 와 준다면 물어볼 수 있을 텐데. 왠지 《수호자의 책》이 어디에 있는지는 책들이 잘 알고 있을 것 같다는 생각이 들어."

"그럼 그들이 진작 말해 주지 않았을까?"

"모르겠어."

19장

문맹인 왕이 되느니 다락방 가득 책을 가지고 있는 거지로 살고 싶다.

— 토머스 배빙턴 매콜리

책에 대한 정보를 찾은 지 벌써 5일이 지나 있었다. 인터넷에 있는 카르토이저 수도회에 대한 거의 모든 정보는 다 뒤져본 상태였다. 하지만 그리 쓸 만한 정보는 발견하지 못했다. 카르토이저 수도사들은 아마 매우 폐쇄적으로 살아갔던 듯했다. 하지만 바로 그 이유 때문에 필리파도 카르토이저 수도원으로 도망쳤을 가능성이 높았다.

제이크는 이틀 전에 런던으로 향했고 네이선과 루시는 그가 적어도 내일쯤에는 돌아오길 바라고 있었다. 현재로서는 마리가 유력한 희망이었다. 어쩌면 런던 도서관에 보관되어 있던 고문서에서 필리파에 대한 정보를 찾을 수 있을지도 몰랐다.

"내가 목걸이만 가지고 있었어도……."

루시가 계속 똑같은 불평을 되풀이했다.

"분명 목걸이가 필리파와 그웬돌린에 대한 걸 더 많이 보여 줄 수 있었을 텐데. 게다가 《수호자의 책》이 어디에 있는지 알려 줬을지도 모르고."

"지금 그런 걸 아쉬워해 봤자 소용없어."

네이선이 루시를 달랬다.

"그 당시에 목걸이를 가지고 나오는 건 엄청나게 위험했을 거야. 어쩌면 나중에라도 돌려받을 수 있을지 모르지. 잠시 쉬면서 머리를 비우자."

루시는 간절한 눈으로 바깥을 바라보았다. 제이크네 집 주변의 풀밭이라도 거닐며 오랜 시간 동안 산책을 하고 싶었다. 하지만 집을 나가는 것 자체가 겁이 났다. 이따금 정말로 신선한 공기가 필요할 때면 집 안뜰을 거닐곤 했다. 제이크가 매우 두문불출하는 생활을 하긴 했지만, 가끔 그와 수다를 떨려고 이웃들이 방문하곤 했던 것이다. 그가 런던에 가고 없는 이틀 사이만 해도 몇 번이나 노크 소리가 들렸고 루시는 그때마다 불안에 떨어야 했다.

"제이크 방에 TV가 있어. 머리도 식힐 겸 영화라도 보자."

네이선이 루시를 이끌자 그의 뒤를 말없이 따라갔다.

두 사람은 몇 개의 놀이 프로그램과 토크쇼 채널을 넘겨 보았다. 그런데 갑자기 화면에 자신들의 얼굴이 나오는 게 아닌가. 루시는 겁에 질린 채 벌떡 일어서고 말았다.

"네이선 드 트레메인과 루시 가디언은 현재 보퍼트 경을 비열한 방법으로 살해한 혐의를 받고 있습니다. 두 사람은 이후

종적을 감춘 상태이며, 이들의 행방을 알고 계신 분은 경찰에 제보 부탁드립니다. 무슨 일이 있어도 직접 행동에 나서지는 마시기 바랍니다. 경찰에 따르면 대단한 흉악범인 것으로 드러났습니다. 그들은 보퍼트 경을 그의 저택 내에서 무자비하게 살해한 뒤 다수의 금품을 훔쳐 달아났습니다. 드 트레메인 군과 가디언 양이 붙잡히게 될 경우 종신형에 처해질 수 있습니다."

루시는 탄식을 터뜨렸고 네이선의 얼굴에도 핏기가 가셨다.

"할아버지도 막다른 골목인가 보군. 알리스데어는 어떻게 됐을지…… 우리에게 살인죄를 뒤집어씌운 걸 보니 무슨 방법을 썼는지는 몰라도 그가 입을 다물게 만든 게 분명해."

"어쩌면 진작 도망쳤을지도 몰라. 그래서 바티스트는 보퍼트를 죽인 게 알리스데어라는 걸 모를 수도 있어. 물론 그가 똑똑하다면 알아도 아무 말 안 하겠지. 이제 우린 어쩌지? 처음에는 바티스트와 보퍼트 집에 갇혀 있었는데, 지금은 제이크의 집에 갇혀 있는 꼴이야. 게다가 밖으로 나가기라도 하면 분명 감옥에 갇힐 거고. 이건 악몽이야!"

네이선이 루시를 안아 주었다.

"무죄를 밝힐 수 있어. 우리가 살해했다는 증거도 없잖아."

하지만 두 사람은 믿을 수 없다는 얼굴로 계속 TV 화면을 응시했다.

"이 범죄가 특히 더욱 잔혹한 이유는 보퍼트 경이 심하게 다친 상태의 루시 가디언 양을 집에서 치료하면서 치료비 일체와 모든 의식주를 제공하며 돌봐 주었던 데 있습니다. 아마도 이 젊은 여성은 보퍼트 경의 선의를 이용하여 저택 내를 탐색하고 값나가는 물건을 미리 살펴 두었던 것으로 보입니다. 그녀가 어떻게 젊은 네이선 드 트레메인 군을 공범으로 만들 수 있었는지는 알려지지 않았습니다. 젊은이의 조부인 바티스트 드 트레메인 경은 친손자의 파렴치한 행각으로 인해 심한 정신적 충격을 받은 상태입니다."

바티스트 드 트레메인이 걱정하는 얼굴이 화면에 등장했다.

"과연 그의 친손자가 보퍼트 경을 살해했는지의 여부를 두고 열띤 논쟁이 벌어지는 중입니다. 자세한 범행 동기와 배경은 두 사람을 체포한 뒤에야 알 수 있을 것으로 보입니다. 경찰은 검거까지는 시간이 걸릴 것으로 보고 있습니다."

"정말이지 말도 안 돼. 물론 너희 아버지도 바티스트가 이렇게 나올 거라고 예상하긴 했지만……. 경찰에 전화를 걸어서 당장 해명이라도 해야 하지 않을까?"

네이선이 고개를 저었다.

"할아버지가 노리는 게 바로 그거야. 우리를 꾀어내려는 거지. 그게 우리를 붙잡을 수 있는 가장 빠른 방법이니까. 그가 이 모든 걸 계획한 다음 경찰에 전화하기까지 얼마나 걸렸을지 궁금하군. 그게 아마 그가 우리를 직접 붙잡는 데 실패했을 경우에 대비한 작전이었을 거야."

"그 정도로는 위로가 안 돼. 이젠 뭘 해야 하지?"

"아무것도."

"아무것도?"

"경찰에는 출두할 수 없어. 밖으로도 나갈 수 없고. 우리 혐의에 대해서는 나중에 해명해야 해. 분명 좋은 수가 있을 거야. 지금 당장은 진실을 말한다고 해도 아무도 믿어 주지 않을 테지."

"분명히 콜린, 마리와 줄스도 심문당할 텐데 어쩌지? 친구들이 걱정돼. 어쩌면 탈출 방조죄나 공범으로 몰리지 않을까?"

"마리, 줄스는 그 시간에 런던에 있었잖아. 내 생각에는 그 애들이 위험할 것 같진 않아."

"콜린은?"

"일단은 기다려 봐야지. 제이크가 돌아오면 분명히 많은 걸 말해 줄 거야."

하지만 제이크는 다음 날도, 그다음 날도 돌아오지 않았다. 루시는 점점 초조해져 갔다. 두 사람은 이따금 전화벨이 울려도 받을 수 없었고 다른 누군가에게 전화를 걸 수도 없었다. 지인들의 전화가 도청당할지도 몰랐기 때문이었다. 루시는 다시는 TV도 켜 보려 하지 않았다. 어느 채널에나 그들의 사진으로 도배되고 있었던 것이다.

제이크가 집을 비운 지 6일째 되던 날 아침 이른 시간, 집 문이 철컥 열리는 소리가 났다. 루시는 눈을 번쩍 떴다. 무장한 경찰들이 언제든지 들이닥칠지도 모른다는 공포 때문에 지난 며칠 동안 불면증에 시달리고 있었다. 다행히 네이선이 곁에 있어 준 덕에 정신이 완전히 붕괴되는 것만은 막을 수 있었다.

루시는 겁을 먹은 채 침대에서 일어나 네이선의 어깨를 흔들었다.

"네이선, 일어나! 누가 집에 들어왔어."

네이선이 잠에서 깨어나기도 전에 누군가가 방문을 노크했고, 곧이어 제이크의 목소리가 들렸다.

"얘들아, 나다. 아래로 내려오렴. 여러 가지 소식들을 잔뜩 가져왔으니까."

"잠시만요!"

루시가 떨리는 목소리로 대꾸한 다음 침대에서 얼른 일어났다. 그런 다음 최대한 빠른 속도로 청바지와 티셔츠를 입은 후 양치와 세수를 했다. 머리카락은 고무줄로 묶었다.

"서둘러!"

루시가 여전히 피곤한 얼굴로 침대 모서리에 앉아 있는 네이선을 재촉했다.

"먼저 가 있어. 난 1분 후에 내려갈게."

그가 대꾸했다.

루시가 부엌에 들어가니 제이크가 커피를 내려 놓고 있었다. 신선한 베이글 빵도 보였다.

루시가 그 늙은 남자를 와락 끌어안았다.

"더 이상 돌아오지 않으시는 줄 알았어요!"

"내가 없으면 오히려 둘이서 신날 줄 알았는데."

제이크가 장난스럽게 대꾸했다.

"지금 무슨 상황인지 TV에서 봤어요."

루시가 제이크를 바라보며 말했다.

"그럼 대충 알겠구나. 런던에선 너희 얘기뿐이야. 네 고용주인 반즈 씨도 네가 도둑이라는 걸 예전부터 눈치채고 있었다더라."

"더 이상은 제 고용주가 아니에요."

루시가 볼멘소리로 대꾸했다.

"아무튼 그 남자가 여기저기에 인터뷰를 하고 다니더구나. 대부분 그 사람이 너에 대해 아주 잘 안다고 생각하겠지."

"그 사람은 개새끼예요."

루시가 심한 욕지거리를 내뱉은 후 제풀에 놀라서 입을 막았다.

제이크가 씨익 웃었다.

"네 친구 마리도 똑같은 말을 하더구나."

"마리와 만나 보셨어요?"

"당연하지. 그게 내 임무 아니었겠니."

제이크가 루시에게 윙크를 해 보였다.

"런던에 난리가 났기에 네 친구들과 일단 런던에 며칠 머물면서 마리가 뭘 발견할 수 있는지 기다려 보기로 했단다. 네 친구들에겐 내가 네 할애비라고 했다. 아마 내게 손녀딸이 있었다면 네 또래였을 테니까."

그가 씁쓸한 미소를 지었다.

"마리가 나중에 이리로 전화를 하거나 이메일을 보내는 건 너무 위험한 것 같더구나. 경찰들이 이미 엄한 취조를 한 모양이었어."

"다들 어때요?"

"뭐, 친구들에 대해서는 걱정할 필요 없을 거다. 다들 제 앞가림은 잘하니 말이다. 콜린이 무슨 일 있으면 전화하라면서 전화 카드와 새 전화기를 한 개 줬어. 여기 이 번호로 언제든 전화할 수 있을 거다."

그가 바지 주머니에서 전화번호가 적힌 쪽지를 꺼내 주었다. 그때 네이선이 부엌으로 들어왔다. 그가 제이크에게 인사를 건넸다.

"그게 뭐죠?"

네이선이 물었다.

"콜린이 위급 상황에 전화하라고 준 번호래."

루시가 대답했다.

"루시, 아무에게도 전화해선 안 돼. 이제 누군가를 위험에 빠뜨리는 건 자제하자. 이미 너무 많은 사람들이 죽었어. 제일 좋은 건 당장 그걸 버리는 거야."

"하지만 친구들의 도움을 그리 가볍게 여겨선 안 된단다."

제이크가 반대했다.

"그 문젠 나중에 얘기하도록 하죠. 런던에선 무슨 일이 있으셨던 겁니까? 좀 더 일찍 돌아오실 거라고 생각했어요."

"루시한테는 이미 설명해 줬다. 마리가 뭘 좀 찾아낼 수 있는지 기다려 보려고 했지."

"그래서요?"

네이선과 루시가 그의 대답을 기다리며 몸을 숙였다.

"오늘날 알아낼 수 있는 정보는 그리 많지 않더구나. 마리가 고문서를 뒤진 끝에 찾아낸 수도원 연대기에서 필리파라는 이름을 찾아낼 수는 있었지. 아마 하인리히 8세가 끝장냈던 카르토이저 수도원에서 런던으로 가져온 문서인 것 같았어. 그중에 필리파가 은신했던 카르토이저 수도원도 있었던 모양이야. 하지만 필리파가 죽은 뒤 그녀의 딸인 그웬돌린이 어떻게 됐는지는 알아낼 수 없었다. 하지만 모두가 예상하기로는 어머니가 죽은 뒤 수도원을 나와서 어떻게든 살아남았던 것 같다. 그러지 않았다면 수호자들의 대가 끊겼을 테니 말이야."

"필리파가 수도원에 올 때 책을 가지고 왔는지도 적혀 있었나요?"

루시가 잔뜩 흥분한 채 물었다.

"맞아. 정확히 말하자면 세 권의 책을 가지고 들어갔더구나. 거기에 그녀가 가지고 있던 물건이 자세하게 기록되어 있었거든. 말 한 마리, 면으로 된 천 몇 장, 백 파운드를 가지고 있었다고 적혀 있어. 책만 제외하고 모든 건 수도원에 넘겼지. 그건 그녀의 개인 소유품으로 들어간 것 같아."

"책의 제목은요?"

"성경책 한 권과 의학책 두 권이야. 아마 필리파의 소유물을 기록했던 수녀가 자신이 보고 싶은 대로 그 책을 본 거겠지."

루시가 네이선을 의심스럽다는 듯 곁눈질했다.

"네 생각은 어때?"

"그럴 거라고 봐."

"혹시 마리가 그 책들이 어떻게 됐는지도 찾아냈나요?"

제이크가 안타깝다는 듯 고개를 저었다.

"안타깝지만 찾아낸 건 거기까지야. 하지만 수도원을 떠날 때 그웬돌린이 책들을 가져갔을 거라고 생각한다. 그 책들이 어머니가 남겨 준 전부니까."

"하지만 그 이후로는 그웬돌린이 어떻게 됐는지 모르잖아요. 그녀의 흔적을 놓쳐 버리고 말았어요."

"안타깝게도 그런 것 같다."

제이크가 말했다.

"마리가 계속 찾아보고는 있지만 그웬돌린이 어디로 갔는지 모르는 이상 어딜 찾아봐야 할지 모르겠다."

"그녀가 어디로 갔을까요? 친척에게는 갈 수 없었을 거예요. 또 자기가 어디 출신이라는 것도 말할 수 없었겠죠. 하지만 핏줄을 이어 나가기 위해 결혼은 해야 했을 거예요."

"그냥 길거리에 나앉지는 않았을 거야."

네이선이 생각에 잠겼다.

"아마도 수녀들이 도와줬을 테지. 수녀 대부분은 귀족 가문 출신이었으니 그웬돌린에게 적합한 남자를 짝지어 줬겠지. 그게 누구인지 알 수 없다는 게 문제긴 하지만."

루시가 식탁 위에 이마를 댔다.

"이런 바보 같은 일이……."

그녀의 입에서 한숨이 흘러나왔다.

"도대체 그 책은 어디에 숨겨져 있는 걸까? 내가 찾아낼 수 있도록 조금만 도와주면 좋겠는데."

"어쩌면 그 방법이 제일 간단할지도 몰라."

네이선이 루시를 바라보며 말했다.

"직접 책과 의사소통을 해 보는 게 어떨까?"

"그게 무슨 말이야?"

루시가 놀란 눈으로 그를 바라보았다.

"그 책이 어디에 있는지조차 모르는데?"

"며칠 동안 계속 이 문제로 고심해 봤어. 내 생각에 그 책은 네가 자신을 찾아 주기만 기다려 온 셈이야. 만약 네가 자신을 찾고 있다는 걸 알게 된다면 스스로가 자신을 네 앞에 드러낼 거라고. 하지만 그건 반대로 말하자면 네가 먼저 책을 찾아야만 한다는 뜻이기도 해. 넌 아직 그 책에게 말을 걸지 않았잖아."

"나도 그 문제를 네 친구들과 의논해 봤다."

제이크도 입을 열었다.

"네이선의 말이 옳은 것 같구나. 적어도 그 책은 너에게까지 자신을 숨기진 않을 테니까."

"그럼 제가 어떻게 해야 하죠?"

"책들에게 물어봐. 그러면 책들이 그 책에게 네가 찾고 있다는 걸 전해 줄지도 몰라."

"정말 그게 옳은 방법일까? 책들이 먼저 내게 《수호자의 책》

을 찾으라고 말해 줬잖아. 만약 그들이 어디에 있는지 알고 있었다면 진작 말해 줬겠지. 책들조차 그게 어디에 있는지 모르고 있으니 내게 찾으라고 말한 게 아니겠어?"

"물론 네가 자신들을 해방시켜 주려면 《수호자의 책》을 찾아야 한다는 걸 가르쳐 주긴 했지만 네가 직접 준비됐다고 말하진 않았잖아. 어쩌면 네가 직접 부탁하는 게 중요한 건지도 몰라. 《수호자의 책》을 찾고 싶다고 말이야. 수호자가 자신의 임무를 수행할 준비가 되었음을 밝히는 거지. 그럼 《수호자의 책》은 자신의 숙명을 이룰 때가 이르렀음을 깨닫게 되는 거야. 그럼 다른 책들에게 자신이 어디에 몸을 숨기고 있는지 알려 주겠지. 책들은 널 그 책에게로 인도해 줄 테고."

"바로 그거야!"

제이크가 눈을 빛내며 탄성을 터뜨렸다.

루시도 고개를 끄덕였다.

"한번 해 볼게."

그런 다음 몸을 일으켰다.

"같이 가 줄까?"

루시가 고개를 저었다.

"이건 나 혼자 해야 할 것 같아."

루시는 제이크의 집에 있는 작은 서재로 갔다. 그런 다음 깊이 심호흡을 했다. 루시가 두려웠던 건 단 한 가지, 바로 책들이 자신과 더 이상 말하지 않게 되는 것이었다.

"안녕."

루시가 속삭였다. 그런 다음 헛기침을 한 후, 좀 더 큰 목소리로 말했다.

"나 너희들에게 부탁하고 싶은 게 있어."

비록 대답은 없었지만, 지금 책들이 기대 어린 채 속삭이고 있다는 걸 알 수 있었다.

"너희들은 나에게 책들을 해방시키기 위해서 《수호자의 책》을 찾으라고 가르쳐 줬지. 나 정말이지 그 책을 찾고 싶어. 하지만 책을 찾지 못하는 이상은 아무것도 할 수가 없어. 그 책은 자신의 모습을 변화시킬 수 있는 책이라는 걸 알아. 듣기로는 자신의 진정한 내용을 나에게만 보여 준다고 하던데, 혹시 내가 무슨 신호를 보내 주기만 기다리고 있는 건 아닌지 물어보고 싶었어. 너희들이 그 책에게 내 말을 전해 줄 수 없을까? 그 책이 내가 자신을 찾고 있다는 것과 책들을 오랜 감금에서 해방시킬 준비가 되었다는 걸 알아야 해. 그렇게 해 줄 수 있어?"

루시는 침묵했다. 그리고 책들도 침묵했다. 루시는 책들도 자신을 소유한 사람의 성품을 닮는 건지 궁금했다. 제이크도 과묵한 편이었기 때문이다. 하지만 그가 입을 열 때면 그의 말에는 무게가 있었다.

"한번 해 볼게."

갑자기 부드러운 음성이 들려왔다.

"하지만 장담은 할 수 없어. 그 책은 세상에서 자취를 감춘 지 오래됐으니까. 우리조차 오래된 전설로만 알고 있었어."

루시가 안도하며 미소 지었다.

"고마워. 나도 그 이상은 바라지 않아."

"이게 성공했으면 좋으련만."

그날 밤, 루시는 네이선의 팔을 베고 누워서 속삭였다. 그들은 이전의 그 어떤 밤들보다도 더 격정적이고 절박하게 사랑을 나누고 난 뒤였다. 비록 네이선은 아무런 말이 없었지만 루시는 그도 두려워하고 있다는 걸 느낄 수 있었다. 루시는 한참 뒤척이다 가까스로 잠이 들었다.

"루시, 내 말 들려?"

루시가 주위를 둘러보았다. 방 한구석에서 형체 하나가 스물거리며 기어 나왔다. 루시는 겁에 질렸다.

"겁내지 마. 나야, 엘리자베스."

"엘리자베스! 무슨 일이야?"

루시가 밝은 회색의 유령을 바라보며 물었다.

"나에게 앞으로 무슨 일이 일어나게 될지 말해 줬잖아."

엘리자베스가 슬픈 미소를 지었다.

"이렇게 빨리 진행될 줄은 몰랐어."

"널 다른 유령들에게서 지켜 내기 위해 힘을 많이 소진했어."

"미안해, 다 내 탓이야. 날 지켜 주지 말았어야 했어."

"루시, 당연히 내가 했어야 하는 일이야. 우리 둘 다 그걸 알잖아. 그러니 미안해할 필요 없어. 난 네가 어디에서 《수호자의 책》을 찾을 수 있는지 말해 주러 왔어. 책들에게 도움을 청한 건 잘한 일이야. 책이 네 부름에 답했어."

"어디에 있대?"

루시가 침대에서 일어섰다. 정말 성공했던 것이다.

"하지만 책에 접근하기 쉽지 않을 것 같아."

"빨리 말해 줘. 우린 해낼 수 있을 거야."

"바티스트 드 트레메인이 절대로 찾을 수 없는 곳에 있었어."

"그게 어딘데?"

"그의 도서관 안."

"뭐라고?"

"그건 그웬돌린의 아이디어였어. 실제로 몇 세기 동안 아무도 찾아낼 수 없었지. 사실 그웬돌린은 그 책이 무슨 책인지 몰랐어. 그랬음에도 불구하고 그 책을 바티스트의 도서관으로 잠입시키는 데 성공했어. 그녀는 수도원에 책을 맡기면서 만약 수도원에 무슨 일이 생기면 그 책을 다른 책들과 함께 드 트레메인가의 도서관에 기증해 달라고 부탁했던 거야. 그 당시엔 그런 식으로 책을 기증하는 게 흔한 일이었으니까. 그렇게 기증된 책들은 읽어 들여지거나 도서관 안에 보관되었어. 《수호자의 책》이 어떻게 자신을 숨겼기에 아무도 그 책을 읽어 들일 수 없다는 걸 눈치채지 못했던 건지는 모르겠어. 그 책이 어떤 드 트레메인에게 먼저 발견되었는지는 모르지만 분명 그를 매혹시킨 게 틀림없을 거야. 그웬돌린은 그들이 자기 도서관에선 그 책을 찾지 않으리라는 걸 알았거든. 바티스트조차 그 책이 전달해 주는 지식에 욕심을 낸 나머지 그 책을 아무도 보지 못하게 숨겨 두기 바빴어. 그래서 그 책이 뭔가 이상하다는 걸 눈치채지 못한 거야. 그 책은 그들의 지하 도서관에 있는 보호책들 사이에 꽂혀 있어."

루시는 엘리자베스의 말을 듣고도 믿을 수가 없었다.

"거길 어떻게 들어가지? 불가능해!"

"루시, 해 보는 수밖에 없어. 책이 너를 기다리고 있어."

그런 다음 엘리자베스는 루시의 눈앞에서 먼지처럼 흩어져 사라져 버렸다.

"잠깐만!"

루시가 외쳤다.

"우릴 도와줘. 책에게 우리가 어떻게 해야 하는지 물어봐 줄 수는 없는 거야?"

하지만 엘리자베스는 돌아오지 않았다.

"루시, 일어나 봐."

누군가가 그녀의 어깨를 흔들었다.

"정신 차려! 넌 꿈을 꾼 거야."

루시가 눈을 번쩍 떴다.

"꿈이라고?"

네이선이 그녀를 걱정스러운 눈으로 바라보며 고개를 끄덕였다.

"나 이제 그 책이 어디에 있는지 알아."

루시가 멍하니 중얼거렸다.

20장

언어는 모든 오해의 근원이다.

— 앙투안 드 생텍쥐페리

안 그래도 루시는 탈출 이후에 계속 클라라와 알리스데어를 걱정하고 있었다. 그래서 조나단이 루시를 대신해 클라라와 통화를 했다. 클라라는 바티스트가 루시가 도망친 다음 날 더 이상 성에 나타나지 말라고 명령했다고 전해 주었다. 그 후로 알리스데어와는 말 한마디 나누지 못했다고 했다. 이상한 건 경찰이 단 한 번도 클라라의 집에 나타나지 않았다는 사실이었다. 루시는 바티스트가 보퍼트의 집에서 일했던 클라라를 의심하지 않았다는 데 기뻐했다. 알리스데어가 어떻게 됐는지 알게 될 날도 올까?

"이제 가장 끔찍한 부분이 막 시작되려는 거겠지?"

두 사람은 침대 위에서 꼭 끌어안은 채 누워 있었다. 불빛을 모두 끈 채 침대에 누워서 출발할 시간이 되기를 기다리고 있었다. 어둠 속에서 시간은 천천히 흘러갔다.

"안타깝게도 그렇다고 볼 수 있어. 할아버지는 자신의 소유물을 숨이 멎는 순간까지 지켜 내려 할 테니까. 그 자신이 궁지에 몰리면 아무것도, 아무도 신경 쓰지 않을 거야."

네이선이 루시의 뺨을 쓰다듬으며 이마에 입 맞춰 주었다.

"우린 우리가 할 수 있는 만큼만 최선을 다하는 거야. 그 이상은 불가능해. 알았지?"

"우리가 해내야만 해. 나의 부모님을 위해, 물랑 부인을 위해, 신부님과 올리브 씨, 그리고 내 앞 세대의 모든 수호자들을 위해."

"그들도 네게 무슨 일이 생기는 걸 원치는 않을 거야."

"물론 그럴 수도 있겠지만 난 책들에게 빚을 졌어. 특히 내가 읽어 들인 책들에게 말이야."

자신이 책들에게 했던 일을 떠올리자 마음이 괴로웠다.

"당시의 넌 지금의 네가 아니었어."

네이선이 루시를 위로했다.

"책들도 그걸 알아. 안 그랬다면 널 여전히 도우려 하겠어?"

하지만 어떤 말로도 루시에게 위안을 줄 수는 없었다. 자신은 책들을 배신하고 만 것이다. 그들을 돕겠다고 약속해 놓고선……

"더 이상 그 생각은 하지 마. 그런 건 지금 상황에 아무런 도움이 안 되니까. 책을 해방시키자는 우리의 계획과 지금 상황은 딱 맞아떨어지고 있어. 난 이번 계획이 성공할 거라고 확신할 수 있어."

그가 루시를 긍정적인 눈빛으로 바라보았다. 하지만 루시는 그가 너무 낙천적인 것 같았다.

"《수호자의 책》은 네가 수 세기 동안 기다려 오던 전설 속의 소녀가 아니었다면 절대로 자신이 어디에 있는지 알려 주지 않았을 거야. 일단은 책을 손에 넣은 다음 어떻게 해야 할지 생각해 보자. 분명 그 책이 우리가 어떻게 해야 할지 알려 줄 거야. 일단은 좀 쉬어 둬. 아직 세 시간 정도 남았어."

네이선이 루시의 몸 위에 양모 담요를 덮어 주었다.

"난 깨어 있을 거야. 그리고 너에게 악몽이 다가오지 않도록 지켜 줄게."

그가 손가락 끝으로 루시의 몸을 부드럽게 어루만져 주었다. 그의 손길 덕분에 두려움이 사라지는 것 같았다. 그녀는 네이선의 품속으로 파고들며 그의 머리를 자기 쪽으로 끌어당겼다. 두 사람의 입술이 만나자 루시는 눈을 감고 네이선의 섬세한 애무에 몸을 맡겼다. 그들이 사랑할 때만큼은 바깥세상도 그들 안으로 침범할 수 없었다.

"자, 시작하자."

네이선이 속삭였다. 그들은 아직 방 안에 있었지만, 이제 마지막인 것처럼 키스를 나누었다. 그의 입술이 열정적으로 그녀의 입술을 찾았고, 루시는 네이선도 자기와 똑같이 두려워하고 있다는 걸 느낄 수 있었다.

이제 그들은 제이크가 가져다준 검은색 옷을 입고 머리에도 검은색 모자를 깊게 눌러썼다.

제이크는 계단 발치의 어둠 속에 서 있었다.

"너희가 꼭 이래야 할 필요는 없어."

그의 목소리에 두려움이 묻어났다.

"이게 우리의 마지막 기회입니다."

네이선이 그의 어깨에 손을 올리며 말했다.

"모든 것에 감사드려요."

루시는 제이크의 볼에 입 맞추었다.

"고마울 것 없어. 네이선의 할머니에게 진 빚을 갚는 것뿐이란다."

이제 두 사람은 말없이 어둠 속을 걷기 시작했다. 모든 건 계획되어 있었다. 이미 몇 주 전부터 책을 해방시키는 계획을 논의해 왔던 것이다. 두 사람은 논의와 논의를 거듭하며 계획의 상세한 부분까지 완성시켰다. 그리고 TV에서 더 이상 자신들의 얼굴이 보이지 않을 때까지, 그리고 보퍼트의 죽음에 대한 충격이 가라앉을 때까지 기다렸다. 그들은 바티스트가 자신이 안전하다는 생각에 사로잡혀서 시간이 흘러감에 따라 부주의해질 때까지 기다렸다. 그리고 시간을 최대한 벌고 싶었다. 두 사람만의 시간을 충분히 가졌다고 생각될 정도의 시간 말이다. 그리고 계속해서 책을 해방시키기에 완벽한 순간이 언제인지 토론했다. 물론 두 사람도 계획이 성공하기에 완벽한 순간 따윈 없다는 걸 알고 있었다. 그들이 성공할 확률보다는 지하 도서관에 들어가자마자 바티스트가 그들을 사로잡을 위험이 더 크다는 것도 알았다. 하지만 다른 방법이 없었다. 엘리자베스는 두 번 다시 루시의 꿈에 나타나지 않았고, 루시는 이대로 엘리자베스가 사라져 버린 걸까 봐 두려웠다.

하늘에는 별 하나조차 보이지 않았다. 그들이 드디어 운명의 장소에 도착하자 검은 구름이 달 없는 밤하늘에 추격하듯 몰려들고 있었다.

제이크가 네이선에게 작별의 악수를 청한 다음, 루시를 꽉 끌어안아 주었다.

"너희에게 행운이 있길 비마. 난 여기에서 아침 동이 틀 때까지 기다리고 있다가 만약 너희가 나타나지 않으면 돌아가겠다."

네이선은 루시의 손을 잡고 함께 좁은 숲길을 걸어 내려갔다. 음산한 하늘 아래 바티스트의 저택이 모습을 드러냈다. 그들은 정문으로 들어갈 수는 없었다. 둘은 저택 부지를 둘러싸고 있는 높은 담장 사이로 들어갈 수 있는 틈을 찾아내야 했다. 네이선이 미리 와서 어딘가 허술한 부분을 찾아보려 했지만 그건 너무 위험했다. 이제는 지금 당장 어딘가 드나들 곳을 찾아내길 바라는 수밖에 없었다. 성 주위의 길은 가팔랐다. 게다가 가장 문제였던 건 지금 계절에 들판 위에는 몸을 숨길 만한 곳이 없다는 사실이었다. 그들은 축축한 들판을 따라 길 가장자리에 자라고 있는 덤불에 몸을 숨기고 이동해야 했다. 저택에 다가갈수록 점점 초목들도 무성해졌다. 몇 년 전, 바티스트는 영지 주위에 나무와 덤불을 옮겨 심었던 것이다. 이제 두 사람은 틈이 없을 정도로 무성하게 자란 작은 나무 사이로 파고들어야 했다. 계속 잔가지들이 루시의 얼굴에 생채기를 냈다. 적어도 지금은 통증 때문에 들판으로 불어닥치는 차가운 얼음 바람조차 느껴지지 않았다.

루시는 마치 보호하듯 한 손을 배 위에 올려놓았다. 자신이 더는 혼자가 아니라는 사실을 느낄 수 있었다. 아직 초기였지만 배 속에 네이선의 아이가 자라고 있다는 걸 확신할 수 있었던 것이다. 하지만 그에게는 말하지 않았다. 만약 그 사실을 네이선이 알았다면 루시를 절대로 보내 주지 않았을 것이기 때문이었다. 루시는 이 일을 해내야만 했다. 책들을 위해, 네이선을 위해, 그리고 그들의 아이와 자신을 위해 반드시 성공시켜야만 했다. 더 이상 도망칠 곳은 없었다.

네이선이 잠시 걸음을 멈추고 루시의 손을 잡았다. 그런 다음 말없이 땅 위로 솟아 있는 높다란 울타리를 가리켰다. 여기까지는 어떻게든 해낸 셈이었다. 울타리는 매우 오래되었지만 튼튼해 보였다. 바티스트는 연맹의 비밀을 지키기 위해 모든 걸 철저히 갖추고 있었다.

"울타리 위를 기어 올라가야 할 것 같아. 네가 올라가도록 받쳐 줄게."

그가 속삭였다.

"안쪽에 누가 없는지 살펴봐."

혹시 저택 내를 지키는 사람이 있을지도 몰랐다. 제이크가 지난 몇 주 동안 계속 소피아에게 전화를 걸었지만 네이선과 루시에 관련된 건 입도 뻥긋하지 않았다. 여동생을 위험에 빠뜨릴까 봐 걱정이 되었기 때문이다. 네이선은 혹시 밤 시간에 오리온이 영지 내를 지키고 있지 않을지 걱정이 되었다. 조심을 기하는 게 좋을 것 같았다. 루시가 또다시 저 괴물에게 물리게 둘 수는 없었다.

네이선이 벽을 등지고 몸을 굽혀 손을 모아 주자 루시가 그의 손과 어깨를 디디고 벽 위로 올랐다.

"아무것도 안 보여. 여긴 말 그대로 숲 속 같아."

"좋아. 그럼 일단 아래로 내려가 봐. 하지만 최대한 조용히 내려가도록 조심해!"

루시는 천천히 돌벽 위로 몸을 밀어 올렸다. 그런 다음 모서리를 단단히 잡고 벽의 반대쪽으로 몸을 미끄러뜨리며 벽에 매달렸다. 그런 다음 발이 땅에 닿지는 않지만 손을 놓았다. 높이는 그리 높지 않았지만 워낙 고요한 밤이었기 때문에 약간의 마찰음이 있었다. 그녀의 몸 아래에서 마른 나뭇가지가 사각거리는 소리, 작은 나뭇가지가 우두둑 꺾이는 소리가 났다. 루시는 숨을 깊이 들이마셨다. 그런 다음 지금 당장이라도 오리온이 어딘가에서 달려올 거라고 생각하고 긴장한 채 주위를 둘러보았다. 하지만 아무 일도 없었다. 잠시 후 네이선이 조용히 착지하며 숨을 내쉬는 소리가 났다. 그는 그녀에 비해 훨씬 조용했다.

"미안해."

루시가 중얼거렸다.

네이선은 고개를 저은 다음 나뭇가지와 수풀을 헤치며 길을 내 주었다. 두 사람은 저택 뒤의 관목 숲에 들어와 있었다. 그들은 정원 가장자리를 따라 조심스럽게 이동했다. 저택은 깊은 어둠에 잠겨 있었다. 정원 중간에 드문드문 가로등이 서 있는 게 보였다. 예배당에 가까워질수록 루시는 불안해졌다. 여태까지 모든 게 너무 문제없이 진행되었던 것이다.

네이선이 갑자기 제자리에 우뚝 서서 루시를 서둘러 그림자 속으로 밀어 넣었다.

두 사람은 오래된 나무 뒤에 몸을 숨긴 채 숨을 죽였다. 그때 누군가가 다가오는 소리가 들렸다. 남자 두 명이 그들과 멀리 떨어지지 않은 곳에서 이야기를 나누며 길을 따라 내려오고 있었다. 루시는 그들이 무슨 이야기를 나누는지 알아들을 수 없었다. 그들의 손전등 불빛이 루시와 네이선이 몸을 숨긴 나무줄기와 수풀 사이를 훑었다. 이제 그들에게 발각되는 건 시간문제였다. 그때 루시의 볼에 작은 벌레가 달라붙었다. 루시는 당장이라도 벌레를 떼어 내고 싶었지만, 네이선이 그녀의 손을 꽉 잡고 내리눌렀다. 목소리가 점점 가까워졌다.

"30분 후에 교대야."

남자들의 말소리가 들렸다.

"돌아가자. 어차피 이쪽엔 아무 일도 없어. 왜 저 늙은이가 이쪽을 지키려고 하는지 이해가 안 간단 말이야. 이쪽에 뭐 값진 거라도 숨기고 있나? 솔직히 경보 장치만으로도 충분할 것 같고만."

"으음. 정말 피곤하군."

루시에게서 가까운 곳에 서 있던 남자가 대꾸했다. 그들은 몸을 돌렸고, 루시의 발치에 몇 번인가 빛줄기가 비쳤지만 다행히 발각되진 않았다. 그런 다음 경비들이 멀어져 갔다.

루시는 안도의 한숨을 내쉬고는 얼굴에서 곤충을 떼어 냈다.

"경비를 강화했어. 왜지? 우리가 올 거라는 사실은 모르고 있었을 텐데."

네이선이 루시의 물음에 어깨를 으쓱해 보였다.

"어느 순간부턴 할아버지가 어떤 행동을 왜 하는가에 대해 너무 깊이 생각하지 않기로 했어. 그는 편집증적인 데가 있어. 아무튼 서두르자. 저들이 말하는 것 들었지? 운이 좋으면 경비가 교대할 시간에 맞춰서 예배당에 들어갈 수 있을 거야. 다행히 그리 철두철미하게 지키는 것 같지는 않군."

두 사람은 주변을 둘러본 다음 다른 쪽으로 예배당에 접근했다. 거기에서 큰 너도밤나무 뒤에 몸을 숨겼다. 그 순간 예배당 문이 열리더니 남자 하나가 나오는 게 보였다. 그가 예배당 문 앞을 지키던 경비들과 몇 마디 말을 주고받더니 저택 쪽을 향해 함께 걸어갔다.

루시의 귀에 그들의 말소리가 스쳤다.

"······아무 일도 없어······. 하지만······. 제 시간에 맞춰······."

"지금이 기회야. 부디 저 안에 아무도 없길 바라야지. 준비됐어?"

루시는 고개를 끄덕이고 그의 손을 꽉 잡았다. 여기부터 정말 위험했다. 몸을 숨길 만한 데가 아무 데도 없었기 때문이다.

두 사람은 손을 잡고 풀밭을 달려서 단숨에 예배당 문에 도달했다. 네이선이 문을 열었다. 그런 다음 루시를 안으로 들여보내고, 자신은 한 번 더 바깥을 살핀 다음 루시의 뒤를 따랐다.

둘은 문에 몸을 기대고 잠시 숨을 몰아쉬었다.

"자, 빨리!"

루시가 예배당 안을 가로지르며 재촉했다. 납골당으로 나있는 계단을 내려가 보았지만 그 안에도 경비는 없었다. 여태까지는 말도 안 될 정도로 운이 좋았다. 하지만 계속 이렇게 일이 술술 풀릴 거라고는 생각할 수 없었다.

네이선이 지하 도서관으로 향하는 비밀 통로의 장치를 눌렀다. 루시가 손전등 불을 켰고, 어두운 비밀 통로의 내부를 비추어 보았다. 지난번과는 달리 벽에 횃불이 타고 있지 않았다. 루시가 들어간 다음 네이선은 혹시 모를 위험을 줄이기 위해 다시 통로 입구를 닫았다. 그런 다음 벽을 더듬으며 계단 아래로 내려갔다.

"부디 이번에도 책들이 문 여는 걸 도와줘야 할 텐데."

그게 루시의 가장 큰 걱정거리였다.

"두고 보면 알겠지."

네이선이 대꾸했다.

"비록 넌 계속 자책하고 있겠지만, 다들 네게 잘못이 없다는 걸 알고 있어. 넌 저들을 도우려고 여기에 온 거야. 만약 그걸 이해해 줄 수 없다면 구해 줄 가치도 없어."

"쉿, 책들이 듣겠다."

둘은 한치 앞도 내다볼 수 없는 위험 상황임에도 불구하고 웃음을 터뜨리고 말았다.

"책들도 사람이나 마찬가지야."

루시가 말했다.

"물론 네 말이 맞아. 몇몇은 나에게 참기 힘들 정도로 모욕적인 말들을 퍼부었고, 또 몇몇은 매우 오만하더군."

루시는 네이선과의 대화로 긴장감을 떨쳐 버릴 수 있어서 좋았다. 손전등의 희미한 불빛은 칠흑 같은 어둠을 몰아내기에는 역부족이었다. 그리고 지하 도서관으로 뻗어 있는 통로는 점점 더 좁아지는 느낌이었다. 루시는 점점 숨을 거칠게 몰아쉬었다. 그들 앞에 기다리고 있는 위험에 대한 공포가 점점 커져 갔던 것이다. 네이선의 말과 달리 책들이 자신을 경멸하고 있을 것 같다는 생각이 들었다. 바티스트가 그녀에게 어떤 짓을 했는지는 중요하지 않았다. 중요한 건 이 세상에서 절대로 책들을 배신해서는 안 되는 단 한 사람이 책을 훔치는 짓을 저질렀다는 사실이었다.

그들은 드디어 계단 아래에 도착했다.

"이제 문을 열어 보자."

네이선이 말했다.

"그런 다음에는 책이 스스로 어디에 있는지 드러내 줘야 해. 그럼 그걸 가지고 얼른 여길 나가자. 시간을 지체해선 안 돼. 우리에게 필요한 건 그 책 하나뿐이야."

루시는 고개를 끄덕인 다음, 마지막으로 여기에서 일어났던 일들을 떠올렸다. 그때도 더 빨리 이곳을 나갔어야 했다. 자신이 지체하는 바람에 결국은 책들을 실망시키고 말았던 것이다. 이번에도 《수호자의 책》을 들고 나가는 것밖에는 할 수 없을 게 뻔했다.

"책들이 우리를 들여보내 줘야 할 텐데."

루시가 중얼거렸다.

네이선이 의아하다는 얼굴로 그녀를 바라보았다.

"왜 들여보내 주지 않을 거라고 생각하는데?"

루시가 어깨를 으쓱해 보이며 대답을 피했다.

"왜 그래? 뭔가 하고 싶은 말이 있어?"

"아니야. 단지 예감이 좋지 않아서."

루시는 자신도 그 감정이 어디에서 기인하는지 정확히 설명할 수가 없었다.

"일단 시작하자."

루시가 문에 손바닥을 댔다. 네이선도 그녀 곁에 서서 같은 행동을 했다. 이 부분이 그들의 계획에서 가장 자신 없는 부분이었다. 문을 한 번 더 열 수 있을 거라고 확신할 수가 없었기 때문이다. 책들이 자신들을 저버리지 말아 주기를 바라는 수밖에 없었다. 둘 다 아무 말도 하지 않았다. 그들 나름대로 책들에게 도움을 구하는 중이었기 때문이다.

네이선은 여태까지 자신들이 저질러 온 일에 대해 용서를 구했다.

루시의 눈앞에는 예전에 목걸이가 보여 줬던 장면들이 파노라마처럼 펼쳐지고 있었다. 그 당시에는 자신이 수호자라는 걸 몰랐다. 루시는 다시 한 번 몽세귀르 성의 사람들이 높게 쌓인 장작더미 위로 오르는 장면, 남자들이 아이들을 데리고 도망치는 장면과 책들이 산속 동굴 안에 영원히 봉인되는 장면을 바라보았다. 필리파와 그녀의 어린 딸이 도망치는 장면, 그리고 그녀가 쓸쓸히 눈을 감는 모습을 보았다. 남자들이 말이나 마차, 기차를 타고 유럽 대륙을 돌아다니며 인간들에게서 훔쳐 낼 책들을 물색하는 장면, 그렇게 많은 사람들을 행복하게 만들어 주었던 수많은 책들이 영영 자취를 감춰 버리는 장면, 큰 책, 작은 책, 영리한 책이나 어리석은 책, 거만한 책과 따뜻한 마음을 가진 책들……. 다양한 시대, 수많은 사람들의 순간의 생각과 감정이 담겨 있는 책들…….

루시는 자신의 손목 아래로 따스한 열기가 전해져 오는 것도, 그리고 거기에서 빛이 흘러나와 네이선의 빛과 얽히는 것도 보지 못했다. 그녀의 눈앞에는 책을 사랑했던 사람들과 그들의 과거가 펼쳐졌고, 루시는 그것만 묵묵히 바라보고 있었다. 그들의 얼굴에는 비난의 기색이 전혀 없었다. 루시가 느낄 수 있었던 단 한 가지는 간절함이었다. 잃어버렸던 책들을 구해 달라는 간절함이었다. 그 순간 문이 덜컹 소리를 내며 활짝 열렸다.

루시는 균형을 잃고 도서관 안으로 고꾸라질 뻔했지만, 네이선이 그녀를 붙잡아 주었다.

"잘했어."

루시는 몸을 떨고 있었다. 네이선은 그녀를 꽉 끌어안고 떨림이 진정될 때까지 기다려 주었다.

"괜찮아?"

그가 잠시 후 물었다.

"다들 나를 미워하는 게 아니었어."

루시가 중얼거렸다.

그가 루시의 머리칼에 머리를 묻고 나지막이 웃었다.

"내 말을 믿었어야지."

"못 믿겠는 걸 어떡해."

"이제 평생을 같이 살려면 믿어 줘야 할 거야."

"노력해 볼게."

루시가 몸을 일으키며 대답했다.

"이젠 어쩌지? 책이 어디에 있을 것 같아?"

"책에게 시간을 주자. 분명 우리에게 자신이 어디에 있는지 알려 줄 거야."

루시가 그의 손을 잡고 지하 도서관 안으로 깊숙이 걸어 들어갔다.

모든 게 전과 같았다. 어두운 통로와 사면에서 루시에게 속삭이는 책들은 마치 루시가 돌아오기만 기다린 것 같았다. 마음 같아서는 멈춰 서서 모든 책들을 다 쓰다듬어 주고 싶었지만, 네이선은 자꾸만 루시의 손을 잡아끌었다.

"그가 그 책을 발견하지 않았기를 바라는 수밖에."

네이선이 속삭였다.

"왜 하필이면 지금 그 책을 발견했겠어?"

"모르겠어. 난 단지 가능하면 빨리 여길 나가고 싶을 뿐이야."

"잠깐 기다려 봐."

네이선이 걸음을 멈췄다.

"무슨 일이야?"

"이걸 봐!"

그들의 손목에서 섬세한 빛줄기가 뿜어져 나오더니 바닥 위로 흘러가기 시작했고, 네이선과 루시는 깊게 생각할 겨를도 없이 빛을 따라 걷기 시작했다.

"빛이 우리를 책에게로 이끌어 주고 있어."

루시가 말했다.

빛을 따라 두 사람은 복도를 끝없이 걸어 들어갔다. 셀 수 없는 수의 책으로 가득 찬 서가들을 계속 지나쳤다. 빛은 몇 번이나 마치 길을 잃었다는 듯 망설였다. 그때마다 서가에 꽂혀 있는 책들이 그들을 격려해 주었다.

드디어 길이 끝나는 지점에서 무언가가 밝게 빛나는 게 보였다. 그 빛이 그 두 사람을 향해 무지개 빛깔로 뿜어져 나왔다. 두 빛이 하나로 만나더니 그 자리에 형형색색의 빛깔로 빛나는 구름이 만들어졌다. 네이선과 루시는 황홀한 눈빛으로 빛들의 향연을 바라보았다. 불꽃놀이가 끝나자, 하늘색의 새로운 빛이 그들을 이끌기 시작했다. 두 사람은 그 빛을 따라 다시 걷기 시작했다. 몇 개의 서가를 지나치자, 빛이 어떤 책장 위를 기어오르는 게 보였다.

네이선이 말없이 빛이 가서 멈춘 곳에서 책 한 권을 집어 들었다. 아마 그가 알고 있는 책인 것 같았다. 그 책은 파랗게 반짝이는 표지로 감싸여 있었다.

"믿을 수가 없군."

네이선이 감탄을 터뜨렸다.

루시가 그에게서 책을 받아 들었다. 책은 익숙하게 손에 감겼다. 마치 살아 있는 것 같은 느낌이었다. 표지에는 은빛으로 《수호자의 책》이라고 쓰여 있었다.

"드디어 찾아냈어."

루시가 경건하게 속삭였다.

"우리가 정말 해낸 거야!"

"나 전에 이 책을 본 적이 있었어."

"그게 무슨 뜻이야?"

루시가 그를 바라보았다.

"할아버지가 날 여기 아래에 가뒀을 때, 할아버지의 마법의 비밀을 알 수 있는 책을 찾고 있었어. 나는 그가 흑마법을 배운 책이 반드시 어딘가에 있을 거라고 믿고 있었거든. 다른 방법으로는 그가 그런 힘을 가지게 된 걸 설명할 수가 없었지. 그러다가 이 책을 찾게 된 거야. 이 책을 찾기까지는 오랜 시간이 걸렸지만, 내용을 들여다본 지 얼마 되지 않아서 책에 뭔가 특별한 게 있다는 게 느껴졌어. 마치 책이 내 손을 간질이며 달라붙는 것 같았지. 뭔가 할 말이 있는 것처럼 말이야. 그런 경험은 처음이었어. 어쩌면 책은 내가 널 도와야 할 사람이라는 걸 진작 알고 있었던 걸 거야. 만약 내가 그 당시에 이 책이 뭔지 알았다면 시간과 노력을 많이 절약할 수 있었을 텐데."

네이선이 믿기 힘들다는 듯이 고개를 흔들었다.

"미안해."

"네가 그걸 어떻게 알았겠어. 내 생각엔 바티스트도 이 책이 특별하다는 걸 진작 알았을 거야. 그러지 않았다면 왜 이 책을 이 뒤쪽에 숨겨 놨겠어?"

"어쩌면 책이 그가 알고 싶었던 지식을 모두 알려 줬기에 이 책만은 읽어 들이지 않고 여기에 숨겨 둔 게 아닐까? 나에게는 이상한 모양의 표식과 기호를 보여 줬어."

네이선이 말했다.

"난 이 책을 읽을 수조차 없었어."

루시는 황송한 듯 책을 쓰다듬었다. 그녀의 손길이 닿자 책이 마치 뜨겁게 반응하는 것 같았다. 그 책은 그리 눈에 띄지 않는 책이었다. 아무도 눈여겨 볼 것 같지 않은 그런 책 말이다. 정말이지 완벽한 눈속임이었다. 루시는 책을 펼쳐 들었다.

루시의 표식에서 빛이 흘러나와 투명한 빛의 막처럼 책을 감쌌다. 마치 책에게 인사를 전하고, 올바른 사람의 손에 들어왔다는 사실을 확인시켜 주려는 것 같았다. 작은 빛점들이 책장 사이에서 높이 뿜어져 나왔다. 노랗게 변색된 페이지 위에서 글자들이 춤을 췄다. 그림들도 변형되더니 전혀 새로운 형태를 이뤄 나갔다. 루시의 손이 닿자, 책이 깨어나기 시작했던 것이다. 책은 말이 없었지만 루시는 책이 숨 쉬기 시작한 걸 느꼈다. 마치 모습을 감추기 위해 숨을 참고 있다가 수 세기 만에 처음 숨을 쉬는 것처럼 깊이 숨을 들이마셨다.

"내가 왔어."

루시가 책에게 속삭였다.

"널 안전한 곳으로 데려가 줄게. 그렇게 오랫동안 몸을 숨기고 있었다니, 게다가 이렇게 위험한 곳에! 넌 정말 용감한 책이야. 조금만 운이 나빴으면 너의 비밀을 누군가에게 들켰을지도 몰라."

루시는 페이지를 넘기며 책이 스스로를 바꾸며 원래의 모습으로 돌아가는 걸 지켜보았다. 그 책은 지금까지 어떤 시간을 살아 냈던 것일까? 얼마나 많이 자기의 모습을 바꾸며 책을 소유했던 사람이 보고 싶어 하는 비밀을 말해 준 걸까? 루시는 책의 목소리에 귀를 기울이며, 자신의 영혼과 손길로 책을 깊이 느껴 보았다. 책에게서 느껴지는 단 한 가지는 바로 순수한 기쁨이었다.

책의 형태가 완성되었다. 이제 책의 표지는 깊은 코발트블루 색으로 반짝거렸다. 표지 위에는 부모님이 남겨 주신 목걸이에 있던 카타르 인의 십자가가 새겨져 있었다. 루시는 이 책을 만든 사람과 목걸이를 만든 사람이 동일 인물이라는 사실을 한눈에 깨달았다. 두 개의 물건 모두 수호자의 편에서 그들을 돕기 위해 오랜 시간을 견뎌 온 것들이었다. 비록 목걸이는 보퍼트의 저택에 두고 왔지만 이제 이 책이 그녀의 임무를 완수하도록 도와줄 것이었다.

루시는 지금 당장 여길 도망쳐야 한다는 걸 알았지만, 책장을 넘겨 보고 싶은 욕구를 거부할 수가 없었다.

《수호자의 책》. 루시는 두려워하는 마음으로 책의 제목을 읽었다.

프롤로그

나는 지금부터 수호자들에 대한 이야기를 전하려 한다.

남자들이 자신들의 의무를 저버리게 되자, 책들은 제 운명을 여자들의 손에 맡겨 탐욕스러운 남자들의 권력욕에서 그들을 지켜 냈다. 그리고 먼 훗날, 수호자의 핏줄에서 한 소녀가 태어나 나의 형제들과 자매들을 해방할 것이다. 마리아 막달레나의 후예는 우리를 실망시키지 않으리라고 예정되어 있었다. 나는 원래 연맹에 소유되어 있었지만 남자들의 배신 이후, 나의 운명을 필리파의 손에 맡겼다. 그녀는 나를 매우 오랜 기간 동안의 위험한 여행에 지참해야 했다.

나는 계속 몸을 숨긴 채 나의 시간이 오기를, 선택받은 소녀가 무엇을 해야 하는지 알려 줄 순간을 기다릴 것이다.

그 소녀가 나를 찾아내면, 나는 그녀를 알아볼 것이다. 그녀는 혼자 오지 않을 것이기 때문이다.

루시는 묵묵히 책에 적힌 말들을 읽어 내려갔다. 책이 그녀를 알아본 셈이었다. 이제 자신의 임무를 완수하기까지는 얼마 남지 않았다. 그러면 모든 게 끝날 것이다.

"네가 뭘 해야 하는지 적혀 있어?"

네이선이 그녀의 어깨 위로 고개를 들이밀며 물었다.

"지금 당장 네가 할 수 있는 일 말이야."

그들은 여태까지 몇 주 동안 책에 무슨 말이 쓰여 있을지만 고민해 왔다. 한번 보호책에 들어간 책들을 어떻게 해방해야 할지, 그게 얼마나 어려울지, 그리고 그런 다음에 책들이 어디로 가게 되는지 말이다. 그들의 옛 집은 이미 잃어버린 후였다. 하지만 어쨌든 그들에게 집은 필요했다.

루시는 계속 책장을 넘겼다. 처음의 몇 장은 여러 명의 수호자에 대한 이야기였다.

"그렇게 빨리는 못 찾겠어. 시간이 더 걸릴 것 같아."

"그럼 일단 여길 나가자. 예감이 좋지 않아."

네이선이 말했다.

"계획했던 것보다 책을 찾는 데 오래 걸렸어."

루시는 당장 자신들이 어떻게 해야 할지 책이 그 자리에서 말해 주었으면 하고 바랐다. 하지만 시간이 너무 촉박했다. 이 지하에서 1초가 더 흘러갈 때마다 그들이 발각될 위험도 커져만 갔다.

둘은 지하 도서관의 입구로 걸음을 옮겼다. 루시는 아무 말도 할 수 없었다. 책들을 이 지하에 내버려 둬야 한다는 생각에 아무 말도 할 수 없었던 것이다.

루시는 네이선을 따라 컴컴한 통로를 말없이 걸었다. 책은 가슴에 꼭 감싸 안고 있었다. 잠시 후, 루시는 주위가 이상하게 조용하다는 걸 깨달았다.

"네이선, 책들이 말을 안 해. 뭔가 이상해."

그들은 책상이 있는 곳에 도착하자마자 바티스트 드 트레메인의 차가운 눈을 바라보았다. 그의 얼굴 위로 광기 어리고 사악한 미소가 번졌다.

루시는 그를 멍하니 바라보았다. 그리고 네이선의 손을 놓고 가슴팍에 안고 있는 책을 더욱더 세게 끌어당겼다. 이 책만은 절대로 빼앗길 수 없었다.

바티스트가 그들을 바라보았다. 비록 책의 표지는 변했지만 그는 그게 무슨 책인지 한눈에 알아본 모양이었다.

"애야, 그 책을 그렇게 빼앗길 순 없단다. 그 책은 몇 년간이나 나에게 훌륭한 지식을 선사해 주었지. 내가 알고 싶었던 모든 걸 가르쳐 줬단 말이다. 그 책 덕분에 나는 더욱 막강해졌다. 그 책은 내게 복종하는 생명체를 만드는 방법도 알려 주었지. 또 어떻게 불과 책의 유령을 만드는지도 말이다. 널 거의 죽일 뻔한 독을 만드는 방법도 그 책에서 배웠다. 하지만 설마 그 책이 연맹이 몇 세기 동안 찾아오던 그 책일 거라고는 생각도 못 했군. 내게는 제 비밀을 드러내지 않은 채 감쪽같이 속인 거지. 이젠 그 책을 완전히 없애 버리겠어."

그가 루시를 노려보며 한 발짝 다가왔다. 그의 손이 루시를 향해 달려들었다.

"이리 내놔!"

"루시! 도망쳐!"

네이선이 그녀와 바티스트 사이로 뛰어들며 외쳤다.

"빨리!"

루시는 잠시 비틀거리다 다시 도서관 쪽을 향해 달리기 시작했다. 네이선이 분명 도서관에 다른 출구가 하나 더 있다고 말해 주었다. 바다 쪽으로 나가는 출구였다. 이제 거길 빨리 찾아내야 했다. 물론 바티스트의 경비들이 거기도 지키고 있겠지만, 그리로 사람이 나올 거라고는 예상하지 못할 터였다. 이제 남은 건 젖 먹던 힘을 다해 달리는 일뿐이었다.

끔찍한 바람 소리가 들려왔다. 루시는 뒤를 돌아보았다. 그녀의 눈앞에서 불꽃이 일어나고 있었다. 다시 저 끔찍한 불꽃과 마주하고 만 것이다. 루시는 걸음을 멈추고 뒷걸음질 쳤다. 루시의 시선이 그녀를 향해 날름거리는 거대한 불꽃의 혀를 더듬었다. 말도 안 돼! 다시 이런 상황에 처하다니!

"네이선!"

루시가 외쳤다.

"네이선! 어디에 있어?"

그녀의 목소리는 거대한 불꽃이 이글거리는 소리에 묻혀 버렸다.

"루시, 계속 달려!"

책들이 외쳤다.

"우리가 널 도와줄게. 우리를 믿어! 《수호자의 책》을 구해야 돼!"

하지만 루시는 이 모든 게 마치 끔찍한 데자뷔 같았다. 그녀 주위의 책들이 비명을 질렀다. 그녀 뒤에 있던 서가가 흔들거리더니 불길에 삼켜지며 무너져 내렸다. 루시는 통로 사이로 달렸지만, 이내 방향 감각을 잃어버리고 말았다. 갑자기 순식간에 그녀의 눈앞에 바티스트가 나타났다. 같은 자리를 맴돈 모양이었다. 불길이 그녀를 곧장 바티스트에게로 몰아넣은 것이었다.

"넌 도망칠 수 없다."

그가 부드러운 목소리로 타일렀다.

"하지만 내가 시키는 대로만 하면 여기서 살아서 나가게는 해 주지."

"네이선은 어디에 있지?"

루시가 그에게 외쳤다.

바티스트의 눈이 광기로 뒤집혔다.

"내가 어떻게 알아! 이제 그 녀석에겐 흥미 없다. 내가 원하는 건 바로 너야! 연맹에는 네이선보다 네가 더 필요해!"

그의 말에 루시가 고개를 세차게 저었다.

"다시는 너에게 이용당하지 않을 거야!"

"글쎄, 그건 어디 두고 보자꾸나."

바티스트의 뒤로 낯익은 형체들이 모습을 드러냈다. 불꽃의 열기에도 불구하고 루시의 몸이 얼음같이 차가워졌다. 바티스트는 제 하수인들까지 동원했던 것이다. 그들을 상대로는 싸울 수조차 없었다. 바티스트는 그들을 완전히 조종하고 있었다. 그가 천천히 루시에게 다가오자, 유령들도 그의 뒤를 따랐다. 그들은 마치 종이로 만들어진 거대한 회색의 벽 같았다. 그들의 차가운 눈이 루시를 노려보았다. 사방이 막혀 버렸다. 루시의 뒤에는 불꽃이 이글거리고 있었고, 앞쪽에서는 바티스트와 유령들이 루시의 퇴로를 완전히 차단하고 있었다. 모든 게 끝났다.

21장

우리는 문장과 문장 사이를 올바르게 읽어야 한다.

— 앙케 마가우어 키르시

"줄스, 이미 계획은 다 세워 놨어. 넌 여기 있어도 돼. 나랑 친구들이 가는 걸로 충분할 거야."

"하지만 너 혼자 가게 하지는 않을 거야."

"난 혼자가 아니야. 딘과 친구들이 도와주기로 했어."

"거기까지 데려다주는 것만 같이 가는 거잖아. 거기에 도착하면 넌 혼자가 될 거고. 나랑 토론할 필요가 없어. 같이 갈 테니까."

콜린은 한숨을 내쉰 다음 포기했다.

"넌 왜 이렇게 고집이 센 거야?"

"넌 나 없으면 아무것도 못하잖아."

줄스가 히죽 웃었다.

"넌 그래서 날 좋아하잖아."

콜린이 그녀를 어깨로 툭 쳤다.

이번에는 줄스가 그를 어깨로 쳤다.

"너도 내 말이 언제나 옳다는 거 알지?"

"그럼. 감히 반대할 생각도 못 하지."

그가 고개를 흔들며 대꾸하자 줄스가 웃음을 터뜨렸다.

그들은 드 트레메인가의 영지에서 수 킬로미터 떨어진 지역에 있는 작은 펜션에 묵으면서 계획을 실행할 순간이 오기를 기다리고 있었다. 둘은 창문 아래에 있는 커다란 침대에 나란히 앉아 있었다.

"우리가 괜히 루시와 네이선에게 방해물이 되는 거 아닐까? 오히려 두 사람의 계획을 망치면 어쩌지?"

줄스가 같은 질문을 몇 번이나 되물었다. 콜린이 수차례 진정시켰음에도 아직 안심하지 못한 모양이었다.

"그 고집쟁이들이 이 일을 자기 둘이서 헤쳐 나가려고 하지만 않았어도 우리가 이 고생을 하고 있진 않겠지. 옹고집들 같으니. 어쨌든 둘은 천생연분이야."

"나도 그렇게 생각해."

"하지만 바티스트의 저택에 들어가 책을 가지고 나오는 건 네이선 혼자서 해야 할 일이야. 만약 네이선이 루시를 도우려고만 한다면 그 책이 그 녀석에게도 정체를 드러낼 거야. 왜 자꾸만 루시를 위험에 빠뜨리는지 이해할 수가 없어. 게다가 루시는 왜 놈에게 매번 제 목숨을 내맡기는 거야?"

"넌 그냥 질투하는 거야."

"흥! 네이선 따위한테는 질투 안 해. 단지 녀석이 루시를 그 끔찍한 위험에 내던져 났던 건 절대 안 잊어버릴 거야."

"선택의 여지가 없었잖아. 안 그랬으면 루시가 죽었을 거라고. 네 바보 같은 머릿속에 그걸 어떻게 집어넣어 줘야 해?"

"선택의 여지가 없진 않았을 거야."

콜린이 대꾸했다.

"그래. 네 경우엔 바보같이 행동하느냐 아니면 고집스럽게 행동하느냐겠지."

"다 들었거든?"

"들으라고 한 소린데?"

"싸우지 말자."

콜린이 그녀에게 가까이 다가왔다.

"오늘 우리에게 무슨 일이 일어날지 누가 알겠어."

"난 두려워."

콜린이 그녀에게 팔을 둘러 자신 쪽으로 끌어당겼다.

"나도 그래, 정말이야. 넌 여기에 남아 있어. 나도 그게 나아. 적어도 너까지 걱정하지는 않아도 되잖아."

"정말 내 걱정도 해?"

"뭐야, 몰랐던 거야?"

줄스가 막 대답하려는 찰나, 누군가가 방문을 노크했다. 콜린이 문을 열고 딘을 들여보냈다.

"좀 어때?"

그가 물었다.

"아주 좋아."

"다른 애들하고는 30분 후에 해변에서 만나기로 했어. 거기에서 조금만 걸어가면 입구가 나와. 경비 두 명이 지키고 있는데, 그 정도는 제압할 수 있을 거야. 거길 계속 살펴보고 있었거든."

"아무에게도 발각되지 않았지?"

줄스가 노파심에 물었다.

딘이 줄스에게 웃어 보였다.

"이래 봬도 초짜는 아니라고."

"바티스트가 고용한 사람들은 프로야."

"줄스, 걱정하지 마. 우리는 두 놈을 때려눕혀 줄 테니 그다음에는 너희 계획대로 하면 된다고."

"계획을 자세히 말해 주지 못해서 미안해. 하지만 너희가 되도록 이 일에 깊이 관여하지 않는 게 낫거든."

"네가 그렇다면 그런 거지 뭐."

딘이 대꾸했다.

"5시까지 기다릴게. 그런 다음에는 돌아올 거야. 교대조에게 걸리고 싶진 않으니까. 알았지? 그리고 너무 늦어지면 그쪽 입구로 되돌아 나오진 마."

"알았어. 나도 우리가 그렇게 오래 걸릴 거라고는 생각하지 않아. 아마 한 시간 정도면 네이선과 루시를 데리고 나올 수 있을 거야."

딘이 어깨를 으쓱해 보인 다음 자신의 큰 손을 청바지 주머니에 넣었다.

"항상 예상하지 못한 일에 대비해 두는 게 좋아, 콜린. 아마 상당히 조심해서 행동해야 할 거라고."

"그럴게."

콜린이 대답했다.

"불길한 소리는 그만하라고."

"난 불길한 소리를 하는 게 아니라 미리 경고를 해 주는 거야. 물론 이게 도대체 무슨 일인지는 모르겠지만 지팡이를 짚고 다니는 장님이라도 뭔가 위험하다는 건 감지할 수 있다고. 난 내 친구들을 무슨 범죄 조직과의 위험한 일에 깊게 끌어들이고 싶지 않아. 우리도 루시와 걔의 남자 친구가 경찰의 수배를 받고 있다는 것 정도는 알고 있으니까. 하지만 나는 TV에서 떠들어 대는 것처럼 이 모든 게 정말 루시가 한 일이라고는 생각하지 않아. 그럼에도 불구하고 남자 둘을 때려눕히고 몇 시간이나 그 앞에서 기다리고 있는 건 정말이지 모험이라고."

"나도 알아. 그래서 더욱 너희들에게 감사하고 있어, 딘. 이 빚은 꼭 갚아 줄게."

"헛소리. 거기서 사지 멀쩡히 살아 나오는 게 빚 갚는 거다. 알았냐?"

"최선은 다할게."

줄스가 끼어들었다.

"좋아. 그럼 가 보자고. 따뜻하게 껴입는 게 좋아. 바깥은 추워."

그들은 말없이 집을 나왔다. 그런 다음 해변가에 세워 둔 차에 올라탔다. 그들은 조용히 나머지 친구들이 기다리고 있는 곳으로 차를 운전해 갔다.

　바깥은 몸이 떨릴 정도로 추웠다. 콜린은 여전히 자신이 하는 일이 옳은 건지 고민해 보았다. 자기들이 괜히 끼어들어서 네이선의 계획을 망쳐 버릴 수도 있었다.

　그에게 먼저 전화를 건 건 루시였다. 그리고 자신들의 계획을 알려 주었다. 하지만 이 일에는 아무도 끌어들이고 싶지 않다고 덧붙였다. 오로지 자신과 네이선만 이걸 감당하고 싶다는 거였다. 하지만 콜린은 런던에 가만히 앉아 모든 일이 잘 풀리는 걸 기다리고만 있을 수가 없었다. 루시는 전화에서 해변에서 도서관으로 들어가는 길을 택할 거라고 했다. 하지만 나중에 계획을 바꾼 모양이었다. 콜린 생각에는 해변 쪽 길이 안전했다. 나중에라도 자신들이 더 안전한 퇴로를 확보해 준 걸 루시와 네이선이 고마워해 주길 바랄 뿐이었다.

　"저쪽에 경비들 보여?"

　딘이 두 개의 검은 형체를 가리켰다.

　"지루해하고 있군. 좋은 신호야. 그럼 그리 주의하진 않을 테니까. 무슨 일이 일어날 거라고는 생각하지 않는 거지."

　그가 콜린에게 쇠 지렛대를 내밀었다.

　"이걸로 문이 열렸으면 좋겠군. 미리 봐 두었다면 좋았을 텐데."

　"이걸로 충분해. 고마워."

"5분 기다렸다가 우리 뒤를 따라와. 알았지?"

콜린과 줄스가 고개를 끄덕였다. 그들은 추운 해변의 사구에 숨어서 딘과 그의 친구들이 어둠 너머로 사라지는 걸 지켜보았다.

"왠지 나 자신이 B급 스릴러 영화의 주인공이 된 것 같아."

줄스가 신경질적으로 큭큭 웃었다.

"그런 영화라면 안타깝게도 브래드 피트나 탐 크루즈는 안 나오겠네. 실망스럽겠어."

콜린이 중얼거렸다.

잠시 후, 누군가가 얻어맞는 소리와 나직한 비명 소리가 들렸다. 콜린이 시계를 내려다보았다.

"좋아, 우리도 가 보자."

그가 쇠 지렛대를 손에 든 채 줄스의 손을 잡았다.

동굴 입구에서 딘이 기다리고 있었다. 그의 친구들이 바닥에 뻗어 있는 경비들을 결박하고 눈가리개까지 씌우고 있었다.

"시간이 별로 없어."

딘이 한 번 더 충고했다.

"서둘러!"

콜린과 줄스는 손전등을 켠 다음, 어둡고 습한 통로를 비춰 보았다. 동굴 벽은 이끼와 물풀로 뒤덮여 있었다.

"자, 그럼 가 볼까."

콜린이 깊게 심호흡을 한 다음 동굴 속으로 걸어 들어갔다. 줄스도 그의 뒤를 따랐다. 둘은 한참을 걸어 들어갔다. 줄스는 과연 이 길이 끝나긴 할지 의심스러울 정도였다. 게다가 동굴 속에 해수가 들어와서 미끌거리는 통에 걷는 것조차 쉽지 않았다.

"이 앞에 뭔가 기다리고 있을까?"

좁고 어두운 동굴 속에 줄스의 목소리가 공포스럽게 울렸다.

"아닐걸."

콜린이 대답했다.

"그러지 않고서야 저기 동굴 입구에 바티스트가 일부러 경비들을 세워 뒀을 리가 없잖아. 그러니까 뭐가 달려들 거라는 걱정은 안 해도 된다고 생각해. 아니면 내 바람일 뿐일지도 모르고."

"그럼 나도 그렇게 바라야겠네. 아무튼 도대체 입구는 어디에 있는 거야?"

갑자기 동굴이 왼쪽으로 급히 틀어졌다. 그리고 계단 몇 개가 보였다. 그러더니 몇 번인가 그런 식으로 구불구불한 커브가 이어졌다. 줄스는 마치 산 채로 무덤 속에 들어가는 것 같은 기분이 들었다.

"다행히 갈림길은 없네. 만약 갈림길이라도 나왔다면 대책 없이 길을 잃었을 거야."

"나에겐 지금 이 상태만으로 충분히 끔찍해."

줄스가 중얼거렸다.

"이대로 영영 여기에 갇히는 게 아닐까?"

"하지만 루시가 말하길 분명히 이쪽에 통로가 있댔어. 그러니 분명 도서관으로 통하는 문이 있을 거야."

"그래, 그러시겠지. 이 길이 얼마나 긴지도 루시가 말해 줬어?"

"안 물어봤어."

콜린이 기분이 상한 듯 중얼거렸다.

"일단 동굴 입구를 발견한 것만 해도 기뻤다고. 솔직히 경비들이 아니었다면 그조차 못 찾았을 거야. 바티스트한테 오히려 고마워해야 할 지경이야."

"바티스트가 멍청한 인간이 아니라는 건 이미 충분히 입증이 됐잖아."

줄스가 콜린에게 쏘아 주었다.

"그 인간만큼은 절대 만만하게 봐선 안 돼. 어쩌면 입구에 마법을 걸어서 절대 못 찾도록 해 놨을지도 몰라."

"제정신이 아니구나."

둘은 잔뜩 기분만 상한 채 계속 길을 걸었다. 그러다가 갑자기 어느 순간 그들의 손전등 불빛에 문 하나가 드러났다.

줄스가 숨을 들이마셨다.

"내 생전에 이렇게 기뻤던 적은 없어. 물론 저 문 뒤에 뭐가 기다릴지는 모르겠지만 말이야."

콜린이 한숨을 내쉰 후 문의 열쇠 구멍을 바라보았다. 다행히 아주 오래된 거였고, 그리 튼튼해 보이진 않았다.

"좀 웃기네. 바티스트도 분명히 누군가가 이 문을 찾을 거라는 건 예상해 뒀을 텐데."

줄스가 중얼거렸다.

콜린이 호주머니에서 곁쇠를 꺼내 잠긴 문에 달라붙었다. 보퍼트 저택 지하에서 샘이 잠긴 문을 열 때는 간단해 보였지만 막상 해 보니 진땀이 났다.

"차라리 카드로 여는 게 낫지 않겠어?"

줄스가 그를 지켜보다 한마디 쏘아붙였다.

하지만 콜린은 줄스의 말을 신경 쓰지 않고 쇠 지렛대를 집어 들었다. 그런 다음 돌 벽과 나무 문 사이에 지렛대를 넣어 문을 부수려고 해 보았다. 영화에서는 눈 깜짝할 사이에 문이 열리더니, 현실에서는 문과 벽 사이의 틈에 지렛대를 쑤셔 넣는 것조차 어려웠다. 그는 몇 번이나 재차 시도했지만 미끄러지기만 할 뿐이었다.

"이런 식으로는 안 돼."

줄스가 그를 옆으로 밀었다.

"내가 한번 해 볼게."

콜린은 쇠 지렛대를 바닥에 던져 놓으며 공손히 문을 가리켜 보였다.

"네가 더 잘할 수 있을 것 같다면 해 봐."

줄스는 조심스럽게 문을 살폈다. 그런 다음 문에 대고 무언가를 중얼거렸다. 콜린은 어이없는 듯 그런 그녀를 바라보았다. 그녀가 무슨 말을 하는지 궁금해서 좀 더 가까이 다가간 순간, 문이 철컥 열리는 게 아닌가.

콜린은 먼저 입구를 한 번 보고, 그다음 줄스를 바라보며 외쳤다.

"도대체 어떻게 한 거야?"

줄스가 자신도 방금 일어난 일을 믿지 못하겠다는 듯이 고개를 흔들며 그를 바라보았다.

"문을 열어 달라고 부탁했을 뿐이야."

줄스가 놀라서 말을 더듬었다.

"뭘 했다고?"

"루시가 네이선을 처음으로 구할 때 책들이 문 여는 걸 도와주었다고 했어. 그래서 그 흉내를 좀 내 봤어. 루시에게 지금 우리 도움이 필요한가 봐. 그래서 내 부탁을 듣고 우리를 들여보내 준 거지."

그들은 방대한 규모의 서가가 죽 늘어서 있는 지하 도서관 안으로 들어갔다. 그들이 안으로 들어가자마자 어떤 굉음이 지하를 진동하며 울렸다.

"상황이 별로 좋지 않은 것 같군. 빨리 루시와 네이선을 찾아서 여길 나가야겠어."

"방금 그 소리는 뭐였을까?"

"불이야!"

콜린이 지하 천장을 가리켜 보였다. 거기에는 붉은색이 아른거리며 비치고 있었다. 그제야 온통 연기 냄새가 난다는 걸 깨달았다.

"오, 하느님! 이제 어쩌지?"

줄스가 콜린을 겁먹은 눈으로 바라보았다.

"루시가 여기 어딘가에 있을 텐데!"

"넌 아무것도 하지 마. 따라오지 말고 그대로 통로를 나가 있어. 제발! 난 너까지 걱정하고 싶지 않다고. 넌 내가 이제까지 본 여자 중에 가장 용감하지만 이번만큼은 장난이 아니야."

"콜린, 너 혼자 보낼 수는 없어."

그가 그녀를 방금 들어왔던 통로로 밀어내자 줄스가 외쳤다.

"줄스, 제발! 만약 너에게 무슨 일이 생기면 난 무너질 거야. 애초에 같이 와선 안 되는 거였어."

줄스가 그의 목을 끌어안았다.

"제발 조심해! 그리고 꼭 살아서 돌아와야 해!"

"약속할게."

그가 줄스에게 키스했다. 그들은 잠시 동안 깊은 키스를 나누었다. 그런 다음 콜린은 그녀에게서 몸을 떼고 황급히 불구덩이 속으로 뛰어들었다.

줄스는 출구 쪽으로 몸을 돌렸다. 그때 강하고 거센 바람이 일더니, 줄스가 채 도착하기도 전에 문이 쾅 닫혀 버렸다. 줄스는 망연자실한 얼굴로 문손잡이를 돌려 보았지만, 녹슨 쇠 손잡이는 꿈쩍도 하지 않았다. 이제는 줄스도 갇혀 버린 셈이었다. 줄스는 다시 문을 열어 달라고 부탁해 보려 했지만, 눈을 돌려 콜린이 사라진 서가 쪽을 바라보았다. 지금 그의 뒤를 따라 들어가면 따라잡을 수 있을 터였다. 더 이상 생각하지 않은 채 줄스는 한 발 한 발 걸음을 옮겼다. 점점 강렬한 열기가 그녀에게 훅 끼쳐 왔다. 줄스의 공포도 점점 커져 갔다. 그제야 도망칠 수 있을 때 도망치지 않았던 게 후회스러웠다. 줄스는 계속 루시와 네이선, 콜린의 이름을 소리쳐 불렀지만 대답은 돌아오지 않았다. 몇 시간 같은 몇 분이 지나간 후, 줄스는 제자리에 멈춰 섰다.

도서관이 불타고 있다는 건 바티스트가 두 사람을 발견했다는 뜻이었다. 그들의 거창한 계획도 결국 불길에 가로막혀 있었다. 줄스의 눈앞에서 서가가 하나가 굉음을 내며 무너져 내렸다. 줄스는 비틀거리며 팔로 얼굴을 막았다. 불길이 그녀를 향해 덮쳤다. 줄스는 공포 속에서도 불길이 거대한 개의 머리 모양을 하고 있다는 걸 깨달았다. 불의 개가 그녀를 향해 입을 벌리고 송곳니를 드러냈다. 개가 줄스를 물어뜯기 전, 줄스는 몸을 돌려 서가 반대쪽으로 달리기 시작했다. 그러자 서가들이 그녀의 뒤쪽에서 차례로 쓰러지기 시작했다. 마치 거대 도미노 블록이 쓰러지듯, 서가 하나가 쓰러지며 다른 서가들을 쓰러뜨렸다. 하지만 불로 만들어진 짐승은 계속 그녀의 뒤를 쫓아오고 있었다. 줄스는 걸음을 멈추고 주위를 둘러보았다. 삼면에서 불길이 치솟아 오르고 있었다. 너무 깊이 들어와 버렸던 것이다. 이제 이 안에서 죽게 될 것이었다. 하지만 아직은 그렇게 끝나고 싶지 않았다. 줄스는 자신을 이런 상황으로 몰아넣은 루시를 저주했다. 책 몇 권 살리자고 영웅 행세를 하고 싶은 마음이 전혀 없었던 것이다. 물론 그렇게 생각하면 안 된다는 건 알고 있었지만 어쩔 수가 없었다. 이제 도대체 어떻게 해야 하지? 아직 불길에 따라잡히지는 않았다. 줄스는 좁고 긴 통로를 계속 달리면서 콜린의 이름을 외쳐 불렀지만, 그녀의 목소리는 불길이 타오르며 내지르는 굉음에 먹혀서 들리지 않았다. 또 서가들이 무너지기 시작했다. 이번에는 줄스 바로 옆에 있는 서가였다. 나무 파편이 튀어 오르며 줄스의 관자놀이를 가격하자, 그대로 쓰러지고 말았다. 필사적으로 의식을 잃지 않으려 해 보았지만 소용이 없었다. 불길이 그녀를 향해 타올랐다.

22장

독서란 위대한 기적이다.

— 마리 폰 에브너에셴바흐

네이선은 서가 사이를 달렸다. 불길은 네이선을 해칠 수 없었지만 마음 같아서는 차라리 자기가 그녀 대신 다치고 싶었다. 그는 절망적으로 루시를 찾아 헤맸다. 도서관의 대부분은 이미 쑥대밭이 되어 있었다. 혹시 벌써 도망친 건가? 네이선은 그녀가 불길이 닿지 않는 곳으로 도망쳤길 바랐다. 책들은 루시를 구해 내기 위해 한 번 더 자신을 희생하려 할 것인가? 이번만큼은 영원한 죽음을 의미했다. 보호책을 잃어버리면 그걸로 끝이었기 때문이다. 책들은 영원히 잊히는 것까지 각오할 것인가?

서가 사이에 누군가가 눈에 띄자, 그는 있는 힘을 다해 불길에 무너진 서가 사이를 달렸다.

"루시!"

그가 외쳤다.

"금방 갈게!"

그가 바닥에 쓰러져 있는 사람을 향해 달려가서 일으켜 안았다. 하지만 그는 이내 소스라치게 놀라고 말았다. 그 사람은 루시가 아니라 줄스였기 때문이다. 그녀의 관자놀이에서 목까지 피가 흐르고 있었다. 그는 황급히 줄스의 어깨를 흔들어 보았지만 그녀는 이미 정신을 잃은 뒤였다. 줄스를 거기에 내버려 둘 수는 없었지만 그녀를 출구까지 데리고 나가면 루시를 구할 소중한 시간을 잃게 될 터였다. 어쩌면 루시를 영영 잃게 될지도 모른다는 두려움이 치밀었다.

그는 줄스를 들어 올리고 도서관의 출구 쪽을 바라보았다. 다행히 그쪽은 불길이 그리 거세지 않았다. 하지만 네이선은 언제라도 다시 화염이 일어날 수 있다는 걸 알고 있었다. 사방에서 불길이 숨통을 죄어들었다. 그는 줄스를 안고 최대한 빠른 속도록 달렸다. 불길이 그에게서 물러나자, 그는 좁은 계단 위를 달려 올라갔다. 불은 거기까지는 미치지 못했지만 연기 때문에 숨을 쉴 수가 없었다. 그는 숨을 헐떡이며 예배당으로 올라갔다. 활짝 열려 있는 문을 나가 보니 예배당 앞에는 바티스트의 경비들이 집결해 있었다. 저쪽 한 옆에 해롤드가 소피아의 어깨를 안고 서 있는 것도 보였다.

경비 하나가 다가왔다.

"드 트레메인 씨, 아래에서 도대체 무슨 일이 일어난 겁니까? 그리고 도대체 어디에서 나오신 겁니까?"

네이선이 그에게 줄스를 넘겼다.

"그 소녀를 돌봐 줘요. 다쳤으니까."

소피아가 황급히 다가와 외쳤다.

"설마, 아직 루시가?"

네이선은 고개를 끄덕여 보인 후 다시 예배당을 향해 몸을 돌렸다.

"잠시만 기다리시죠. 지금 어디 가는 겁니까?"

경비 하나가 그를 막아섰다.

"저 안에 들어가면 다시 살아 나오긴 힘들 겁니다."

남자들 두 명이 더 다가와 그의 앞을 막아섰다.

"멍청한 놈들! 지금 할아버지도 저 밑에 있단 말이다. 루시도!"

그가 이성을 잃고 고함을 질렀다. 머리가 빙글빙글 도는 것 같았다. 그는 도움을 청하는 눈으로 소피아를 바라보았다.

"소피아, 지금 당장 되돌아가야 해요. 저들을 불에 타 죽게 내버려 둘 수는 없어요!"

그 순간 예배당에서 굉음이 나더니 검은 연기가 하늘로 솟구쳐 올랐다.

"미안하지만 내 부하들을 저 안으로 보낼 순 없습니다."

대장으로 보이는 남자가 안타까운 듯 말했다. 그의 얼굴에 진심이 서려 있었다.

"하지만 난 되돌아갈 거야."

그가 분노와 두려움이 담긴 목소리로 내뱉었다.

"그녀를 저기 혼자 둘 순 없어!"

그가 있는 힘을 다해 남자들을 뿌리치자, 그의 오른팔을 붙잡고 있던 남자들이 나가떨어졌다. 그런 다음 네이선은 다시 불길 속으로 몸을 날렸다.

폐에 통증이 느껴졌다. 다리도 말을 듣지 않았다. 더 이상은 정신을 가누고 있기 힘들었다. 가슴에 끌어안고 있는 책이 점점 뜨거워졌다. 책 표지에 살갗이 데일 것 같았다. 루시는 겁먹은 눈으로 책을 바라보았다. 이미 불타기 시작한 걸까?

바티스트에게서 도망치는 데는 가까스로 성공했지만 네이선에게 무언가 끔찍한 일이 일어난 게 아닌지 두려웠다. 불길이 두 사람을 너무 빨리 갈라놓는 바람에 영영 만나지 못하게 될 것 같았다. 일단은 자신과 책들을 구해 내야 했다.

하지만 단 하나, 루시가 아무리 해도 벗어날 수 없는 존재가 있었다. 아무리 도서관 깊숙이 도망쳐도 유령들은 점점 루시를 추격했던 것이다. 그들은 얼음같이 차가운 손을 그녀의 살 속에 휘어 감았다.

"책을 이리 내놔!"

그들이 외쳤다.

"절대 안 돼!"

루시가 이를 악물었다.

"내가 이 책을 받도록 예정되어 있어!"

"넌 그 운명을 감당하기에 너무 약해. 아직도 모르는 건가?"

루시는 고개를 내저은 다음 다시 불구덩이와 폐허 속을 달리기 시작했다. 멈출 수가 없었다. 만약 멈추면, 모든 게 끝이었다.

괴물이 그녀를 잡아당겼다. 루시는 저도 모르게 발을 헛디뎌 자꾸 엉뚱한 길로 들어갔다. 이러다간 절대 출구를 찾을 수 없을 터였다.

"제발 날 좀 도와줘!"

루시가 헐떡이며 책들이 아직 자신의 목소리를 들을 수 있길 바랐다.

"여기서 나가야만 해!"

루시의 눈에서 눈물이 흘러내렸다. 지금 그녀는 전 인류의 위대한 보물들이 눈앞에서 불꽃에 먹혀 들어가는 걸 보고도 아무것도 할 수 없었다. 내가 책들을 구할 수 없다면 어째서 저들이 날 돕겠어? 스스로 생각해도 여기서 죽는 게 마땅했다. 하지만 아직은 포기할 수 없었다.

"제발 날 도와줘! 책의 유령을 멈추고 누가 진짜 적인지 알려 줘야 해. 제발!"

루시가 울부짖었다.

그 순간, 도서관 안에 마치 큰 숨소리 같은 게 일어났다. 책들이 일제히 날아오르더니 차곡차곡 쌓여 하나의 벽을 이루는 게 아닌가. 불길조차 그 벽 안으로 들어오지 못하는 것이었다.

수 세기 동안 무기력하게 보관되어 오던 책들은 갑자기 잠에서 깨어나기라도 한 듯 책장 속에서 날아올랐다. 그런 다음 루시와 책의 유령들 사이에 천장까지 닿을 높이의 벽이 형성되었다. 루시는 지금 눈앞에서 일어나고 있는 일을 믿을 수가 없었다. 마치 보이지 않는 존재가 책들을 쌓아 올리듯 한 권 한 권 벽돌처럼 책의 유령들을 감싸는 것이었다. 유령들은 처음에는 으르렁대며 벽에 몸을 부딪치며 저항했지만 책으로 지은 감옥에서 나오지 못했다. 벽은 마치 벽돌과 시멘트를 바른 것처럼 꿈쩍도 하지 않았다. 그런 다음, 책들이 일제히 유령을 향해 속삭이기 시작했다. 모든 책들이 각자의 이야기를 들려주며 저 가여운 존재를 향해 속삭였다. 작은 유령 하나만이 그 벽을 뚫고 바깥으로 나오는 게 보였다. 루시는 금세 그게 누구인지 알아챘다.

"여기에 있었어?"

"응."

회색으로 변색된 유령이 대답했다. 하지만 루시의 눈엔 아직도 처음 만난 순간처럼 유령의 따스함이 느껴졌다.

"너무 늦어 버렸어."

루시가 말했다. 그런 다음 한쪽 팔로 둥근 원을 그려 보이며 말을 이었다.

"모든 걸 잃어버렸어. 난 실패하고 만 거야."

"루시, 그렇지 않아. 날 믿어."

유령이 부드럽게 말했다.

"아무것도 늦지 않았어."

"속지 말았어야 했어. 나 자신조차 그들에게 속아서 너희 중 몇몇을 훔친 사실을 죽을 때까지 용서할 수 없을 거야."

"루시, 우린 이미 널 용서했어. 이미 일어난 일은 모두 예정되어 있었어. 운명을 바꾸거나 피할 수는 없는 거야."

"만약 이 모든 게 운명이라면 난 아무것도 안 해도 되겠네. 그냥 운명에 맡기면 되는 거잖아."

엘리자베스가 고개를 저었다.

"그런 뜻이 아니야. 너도 알잖아."

그리고 나서 루시에게 손을 내민 다음 불길이 이는 서가 사이로 이끌었다.

여기서 살아 나가는 게 불가능하다는 건 확실했다. 하지만 적어도 네이선만은 찾고 싶었다. 죽음의 순간에 혼자이긴 싫었다. 물론 혼자라는 말은 잘못된 표현이었다. 사방에 자신의 친구들이 둘러싸여 있었으니 말이다. 책들은 루시가 살아 온 평생 동안 기쁨과 슬픔에 동고동락해 주었다. 루시는 책들이 때로는 진짜 인간보다 더욱 인간적이라는 걸 알고 있었다. 이제 여기에서 죽게 된다면 절대로 외로운 죽음은 아니었다. 그리고 그게 루시의 운명일지 누가 알겠는가. 책들을 구하기 위해 스스로를 희생해야 할지도 모르는 일이었다. 《수호자의 책》을 읽지 못하게 된 이상, 그런 귀결은 어딘가 논리적이기도 했다. 어째서 좀 더 빨리 그걸 깨닫지 못했던 걸까? 만약 자신과 네이선이 여기에서 죽는다면 모든 게 끝나는 셈이었다. 더 이상 연맹에는 특별한 능력을 지닌 아이들이 태어나지 않을 터였고 그러면 그들이 악용되는 일도 없을 터였다. 어쩌면 책들을 인간들에게 돌려주는 게 그들의 역할이 아닐지도 몰랐다. 단지 이 모든 것을 끝내기 위해서 네이선과 루시의 죽음은 필연적이었다. 만약 그들이 죽지 않는다면 바티스트나 또는 그의 다음으로 그 자리에 앉는 누군가가 똑같은 일을 반복할 수 있는 셈이었다. 하지만 지금 자신들과 책들이 사라진다면 그 안의 생각들은 다시 태어날 수 있었다. 계속 사람들이 태어나고, 책의 말들을 받아 적을 것이다. 새로운 책 위에 옛 생각들이 다시 기록될 것이다. 그러니 결국은 아무것도 사라지지 않는 셈이었다. 거기까지 생각이 미치자 루시는 마음이 평온해지는 걸 느꼈다. 갑자기 책이 박동하는 게 루시의 가슴에도 느껴졌다. 어쩌면 지금 루시가 깨달은 사실에 공명하며 반응하는 건지도 몰랐다. 그게 《수호자의 책》이 루시에게 말하고 싶었던 걸까? 이제 이 책을 읽지 않아도 모든 걸 깨닫게 된 걸까?

아마 그게 모든 문제를 해결해 줄 열쇠인 것 같았다. 이젠 네이선을 찾아서 옳은 일을 하도록 설득해야 했다.

루시는 걸음을 멈췄다.

"네이선을 찾아야 해."

"일단은 널 안전한 곳으로 데려다줄게."

유령이 말했다.

하지만 루시는 고개를 저었다.

"이제야 내가 뭘 해야 하는지 알겠어."

그런 다음 몸을 돌려 다시 불길 속으로 뛰어 들어갔다. 최대한 빨리 네이선을 찾아내야 했다.

"루시, 가지 마!"

엘리자베스가 외쳤다.

"지금 거기에 들어가면 죽게 돼!"

"만약 그게 내 운명이라면 받아들일 거야."

루시가 속삭였다. 하지만 그녀의 심장은 두려움으로 거세게 요동했다. 다른 방법이 있다면 좋으련만.

루시 주위에서 불길이 거세게 일어났다. 마치 브레이크가 고장 난 듯 모든 에너지가 한꺼번에 폭발하는 것 같았다. 지금까지 살아 있었던 게 기적이었다. 이제 불길은 무시무시한 속도로 루시를 쫓았다. 마치 루시를 사냥하듯 한 방향으로 정확히 따라붙는 것이었다. 하지만 어찌된 일인지 자꾸만 다른 방향으로 빗나갔다. 루시는 그게 책들의 힘이라는 걸 깨달았다. 그래서 잠시 숨을 고르고 책들이 제공해 준 기회를 이용해 네이선을 찾았다.

"네이선!"

루시가 외쳤다.

"네이선! 어디에 있어? 내 목소리 들려? 제발 듣고 대답해 줘!"

마지막 외침은 흐느낌 속에 묻혀 버렸다. 루시는 계속 반 정도 불탄 책들과 무너져 있는 책장의 폐허에서 비틀거리며 고꾸라졌다. 도대체 어디에 있는 거지? 어째서 그를 찾을 수 없는 거지?

갑자기 루시 주위의 불꽃과 연기 속에서 누군가의 모습이 보였다. 루시는 모든 힘을 끌어모아 그쪽으로 달려갔다. 그리고 드디어 그를 따라잡고는 멈춰 세웠다. 그녀의 눈앞에 서 있는 건 콜린이었다.

"콜린? 도대체 여기서 뭐하는 거야?"

루시가 그에게 소리치며 온통 그을음과 검댕으로 뒤덮인 그의 얼굴을 바라보았다. 그런 다음 갑자기 맥이 풀려서 그의 품에 안겼다. 그의 가슴에 얼굴을 묻고 하염없이 눈물을 쏟고 말았다. 이제는 혼자가 아니었던 것이다.

"루시, 도대체 여기 출구가 어디야?"

그가 루시의 어깨를 붙잡고 물었다.

"네이선은?"

"나도 못 찾겠어. 불길 때문에 그와 떨어지고 말았어."

"또 널 혼자 놔둔 거야?"

그가 인상을 찌푸렸다.

"아니, 그런 게 아니야. 넌 도대체 여기에 왜 있는 거야?"

루시가 눈물을 닦으며 물었다.

"줄스와 함께 왔어. 너희들을 당최 내버려 둘 수가 있어야지."

그가 슬픈 얼굴로 웃었다.

"줄스는 지금 어디에 있어? 설마 그녀를 혼자 저 안에 내버려 둔 거야?"

"설마 그럴 리가."

그가 고개를 저으며 말했다.

"당연히 바깥으로 내보냈지. 지금은 안전한 곳에 있을 거야. 설마 내가 줄스를 저 안에 내버려 뒀을 거라고 생각하는 건 아니지?"

루시는 가까스로 숨을 몰아쉬었다. 그리고 여기서 죽을 수는 없다는 생각이 들었다. 왜냐하면 콜린을 죽게 만들 수는 없기 때문이었다. 루시는 그의 손을 붙잡고 달리기 시작했다.

바티스트는 출구 근처에 몸을 숨기고 기다리고 있었다. 이제 머지않아 루시가 자기 손아귀 속으로 곧장 굴러들 것이었다. 이젠 가만히 기다리기만 하면 되었다. 이번만큼은 그녀를 완전히 끝장낼 생각이었다. 그의 입가에 광기 어린 미소가 떠올랐다. 설마 저 계집애가 자신에게 대항할 수 있을 거라고 생각한 건가? 평생 동안 이뤄 온 모든 게 무너지도록 놔둘 수는 없었다. 이 도서관은 그의 왕국이었다. 저 난리 통 속에서 바닷가 쪽 출구는 사용하지 못할 테고, 루시가 이용할 수 있는 유일한 출구는 납골당으로 올라오는 계단뿐이었다.

그는 자신의 손자가 불구덩이에서 낯선 여자를 데리고 나가는 걸 지켜보았다. 이 안으로 어떻게 들어온 거지? 하지만 지금은 그런 사소한 걸 신경 쓸 시간이 없었다. 그런 고민은 나중으로 미뤄 두기로 했다. 그의 검고 사악한 눈동자가 연기와 불꽃 속을 훑었다. 루시는 어디에 있지? 그는 마치 다 잡은 사냥감을 기다리듯 그녀를 기다렸다. 계획대로라면 책의 유령들이 진작 루시를 자신에게로 데려왔어야 했다. 그는 정신을 집중하고 유령을 불러내 보았지만 어쩐지 유령의 의지와 연결되지 않았다. 뭔가 예상하지 못한 일이 일어난 게 분명했다. 사실 저 불꽃은 루시에게 아무 해도 입히지 않을 것이었다. 하지만 계집애는 그 사실을 몰랐다. 자신은 불에게 책만 파괴하라고 명령했다. 진작 그랬어야 했다. 처음부터 저 책이 어딘가 이상하다는 걸 알고는 있었다. 하지만 책은 그가 알고 싶었던 모든 지식을 선사해 주었던 것이다. 그 책은 그의 보물이었다. 그가 평생 지켜 온 보물이었다. 하지만 그건 모두 책의 음모였다. 만약 그 책이 《수호자의 책》이라는 사실을 알았다면 진작 없애 버렸을 텐데. 그럼 모든 잠재적인 위험도 싹을 잘라 버릴 수 있었을 터였다. 이제는 루시가 어떻게 책들을 해방하는지 알게 되기 전에 책과 함께 붙잡게 되길 바라는 수밖에 없었다. 하지만 그 대가는 컸다. 매우 컸다. 물론 연맹은 전에도, 그러니까 몽세귀르 시절에도 모든 걸 잃지 않았던가. 그런 다음 처음부터 다시 시작했던 것이다. 이번에도 그들은 일어설 수 있으리라 믿었다.

검은 연기 속에서 두 사람이 걸어 나오는 게 보였다. 루시 옆에 서 있는 저놈은 뭐지? 이 거룩하고 성스러운 곳에 감히 이단자가 발을 들여놓다니! 루시 옆에 서 있는 놈은 여기에 있을 자격이 없었다. 그러니 당장 처단해야 했다.

바티스트가 몸을 숨겼던 곳에서 나와 두 사람에게 달려들며 길을 막아섰다. 그리고 눈을 한 번 깜박이자 그들 주위로 불길이 치솟아 오르기 시작했다. 불길은 사방을 막아 버렸고, 두 사람을 막다른 곳에 몰아넣었다.

"루시, 책을 내놔!"

바티스트가 고함을 질렀다.

루시는 책을 가슴팍에 꽉 끌어안았다.

"절대로 안 돼!"

루시는 최대한 용감하게 대꾸하려 했지만, 이미 창자까지 덜덜 떨고 있었다. 루시가 비틀거리자 콜린이 그녀를 붙잡아 주었다.

바티스트가 사악한 눈으로 그를 바라보았다.

"너희는 정말이지 포기라는 걸 모르는군. 안 그래?"

콜린이 고개를 끄덕이며 루시를 자기 곁으로 꽉 끌어안았다.

"도대체 네가 왜 이런 짓을 하는지 이해하고 싶군. 어째서 자신을 희생하면서까지 저 여잘 구하려 하는 거지? 저 여잔 어차피 죽어. 너도 그걸 알고 있을 텐데."

그가 콜린의 재로 뒤덮인 얼굴을 바라보며 물었다. 당장이라도 마치 벌레를 밟아 죽이듯 그를 죽여 버릴 수 있었다. 어차피 아무런 양심의 가책도 느껴지지 않았다.

"이해하지 못할 거다."

콜린이 말했다.

"절대로. 특히 넌!"

루시는 바티스트에게 당당하게 맞서는 콜린의 용기가 놀라웠다.

"아니, 난 아주 잘 이해가 되는데. 인간의 욕망이라는 건 들여다보기 쉽지. 넌 그 여잘 사랑하는 거야. 하지만……."

그의 목소리에 우월감이 묻어났다.

"안타깝게도 그 여자는 다른 남자를 사랑하고 있지."

그가 루시에게 다가서며 그녀의 눈을 들여다보았다.

"안 그런가? 어째서 넌 저 남자에게 잔인한 짓을 하는 거지? 희망 고문이라도 하려는 건가? 매우 불공평한 일이군."

그가 마치 할아버지가 충고하듯 고개를 저어 보였다.

콜린이 루시를 등 뒤로 숨겼다.

"역시 아무것도 이해 못 하는군. 난 루시에게 책임감을 느끼고 있어. 언제든 루시가 원하면 달려갈 거야. 루시는 여동생 같은 존재고, 내 가족이지. 그리고 가족은 서로를 아끼는 거야. 절대 어려움에 처하도록 버려두지 않아. 하지만 네가 그런 걸 어떻게 알겠어? 자기 아내를 죽게 만들었고 자기 친아들한테서 손자를 빼앗아 온 사람이!"

루시는 바티스트가 당장이라도 콜린에게 달려들지 않으려고 분노를 억누르는 걸 봤다. 방금 한 말들은 절대 용서받지 못할 터였다.

"산 채로 불에 타 죽으면서까지 용감할 수 있을지 기대되는군. 그때까지 루시를 욕하지 않을 수 있을지 지켜보겠어."

바티스트가 콜린에게 손을 뻗었다. 그의 눈이 광기로 번들거렸다.

콜린은 저도 모르게 한 걸음 뒤로 물러서고 말았다. 바티스트는 그의 작은 움직임을 놓치지 않았다. 그의 입가에 악마적인 미소가 떠올랐다. 사방이 불에 타고 있었지만 루시는 그의 손이 차가워지는 걸 느낄 수 있었다. 하지만 그는 바티스트의 눈을 똑바로 쏘아보았다.

"네 사랑하는 네이선은 지금 저 위 안전한 곳에 대비해 있지. 이미 이 일에선 손 떼기로 한 것 같더구나. 그의 사랑은 그 정도였던 게야."

"거짓말!"

루시가 외쳤다.

"아, 아직 모르고 있었던 게로구만. 저 위로 올라가 보거라. 아마 너희들이 목숨을 걸고 이 아래에서 사투를 벌이고 있는 동안, 네이선은 소피아와 티타임이라도 가지고 있을 거다. 그는 너희를 도우러 오지 않아. 루시, 네 목숨만은 살려 주겠다."

불꽃이 숨통을 죄이듯 다가오는 동안 그가 맹세하듯 말했다.

"단지 그 책만 넘겨주면 된다. 그 책과 그놈을 넘겨!"

그가 턱짓으로 콜린을 가리켰다.

"너도 알 테지. 이곳에는 오직 출입이 허가된 자만 발을 들일 수 있다. 아무것도 아닌 저 벌레 같은 자가 연맹의 비밀을 알게 된 이상 죽음으로 그 대가를 치러야 해!"

"차라리 그와 함께 불타 죽을 거야."

루시가 낮은 소리로 내뱉었다.

바티스트가 비웃었다.

"애야, 다시 한 번 잘 생각해 보렴. 불타 죽는 건 그리 유쾌한 일이 아니란다. 네 선조들은 널 세상에 태어나게 하기 위해 화형도 마다하지 않았지. 그들의 죽음을 헛되이 만들 셈인가? 네 타고난 능력도?"

"그들은 너 같은 인간에게서 책들을 지켜 내려다 죽었어. 너처럼 탐욕과 악에 사로잡힌 인간들에게 말이야. 더 이상은 너희 같은 자들이 나와 아기를 악용하지 못하게 할 거야!"

바티스트가 눈을 크게 떴다.

"설마 그럴 리가! 벌써 그렇게 깊은 관계가 된 거냐?"

콜린조차 루시를 놀란 얼굴로 바라보았다.

"정말이야?"

그가 속삭였다. 루시가 그에게 미소 지은 후에 책을 방패 삼아 배를 가렸다.

콜린이 루시의 관자놀이에 입 맞추며 말했다.

"항상 이렇게 속 썩일래?"

그가 미소 지으며 루시를 나무랐다.

"그럼 이제 지켜야 하는 사람이 둘이 된 거네. 만약 정말로 네이선이 저 위에서 티타임이나 하고 있다면, 나중에 녀석을 박살 내 주겠어!"

"바티스트가 거짓말을 하는 거야."

루시가 바티스트를 노려보며 말했다.

"저 노인네, 거짓말쟁이니까."

바티스트가 루시에게 손을 뻗으며 외쳤다.

"이제 수다는 거기까지다. 지금 당장 책을 내놔! 이젠 모두 영원히 없애 버리고 말겠다!"

그때 위협적인 괴성이 들려왔다. 루시가 마치 슬로모션처럼 소리 나는 쪽을 돌아보았다. 그리고 소리의 정체가 무엇인지 깨닫는 순간 온몸이 공포로 얼어붙고 말았다. 책의 유령들, 그것도 백여 마리가 한꺼번에 달려들고 있었던 것이다. 저렇게 많은 수는 처음이었다. 루시는 저도 모르게 뒷걸음질을 치고 말았다. 그 순간, 루시가 잠시 방심한 틈을 타 바티스트가 루시의 손에서 책을 낚아챘다. 화염에서 비롯된 굉음과 유령들이 내지르는 괴성이 마치 승전가처럼 울려 퍼졌다. 바티스트도 승리의 기쁨에 도취되어 있었다. 그가 불 쪽으로 서둘러 걸음을 옮겼다. 당장 책을 불에 던져 버릴 심산이었던 것이다.

루시는 그의 뒤를 쫓아가려 했지만 콜린이 저지했다.

"루시, 이젠 끝났어. 지금은 네 배 속 아기의 안전을 더 생각해야 돼."

"콜린, 넌 이해 못 해!"

루시가 그의 손을 뿌리치고 바티스트의 뒤를 따라 달렸다. 그런 다음 그의 손에서 책을 빼앗았다.

바티스트가 루시를 붙잡았다. 그와 루시 모두 화염 바로 옆에 서 있었다. 그의 얼굴에는 이미 화상 때문에 수포가 올라와 있었다. 그의 겉옷 소매도 불에 타고 있었다.

"이리 내놔!"

그가 고함을 지르며 다시 책을 움켜잡으려 허우적거렸다. 하지만 그 순간 불길이 길게 늘어지더니 마치 뱀의 혀처럼 그의 발목에 감기는 게 아닌가.

루시는 너무 놀라 말문이 막혔다. 어째서 불이 바티스트를 배신하는 거지? 저 불은 바티스트가 창조한 거였다.

"책을 놔! 이 멍청한 계집아!"

바티스트가 루시를 자기 쪽으로 끌어당겼다. 루시는 그에게서 벗어나려고 몸을 돌렸지만 바티스트도 필사적이었다. 두 사람이 밀고 당기며 싸우는 동안 불꽃이 그의 다리를 먹어 치우기 시작했다.

루시가 비명을 질렀다. 그녀가 공포에 질려 허우적거렸다. 이제 루시마저 불길에 휩싸이는 건 시간문제였다.

콜린이 두 사람 사이에 파고들었다. 그가 바티스트의 손을 루시에게서 떼어 내려 해 보았지만, 바티스트는 초인적인 힘을 발휘하고 있었다. 그의 얼굴은 이미 불꽃에 휩싸여 있었고 그의 모습 중에서 두 개의 검은 눈동자만 인간의 형태를 유지하고 있었다.

"콜린, 도망가!"

루시가 외쳤다.

"불이 너까지 먹어 치울 거야. 아직 시간이 있을 때 달려!"

콜린이 절망적으로 고개를 저었다.

"너 없이 혼자 도망칠 순 없어!"

그가 울부짖었다.

"빨리 가!"

루시도 눈물을 흘렸다.

"네가 나 때문에 죽는 건 싫어!"

그때 검은 그림자 하나가 그들에게로 달려오더니 그들 사이로 뛰어들었다. 바티스트의 가장 충직한 시종이 으르렁거리는 소리와 비명 소리가 한데 섞였다. 오리온은 서둘러 제 주인을 구하려고 루시에게 달려들었다. 하지만 루시가 그를 피했고, 그와 동시에 바티스트가 그녀를 붙잡고 있던 손을 놓았다. 그 순간, 보이지 않는 힘이 바티스트를 불길 속으로 끌어당겼다. 그는 휘청거리더니 불 속으로 사라졌다. 오리온이 그의 뒤를 따라 뛰어들었다. 인간 세계의 것이라고는 믿을 수 없는 괴성이 흘러나오며 두 개의 형체가 불길에 휩싸였다. 불길은 마치 야생 동물처럼 바티스트와 오리온의 몸을 휘감았고, 그 두 생명체가 불길에 바스러질 때까지 결코 놓지 않았다. 루시는 바티스트가 불길에 몸이 휩싸이면서도 놓지 않았던 책을 향해 손을 뻗었지만, 콜린이 그녀를 간신히 불길에서 떼어 놓았다. 두 사람은 《수호자의 책》이 오랜 숙적과 함께 불꽃에 타들어 가는 모습을 속절없이 바라보았다. 바티스트는 죽었지만 루시는 하나도 기쁘지 않았다. 오히려 몸에서 모든 힘이 빠져나가는 것 같았다. 루시는 저도 모르게 바닥에 쓰러지고 말았다. 불꽃 속에서 바티스트가 타들어 가는 걸 바라보던 유령들이 루시에게 다가와 그녀를 부축해 주었다. 루시는 본능적으로 팔을 들어 올려 얼굴을 가렸다. 이제 주인의 죽음 때문에 그녀에게 복수하려고 하는 걸까? 하지만 자신을 불구덩이에 처넣을 거라는 예상과는 달리, 그들은 루시의 몸을 들어 올리더니 건물 바깥으로 이끌었다. 루시는 그들이 자기 말을 이해할 거라는 확신도 없이 중얼거렸다.

"콜린도 반드시 구해 줘야 해."

그게 루시가 의식을 잃기 전에 중얼거린 마지막 말이었다.

네이선은 계단 아래로 내달렸다. 너무 늦지 않기만 기도하면서 말이다. 좁은 통로 속으로 검은 연기와 유독 가스가 뿜어 나오는 바람에 눈을 뜰 수가 없었다. 그는 숨을 참고 계속 전진했다. 드디어 도서관 입구에 다다르자, 별안간 건물 전체에 소름 끼치는 굉음이 울려 퍼졌다. 어느 방향으로 가야 하지? 이제 기회는 단 한 번뿐이었다. 네이선은 스웨터를 걷어 올리고 손목의 표식을 바라보았다.

"날 루시에게로 데려다줘!"

그러자 은색의 빛줄기가 흘러나와 회색 연기 속으로 뻗어 나갔다. 그는 빛을 따라 연기 속으로 바람같이 뛰어들었다.

그리고 거기에 그녀가 있었다. 네이선은 자기 눈을 의심했다. 책의 유령들이 루시를 안아 든 채 네이선을 지나치고 있었다. 그의 얼굴에 핏기가 가셨다. 유령들은 출구 쪽을 향해 루시를 실어 나르는 중이었다. 유령 속에는 엘리자베스의 모습도 있었다.

"루시는? 설마……."

도대체 이게 어떻게 된 일인지 이해할 수 없었다. 저들은 이제 루시를 악몽으로 괴롭히는 데 모자라 이젠 그녀의 시신마저 그에게서 영원히 떼어 놓을 셈인가? 그는 마치 심장이 산산이 부서지는 것 같은 느낌이었다.

"네이선, 루시는 살아 있어. 우리가 지금 안전한 곳으로 데려다줄 거야. 루시 걱정은 안 해도 돼."

엘리자베스의 말에 안도감이 밀려왔다. 네이선은 주위를 둘러보았다. 콜린의 모습이 보이지 않았다.

"루시의 친구는? 혹시 봤어?"

"저기 젊은 남자가 하나 쓰러져 있어. 안타깝지만 그 남자를 구할 힘까지는 남아 있지 않아."

네이선은 더 이상 묻지 않고 엘리자베스가 가리키는 방향으로 달려갔다.

"이미 늦었어, 네이선! 여긴 모든 게 끝났어."

"만약 콜린을 저대로 죽게 내버려 두면 난 평생 루시를 대할 면목이 없어!"

네이선은 얄팍한 불의 장벽을 뚫고 들어갔다. 그는 불에 해를 입지 않았다. 하지만 연기와 그을음은 달랐다. 그리고 도서관이 무너져 내리면 여기가 그와 콜린의 무덤이 될 것이었다.

네이선은 한 치 앞도 보이지 않는 연기 속을 더듬다가 무언가에 발이 걸려 넘어지고 말았다. 손끝에 물렁한 게 잡혔다. 그리고 신음 소리도 들려왔다.

"콜린!"

그가 콜린의 어깨를 흔들었다.

"내 목소리 들려? 지금 당장 여길 나가야 돼!"

"너무 늦었어."

콜린이 중얼거렸다.

"루시와 아기를 잘 돌보겠다고 지금 나에게 약속해."

"아기라니?"

네이선이 콜린의 몸을 돌렸다. 콜린의 얼굴은 재와 화상으로 뒤덮여 있었다.

"루시는 네 아기를 임신하고 있어."

그가 속삭였다.

"몰랐던 거야?"

네이선이 고개를 저었다.

"전형적인 루시 가디언이로군. 정말이지 고집스러운 여자야. 난 네가 하나도 안 부럽다고."

콜린이 큭큭 웃음을 터뜨렸다. 그러고는 콜린의 고개가 푹 꺾였다.

23장

최고의 책이란 그 책을 읽은 사람 모두가 '나도 이 정도 이야기는
쓸 수 있어'라고 생각하게 만드는 책이다.

— 블레즈 파스칼

"루시."

차가운 입김이 루시의 뺨에 닿았다.

"이제 우린 널 떠나야만 해. 자, 이제 갈 시간이군. 네가 우
릴 용서해 주길 바라."

루시는 정신을 차리기 위해 머리를 움직여 보았다. 그녀는
예배당 안의 긴 의자 사이에 누워 있었다. 책의 유령들은 마치
그림자 같은 형태로 예배당 천장으로 계속 치솟아 오르는 연기
와 뒤섞여 있었다. 루시는 기침을 하며 활짝 열려 있는 정문 쪽
으로 걸어 나갔다.

그녀가 문을 나가자 누군가가 황급히 달려와 루시를 예배당
에서 끌어냈다. 정신을 차려 보니 소피아가 곁에 서서 루시의
어깨에 덮개를 걸쳐 주었다.

루시의 얼굴 위로 부슬비가 떨어지며 화재로 인한 열감을 식혀 주었다.

물을 한 컵 들이켜고 난 후에야 소피아의 얼굴이 눈물로 범벅되어 있다는 걸 깨달았다.

"네이선은 어디에 있어요?"

그녀가 공포에 질린 얼굴로 주위를 두리번거리며 소피아에게 물었다. 네이선은 여기에 있어야 했다.

"아니. 네이선은 여기에 있으려 하지 않았어요. 당신을 저 아래에 둘 수 없다면서……."

루시가 고개를 흔들었다. 낯모르는 사람들이 예배당 앞에 모여 있었다. 다들 예배당에서 멀찌감치 떨어져서 건물에서 뿜어져 나오는 시커먼 연기를 바라보고 있었다.

"콜린은요?"

루시가 겁에 질린 채 물었다.

소피아가 고개를 저어 보였다.

"네이선은 줄스만 데리고 올라왔어요. 다들 말렸지만 이미 이성을 잃은 상태였죠. 사람들을 뿌리치고 다시 예배당 안으로 들어갔어요. 물론 여기 모인 사람들 중에 네이선을 남자답게 도우려 하는 사람은 단 한 명도 없었고요."

그때 무언가가 무너지는 굉음이 들려와서 루시와 소피아가 깜짝 놀라 몸을 움츠렸다. 예배당이 무너지려 하고 있었다. 몇 세기 동안 예배당을 지탱해 온 회색 돌덩이들이 무너져 내렸다. 그 바람에 지면이 흔들렸다.

"더 뒤로 물러나 있어요!"

소피아가 겁에 질린 채 루시의 어깨를 뒤로 당겼다. 하지만 루시는 그녀의 손을 뿌리쳤다.

"그를 저기 혼자 둘 수는 없어요!"

루시의 눈에 눈물이 차올랐고, 온통 검댕으로 뒤덮인 얼굴 위로 선명한 눈물 자국을 남겼다. 네이선과 콜린을 이렇게 보낼 수는 없었다. 그들은 이렇게 고통스러운 죽음을 맞아야 할 이유가 없었다. 그렇게 생을 마치도록 둘 수는 없었다. 모든 건 자기 잘못이었다. 팔로 들썩이는 어깨를 끌어안았다. 네이선 없이는 살 수 없었다. 저 두 사람이 죽으면 자신과 줄스는 어떻게 살아가야 한단 말인가? 줄스는 어디에 있지? 루시는 주위를 둘러보았다. 구급대원이 여기서 조금 더 떨어진 곳에서 줄스를 돌보고 있는 게 보였다. 루시는 그녀가 의식을 잃은 상태인지 어떤지 알 수 없었다. 만약 콜린이 죽는다면 그녀에게 뭐라고 말해 줘야 할까? 또 배 속 아이가 태어나면 아빠 얼굴조차 모르는 채 자라게 될 터였다. 아이에게는 아빠에 대해, 그의 죽음에 대해 어떻게 설명해야 한단 말인가? 루시는 한순간 책들을 돕지 말았어야 했다고 후회를 했다. 인간의 삶이 더욱 가치 있는 게 아닌가 하는 생각이 들었다. 루시는 고통스러운 마음을 억누르기 위해 입술을 꽉 깨물었다. 입술에서 피가 배어 나오기 시작하자 그제야 정신이 좀 들었다.

루시는 무너져 내리기 시작하는 예배당 쪽으로 걸음을 옮겼다. 사방에서 무언가가 떨어지는 소리가 크게 들렸고, 무서울 정도로 뭔가 쿵쾅거리는 소리가 들려왔다. 연기와 재가 한꺼번에 건물 속에서 쏟아져 나왔다. 루시는 눈을 꽉 감고 숨을 들이마셨다. 주위에서 루시를 향해 뭐라고 외치는 소리, 고함을 지르는 소리가 들려왔다. 하지만 그 누구도 루시를 제지하지 못했다. 루시는 겉옷을 벗고 물병을 거기에 쏟은 다음 코와 입을 가렸다. 그리고 아무것도 보이지 않는 암흑 속을 향해 나아갔다. 마치 회색 구름 속에 서 있는 기분이었다. 아무런 빛도 보이지 않았다. 조금 전까지만 해도 건물은 하늘을 향해 뻗어 있었지만, 지금은 아무것도 보이지 않았다.

루시는 몸을 움직일 수 없었다. 생각할 수도 없었고 느낄 수도 없었다. 이렇게 끝이란 말인가? 지난 몇 달간 그녀가 사랑해 오던 것들을 이렇게 다 잃어버리기 위해 그렇게 싸우고, 고통당했단 말인가? 네이선 없이는 살아갈 수 없었다. 네이선과 콜린을 죽게 내버려 둘 수는 없었다. 절대로! 루시는 한 걸음 한 걸음 앞으로 나아갔다. 비록 아무것도 할 수 없다고 하더라도, 네이선과 콜린을 찾아내야만 했다.

그때 어둠 속에서 한 줄기의 빛이 루시에게 나아왔다. 루시는 그게 네이선의 빛이라는 걸 깨달았다. 그가 지금 루시의 도움을 필요로 하고 있었다. 루시는 어둠 속을 더듬으며 나아갔다. 온갖 잡동사니가 진로를 방해했지만 어쨌든 예배당의 절반 가량은 아직 파괴되지 않았다는 걸 깨달았다. 문도 축이 비뚤어지긴 했지만 아직 제대로 달려 있었다. 루시는 점점 발걸음을 재촉했다. 건물이 붕괴될 위험 따위는 신경 쓰지 않았다. 네이선이 여기 어딘가 있을 터였다. 그리고 운이 정말 좋다면 콜린도 함께 있을 가능성이 있었다.

건물 안은 조금 전보다 더 시야가 확보되지 않았다. 루시는 네이선의 희미한 빛줄기를 따라 예배당 깊은 곳으로 점점 더 나아갔다.

조금 더 들어가 보니, 네이선을 찾아낼 수 있었다. 그는 놀랍게도 아직 제자리에 있는 예배당 안의 긴 의자 위에 몸을 웅크리고 앉아 있었다. 게다가 아직 살아 있었다. 루시의 가슴이 안도와 기쁨으로 벅차올랐다. 그녀는 그에게 한달음에 달려가 그에게 팔을 뻗고 거세게 끌어안았다. 하지만 그는 움직이지 않았다. 루시는 그의 얼굴을 손으로 감싸고 울면서 동시에 웃음을 터뜨렸다. 그는 살아 있었다―이제 모든 게 잘될 것이다. 하지만 그는 여전히 움직이지 않았다. 그는 무감각한 얼굴로 루시 너머의 어딘가를 바라보고 있었다. 그의 얼굴색은 루시 주위처럼 검은색이었다. 그의 숨소리는 느렸고 씩씩거리는 소리가 났다. 지금 당장 이 지옥 같은 곳 안에서 그를 꺼내지 않는다면 금세 의식을 잃을 터였다. 이미 연기를 너무 많이 들이마신 상태인 것 같았다. 루시는 아직 젖어 있는 옷으로 그의 코와 입을 막아 준 다음 일으켜 세웠다.

"이제 금방이야. 네이선, 제발! 여기서 나가야만 해. 예배당이 이제 곧 무너질 거야!"

루시는 그의 허리에 팔을 두르고 그를 문 쪽으로 부축하려 했다.

"콜린 봤어?"

만약 네이선이 아직 살아 있다면 콜린도 살아 있을 가능성이 높았다.

"루시, 녀석을 더 부축할 수가 없었어. 하지만 거기 내버려 둘 수도 없었어. 하지만 이제 더 이상은 무리야."

그가 쥐어짜듯 말했다.

루시는 그가 가리키는 쪽을 바라보았다. 콜린이 돌 사이에 몸을 웅크린 채 아무런 움직임도 없이 쓰러져 있었다. 루시가 그에게 달려가 그의 상체를 일으켜 세웠다. 그런 다음 두려움과 놀람으로 숨이 멎을 것 같았다. 그의 눈은 굳게 감겨 있었고 숨조차 쉬지 않았다.

루시는 당장 뭘 어떻게 해야 할지 몰랐다. 네이선은 여전히 조금 전의 자리에 서 있었다.

"네이선! 빨리 여길 나가!"

루시가 그에게 소리 질렀다.

"도와줄 사람을 데려와! 우리 둘의 힘으로는 안 돼!"

루시가 콜린의 겨드랑이에 어깨를 넣고 그를 부축해 보았다. 하지만 그는 마치 바닥에 못 박힌 듯 움직이지 않았다. 네이선이 그를 어떻게 지하부터 여기까지 데리고 올라온 건지 신기할 정도였다. 그는 콜린을 위해 자신의 생명조차 아끼지 않았다. 건물이 흔들리기 시작했지만 루시는 콜린을 놓으려 하지 않았다. 만약 네이선이 여기까지 그를 끌고 왔다면 자기도 할 수 있을 거라고 생각했다. 절대로 그를 여기 두고 가진 않을 것이다. 루시는 그에게 빚이 있었다. 루시는 절망적으로 콜린의 몸을 잡아끌었고, 그는 1밀리미터씩 천천히 움직였다. 갑자기 남자 두 명이 그녀에게 다가왔다. 그리고 한 명은 콜린의 다리를, 한 명은 어깨를 잡았다. 루시는 그의 곁에 섰다.

"빨리 뛰어요!"

그들이 루시에게 외쳤다.

"이제 금방 무너질 거요!"

그들이 문을 통과하자마자 예배당 건물은 균형을 잃고 무너져 내렸다. 그 충격에 루시와 콜린, 남자들은 바깥으로 튕겨 나가고 말았다. 남자들이 달려와 콜린을 건물에서 멀리 떨어진 곳에 세워진 구급차로 실어 날랐다. 돌 하나가 날아와 루시의 다리에 맞았다. 루시는 순간 비명을 내질렀지만, 모든 힘을 끌어모아 다리를 절뚝이며 그들의 뒤를 따랐다.

구급대원들이 루시에게 달려와 그녀의 상태를 확인했다. 루시는 숨을 헐떡이며 콜린 곁에 쓰러졌다.

"제발 콜린을 살려 주세요!"

그녀가 소리 지르며, 피가 흐르는 다리의 상처를 살펴보러 온 남자를 다시 콜린 쪽으로 떠밀었다.

"이 상처는 별것 아니에요. 제발 콜린을 봐 줘요. 숨을 안 쉬고 있다고요!"

네이선은 그녀의 곁에 무릎을 꿇고 앉아 루시를 안아 주었다. 루시는 그제야 안도한 듯 그의 품에 안겼다.

루시는 구급대원들이 서로 시선을 교환하는 모습을 바라보았다. 누군가 구급차 헤드라이트를 켜 두었고, 그 아래에서 사람들이 콜린의 상처를 살피고 있었다. 그의 얼굴 피부는 어디 한 군데 성한 곳이 없었다. 루시는 흐느끼기 시작했다.

다행히 콜린이 아직 살아 있음을 알리는 반사 반응을 보였고, 그제야 루시는 어느 정도 안심할 수 있었다. 아직 너무 늦지는 않았던 것이다.

"내가 콜린을 발견했을 때, 그는 아직 살아 있었어. 잘될 거야. 녀석은 그리 쉽게 죽지 않을걸."

네이선이 루시에게 용기를 주었다. 루시는 자신의 얼굴을 네이선의 어깨에 비볐다.

"모두 내 탓이야."

"그렇지 않아. 너도 알잖아. 이 모든 일의 원흉은 단 한 명이었지. 그리고 그 모든 죗값을 치렀고."

네이선이 루시를 위로했다.

"우리가 해낸 거야. 이제 할아버지에게서 벗어날 수 있게 됐어. 그게 중요한 거지."

"하지만 대체 뭘 위해?"

구급대원들이 저들끼리 무어라 말하는 소리가 들렸다. 루시의 귀에는 잘 들리지 않았지만, 어쩐지 희망이 없는 것처럼 들렸다. 루시가 네이선의 품을 벗어나 콜린에게 달려갔다.

그들이 안타까운 듯 그녀를 바라보았다.

"지금 맥박이 너무 약합니다."

한 명이 설명해 주었다.

"심장이 거의 뛰지 않아요. 별로 가망이 없습니다. 저 아래 너무 오래 있었던 것 같습니다. 폐가 심각하게 손상됐을 겁니다."

루시가 그들을 멍하니 바라보았다. 아무도 줄스가 의식을 되찾고 그들에게 달려오는 걸 눈치채지 못했다. 그녀가 콜린의 몸 위에 쓰러져 그의 손을 잡았다. 그의 얼굴을 뒤덮고 있는 흉측한 상처들도 눈에 들어오지 않는 모양이었다. 그녀가 떨리는 손길로 그의 가슴을 어루만졌다.

"콜린!"

그녀가 속삭였다.

"눈을 떠야 해. 제발 견뎌 줘! 이제 널 병원으로 데려가 준대. 그럼 모든 게 다 좋아질 거야. 날 절대 혼자 남겨 두고 떠나면 안 돼."

그녀가 그의 가슴을 흔들 때마다 손등 위로 눈물방울이 아롱져 떨어져 내렸다.

"아가씨, 우리도 최선을 다하고 있습니다."

구급대원 하나가 말했다.

"물러나 계십시오."

줄스가 그를 잡아먹을 것 같은 눈으로 노려보았다.

"그의 옆에서 물러나 있을 일은 없을 거예요. 절대로!"

루시가 줄스의 어깨 위에 손을 올려놓으며 그녀를 진정시켰다.

"줄스, 이 사람들도 도와주려는 것뿐이야."

그러면서 루시도 흐느꼈다.

줄스가 루시를 멍하니 바라보았다.

"설마 이대로 죽지는 않겠지?"

루시가 고개를 세차게 저었다.

"절대 그럴 일 없을 거야. 콜린이라면 쉽게 포기할 사람이
아니니까."

"다 내 탓이야. 너희를 따라오겠다고 했을 때 말렸어야 했
어."

줄스가 다시 콜린을 바라보았다.

"넌 안 죽을 거야. 듣고 있어?"

그녀가 재차 소리 질렀다.

루시는 계속 눈물을 흘렸고, 네이선은 그런 그녀를 꽉 끌어
안아 주었다. 줄스가 콜린의 손을 잡고 그의 손가락 끝에 입을
맞추었다.

"제발, 제발 나에게 돌아와 줘!"

그녀가 속삭였다.

그러자 콜린의 눈꺼풀이 떨리기 시작했다.

"너 같은 골칫덩어리를 절대로 놔두고 갈 순 없지."

그가 눈을 감은 채로 중얼거렸다.

모두 놀란 얼굴로 그를 바라보았지만, 콜린은 지친 듯 더 이
상은 말하지 않았다.

줄스가 멍하니 눈물을 흘리며 그를 바라보다가 이내 안심한
듯 웃음을 터뜨렸다.

루시가 줄스의 손을 잡아 주었다.

"내가 말했잖아. 모든 게 다 잘될 거라고!"

하지만 모든 게 다 긍정적이지만은 않았다. 콜린은 평생 흉터와 함께 살아가야 할 수도 있었다. 책들은 모조리 불타 없어지고 말았다. 결국은 단 한 권의 책도 구해 내지 못했던 것이다. 모든 일은 조타를 벗어나 버렸다. 루시는 결국 실패한 셈이었다.

예배당은 이제 마지막 남은 돌 벽이 불길 속에 무너져 내리고 있었다. 굉음과 함께 나무 기둥과 벽돌이 와르르 무너졌다. 붉은색 불꽃이 날름거리며 밤하늘을 붉게 물들였다. 루시는 마치 마비된 듯 눈앞의 광경을 바라보았다.

그때 은색의 빛줄기가 불꽃과 폐허 사이에서 뿜어져 올랐다. 그런 후 곧장 어두운 밤하늘 위로 수많은 형상과 불빛이 날아올랐다.

"책의 유령들이야."

루시가 멍하니 중얼거렸다. 하지만 잔디 위의 그 누구도 그 아름다운 광경을 눈치채지 못했다. 그렇게 책의 유령들은 밤하늘 위로 하나씩 하나씩 사라져 갔다.

"이제 저들은 영원히 어딘가를 떠돌게 될 거야."

루시가 마치 감전된 듯 중얼거렸다. 그런 다음 네이선의 팔 안에서 기절하고 말았다.

9개월 후 에필로그

인생이 어떻게 흘러갈지는 예상할 수 없다. 하지만 바로 그렇게
아무런 예상도 못 한 순간에 인생의 가장 큰 기쁨을 경험하게 된다.

— 앙투안 드 생텍쥐페리

"자?"

루시가 거실로 들어오자 네이선이 고개를 들고 물었다. 루시
가 거실 한가운데 있는 작은 소파에 앉으며 고개를 끄덕였다.

"잠시도 가만히 있으려 하지 않는군. 안 그래?"

"나도 아기 때 저렇게 잠투정이 심했는지 궁금해."

"내 생각엔 아기에게 좀 더 엄격해질 필요가 있는 것 같아.
우리는 지금 아기에게 어쩔 줄 몰라 쩔쩔매고 있지만, 넌 분명
고아원에서 씩씩하게 혼자 컸을 거야."

루시가 고개를 끄덕였다.

"뭐 해?"

"매일 하는 것. 지금까지 있었던 일들을 떠올려 보고 있어."

"아기가 태어난 후에는 그러지 않기로 했잖아. 그냥 그 모든

일은 과거에 있었던 일들로 해 두자고."

"너도 그럴 수 없는 건 마찬가지잖아. 네가 메모해 둔 것 봤어."

루시가 네이선에게 미안한 듯 웃어 보였다.

"사실은 뭔가 조금씩 생각날 때마다 적어 두고 있어. 하지만 기억의 조각만으로는 원래 있었던 일에서 점점 멀어지는 것 같은 기분이야. 어쩌면 책을 쓰게 될지도 몰라. 네이선, 하지만 정말 이 모든 건 우릴 괴롭게만 만들 거야. 그럼 우리 예쁜 딸에게 너무 미안하잖아. 이 아이를 좀 더 신경 써 줘야 할 것 같아."

네이선이 고개를 끄덕이며 몸을 일으켜 루시에게 손을 내밀었다. 그런 다음 두 사람은 요람이 서 있는 작은 방으로 갔다.

"정말이지 평온해 보여."

루시가 중얼거렸다.

"정말 예쁜 아기야. 내가 이제까지 본 아기 중에 제일 아름다워."

네이선이 딸의 머리카락을 쓰다듬었다. 그의 눈이 자랑스럽게 빛났다.

그때 초인종이 울렸다.

"내가 문을 열게!"

소피아가 복도에서 외쳤다.

잔뜩 흥분한 목소리와 함께 반가운 인사말이 들렸다. 루시가 문으로 나가 손님들의 얼굴을 보고 환하게 웃었다.

"콜린, 줄스! 벌써 돌아온 거야? 왜 돌아왔다고 미리 말해 주지 않았어? 파리 여행은 어땠어?"

루시가 줄스를 끌어안은 다음 콜린을 안아 주었다. 프랑스의 병원에서 치료받은 게 효과가 있었던 모양이었다. 콜린의 얼굴에 남아 있던 잔흔이 거의 사라져 있었다. 원래 옅은 핑크색이었던 상처들은 이제 색이 훨씬 옅어져 있었다.

"많이 아팠어?"

그가 손을 내저었다.

"죽을 정도는 아니었어. 치료받을 때마다 줄스가 곁에 있어 줬거든."

"안 그랬음 자꾸 도망치려고 하니까 그랬지, 이 겁쟁이야!"

두 사람이 서로를 사랑스럽다는 듯 바라보았다.

"정말 장난도 아냐. 계속 옆에 찰싹 붙어서 감시하고 있어야 한다니까."

줄스가 말했다.

"어쩜 이렇게 겁이 많은지 알다가도 모르겠어."

"그야 네 몸에 칼을 대는 게 아니니까 그렇지."

줄스가 손사래를 쳤다.

"자, 아무튼 이젠 네가 주인공이 아니야. 아기 봐야지! 우리 예쁜이가 왜 2주나 서둘러서 나온 거래?"

"몰라. 갑자기 그렇게 됐어."

루시가 미안한 듯 웃었다.

"나오고 싶다는데 어떡해. 사실은 나도 기뻤어. 막달엔 완전히 풍선 같아 보였거든."

"아기 이름은 뭐야?"

줄스가 아기의 부드러운 붉은색 곱슬머리를 쓰다듬으며 물었다. 그러자 아기가 눈을 뜨고 제 침대 주위에 둘러선 네 명의 어른들을 바라보았다.

"필리파. 아기 이름은 필리파로 하기로 했어."

"네이선의 눈에 네 머리카락을 가지고 태어났네."

콜린이 말했다.

"네 부모님과 여동생들도 왔었어?"

네이선이 고개를 끄덕였다.

"아기가 태어난 날 곧바로 날아와서 지금까지 스코틀랜드로 돌아갈 준비를 안 하고 있어. 엄마는 아기한테 완전히 반해 있거든."

네이선이 웃었다.

"엄마가 손도 못 대게 하는 바람에 루시는 아기 기저귀 가는 방법도 몰라. 계속 아기를 봐 줄 사람이 있으니까. 클라라도 매일 왔다 가고 있어. 대학 시험 기간에도 매일 오더라고."

"하지만 밤만큼은 아무도 도와줄 수가 없더라고."

루시가 눈을 찡긋해 보였다.

"클라라가 밤에 도와줄 수 있다고는 했는데, 아직 모유 수유 중이라 아기한테 젖을 먹일 수 있는 사람이 나밖엔 없어."

루시가 사랑이 담긴 눈으로 딸을 바라보았다.

"아기한테도…… 표식이 있어?"

줄스가 물었다.

루시가 아기의 옷소매를 걷어서 손목 안쪽을 보여 줬다.

"여기 한 개. 아기의 것은 파란색이야. 처음에는 없었어. 하지만 태어난 지 이틀이 지나니까 갑자기 생겨 있더라고. 처음에는 밝은 색이었는데 점점 색이 진해지는 것 같아. 마치 힘을 모아 두는 것처럼."

"그 색이 파란색인 게 뭔가 의미가 있는 거야?"

"아니, 모르겠어. 하지만……."

"하지만?"

콜린이 물었다.

"누가 알고 있는 사람이 있대?"

루시가 조심스럽게 다가서며 말했다.

"우리 손목에 있던 표식이…… 사라졌어."

그런 다음 증명해 보이듯 소매를 걷어 보였다.

"여기 봐! 마치 전혀 존재하지 않았던 것처럼 사라져 버렸어."

줄스와 콜린이 놀란 눈으로 아무 흔적도 없는 손목 위를 살펴보았다.

"후계자가 태어나자마자 표식이 사라지다니, 원래 그런 거야, 아니면 그것도 이상한 일인 거야?"

줄스가 네이선에게 물었다.

그가 고개를 저었다.

"네 것도 없어진 거야?"

"흔적도 없어. 루시와 같아. 처음에는 전혀 몰랐지."

"조나단이 무슨 일인지 설명해 줬어?"

"아버지도 그리 확실히는 설명 못 하겠대."

"뭐라서?"

"처음 연맹의 아이들이 태어났을 때 표식이 무슨 색이었는지 아버님이 말씀해 주셨던 걸 애들한테도 말해 줘 봐."

루시가 참지 못하고 끼어들었다.

"파란색."

"그게 뭘 의미하는 거지?"

줄스가 그들을 의아한 눈으로 바라보며 물었다.

"우리 생각엔, 연맹의 기원으로 거슬러 올라간 것 같아."

루시가 머뭇거리며 말했다.

"이상한 게 더 있어."

네이선이 말해 주었다.

"원래 표식은 다섯 살이나 여섯 살 정도 되었을 때 능력을 드러내거든. 하지만 필리파의 것은 벌써 활동을 시작했어. 맥박이 뛰는 걸 봐."

"이게 무슨 뜻인지는 확실히 모르겠지만, 비행기를 타고 올 때 프랑스 신문에서 좀 이상한 기사를 발견한 것 같아."

"콜린, 지금 그 얘기는 그만둬."

줄스가 그의 옆구리를 찔렀다.

"나중에 말해도 되잖아."

"아니야. 내 생각엔 중요한 것 같아."

줄스가 눈을 치켜떴다.

"갑자기 저 신문 기사 하나에 완전히 꽂힌 거 있지."

콜린이 줄스를 무시하고는 겉옷 주머니에서 신문을 꺼냈다.

"프랑스 말이 짧아서 완전히 이해할 수는 없더라고. 하지만 잃어버린 책들에 대한 기사라는 건 알아먹을 수 있었어."

루시가 그의 손에서 신문을 받아 들었다.

"내 프랑스어 실력은 좀 녹이 슬었어."

루시가 더듬거리며 신문을 읽어 내려갔다.

"제목은 '인터넷 도서관이 책들로 넘쳐나다'라는데?"

네이선이 그녀의 곁에서 더욱 매끄럽게 문장을 번역해서 읽어 주었다.

"며칠 전부터 전 세계적으로 기이한 현상이 줄을 잇고 있다. 전 세계 각지에 인터넷 홈페이지가 생겨나고 있는데, 그 내용은 놀랍게도 오랫동안 행방불명되거나 전혀 알려지지 않은 책들의 발췌문이다. 이 책을 쓴 작가들조차 처음 들어보는 낯선 이름이 많다. 전문가들은 이 모든 작품들이 여러 시대의 문학 명작이라는 데 의견을 모으고 있는 실정이다. 이 작품들을 인터넷에 올리고 있는 사람들은 가문 대대로 전해 내려오는 이야기를 단순히 옮겨 적은 것뿐이라고 한다. 이야기를 잊고 있다가 갑자기 생각났다는 것이다. 하지만 어째서 갑자기 전 세계의 사람들이 이런 이야기들의 조각을 기억해 내고 또 그것을 하나로 모아 인터넷에 공개하는 건지는 불가사의하다. 또 하나 주목할 점은 제인 오스틴의 알려지지 않는 작품이 발견되었다는 점이다. 책의 제목은 《오만과 편견》이며, 이 온라인 도서관에서 가장 많이 읽히고 있다. 모든 책들은 무료로 제공되고 있다. 세계 각지의 언어로 한데 모인 책의 조각들은 하나의 통일된 언어로 조각을 맞추고 있다. 이 홈페이지들의 이름은 '잊힌 책들의 도서관'이며, 책이라는 장르의 새로운 지평을 열어 줄 것으로 기대된다. 이에 따라 인터넷 회사들이 앞다투어 인터넷에 서버 공간을 제공하고 있으며 추후에도 지속적으로 지원해 줄 것을 약속하고 있다. 이렇게 완성된 책들은 출판사에서 무료로 출판하여 일반에 헌정할 것이라 한다. 마치 아무도 이 책들로 돈을 벌 생각을 하지 않는 것 같은 형국이다. 이 특별한 프로젝트가 어떤 식으로 진행될지 귀추가 주목된다. 한 가지는 확실하다: 책들이 사라진다 해도 그것들이 잊힐 일은 없다."

네이선이 침묵했다.
"엘리자베스가 돌아왔어!"
침묵을 깬 건 루시였다.
"정말 돌아왔어. 믿을 수가 없어!"
"한번 들어가 봐야겠어."
네이선이 믿을 수 없다는 눈빛으로 친구들을 둘러보았다.
"아니면 누구 벌써 들어가 본 사람 있어?"
그가 콜린을 바라보자 콜린은 고개를 저었다.
"우리도 지금 공항에서 바로 오는 길이라."
다들 긴장된 얼굴로 네이선의 노트북 앞에 모여들었다. 루시는 필리파를 품에 안고 있었다.

네이선이 검색창에 '잊힌 책들의 도서관'이라는 검색어를 입력했다.

그들의 눈앞에 수없이 많은 책들의 모습이 보였다. 대부분이 그래픽으로 표지까지 완벽하게 복원된 모습이었다.

네이선이 숨을 깊이 들이마시며 의자에 등을 기댔다.

"표지까지 돌아왔어."

"정말 원본 그대로의 모습 맞아?"

루시가 물었다.

"모든 책이 그렇다고는 확신할 수 없지만, 내가 작업했던 책들은 다시 알아볼 수 있어. 분명 이 책을 기억하고 있는 사람이 있었던 거야. 여기 《모모》도 돌아왔어."

루시가 아름다운 책을 바라보며 안도의 한숨을 내쉬었다.

"어떻게 이런 일이 일어날 수 있지?"

줄스가 화면에서 눈을 떼지 못하면서 말했다.

"이건 무슨 마법 같은 거야?"

루시가 커다란 검은색 눈동자로 그들을 관찰하고 있는 필리파에게 물었다.

"네가 그런 거니?"

그러자 마치 대답이라도 하듯 필리파의 손목에 있던 표식이 코발트블루 색으로 반짝였다.

네이선이 자리에서 일어나 필리파를 안아 들었다.

"네가 책들을 다시 인류에게 가져다주었구나?"

그가 필리파의 보드라운 뺨을 어루만지며 물었다.

"그게 수수께끼의 해답이었던 거야. 《수호자의 책》에도 그렇게 쓰여 있었던 건가? 두 핏줄을 통합하는 후계자가 태어나야 책들이 돌아올 수 있었던 거야. 책들은 다른 곳에 있었던 게 아니라 인간의 기억이나 꿈속에 있었다는 거군."

그가 고개를 저었다.

"어떻게 이렇게 간단한 걸 간과했던 거지? 만약 이 사실을 조금만 더 일찍 깨달았어도 많은 수고를 덜 수 있었을 텐데."

그가 딸의 이마에 입을 맞췄다. 루시는 그의 눈가에 눈물이 반짝이는 것을 바라보았다.

콜린이 그의 어깨를 두드려 주었다.

"네이선, 우리는 모든 걸 제대로 한 거야. 그렇지 않았다면 이 모든 걸 끝낼 수 없었을 거라고. 그리고 여기 이 꼬마 아가씨는……."

그가 네이선에게서 아기를 받아 들자 아기가 입을 벌리며 까르르 웃었다.

"……할 일이 아주 많겠어."

그가 손가락으로 아기의 코를 톡 건드려 주었다.

"하지만 넌 해낼 수 있을 거야. 우리가 언제나 네 곁에 있어 줄 테니까."

그날 밤, 루시는 마지막으로 엘리자베스를 보았다. 루시가 안락의자에 앉아 필리파에게 젖을 먹이고 있는데, 방 한구석에서 새하얀 모습의 엘리자베스가 나타나 루시에게 웃어 보였다.

"정말 대단한 아기야."

엘리자베스가 조심스럽게 아기를 쓰다듬으며 말했다.

"너 돌아왔구나?"

루시가 환한 얼굴로 엘리자베스를 바라보았다.

"우리를 전에 알았거나, 조상 중 누군가가 알았거나 또는 읽은 적이 있는 사람들을 통해 돌아올 수 있었어. 다행히 모두 저마다 돌아올 길을 찾았어. 너무 오래되어서 완전히 잊혔던 책들조차도 어딘가에는 그들의 파편이 남아 있더라고. 그게 기억이든, 생각이든 말이야. 하지만 아주 보잘것없는 부분이라도 책과 인간을 연결하기엔 충분했어. 우리 모두 너와 네이선에게 감사하고 있어. 그리고 필리파에게도. 그리고 난 루시 너에게 개인적으로 감사하기 위해 왔어. 네가 용기를 내 줬던 것, 그리고 포기하지 않아 준 것 말이야."

"너도 내가 혼자서는 절대로 해내지 못했을 거라는 거 알잖아. 너무 많은 도움을 받았는걸. 그리고 정말 많은 희생이 있었기에 너희가 돌아올 수 있었던 거야. 하지만 이제야 그 모든 희생이 가치 있었다는 걸 알게 됐어."

"너의 용기가 아니었다면 그 모든 희생이 가치 있진 못했을 거야. 너야말로 그 모든 고생을 안 겪었어도 됐을 텐데."

"나에게는 선택의 여지가 없었는걸."

"모든 사람에겐 선택의 여지가 있어."

"하지만 옳은 일을 하려고 할 땐 선택의 여지가 없어."

엘리자베스가 웃어 보였다.

"널 절대로 잊지 않을게."

루시가 속삭였다. 루시는 이번이 책과 대화를 나누는 마지막 기회라는 걸 어렴풋이 느끼고 있었다. 사실 기뻐할 일이었지만 왠지 슬퍼지는 건 어쩔 수 없었다.

엘리자베스는 나타날 때와 마찬가지로 조용히 사라졌다.

"루시, 편지가 하나 와 있어."

다음 날 아침, 소피아가 루시에게 속삭였다. 아마 지난밤 필리파의 방에 있는 안락의자에서 잠이 들었던 모양이었다. 루시가 피곤한 듯 눈을 비볐다.

"봉투 안에 뭔가 들어 있어."

소피아가 편지를 내밀며 말했다. 조심스럽게 봉투를 열어 보니 부모님이 남겨 주셨던 목걸이가 루시의 무릎으로 떨어졌다. 루시가 눈을 휘둥그레 뜨고 목걸이를 바라보며 물었다.

"혹시 봉투 안에 편지도 들어 있는지 봐 주시겠어요?"

소피아가 봉투 안에서 잘 접힌 편지를 꺼내 루시에게 건네주었다.

"알리스데어가 보낸 거예요!"

루시가 외쳤다.

사랑하는 루시,

난 잘 있어. 네 덕분에 그 악랄한 자들에게서 마침내 벗어날 수 있게 된 걸 감사하고 있어. 보퍼트는 내가 다섯 살 때 나를 납치해 왔어. 바티스트는 나에게 이상한 독을 먹였지만 다행히 그는 나를 다른 생물로 변형시키지는 못했어. 오리온과 시리우스가 그의 성공작이었지. 하지만 대신 내 의지를 빼앗아 그 저택에서 노예처럼 부렸고, 이제 그 대가를 치른 거야. 내가 한 일에 대해서는 한 치의 후회도 없어. 보퍼트를 죽인 건 나라고 경찰에도 밝혔고, 너희도 이미 알고 있었을 거야. 하지만 두 번 다시 감옥에 갇힐 수는 없었어. 평생을 갇혀 살아왔으니까. 그래서 이제 몸을 숨긴 채 살아가기로 했어. 중요한 건 자유롭게 살 수 있다는 거지. 성에서 나오기 전에 네 목걸이를 훔쳐 나왔어. 왜냐하면 그 물건은 네 것이라는 걸 알고 있었으니까. 모든 일이 잘되었길 바라. 클라라에게도 안부 전해 줘.

알리스데어.

루시는 목걸이 뚜껑을 열고 부모님의 얼굴을 바라보았다.

"지금 이 자리에 함께 계셨다면 얼마나 좋았을까요."

루시의 눈에서 눈물이 흘러내렸다. 그런 다음 크게 심호흡을 한 번 하고, 눈물을 닦았다.

"어쩌면 지금부터는 저 대신 이 아이를 지켜 주실 수 있을지도 모르겠네요."

그러고는 아기의 요람 위에 부적처럼 목걸이를 걸어 두었다.

《북리스 사가》 끝

감사의 말

무언가와 비교하기 시작하는 순간 행복은 끝나고 불만이 시작된다.

— 쇠렌 키르케고르

이 3부작 소설은 독자들의 도움이 없었다면 완성되지 못했을 것이다. 처음에는 소설을 구상하기 전 단계의 막연한 아이디어가 있었을 뿐이다. 하지만 《문라이트 사가》를 쓰면서 독자들에게 책에 대한 이야기도 좋은 반향을 불러일으킬 거라는 생각이 들었고, 예감은 틀리지 않았다. 사실 루시가 자신의 사명을 완수하고 마침내 행복을 쟁취하기 위해 그렇게 많은 모험을 겪어 냈어야 한다는 걸 처음부터 예상했던 건 아니었다. 이 이야기도 진행되는 도중에 많은 굴곡과 수정을 거쳐야 했다. 또 이야기 스스로가 이리저리 튕겨 나가려고 하기도 했다. 다행히 모두가 행복한 마음으로 예감했듯 마침내는 해피 엔딩을 맞게 되었다.

나의 독자들이 처음부터 이 이야기에 많은 흥미와 관심을 가지고 루시와 네이선의 곁을 지켜 준 데 감사하고 기쁘다. 그 덕에 소설을 진행하기 수월했던 것도 있다. 사실 900페이지에 달하는 장편소설을 반년 만에 써 내는 건 쉬운 일이 아니다. 솔직히 말해 상당한 스트레스와 압박을 받았다. 하지만 나의 독자들을 너무 오래 기다리게 하고 싶지 않았다.

그리고 당연히 소설을 쓰는 데 많은 도움과 조언을 아끼지 않았던 친구들에게 감사를 전하는 바이다. 나의 남편과 여동생 카트린, 카리나, 특히 모든 것을 조율해 준 편집장 도로테아에게 감사한다. 또 기사와 노리는 철자와 맞춤법을 점검해 주었다.

카롤린이 없었다면 3권《영원히 잊히지 않는》에서 등장하는 많은 보호책의 문장을 엄선하기 어려웠을 것이다. 그 덕에 영원히 잊히지 않을 귀중한 문장을 우리 독자들도 오랫동안 기억 속에 간직할 수 있으리라(형태가 어떻든 간에).

그러니 책들을 잊지 말아 주길 바란다. 그리고 읽어 주길 바란다. 책을 지탱해 주는 건 읽는다는 행위뿐이고, 누구나 언제 어디서든 책을 손에 잡을 수 있기 때문이다.

—다시 새로운 이야기를 쓰기 시작한, 여러분의 마라

추신: 만약 시간이 조금 남는다면 아마존, Goodreads & Co.에 서평을 남겨 주면 정말 기쁘기 그지없을 것 같다. 그리고 《문라이트 사가》를 아직 읽지 못했다면 꼭 읽어 보길 권한다.